ELEANOR BARDILAC

KNOCHEN BLUMEN
WELKEN NICHT

ROMAN

Besuchen Sie uns im Internet:
www.knaur.de
Facebook: https://www.facebook.com/KnaurFantasy/

Aus Verantwortung für die Umwelt hat sich die Verlagsgruppe
Droemer Knaur zu einer nachhaltigen Buchproduktion verpflichtet. Der
bewusste Umgang mit unseren Ressourcen, der Schutz unseres Klimas
und der Natur gehören zu unseren obersten Unternehmenszielen.
Gemeinsam mit unseren Partnern und Lieferanten setzen wir
uns für eine klimaneutrale Buchproduktion ein, die den Erwerb von
Klimazertifikaten zur Kompensation des CO_2-Ausstoßes einschließt.
Weitere Informationen finden Sie unter: www.klimaneutralerverlag.de

Originalausgabe Juli 2021
Knaur Taschenbuch
© 2021 Knaur Verlag
Ein Imprint der Verlagsgruppe
Droemer Knaur GmbH & Co. KG, München
Alle Rechte vorbehalten. Das Werk darf – auch teilweise – nur
mit Genehmigung des Verlags wiedergegeben werden.
Redaktion: Silvana Dorothea Schmidt
Covergestaltung: Guter Punkt, München / Kim Hoang
Coverabbildung: Collage von Guter Punkt, München / Kim Hoang
unter der Verwendung von Bildern von Getty Images,
iStock und Shutterstock.com
Abbildung im Innenteil: Flaffy / Shutterstock.com
Satz: Adobe InDesign im Verlag
Druck und Bindung: CPI books GmbH, Leck
ISBN 978-3-426-52716-0

2   4   5   3   1

EIN WARNENDES WORT ZUM GELEIT

Geneigte Lesende!

In einer Welt, in der göttliche Wesen unter den Sterblichen wandeln und Magie sich in all ihrer Schönheit, aber auch all ihrem Terror zeigt, heißt es mitunter mit Vorsicht voranschreiten.

Doch fürchtet euch nicht: Die Futurix sehen, was kommen wird, und teilen ihre Weisheit mit euch. Wer sich auf die Geschichte, die hier erzählt wird, vorbereiten will, möge einen Blick auf die Notizen am Ende dieser Erzählung werfen, um vor den größten Gefahren der folgenden Seiten gewarnt zu sein.

Und nun folgt Marius Cinna auf den Wegen der Herrin, die sich blutig durch Vhindonas geschäftige Straßen ziehen …

PROLOG

M arius war erschöpft. Mit einem Pochen hinter den Schläfen, das es ihm beinahe unmöglich machte, einen klaren Gedanken zu fassen, wanderte er durch das Haus, das er vor zwei Tagen in dieser fremden Stadt erworben hatte. Müde lauschte er dem Knacken in den Wänden und dem Holzboden, dem Heulen des Windes durch die Fensterfugen. Die Heimat, die er blind vor Tränen zurückgelassen hatte, kam gelegentlich in Fetzen zu ihm zurück: Die Sommer, in denen der Wind heißen roten Sand aus der Wüste nach Bycaea brachte. Der Tempel der Herrin, auf dessen Stufen er oft geschlafen hatte, so unendlich jung und sorgenlos. Die Geschichten der Toten, die deren Geister ihm zugeflüstert hatten, betrunken von einigen wenigen Tropfen seines Blutes. Und Leon, immer wieder Leon mit seinen sanften Augen und seiner warmen Stimme und dem Blut an seinen Händen. Bycaea war weit weg von Vhindona, getrennt von ihm durch Land und Meer, und der Tempel seiner Jugend war längst untergegangen. Leon aber lebte, trotz allem lebte er, und trotz allem war Marius froh darüber.

Er verwünschte sich und ihn dafür.

Die Lichter in den eisernen Haltern entlang der Korridorwände flackerten. Marius hielt inne und sah ihnen zu, dann wanderte er weiter, weiter. Zimmer um Zimmer durchwanderte er, Räume und Gänge, die staubbedeckt und vergessen auf Besuch warteten. Die Stiege ächzte wie ein altes Weib, als er in den nächsten Stock stieg und auch dort wanderte, unruhig und verwundet wie ein sterbendes Tier. Er konnte nicht beten, weil die Worte nicht zu ihm fanden. Er war hierhergekommen, um sich nicht noch mehr zu verlieren. Er war hierhergekommen, um sich selbst wiederzufinden. Er war zu alt, zu müde für beides davon. Es war zu spät.

Funkelnde Lichter wie von einem Windspiel glitzerten über eine Zimmerwand, von der die Tapete in einem sinnlosen Fluchtversuch Stück für Stück abblätterte. Es befand sich kein Windspiel im Raum. Marius atmete langsam ein und streckte die Hand aus. Er konnte nicht schlafen, nicht loslassen und nicht zurückgehen, aber sein Können hatte ihn noch nicht verlassen. Seine Augen sahen noch immer mehr als die der meisten anderen.

»Ich bin nicht dein Feind«, sagte er leise in die Leere hinein. Es hatte einen Grund gegeben, warum dieses Haus trotz seiner Größe so billig gewesen war und warum niemand anderes es haben wollte. Die meisten Leute wollten nicht in alten Häusern leben, in denen unschuldiges Blut vergossen worden war. Sie fürchteten sich vor dem, was zurückgeblieben war und sie an ihre eigene Sterblichkeit erinnerte.

Marius war nicht wie die meisten Leute. Der Tod war der Punkt, an dem sein Dienst erst begann.

Er folgte den Lichtern die nächste Stiege hinauf, wo es nur einen einzigen weiteren Raum gab. Buntes Licht ergoss sich durch eine farbige Rosette vielfach gebrochen wie ein zerfließender Regenbogen über das staubige Parkett. Marius aber hatte nur Augen für die Standuhr, die schweigend als einziges Möbelstück in einer Ecke stand. Anstatt hinzugehen, kniete er sich auf den Boden. Nach Jahrhunderten im Dienst der Herrin waren die nächsten Schritte so einfach wie Atmen: Das Ritenmesser am Handgelenk, die Blutstropfen am Boden keine Opfergabe, sondern eine Einladung, ein Geschenk. Er setzte sich im Schneidersitz davor und wartete, während sich das Pochen hinter seinen Schläfen verstärkte.

Als er sah, wer sich vor ihm manifestierte, atmete er aus. Dann lächelte er zum ersten Mal, seit Meriwa ihn in dieser Stadt begrüßt und ihm neue Möglichkeiten zur Beseitigung seiner schweren, schweren Schuld eröffnet hatte.

»Hast du Angst?«, fragte er.

Der kleine, dünne Junge, gekrümmt auf allen vieren mit herausgestrecktem Buckel wie ein angstvolles Tier, wich ein wenig zurück. Seine Form war schemenhaft und undeutlich wie halb geformter Nebel, aber Marius konnte die dunklen Flecken auf seinem eingesunkenen Schädel und seinem Hals erkennen. Seine Augen glühten wie zwei Lichter. Hast du keine?

»Nein«, sagte Marius sehr sanft. Er sagte nicht: *Nicht vor dir. Vor vielem, aber nicht vor dir.*

Der Junge zögerte. Dann kroch er langsam näher, bis seine kleinen, durchscheinenden Finger kühl Marius' Knie berührten. Bisher hat mich niemand entdeckt. Ich habe so laut geschrien, aber nie hat mich jemand entdeckt. Und wenn sie die Lichter gesehen haben, dann sind sie meistens weggelaufen.

»Die meisten schauen nicht genau hin«, murmelte Marius. »Weißt du, wie du hierhergekommen bist? Weißt du, wer du warst?«

Nein, sagte der Junge verzagt. Einen Moment lang schweigen sie sich an, dann neigte der Junge ein wenig seinen Kopf und fragte so leise wie ein Windhauch: Weißt du es?

Marius war still, dann öffnete er den inzwischen wieder verheilten Schnitt in seinem Handgelenk und tropfte etwas mehr auf die durchscheinenden Finger des kleinen Jungen. Die Ironie war, dass er es tatsächlich wusste. Er wusste alles über die Toten, die er mit seinem Blut berührte, wusste um die wichtigsten Ereignisse in ihren Leben und ihre letzten Augenblicke, während der Kontakt mit den Lebenden ihm nur eingeschränkt möglich war. Es gab immer einen Preis zu bezahlen. »Soll ich dir eine Geschichte erzählen?«

Der Junge horchte auf. Welche?

»Deine. Vom Anfang bis zum Ende. Und dann kannst du gehen, in die nächste Welt.« Marius lächelte behutsam. »Es ist schön dort, schöner als hier.«

Der Junge zögerte.

In Ordnung, sagte er dann. Aber beginn am Anfang und erzähle mir noch nicht das Ende. Ich bin noch nicht so weit ... ich möchte noch hierbleiben, nur noch eine kleine Weile.

Ein letztes Mal noch dienen, schoss es Marius durch den Kopf. Ein letztes Mal noch, und dann heimgehen und in die Arme der Herrin sinken. Aber noch war es nicht so weit.

»Ja«, erwiderte Marius langsam. »Ich kenne das Gefühl.«

KAPITEL 1

Der Tag, an dem Aurelia befreit wurde, war auch der Tag, an dem ihr die Rückkehr in ein normales Leben für immer verwehrt wurde.

In gewisser Weise hatte sie bereits gewusst, dass ihr Platz als Erbin ihres Vaters und ihre Stellung in der vhindonischen Gesellschaft unwiederbringlich verloren waren, seit zum ersten Mal etwas um sie herum explodiert war. Aber es war einfach gewesen, die Augen davor zu verschließen. Ja, man ließ sie nicht mehr aus dem Haus, weil sie angeblich anderen Schaden zufügen konnte. Ja, ein Arzt und Freund der Familie hatte ihr unter höchster Verschwiegenheit Tabletten verschrieben, die ihren Kopf wattig und schwer machten und die Explosionen wie alles andere auf ein Minimum reduzierten. Sie schlief viel. Aber das war ein Segen, weil sie nicht darüber nachdenken musste, dass sie unglücklich war. Was hatte es auch zum Unglücklichsein gegeben? Ihr Vater hatte immer noch mit ihr gesprochen, sie immer noch unterrichten lassen. Ihre Mutter hatte mit glänzenden Augen von einer Zukunft geredet, in der sie geheilt war und das Erbe antreten konnte. Abends war sie in den Arm genommen, ins Bett gebracht worden, man hatte ihre dunklen Haare gebürstet und ihre Kleidung zurechtgelegt. Als ob sie eine wertvolle Puppe war, und war es nicht eine gute Sache, von Wert für jemanden zu sein? Aurelia hatte wirkliches Unglück nicht gekannt, bis sie vor einigen Stunden in die Bibliothek gestolpert war.

Sie hatte nicht gewusst, wie sehr Blut kleben konnte.

»Es ist nicht deine Schuld«, sagte ihre Mutter, aber ihre Lippen waren fast bläulich und bebten beim Sprechen so stark, dass die Worte in zittrigen, unscharfen Linien aus ihr herauskamen. Aurelia sah sie an – sah den winzigen roten Fleck auf der perfekt gepuderten Wange ihrer Mutter, wo Aurelia sie mit ihren Fingern nur Augenblicke zuvor berührt hatte – nur ein Streifen, doch ihre Mutter war sehr schnell zurückgewichen, die Augen voll Angst.

Da war etwas in Aurelia, etwas Hartes und Bitteres, das ihre Eltern am liebsten gepackt hätte, um zu fragen: *Warum habt ihr Angst?* Warum, wenn sie nie etwas anderes versucht hatte, als ihre Eltern glücklich zu machen, und dafür in Kauf genommen hatte, dass sie seit Jahren nicht wirklich gelebt hatte?

»Wir bekommen das schon hin«, versprach ihr Vater, aber auch er war zu blass, die dunklen Augen zu groß in seinem Gesicht. Zum ersten Mal sah er alt aus, richtig alt, als er im Türrahmen ihres Hauses stand und reglos zusah, wie man seine älteste Tochter in eine ungewisse Zukunft davonbugsierte. »Ich … ich werde meinen Anwalt einschalten … schauen, ob du noch unter das normale Gesetz fällst … irgendwas muss man ja tun können. Wenn du eine Bäuerin wärst, nun ja, aber man kennt uns ja – ich hätte vielleicht schon viel früher versuchen sollen, unseren Namen einzusetzen.«

Das ›normale‹ Gesetz. Aurelia, mit schwerem, runenversehenem Eisen um den Hals und schwerem, runenversehenem Eisen um die schmalen Handgelenke, nickte nur wie betäubt und mit zugeschnürter Kehle, als die dunkel gekleidete Exekutive des Senats – eine magische Gardistin und ein nichtmagischer Ritter – sie mit sich führte. Ihre Haut schien dort zu brennen, wo das Blut mittlerweile darauf getrocknet war. Kam überhaupt irgendjemand wieder zurück, den die Senatsexekutive mit sich genommen hatte? Entfernt erinnerte sie sich an geflüsterte Unterhaltungen über einige wenige Söhne und etwas mehr Töchter der mit ihren Eltern befreundeten Familien, die das Magiestrat nach dem Ausbruch ihrer magischen Fähigkeiten für sich behalten hatte. Waren sie jemals zurückgekommen? Nachdem Magiebegabte in eigenen Stadtteilen lebten und viele von ihnen zur Schlacht an der Seite der Dunklen Königin – die aggressive Gottheit, die sich vor zwanzig Jahren wie aus dem Nichts aus den Schatten erhoben hatte – gerufen wurden, lautete die Antwort wohl »Nein«. Bei all der Schande, die ein magisches Kind in der nichtmagischen Gesellschaft Vhindonas gemeinhin bedeutete – wurden sie von ihren Eltern vermisst? Nicht alle waren mit den diskriminierenden Gesetzgebungen einverstanden, sprachen sich seit Jahren dagegen aus, und doch: Was hatten sie denn wirklich getan, um ihren Kindern zu helfen? Man hatte nicht mehr über sie gesprochen, nachdem sie als Magiebegabte, als anders eingestuft worden waren. Woher kam die Scham? Aurelia wusste es nicht. Aber sie klebte an ihren rostigen Händen, ihrem Hals, der Front ihres Kleides wie ein einziges Rufzeichen. Und sie war in den Augen ihrer Eltern, dem Schloss an ihrer Schlafzimmertür, den versiegelten Haustoren, die ihr zum ersten Mal seit drei Jahren wieder geöffnet wurden.

So hell dieser Gedanke einen Moment lang durch den trägen Sumpf ihres Verstandes gezuckt war, so schnell war er auch wieder verschwunden. Aurelia ergab sich der Abgestumpftheit, die sie schon seit Jahren begleitete und dazu führte, dass sie für jeden Gedanken, jede etwas komplexere Handlung doppelt so lang brauchte. In diesem Fall half es aber sogar, dass sie sich nach wie vor betäubt und schwer fühlte, als sie hinausgeführt wurde. Sie konzentrierte sich für den Moment einzig darauf, in die Kutsche zu klettern, deren Tür ihr geöffnet wurde, und sich möglichst gerade hinzusetzen. Haltung, betonte ihre Mutter immer, Haltung machte Leute. Wie man saß, wie man ging, all das floss in die unterbewusste Beurteilung anderer Personen über einen ein und konnte wie in diesem Fall über Leben und Tod entscheiden. Ihre Mutter gab viele Dummheiten von sich, aber in dieser Sache hatte Aurelia ihr immer zugestimmt. Nur entfernt merkte sie, wie kalt ihre Hände waren.

Während die schwarze Kutsche anrollte, begannen zarte Regentropfen gegen die Scheibe zu schlagen. Aurelia wünschte sich, eine Statue zu sein oder zumindest mit dem dunkelbraunen Innenraum der Kutsche zu verschmelzen und zu verschwinden. Aber vermutlich konnte zumindest die Gardistin auch dagegen vorgehen. Die Garde, jene vor einigen Jahrzehnten ins Leben gerufene Spezialeinheit in magischen Angelegenheiten, hatte ganz besondere Mittel und Wege, um Magiebegabte auszuschalten. Ohne Näheres zu wissen, sagte etwas Aurelia, dass sie sich dem nicht entgegenstellen wollte. Nicht jetzt.

Die Gardistin lehnte sich in die etwas abgewetzten Lederbezüge der Kutsche zurück, seufzte tief und blickte aus dem Fenster. Die Garde bestand selbst aus Magiebegabten, und Aurelia hatte sich immer gefragt, was solche Leute antreiben mochte, dass sie Geld und Anerkennung verdienten, indem sie Kontrolle über ihresgleichen ausübten. Vielleicht war es auch die Aussicht, dafür nicht an die Front geschickt zu werden.

Der Ritter sah Aurelia unverwandt an, was diese erst nach einer kleinen Weile bemerkte, da sie zu beschäftigt damit war, in einem vernünftigen Rhythmus weiterzuatmen. Sie war dankbar um den Halt durch das Korsett, in das sie noch an diesem Morgen eingeschnürt worden war. Der Ritter hatte ein junges, weiches Gesicht, das von blonden Locken umspielt wurde und an einige der Gemälde erinnerte, die in den Hallen von Aurelias Elternhaus hingen. Die Augen, mit denen er sie musterte, waren kühl und teilnahmslos.

Aurelia wich dem Blick des Ritters aus und zwang sich, die unwillkürlich hochgezogenen Schultern wieder zu senken, bevor sie die Hände im Schoß faltete. Der Regen, zart und unsicher, tippte gegen die Fensterscheibe wie ein fragendes Kind. Aurelia schloss die Augen mit dem stummen, sinnlosen Wunsch, dass die Welt aufhören mochte, sich so schnell zu drehen. *Regen,* dachte sie unwillkürlich. *Straßen. Leute. Kutschen.* Wie lange hatte sie sich gewünscht, wieder die Außenwelt zu sehen? Und jetzt wünschte sie sich fiebrig wieder zurück in die weiche Dunkelheit ihres Schlafzimmers, in der alles so viel einfacher war.

»Frag mich, was Beilschmidt mit ihr machen wird«, murmelte die kleine Frau dem Ritter mit den blonden Locken zu und hielt sich an einer Armlehne fest, als die Kutsche über ein Loch in der Straße polterte. »Ich sag, entweder behält Beilschmidt sie so lange in Untersuchungshaft, bis sie irgendwas gesteht, nur um rauszukommen, oder der Senat schickt sie nach ihrem Geständnis als Kanonenfutter an die Front. Was sagst du dazu, Parcis? Eh?«

Parcis sagte nichts, zumindest nicht sofort. Der Regen trommelte weiter mit sanfter Beharrlichkeit gegen die Scheiben, während die Kutsche dermaßen unbeholfen über das Kopfsteinpflaster rumpelte, dass die Gardistin neben Parcis mehrmals leise fluchte.

Beilschmidt. Aurelia hatte von ihm gehört. Ihr Kopf war nicht immer ganz so wattig, und sie verbrachte genügend Zeit in der Anwesenheit ihrer Eltern, die sie manchmal vergaßen und dann freiheraus miteinander sprachen. Beilschmidt war ein Mann, der sich im Krieg als einer der wenigen, hochgeschätzten Drachenreiter einen Namen gemacht hatte, bis er aufgrund einer schweren Verwundung durch einen Sturz der Front den Rücken zukehren hatte müssen. Er war nach seiner Rückkehr und Genesung erstaunlich schnell zum Oberspäher ernannt worden. Das Amt war wenig dankbar, aber dafür umso bedeutsamer, da Personen, die es bekleideten, die wichtigsten Ermittlungen leiteten und auch auf die Aufstellung der städtischen Schutzkräfte einen nicht unerheblichen Einfluss besaßen.

In den Jahren seit Beilschmidts Ernennung hatte die Kriminalitätsrate der Stadt drastisch abgenommen, aber in der Gesellschaft blieb er eine seltene Erscheinung, mischte sich kaum unter die Leute und schien mit seinem Amt verheiratet. Manche sagten, dass er zu weich sei, zu beeinflusst von einem Magiebegabten, der wie ein langer Schatten hinter ihm stünde. Andere sprachen von einer eisernen Faust und einem glasklaren Verstand, von einem Mann, der bereit war, alles zu tun, was nötig war. Und diesen Mann hatte man mit der Aufklärung einer Mordserie betraut, die seit einigen Jahren die hohe Gesellschaft von Vhindona in Atem hielt. Selbst Aurelia, mit der man kaum direkt über politische Dinge sprach, war zu Ohren gekommen, dass ein Sitz im Senat in diesen Tagen eine gefährliche Ehre war.

»Wir sollten das Oberspäher Beilschmidt entscheiden lassen«, sagte Parcis unvermittelt, die Stimme heller, als Aurelia angenommen hatte, und gleichzeitig erfüllt von derselben Teilnahmslosigkeit, mit der er sie auch in Gewahrsam genommen hatte. »Wer weiß, wenn beim Verhör rauskommt, dass sie wirklich den Mord begangen hat – und die anderen auch –, dann hat sich die Sache sowieso von selbst erledigt. Aber sie ist noch ein halbes Kind. Kann mir nicht vorstellen, dass sie dahintersteckt.«

»Unterschätz die Jugend von heute nicht, besonders diese hochnäsigen Adelstöchter.«

»Adel?« Parcis schnaubte. »Die Franks sind kein Adel. Die haben Geld, das ist alles. Die bauen Häuser für die richtigen Leute, das ist das ganze Geheimnis.«

Und was für Häuser es waren, dachte Aurelia. Die schönsten Häuser der Stadt waren in einem Stil erbaut, den ihr Vater maßgeblich beeinflusst hatte. Er, so durchdrungen von künstlerischem Geist und verbunden mit den wichtigsten kreativen Köpfen des Landes, hatte eine neue Ära der Architektur eingeleitet. Schönheit und Zweckmäßigkeit gingen bei seinen Gebäuden Hand in Hand, sodass die von ihm erdachten Fassaden alle Schwere der vorigen Jahrhunderte abgelegt hatten. Stattdessen wiesen sie abstrakte, goldene Muster und florale Mosaike auf, Statuen mit spezieller Ausrichtung, sorgfältig durchdachte Raumkonzepte. Vor drei Jahren war Aurelias Traum gestorben, in die Fußstapfen ihres Vaters zu treten. Alles, was sie seitdem von seinen Gebäuden gesehen hatte, waren die Baupläne gewesen. Wenn das Verhör schlecht lief, würde es dabei wohl auch bleiben.

»Eben. Ihr Vater ist der oberste Stadtarchitekt, oder etwa nicht? Geld ist heutzutage sowieso die neue Blutlinie, auch wenn's keiner aussprechen will. Wenn sie sie nicht komplett hängen lassen, weil sie ein Quellenkind ist, dann hat sie gute Chancen, wieder aus der Sache rauszukommen, ohne größeren Schaden zu nehmen.«

»Nicht unsere Entscheidung, nicht unsere Angelegenheit«, erinnerte Parcis sie knapp. »Wir sollen sie nur zu Oberspäher Beilschmidt bringen, und das war's.«

Petra schnaufte und setzte dann erneut an: »Also wenn du mich fragst –«

»Ich frage dich aber nicht«, unterbrach Parcis sie, und Aurelia konnte das Achselzucken förmlich an seiner Stimme hören. »Ich sage es gerne noch einmal: Im Endeffekt ist's nicht unsere Entscheidung.«

Während Petra beleidigt schwieg, gab Aurelia ihre Tarnung auf und öffnete langsam die Augen, um wieder hinauszustarren.

Vhindona, stolze Hauptstadt des Herrschaftsgebietes Radbod, war eine der größten Städte des Landes und bei Weitem die älteste davon. Verschwommen tauchten vor Aurelias innerem Auge Erinnerungen an ihre Kindheit auf, als sie noch regelmäßig auf den Knien ihres Vaters gesessen und seinen Geschichten gelauscht hatte. Er erzählte davon, wie Leute aus Mistras das Meer überquerten, sieben Jahrhunderte nach dem Ersten Sternenfall, der die Alten Gottheiten auf die Erde gebracht hatte. Noch deutlich hatte Aurelia seine Stimme im Ohr, als Vater ihr davon erzählte, wie diese Leute Vhindona zu Ehren der Herrin, die Alte Gottheit der Toten und Hüterin der Schwellenwelt, zwischen den beiden Flüssen Bona und Veno erbaut hatten. Eine Weile war alles gut gewesen. Musste es zumindest gewesen sein. Die Leute wurden durch magische Barrikaden vor Überschwemmungen und Feuern geschützt. Die magische Bevölkerung wurde als Sprachrohr der Gottheiten verehrt. Dann fielen die Sterne vor fünfhundert Jahren zum zweiten Mal und brachten neue Gottheiten mit sich, die nicht nur gegeneinander, sondern auch gegen die Alten Gottheiten kämpften. Aurelia strengte sich an, es sich vorzustellen, aber die Betäubung durch die Medikamente ließ es nicht zu. Es war reines Buchwissen für sie, so abstrakt wie diese Kutschenfahrt, auf der sie sich befand. Sie hatte keine inneren Bilder dazu. Die Geschichte war für sie nur eine Aneinanderreihung aus Sätzen: Der Kampf der Alten und Neuen Gottheiten, bis die Alten Gottheiten bis auf eine Handvoll Ausnahmen allmählich alle starben oder von den Neuankömmlingen absorbiert wurden. Das schwindende Vertrauen der Magielosen in die Magiebegabten, die nicht nur keinen Einfluss auf die Gottheiten besaßen wie angenommen, sondern deren Magie für Nichtmagische sogar potenziell tödlich sein konnte. Magische Barrikaden, die Aurelia nie gesehen hatte, weil sie schon vor zweihundert Jahren abgeschafft und durch die noch heute bestehende Stadtmauer ersetzt worden waren.

Aurelia konnte Blicke auf Teile von dieser Stadtmauer gelegentlich zwischen zwei Gebäuden erhaschen, wenn die Kutsche, die Ringstraße entlangratternd, an einer der acht Triumphstraßen vorbeikam, die strahlenförmig vom Zentrum der Stadt ausgingen und durch ihre Breite das dichte Gassengewirr deutlich auflockerten. Rechts und links von jahrhundertealten Bäumen gesäumt, deren Äste weit über die Straßen hingen und sie in schattige Flanier- und Fahrwege verwandelten, wirkten sie wie die grünen Venen der Stadt. Es war Jahre her, seit Aurelia einer von ihnen zu Fuß gefolgt war, obwohl hier einige der schönsten Gebäude der Stadt standen. Als Aurelia noch jünger gewesen war, hatte ihr Vater sie oft mitgenommen und an der Hand gehalten, während er ihr stolz die neuen Projekte gezeigt hatte. Mit den Jahren waren diese Ausflüge immer seltener geworden, je beschäftigter ihr Vater und je magischer sie selbst wurde, bis sie schließlich ganz ausgeblieben waren. Aurelia jedoch hatte niemals aufgehört, von jenen Momenten zu zehren, in denen die Leidenschaft ihres Vaters für Architektur die ersten Funken derselben Begeisterung auch in ihr Herz gebracht hatte. Ihr Vater mochte sie nicht mehr so lieben, wie sie es sich wünschte. Was er ihr beigebracht hatte, brannte dennoch immer noch in ihrer Brust. Sie erhaschte gierige Blicke auf die Gebäude, bis die Kutsche abbog und die Bauten aus ihrem Sichtfeld verschwanden. Das Ziehen in ihrem Herzen war stark genug, um selbst durch die Betäubung zu dringen.

Mittlerweile hatten sie das Zentrum Vhindonas erreicht: Der Stadtpalast, ehemals Wohnsitz der königlichen Familie Radbods und seit deren Sturz und Ermordung Sitz des Senats. Er war das Herz der Stadt, das jede Person aus Vhindona mindestens einmal im Leben betrat. Das Gebäude war beeindruckend, und Aurelia reckte ein wenig den Kopf, um mehr davon zu sehen. Sie war nicht besonders überrascht, einen Blick auf sich ruhen zu spüren.

Aurelia wich ihm aus und gab sich Mühe, so gut wie möglich einfach nichts zu tun, aber ihre Nervosität war stark genug, um durch den dumpfen Nebel in ihrem Kopf zu dringen und sie unruhig zu machen. Wie konnte sie auch nicht nervös sein in einer Situation wie dieser, in der sie sich am liebsten die eigene Haut vom Leib ziehen oder zumindest drei Wochen lang duschen und dann für immer schlafen wollte?

Während die Kutsche über den Kiesweg ratterte, der vor den Palast führte, faltete sie erneut die Hände im Schoß, so gut die Ketten es zuließen, und war insgeheim froh darum, dass das Rumpeln der Kutsche das Zittern in ihren Fingern überspielte. Der Platz vor dem Palast war dafür entworfen worden, durch seine Größe zu imponieren, und er verfehlte seine Wirkung auf Aurelia nicht. Er war in kreisrunde Mauern gefasst, durch die in der Mitte ein breiter Weg führte, an dessen Enden je ein Tor mit heruntergelassenen Gittern in die Mauern eingelassen war. Eines davon wurde von der Kutsche passiert, die bis zur Hälfte des breiten Weges ratterte und dann eine scharfe Rechtskurve machte, um vor den ausladenden, zum Eingangsportal des Palastes führenden Marmorstufen zu halten. Als sie ausstiegen, ignorierte Aurelia die plötzliche Beklemmung, die der offene, weite Platz in ihr verursachte und ihr für einen Moment die Kehle zuschnürte. Stattdessen konzentrierte sie sich auf das doppelflügelige Portal vor sich.

Der Palast war einst von alchymistischen Fachkräften magisch verstärkt worden, und einige Reste davon konnte man noch ausmachen. Die Pforte war eines jener Überbleibsel. Auf ihren breiten, goldenen Türflügeln bewegten sich fein herausgearbeitete Figuren von wichtigen historischen Persönlichkeiten in einer endlosen Schleife von selbst, auch wenn ihre Bewegungen durch das Alter der Pforte und mangelnde magische Nachversorgung langsam und stockend geworden waren. Der Rest des Gebäudes entsprach dem klassischen Stil, weshalb es in ein Haupthaus mit zwei großen Seitenflügeln unterteilt war, das sich in einem Halbkreis um den Platz schmiegte. Breite Gänge aus Säulen, in denen sich Stränge aus Malachit und Lapislazuli wanden wie Schlangen, formten eine Art Arkade links und rechts der breiten marmornen Stufen. Der Anblick war erhaben genug, um das flatternde Gefühl der Nervosität in ihrer Magengegend noch zu verstärken.

Aurelia atmete tief durch, zwang sich, die Augen auf den Eingang gerichtet zu halten, und ließ sich ins Innere schieben.

KAPITEL 2

Es fühlte sich unwirklich und fremd an, als sie in den linken Flügel des Palastes geführt wurde, in dem das Magiestrat untergebracht war. Obwohl sie noch nie zuvor hier gewesen war, brachte sie es nicht über sich, auch nur einen Blick nach links oder rechts zu werfen. Stattdessen behielt sie die Augen auf ihre Füße gerichtet, die immer noch in zierlichen pfirsichfarbenen Schühchen steckten, deren reizvolles Aussehen nun durch die Blutflecke zerstört wurde. Ein Schritt nach dem anderen, ein Fuß nach vorne, dann der nächste – sie konzentrierte sich auf ihren Atem, der immer in der engen Brust zu stocken drohte – Parcis dirigierte sie mit erstaunlich sachten Berührungen ihrer Schulter und ihres Arms – Übelkeit – sie wollte ihn beißen, wollte irgendwen beißen, wollte schreien, aufwachen aus diesem Albtraum, der einfach nicht wahr sein konnte –

Aber sie war die Tochter ihrer Eltern und repräsentierte ihre Familie, auch jetzt noch, und so schwieg sie und ging aufrecht, einen Fuß vor den anderen setzend, wohin man sie auch dirigierte.

Sie wurde in einen fensterlosen Raum geführt, in dessen Mitte ein einfacher, dunkelbrauner Holztisch stand. Zwei ebenso einfache Stühle waren einander gegenübergestellt, und Parcis dirigierte Aurelia auf einen davon, um anschließend ihre Handschellen mit einer dünnen Kette daran zu befestigen. Die Beine des Stuhls waren mit Platten auf den Boden geschweißt worden. Vielleicht war auch Magie im Spiel gewesen. Obwohl der Gedanke flüchtig durch ihren Verstand schoss, starrte sie darauf, ohne die Platten wirklich wahrzunehmen.

»Warten Sie hier, Oberspäher Beilschmidt wird in ein paar Minuten eintreffen«, teilte Petra ihr mit, nickte Parcis zu und verschwand mit ihm aus dem Raum.

Der Rest des Zimmers schien sie mit seinen fensterlosen, schmucklosen Wänden einzuengen. Den einzigen Weg hinein und hinaus stellte die wuchtige schwarze Tür dar, durch die man sie hindurchgeschleust hatte. Licht spendete nur eine runde Deckenleuchte, die schon bessere Zeiten gesehen hatte und nur noch recht schwach brannte, sodass die Ecken des Zimmers dunkel blieben. Der Boden bestand aus abgeschabtem Parkett, das an mehreren Stellen notdürftig repariert worden war und dennoch tiefe Kerben von verschobenen Möbeln aufwies.

Aurelia starrte auf die zerkratzte Tischplatte vor sich und schluckte um den Klumpen in ihrer Kehle herum, so gut sie konnte. Sie hatte immer gewusst, dass es einmal so kommen würde – dass ihre Eltern recht gehabt hatten, als sie ihr gesagt hatten, dass sie versuchen musste, normal zu sein und das Kratzen und Brennen in sich zu ignorieren, das vor drei Jahren begonnen hatte.

Leise schwang die Tür auf. Herein trat ein hochgewachsener Mann in seinen Dreißigern oder Vierzigern. Er hatte die Statur eines Soldaten mit breiten Schultern und einer etwas zu steifen Haltung, stützte sich beim Gehen aber auf einen Stock mit rundem, silbernem Knauf. Er trug nicht die Uniform des Ritterordens und auch nicht die der Garde, aber an dem Revers seines maßgeschneiderten dunklen Sakkos war eine Nadel mit dem Abzeichen der Ersteren befestigt. Kein Magiebegabter also, stellte Aurelia geradezu teilnahmslos fest, sondern ein Magieloser. Die Kleidung des Mannes war mit Sorgfalt gewählt worden, von seinem faltenlosen Hemd und Gilet über die dunklen Hosen mit den untadeligen Bügelfalten bis zu den glänzenden schwarzen Schuhen. Und doch: Gerade verglichen mit seiner ansonsten untadeligen Erscheinung waren seine dunkelblonden Haare etwas zu zerzaust, saß der Hut auf seinem Kopf ein wenig zu schief, als dass es nicht sofort ins Auge stach. Er musterte sie mit scharfen blauen Augen, die einen Moment lang zu intensiv auf ihr ruhten, ehe er ihr ein kleines, kaum merkliches Lächeln schenkte. Dann schloss er die Tür genauso leise hinter sich, wie er sie geöffnet hatte, und nahm im Anschluss auf der anderen Seite des Tisches Platz.

»Guten Abend«, sagte er in angenehmem, unaufgeregtem Bariton und legte den Hut auf den Tisch. »Mein Name ist Johann Beilschmidt, ich bin einer der Oberspäher Vhindonas.«

Aurelia nickte leicht und spürte, wie ihre Lippen ohne ihr Zutun bebten.

Der Ermittler lächelte erneut sein kleines, kaum merkliches Lächeln und legte eine Aktentasche neben den Hut, öffnete sie und entnahm ihr einen Notizblock sowie eine goldene Füllfeder, die er langsam aufschraubte. »Ich würde Ihnen gerne ein paar Fragen stellen.« Er wartete einen Moment und blickte sie aufmerksam an, als ob sie tatsächlich eine Wahl in der Sache hatte. Aurelia nahm es für die kleine Höflichkeit, die es war, erwiderte seinen scharfen Blick und nickte einmal kurz und abrupt.

»Ausgezeichnet«, sagte er nach einer kleinen Pause. »Beginnen wir doch mit ein paar einfachen Fragen. Ich werde Sie nicht beißen, versprochen.« Keiner von ihnen lächelte. »Wie lautet Ihr voller Name?«

»Frank«, brachte Aurelia heraus, ihre Stimme kaum mehr als ein Flüstern, weshalb sie sich noch einmal räusperte. »Aurelia Genovia Frank.«

Oberspäher Beilschmidt nickte und machte eine kleine Notiz. »Ich kenne Ihren Vater, Fräulein Frank, allerdings nur sehr flüchtig, wie ich fürchte«, sagte er dann. »Der vhindonische Stadtarchitekt, nicht wahr?« Aurelia nickte. »Und Ihre Mutter?«

»Lehrerin. Sie – sie gibt ein paar großbürgerlichen Töchtern Privatunterricht.«

»Formidabel.« Er nickte noch einmal. »Nun, Fräulein Frank, Ihre Eltern ließen vor einigen Jahren kursieren, dass Sie der Schwermut verfallen seien und deswegen nicht das Haus verlassen wollten. Dass dem nicht so ist, können wir mittlerweile wohl mit Sicherheit sagen.«

Aurelia schwieg. Der Klumpen in ihrer Kehle war wieder da, und ihr Herz schien sein Bestes zu geben, sich neben ihn dazuzuquetschen.

Der Ermittler beobachtete sie einen Moment, dann notierte er sich etwas und sah wieder auf. »Wie alt sind Sie jetzt, wenn ich fragen darf?«

»Achtzehn.« Aurelia versuchte, ihre Stimme möglichst fest klingen zu lassen. Ihre Augen brannten. Es war so schwierig, sich nicht zu fürchten, und gleichzeitig spürte sie Wut in sich aufsteigen, dass man sie überhaupt erst zur Furcht zwang. Wie immer vermochte es diese Wut aber nicht, sich genügend gegen die Abgestumpftheit aufzubäumen, um nicht wenig später wieder in Bedeutungslosigkeit zu versinken wie eine Kerze, deren Docht zu schwach war, um die Flamme am Leben zu halten.

Oberspäher Beilschmidt gab ein leises Summen von sich. »Das ist recht alt für jemanden, der zum ersten Mal seine magischen Fähigkeiten entdeckt.«

Aurelia schwieg.

»Kommt meines Wissens nach so gut wie nie vor.«

Aurelia schwieg.

Ihr Gegenüber seufzte. »Was schon eher vorkommt, sind Eltern, die ihre magischen Kinder verstecken und mit Medikamenten niederstrecken, um sich dann zu wundern, wenn sie wortwörtlich in die Luft gehen.«

Aurelia antwortete nicht, sondern fixierte nur einen Fleck an der Decke, wo der Putz abgebröckelt war. Der Ermittler sah sie an und berührte abwesend mit einem seiner behandschuhten Zeigefinger seine Unterlippe wie tief in Gedanken versunken.

»Sie haben eine Explosion verursacht, als man Sie gefunden hat«, sagte er dann schließlich. Sein Tonfall war milde, aber Aurelia spürte dennoch, wie sich ihr die Haare aufstellten. »Es steht außer Zweifel, dass Sie magisch sind, Fräulein Frank. Ihre Eltern haben eine schwere Straftat begangen, indem sie Sie gedeckt und das Erwachen Ihrer magischen Fähigkeiten nicht gemeldet haben, das ist Ihnen hoffentlich klar? Sie könnten verurteilt und ins Gefängnis gesteckt oder zur Frontarbeit gezwungen werden, auf jeden Fall aber wäre Ihre soziale Stellung sehr angekratzt. Ich denke nicht, dass Sie das möchten, oder?«

Aurelia schüttelte stumm den Kopf. Sie fühlte sich kraftlos wie eine verwelkte Blume, fand aber aus irgendeinem Grund dennoch die Kraft, einigermaßen bissig zu erwidern: »Sind das im Moment wirklich meine größten Probleme?«

»Nun, nein«, erwiderte Oberspäher Beilschmidt ruhig. »Ihre absolute Kooperation würde sicherstellen, dass wir zumindest diesen Teil der Angelegenheit vergessen und Sie einfach als Spätzünderin registrieren. Das hätte natürlich auch für Sie selbst einige Vorteile – alles, was Sie uns über den Vorfall mitteilen, wirkt sich positiv auf Ihr Verfahren aus.«

Verfahren. Aurelia schauderte und presste die Fingerspitzen in ihrem Schoß aneinander. Die Ketten an ihren Handgelenken klirrten. Der Blick des Ermittlers lag ruhig und aufmerksam auf ihr. Je ruhiger und geduldiger er war, umso nervöser wurde Aurelia. Fast kam es ihr vor, als ob sie das Beil in ihrem Nacken schon spüren konnte. Sie versuchte dennoch ihr Bestes, sich nicht anmerken zu lassen, wie zerfasert sie sich fühlte. »Ich bin nicht sicher, ob ich Ihnen viel sagen kann. Ich wollte nur ein Buch holen, solange alle von der Feier abgelenkt waren.«

»So«, sagte Oberspäher Beilschmidt, gefolgt von einem tiefen Seufzer. Sie beobachtete, wie sich sein zerzauster Kopf über das Papier vor ihm beugte und er geradezu gemächlich zu schreiben begann. Das Kratzen der Feder über das Papier kratzte auch an Aurelias Nerven, sorgte dafür, dass ihre Nackenhaare sich aufstellten, und ließ sie erschaudern. Sie dachte an Fingernägel, die über den lackierten Holzboden schrammten, sich hilfesuchend darin eingruben und splitterten, Schreie, die in der Dunkelheit verklangen –

Und dann?

»Ach, Fräulein Frank.« Oberspäher Beilschmidt hatte sich nach vorne über den Tisch gebeugt und hielt ihr ein Taschentuch hin. Sie nahm es, dankte mechanisch und tupfte sich die Augenwinkel ab, ehe sie die Bewegung mit ihrer Nase wiederholte. »Ich will Ihnen doch nichts Böses. Sie sind einfach die stärkste Verbindung zu den Morden, die wir bisher haben.«

»Ich weiß nicht einmal, von welchen Morden genau Sie sprechen«, presste Aurelia hervor, auch wenn das nicht ganz der Wahrheit entsprach. Ihre linke Hand blieb um das Taschentuch verkrampft. »Vhindona ist eine Großstadt. Da passiert jeden Tag so einiges, wenn mich nicht alles täuscht. Und wie Sie selbst bereits so bemerkenswert scharfsinnig festgestellt haben, bin ich in den letzten Jahren wenig aus dem Haus gekommen.«

Ihr Gegenüber blickte sie erneut einen langen Moment so prüfend wie ein Falke an und holte dann eine Akte hervor, um darin zu blättern. »Die Eckdaten der sogenannten Festtagsmorde sind folgende: In den letzten sechs Jahren wurden insgesamt zwölf hochrangige Staatspersonen ermordet«, begann er dann sachlich zusammenzufassen. »Das Muster ist immer das gleiche: Eine soziale Festivität von größerem Ausmaß an einem der Jahresfeste zu Ehren der Gottheiten findet statt. Die Zielperson wird mit einer bis dato unbekannten Methode in ein einsames Zimmer des Veranstaltungsortes gelockt und dort ermordet. Die Opfer werden jedes Mal aufgeschnitten und verbluten, die Herzen werden entfernt, weshalb der Verdacht auf Ritualmorde besteht. Es gibt nur Reste von magischen Spuren, weshalb die Morde selbst nicht auf magische Weise durchgeführt zu werden scheinen. Aufgrund dieser Reste können wir darauf schließen, dass die Person, die hinter den Taten steckt, aus der magischen Gemeinde kommen muss, aber sie sind zu schwach, um die Person anhand der magischen Signatur zu überführen. Wir haben zwar dennoch die gefundenen Spuren mit den in unseren Registrierkarteien vorhandenen magischen Signaturen abgeglichen, konnten aber keine Übereinstimmungen finden. Und nun …« Er schloss die Akte und legte sie auf den Tisch, um die Hände auf der Tischplatte zu falten und sie aufmerksam anzusehen. »Nun haben wir hier eine junge, unregistrierte Magiebegabte, die neben der Leiche von Senator Rupert Hohenlohe gefunden wurde, die genauso zugerichtet war wie die anderen Leichen dieser Mordserie. Darüber hinaus hat die gleiche junge, unregistrierte Magiebegabte bei ihrer Auffindung im gleichen Raum mit der Leiche durch eine unkontrollierte Explosion nicht nur eventuell wichtige Beweismittel vernichtet, sondern auch einen nicht unerheblichen Sachschaden verursacht. Fräulein Frank, ich muss Ihnen wohl nicht sagen, dass manche Leute Sie gern einfach hinter Gitter werfen und für alles verantwortlich machen wollen, nur um den Fall endlich abzuschließen.«

»Und Sie etwa nicht?«, platzte es aus Aurelia heraus. Ihre Finger verkrampften sich so fest um das Taschentuch, dass ihre Knöchel weiß hervortraten.

»Ich möchte die Morde stoppen«, sagte Oberspäher Beilschmidt ohne die Spur eines Lächelns auf seinen Zügen. Etwas flackerte dabei in seinen Augen, ein Feuer, das Aurelia erschauern ließ. »Ich halte nichts davon, eine unschuldige Person einzusperren, nur damit ich Ergebnisse vorweisen kann. Und alles in allem halte ich es für sehr unwahrscheinlich, dass Sie die Schuldige sind – aber ich glaube, dass Sie etwas gesehen haben, das uns bei der Aufklärung des Falls entscheidend helfen könnte. Ich bitte Sie hiermit also noch einmal ganz höflich, mir zu antworten: Was hat sich vergangene Nacht zugetragen?«

Aurelia schloss die Augen. »Ich würde Ihnen wirklich gern helfen, aber ich weiß es nicht.«

Einen Moment lang war die Stille zum Schneiden dick. Dann hörte sie, wie sich der andere Stuhl scharrend über den Boden bewegte. Als sie die Augen öffnete, hatte der Ermittler sich erhoben, die Lippen zu einer grimmigen Linie zusammengepresst.

»Schön«, sagte er kühl. »Dann sehe ich mich gezwungen –«

»Ich weiß es wirklich nicht!«, fiel ihm Aurelia mit unwillkürlich erhobener Stimme ins Wort. »Ich schwöre, ich – ich kann mich nicht – ich weiß nur noch, wie ich in die Bibliothek geschlichen bin, weil ich noch ein bestimmtes Buch holen wollte – und dann lag da – und er hat noch geröchelt –« Sie rang nach Luft. Sie hatte Senator Hohenlohe gekannt. Er war ein etwas einfältiger, aber immer gut gelaunter Trinker gewesen, immer eher still und gemütlich.

Harmlos. Ihre Augen begannen erneut zu brennen, und sie hob die Hände, so gut sie konnte, um das Taschentuch gegen ihr Gesicht zu pressen. »Ich war's nicht – ich weiß nichts mehr von einer Explosion – ich weiß nur noch, wie er da lag und dann –«

Lange konnte sie nur ihren eigenen Atem hören, der so harsch war wie ein zu Tode gehetztes Tier. Sie konnte nicht aufhören, trocken zu schluchzen, hysterisch und ohne genug Luft. Das Eisen brannte auf ihren Handgelenken.

»Bitte beruhigen Sie sich, Fräulein Frank.« Die Stimme des Oberspähers war erstaunlich sanft. »Möchten Sie ein Glas Wasser? Nein? In Ordnung.« Seine Finger trommelten auf der Tischplatte, dann hielten sie abrupt inne. »Er hat also noch geröchelt, sagen Sie?«

Aurelia nickte und versuchte, die Luft anzuhalten, um sich zu beruhigen, dann krallte sie die Fingernägel zum gleichen Zweck in ihre Oberschenkel, aber es half alles nur minimal. Der gewünschte Effekt blieb aus.

»Dann muss er noch sein Herz gehabt haben … Fräulein Frank«, sagte ihr Gegenüber mit gefasster, aber angespannter Stimme, »ich weiß, dass Sie sich an nichts erinnern können, aber versuchen Sie es bitte dennoch. War sonst noch jemand in diesem Zimmer?«

»Ich weiß es nicht«, murmelte Aurelia und fuhr zusammen, als die Ketten klirrten. Sie konnte nichts mehr hören außer ihrem eigenen lauten Atmen, dem Blut, das durch ihre Ohren rauschte, das Blut, das Blut, das Blut am Boden der Bibliothek –

»Fräulein Frank! Beruhigen Sie sich! Du liebe Güte …«

Aurelia wusste nicht, wie viel Zeit vergangen war, als sie wieder zu sich kam. Sie starrte verständnislos auf das Wasserglas in ihrer Hand, blickte auf und sah in Oberspäher Beilschmidts blaue Augen.

»Geht es Ihnen ein wenig besser?« Auf Aurelias schwaches Nicken hin berührte er erneut mit seinem behandschuhten Finger seine Unterlippe in einer fahrigen Geste und ließ die Hand dann unvermittelt wieder sinken. »Gut, sehr gut. Bitte hören Sie mir genau zu. Man wird Sie nun als Magiebegabte registrieren und im Anschluss einer Aufsichtsperson für Ihre weitere Ausbildung zuweisen. Es ist wichtig, dass Sie Ihre Magie unter Kontrolle bekommen. Darüber hinaus ist Ihr Lehrmeister ein Sondermitarbeiter für das Magiestrat, der spezielle Fähigkeiten für die Wiedererlangung von Erinnerungen mitbringt. Hoffentlich werden wir so herausfinden können, was Sie gesehen haben, dann können wir auch eine zweite Aussage aufnehmen. Ihr Lehrmeister wird Ihnen eine Einführung in das Leben als Magiebegabte geben und Sie für die Dauer Ihrer Ausbildung bei sich aufnehmen.«

Aurelia atmete tief durch. »Kann ich meine Eltern besuchen gehen?«

»Ich fürchte, das wird nicht möglich sein«, erwiderte Oberspäher Beilschmidt und sammelte dabei seine Unterlagen ein. »Sie dürfen die nichtmagischen Bezirke erst wieder betreten, wenn Sie das Abzeichen der zweiten Stufe errungen haben, das Sie als ihre magischen Kräfte beherrschende Person kennzeichnet.«

»Und wann wird das sein?«

»Das liegt an Ihnen. Sie werden von einer Kommission zu einem angemeldeten Termin geprüft werden. An Ihrer Stelle würde ich mir darüber aber vorerst nicht allzu viele Gedanken machen.«

Aurelia wusste nicht, was sie dazu sagen sollte, und nickte nur. Noch hatte man nicht vor, sie einzusperren oder gleich zum Galgen zu führen … das war immerhin etwas. Alles Weitere würde sich hoffentlich finden.

Der Ermittler musterte sie einen Moment lang, nickte ihr dann aufmunternd zu und schüttelte ihre Hand. Nach einer knappen Anweisung an Petra, die vor der Tür wartete, begleitete er sie und die Gardistin noch zur Registrierstelle und entfernte sich dann mit schnellen Schritten. Nur nebenbei nahm Aurelia wahr, dass er hinkte.

Petra brachte Aurelia in einen leeren Raum mit vielen Stühlen und wies sie an, hier zu warten. Als sie allein war, atmete Aurelia in der staubigen Stille des verlassenen Raumes tief durch. Man hatte ihr an irgendeinem Punkt die Eisenringe um Hals und Handgelenke entfernt. Die nunmehr wieder entblößte Haut fühlte sich rau und verletzlich an. Nun, da man sie nicht mehr unter Druck setzte, war die Taubheit allumfassend. Sie saß in einer Ecke des leeren Raumes, der viel zu groß und mit Stille gefüllt war, und starrte wie eine Puppe blind aus dem einzigen Fenster, wagte kaum zu atmen. Haltung. Haltung. Haltung.

Die Tür flog auf.

»Dies ist also das Kind, das ihr mir angedacht habt«, sagte der Mann, der die Tür halb eintrat, mit schwer einzuordnendem Akzent und altmodisch klingendem Radbonisch, als er mit langen Schritten in die Mitte des Raumes marschierte und dort stehen blieb. Staub wirbelte um ihn auf wie das Kleid einer erschreckten Tänzerin und legte sich nur langsam wieder, je länger er dort stand und Aurelia unbewegt mit viel zu grünen Augen musterte. Sie wusste, dass die Augen von Magiebegabten ab einem gewissen Zeitpunkt zu leuchten begannen; daran erkannte man die Alten, die wirklich Gefährlichen. Er war ein hochgewachsener Mensch und hatte die Kapuze eines schwarzen, bodenlangen Mantels aus einem seltsam schimmernden Material um sein scharf geschnittenes Gesicht gelegt. Seine Haut besaß den dunkleren Ton von südlichen Gefilden, die man mit den

Speerinseln verband, oder mit Mistras auf der anderen Seite des Meeres. Es war schwer zu sagen, wie alt er war, was bei Magiebegabten keine Seltenheit darstellte, doch um seine kohlumrandeten Augen und seine Mundwinkel hatten sich bereits deutliche Fältchen gebildet. Das wiederum war ein Anzeichen dafür, dass er wirklich nicht mehr jung war – aber was war schon Jugend, was war Alter für Leute, die mehrere Hundert Jahre alt werden konnten? Das war ein Aspekt, den Aurelia sich immer noch nicht so recht vorstellen konnte.

Je länger der Mann sie musterte, desto mehr presste er seine schmalen Lippen zu einer dünnen, eindeutig unzufriedenen Linie zusammen.

Hinter ihm kam Oberspäher Beilschmidt zur Tür herein. Aurelia erhob sich wie betäubt und knickste, ohne ein Wort über die Lippen zu bekommen. Die grünen Augen, die sie weiterhin scharf musterten, verengten sich einen Moment lang, dann drehte er sich halb zu Oberspäher Beilschmidt.

»Ich denke, du scherzt, Johann«, sagte er, und der scharfe Ausdruck in seiner Stimme ließ Aurelia erschrocken über ihr Kleid streichen. »Die Annahme, dass dieses junge Geschöpf näher in die Angelegenheit involviert ist, halte ich für absurd. Wie nennt man dich, Kind?«

Aurelia atmete tief aus und nannte ihren Namen.

Der Mann schüttelte den Kopf. »Gestatte, mich vorzustellen: Man nennt mich Marius Cinna«, sagte er brüsk und dann erneut an Oberspäher Beilschmidt gewandt: »Mir scheint, du hast die Falsche.«

Marius Cinna. Aurelia blinzelte einmal sehr langsam, während die beiden Männer sie ignorierten. Sie kannte den Namen aus den Stunden politischer Bildung, die ihre Eltern ihr erteilt hatten, aber aus einem ganz anderen Kontext. Marius Cinna war, wenn sie ihrem wattigen Hirn vertrauen konnte, seit fast drei Jahrhunderten der Parakoi von Mistras, jener Hohepriester der Herrin, mit dem zusammen der mistrische Herrscher Leonidas Dynatos die Geschicke des Landes von der Hauptstadt Bycaea aus lenkte. Alle hohen Amtspersonen des Landes waren magisch, und man erzählte sich empört schreckliche Geschichten von der Unterdrückung der nichtmagischen Bevölkerung. So oder so war er niemand, von dem Aurelia jemals vermutet hatte, ihn tatsächlich einmal zu Gesicht zu bekommen. Was machte er hier in Vhindona, auf der anderen Seite des Meeres? Es ergab für ihren vernebelten Verstand keinen Sinn, also hörte sie gleich auf, noch weiter darüber nachzudenken.

»Du hast mir nicht zugehört, Marius«, murmelte Oberspäher Beilschmidt, nachdem er die Tür sorgfältig hinter sich geschlossen hatte. »Wir halten sie nicht für die Täterin, sondern für eine wertvolle Zeugin, sollten wir ihre Erinnerungen zurückholen können.« Er wisperte dem anderen Mann etwas ins Ohr.

Die grünen Augen verengten sich für einen Moment, dann atmete Meister Cinna langsam aus.

»Du benutzt mich«, sagte er anklagend. »Ich bat ausdrücklich darum, keine Zöglinge zugewiesen zu bekommen. Du gabst mir dein Ehrenwort.«

Oberspäher Beilschmidt schenkte ihm ein müdes Lächeln. »Ich habe nie irgendetwas geschworen, Marius, ich habe gesagt, dass ich sehen werde, was ich tun kann. Und dieser Fall bedarf deiner ... besonderen Fähigkeiten.« Erneut senkte er die Stimme und wandte sich halb von Aurelia ab, aber der Raum war abgesehen von ihren Stimmen komplett still, weshalb sie dennoch verstehen konnte: »... dich nicht darum bitten ... unbedingt nötig wäre.« Er richtete sich wieder ein Stück auf und atmete mit einem

Blick auf Aurelia tief durch. »Vielleicht ist sie endlich die Spur, auf die wir gehofft haben.«

»Man hat ihr nicht einmal gewährt, sich das Gesicht zu waschen?«, fragte Meister Cinna nach einer kleinen Pause und machte keinen Hehl daraus, was er davon hielt. »Man hat sie nicht mit neuen Kleidern ausgestattet? Ich bin enttäuscht, aber nicht überrascht.«

Oberspäher Beilschmidt seufzte sehr, sehr tief. »Kein Grund, beleidigend zu werden. Es war einfach keine Zeit dazu, da ich die Erstbefragung so schnell wie möglich abwickeln wollte. Außerdem sind wir hier eine Behörde, keine – keine Bekleidungsabteilung. Das kannst du ja machen, nachdem du sie mit nach Hause genommen hast.«

Marius Cinna drehte sich nicht einmal zu ihm um und hielt es anscheinend auch nicht für nötig, auf diese Aussage zu antworten. Stattdessen starrte er wieder lange in Aurelias Gesicht. Da war etwas in seinen Augen, das sie aufmerksamer werden ließ – etwas Melancholisches, Gequältes, das sofort verschwand, als er ihren Blick bemerkte. Einen Moment taxierten sie einander wie zwei Katzen, die nicht wussten, ob sie einander freundlich oder feindlich gesinnt waren. Was auch immer er in ihrem Gesicht sah, es schien Meister Cinna eine Entscheidung über sie fällen zu lassen.

»Nun, so sieh doch nicht so ratlos durch die Gegend wie ein toter Affe, Kind«, sagte er unvermittelt in ihre Richtung und machte eine unwirsche Handbewegung, als sie wieder aufblickte. »Fürwahr, ich kann es kaum mit ansehen. Ich werde mir Mühe geben, dich möglichst adäquat zu akkommodieren. Und du! Erfreue dich deiner anziehenden Visage, Johann, deretwegen allein ich diesem Karneval der Administration überhaupt zu folgen gewillt bin.« Ein kleines Schmunzeln huschte über Oberspäher Beilschmidts Gesicht und ließ ihn etwas jünger wirken. Meister Cinna schnaubte bei diesem Anblick und drehte sich wieder zu Aurelia um. »Ihre Eltern?«

»Werden über die Unterbringung und den momentanen Stand der Dinge benachrichtigt. Zusammen mit dem Vorschlag einer Möglichkeit, sie bei Wunsch zu kontaktieren. Die Anklage wegen Unterbringung einer unregistrierten Magiebegabten werden wir unter den Tisch fallen lassen … Ich sehe keine Veranlassung, das jetzt großartig aufzublasen.«

»Wie vergnüglich, ich liebe Post«, kommentierte Meister Cinna als einzige Anmerkung sarkastisch und machte eine auffordernde, ruckende Kopfbewegung in Richtung Tür. »Lass uns gehen, Kind. Je schneller wir hier rauskommen, umso besser.«

Aurelia nickte, obwohl er ihr bereits den Rücken zugekehrt hatte und mit langen Schritten ohne ein Wort des Abschieds an Oberspäher Beilschmidt vorbeirauschte. Dieser fing Aurelias Blick ein und nickte ihr aufmunternd zu. »Das wird schon, Fräulein Frank. Hunde, die bellen, beißen nicht.«

»Wenn Sie das sagen, Herr Oberspäher«, murmelte Aurelia wenig überzeugt. Was jedoch blieb ihr anderes übrig, als zum Abschied zu knicksen und dann ihrem neuen Meister nachzulaufen? Jede Bewegung fühlte sich wie im Traum an. Die Leute wichen ihnen aus wie ein Schwarm aufgeschreckter Tauben auf einem Marktplatz. Marius würdigte sie keines Blickes, sondern marschierte weiter, die Kapuze tief ins Gesicht gezogen, bis sie auf dem Vorfahrplatz für Kutschen vor dem Palast angekommen waren.

Wenig später befand Aurelia sich zum zweiten Mal an diesem Tag in einer Kutsche, nur dass die Situation eine geringfügig andere war. Diesmal war sie immerhin nicht in Eisen gelegt, und ihre Begleitung bestand nur aus einer Person, die ihr einen kurzen Blick zuwarf und dann aus dem Fenster sah.

»Nenn mich Meister Marius«, sagte der Mann nach einer kleinen Pause, und Aurelia nickte rasch zum Zeichen ihres Verständnisses. Sie konnte nur mutmaßen, dass das Haus ihres neuen Meisters in den äußeren Bezirken lag, die den Magiebegabten vorbehalten waren. Ihrem Aufwachsen entsprechend war Aurelia noch nie dort gewesen. Sie hatte lange Jahre darauf gehofft, auch nie dort hinzukommen.

Aurelia biss sich auf die Lippen im Versuch, nicht vollkommen die Nerven zu verlieren. Stattdessen begnügte sie sich damit, für den Rest der Fahrt schweigend aus dem Fenster zu sehen und sich zusammenzunehmen. Immerhin machte auch Meister Marius keine weiteren Anstalten, sie in ein Gespräch zu verwickeln. Sie hatte keine Ahnung, was sie von dem Mann halten sollte. Er wirkte nicht unfreundlich, aber auch nicht besonders begeistert. Sie konnte es ihm nicht verübeln. Es ging ihr ähnlich.

Mit jedem Meter entfernten sie sich mehr und mehr von dem Leben, das Aurelia geführt hatte, den Straßen und Bezirken, in denen sie groß geworden war, den Leuten, die sie bisher umgeben hatten. Ihr Herz sank wie ein Stein, als sie nach Überprüfung ihrer beider Papiere am Kontrollpunkt die Grenze zwischen den Bezirken der Magielosen hinüber zu jenem einzigen der Magiebegabten passierten und in Stadtgebiete eindrangen, die sie nie zuvor gesehen hatte. Die Häuserreihen, überwiegend nicht so gepflegt und kunstvoll, wie sie es von ihrer bisherigen Umgebung kannte, verschwammen vor ihren Augen. Viele Häuser waren von hübschen kleinen Gärtchen umgeben, und keine zwei Häuser grenzten aneinander. Und noch etwas war bei näherem Hinsehen erkennbar: In vielen von ihnen war die Magie erneuert worden, die sie zu außergewöhnlichen Bauten machte. Es war damals, noch vor ein oder zwei Jahrhunderten, Brauch gewesen, Häuser mit Magie anzureichern und ihnen damit faszinierende Eigenschaften zu verleihen. Doch wie die magischen Barrieren war auch diese Angewohnheit aus der Mode gekommen. Heute waren alle Häuser, die jünger als ein Jahrhundert waren, ausnahmslos nichtmagische Bauten, und die älteren verkamen auch immer mehr dazu, weil man zumindest in den nichtmagischen Bezirken keine Magie mehr nachlieferte. Offensichtlich war das im magischen Bezirk anders, auch wenn man ihr davon nie etwas gesagt hatte. Was Aurelia zuvor für schlichte Fassaden gehalten hatte, entpuppte sich als feinsinniger als gedacht, nur dass die Geschwindigkeit der Kutschenfahrt das Erkennen von Details nicht zuließ. Dennoch war die Faszination hoch genug, um sie abzulenken, bis das Gefährt vor ihrem Ziel zum Stehen kam.

Meister Marius' Haus lag am äußersten Rand des magischen Bezirks, wo nur wenig entfernt der Fluss Veno dahinglitt und dann den Weg für Wiesen freimachte, hinter denen die Stadtmauer in die Höhe ragte. Deutlich hatte der Fronteinsatz der Magiebegabten hier seine Spuren hinterlassen. Die Fenster und Türen der meisten Häuser waren vernagelt worden, und die Natur hatte bereits erste Anstalten gemacht, die unbewohnten Gebäude wieder für sich zu beanspruchen. Nur in dem Haus zur rechten Seite ihres Zielgebäudes flackerten Lichter in den Fenstern, und zwischen üppigen immergrünen und sorgfältig gestutzten Hecken stand eine rote Tür, die wirkte, als ob sie ihren Anstrich erst kürzlich erhalten hätte.

Auch Meister Marius' Haus war von Efeu überwuchert. Es war, wie Aurelia nach einem eingehenden Blick auf die Erkerfenster und eckigen Verzierungen in der Fassade feststellte, ein Gebäude aus der Zeit des ersten Jahrhunderts nach dem Zweiten Sternenfall. Das Haus wirkte viel zu groß für eine einzelne Person, und Aurelia vermutete stark, dass es für einen ganzen Haushalt konzipiert worden war. Hier mussten einmal Adelige gehaust haben, zumindest aber Leute mit Geld. Meister Marius war offenbar nicht mittellos nach Vhindona gekommen, wann immer das auch gewesen sein mochte.

Der Mann stieg aus, ohne zu warten, ob Aurelia ihm folgte, also raffte sie rasch ihr Kleid und bemühte sich, ihm hinterherzukommen. Tote Halme und die abgeworfenen Blätter eines morschen Baumes knirschten unter ihren Schuhen, als sie durch den Garten wanderte, dessen Rasen ungeschnitten und vernachlässigt voller Unkraut vor sich hin wucherte. Der Garten hatte nichts mit den sorgfältig gepflegten Flächen vor und hinter ihrem Elternhaus zu tun, und er stand in starkem Kontrast zu dem Nachbarsgarten, der trotz der kühlen Jahreszeit üppig und grün in voller Blüte stand. Es gab keine Dekorationen außer einem ausgehöhlten Kürbis auf der einzigen steinernen Stufe, die zur Haustür führte. Ein kleines Licht brannte darin, das von einer Kerze stammte, die sich nicht um etwaigen Wind zu kümmern schien. Es war ein alter Brauch, den nicht nur Magiebegabte, sondern auch noch einige alte Magielose verfolgten: Ein Licht, um die Geister der Toten zu blenden und von den Häusern der Lebenden fernzuhalten, so hatte man es ihr zumindest beigebracht. Aurelia schauderte und bemühte sich, den Kürbis einfach so gut wie möglich zu ignorieren. Wie von vielen anderen hatten ihre Eltern auch von diesem Brauch nur wenig gehalten, und es war schwierig, von einer Minute auf die andere auf Akzeptanz umzuschalten.

Vor der Haustür, schwarz lackiert und mit einem kunstvollen Buntglasfenster versehen, hielten sie an. Meister Marius holte einen Schlüsselbund aus den Falten seines Umhangs und befingerte ihn einen Moment auf der Suche nach dem richtigen Schlüssel, dann sperrte er auf.

»Geh vor und warte im Vorzimmer auf mich«, wies er sie an. »Ich muss noch etwas erledigen. Deinen Mantel kannst du an einem der Haken aufhängen und deine Schuhe kannst du gleich darunter abstellen. Ich bevorzuge drinnen das Tragen von, wie sagt man, Hausschuhen.«

Aurelia schluckte mühsam den aufwallenden Kommentar, dass sie nicht so unkultiviert war, als dass sie diese Aufforderung gebraucht hätte. Stattdessen nickte sie nur stumm. Die Erschöpfung war groß, und sie versuchte, nicht zusammenzuzucken, als die Tür hinter ihr ins Schloss fiel und sie allein im Vorzimmer stand. Sie wollte weinen, aber noch fand sie keine Kraft, um den Knoten in ihrer Brust zu lösen, also sah sie sich stattdessen um.

Das Buntglasfenster malte farbige Streifen in Blau und Gelb auf den alten Holzboden, der unter ihren Füßen knarzte. Eigentlich unterschied sich das Vorzimmer nur geringfügig von dem ihrer Eltern, zumindest was den Grundriss anging. Aber es befand sich kein weicher Läufer darin, der jeden Schritt schluckte. Keine gemalten Land schaftsbilder hingen an den Wänden und begrüßten Besuchende, und kein Hausmädchen kam heran, um einem rasch den Mantel abzunehmen und sich nach dem Wohlbefinden zu erkundigen. Stattdessen schien das Haus den Atem anzuhalten – wenn man das von einem Gebäude sagen konnte. Sie hatte gehört, dass magische Häuser oftmals so sehr von Magie durchdrungen waren, dass sie fast so etwas wie ein Eigenleben entwickeln konnten, aber so hatte sie es sich nicht vorgestellt. Sie hatte nie damit gerechnet, dass es sich anfühlen würde, als ob das Haus auf der Lauer läge.

Einen Moment lang stand sie wie angewurzelt im Dunkeln.

Dann flackerten plötzlich mehrere kleine Flammen in den gusseisernen Lampen auf, die in regelmäßigen Abständen an den Wänden befestigt waren. Kein Schalter war betätigt und kein Öl angezündet worden. Aurelia war sich einigermaßen sicher, dass es keinen Strom in diesem Haus gab, da Elektrizität eine frische Errungenschaft der modernen Zeiten und noch lange keine Selbstverständlichkeit in allen Haushalten war. Und auch von den Lampen aus Kupfer und Dampf, die es überall in der Stadt gab, konnte sie keine Spur entdecken. Die Tapete war von einem satten Dunkelgrün, auf dem verblichene Muster zu erkennen waren. Aurelia hatte das Gefühl, dass das Muster sich verschob, sobald sie versuchte, ihren Blick darauf zu fokussieren, wie als ob das Haus mit ihr spielen wollte.

»In Ordnung«, sagte Aurelia laut in die Stille und zog ihre ruinierten, blutbespritzten Schuhe aus, bevor sie sich an der fleckigen Wand abstützte und tief durchatmete. Das Haus schien um sie herum zu summen, erfüllt von einer Energie, die sie nicht sehen konnte. Von draußen waren knackende, knisternde Geräusche zu vernehmen, die dafür sorgten, dass sich ihr die Haare auf den Armen aufstellten.

Etwas schien sich in einer der dunklen Ecken, wo eine goldene Abscheulichkeit von Schirmständer stand, zu bewegen.

Aurelia erstarrte und glotzte wie hypnotisiert darauf. Der Bann wurde erst gebrochen, als Meister Marius wieder ins Haus trat und geräuschvoll die Tür hinter sich schloss. Sie riss den Blick vom Schirmständer los und richtete ihn auf ihren neuen Lehrmeister.

»So«, sagte der, »das wäre vollbracht.« Er hielt inne, als der Schirmständer zu wackeln begann. Nun sträubten sich auch

Aurelias Nackenhaare, als sie sich langsam, sehr langsam wieder zu dem Schirmständer umdrehte. Er hatte begonnen, unheilvoll zu rumpeln und zu rattern, als ob er kurz vor einer Explosion stünde.

Offensichtlich schien Meister Marius etwas Ähnliches zu befürchten, denn er stellte sich rasch vor sie und sagte mit erhobener Stimme: »O nein, davon sehen wir ab –«

Aurelia schrie, als ein kleiner Schatten aus dem Schirmständer fuhr und sich an Meister Marius festkrallte.

KAPITEL 3

Das Mädchen kreischte und stolperte zurück, um sich an das gewundene Geländer der Stiege in den nächsten Stock hinauf zu klammern. Marius konnte es ihr nicht verübeln. Sie hatte einen unfassbar schlechten Tag hinter sich, war in eine vollkommen neue Welt geraten und ging vermutlich von ganz falschen Annahmen über Quellenkinder und ihre Praktiken aus. Die Vulgax in diesem Land waren alle grauenvoll uninformiert, aber die meisten von ihnen waren auch gar nicht interessiert daran, mehr zu erfahren. Wie man so leben konnte, war Marius ein Rätsel, aber dann wiederum war es auch nicht seine Angelegenheit. Das Mädchen jedoch … das Mädchen war wohl zu seiner Angelegenheit gemacht worden, ob er wollte oder nicht. Deswegen musste er aber nicht noch absichtlich zu ihrer Verstörung beitragen.

»Tausendmal habe ich dir gesagt, dass du das lassen sollst!«, schimpfte Marius den Schatten auf Altlimisch, seiner Erstsprache, und pflückte ihn von sich herunter. »Lass dich wenigstens von unserem Neuzugang ansehen, du unhöflicher Bastard.«

Besagter unhöflicher Bastard klapperte mit den Kiefern und präsentierte sich dann in all seiner Glorie, die zugegeben wohl für die meisten recht befremdlich sein musste.

Der Übeltäter war nämlich ein Affe.

Das allein war in diesen Breitengraden wohl schon eine Seltenheit, allerdings war dieser Affe noch dazu nichts mehr als ein Skelett. Marius versuchte, ihn aus Aurelias Sicht wahrzunehmen, als ob er ihn das erste Mal sah. Statt eines Fells waren besagte Knochen mit dichtem, feucht glänzendem – er musste wieder in Kilians Regentonne gekrochen sein –

43

Moos überzogen, und anstelle von Augen saßen zwei exakt hineinpassende, grausilbern glänzende Blutsteine in den leeren Höhlen. Sein knochiger Schwanz wand sich um Marius' Arm, und er schaukelte darauf sorgenfrei vor und zurück, während er Aurelia neugierig bestaunte.

Die Sache mit Untoten war, dass man vorsichtig sein musste, in welcher Gemütslage man sie erschuf und wie rein die Ausgangsmaterialien waren. Es war eine eigene Kunst, Knochen entsprechend zu präparieren und zu reinigen. Und selbst dann waren nicht alle Dienende der Herrin dafür prädestiniert, Untote zu erschaffen, denn es benötigte ein ruhiges, moralisch gefestigtes Gemüt, das wusste, was es wollte. Bösartigkeit im Herzen erschuf Bösartigkeit in Untoten, die dann gerne einmal ihre Schöpfer oder andere Lebewesen zur Strecke brachten, ohne sich darum zu kümmern, dass es ihr eigenes Ende bedeutete. Waren die Schaffenden während des Prozesses müde, konnte man höchstwahrscheinlich auch mit dem Untoten nichts anfangen. Waren die Schaffenden fröhlich, hilfsbereit, voller Sehnsucht, spiegelte sich dies auch in ihren Kreationen. Immerhin war es das Blut der Dienenden der Herrin, das die Untoten letztendlich existieren ließ.

Marius' vhindonische Untote waren ein kleines Arschloch und ein liebebedürftiger Tollpatsch. Er wusste wirklich nicht, wie es dazu hatte kommen können.

Aurelia starrte den Affen so reglos an, dass Marius einen Moment lang überlegte, ob sie einen Schlaganfall erlitten haben mochte.

»Man nennt ihn Gustav«, stellte Marius den Affen nun wieder auf Radbonisch vor, woraufhin Gustav sich bekräftigend mit einer Hand gegen sein ebenfalls moosbedecktes Hinterteil schlug. »Er ist einer meiner Assistenten, eigentlich, aber um ehrlich zu sein, finde ich ihn einfach nur unterhaltsam.« Einen Moment lang dachte Marius darüber nach, sie darauf hinzuweisen, dass Gustav gerne einmal mit fremder Kacke um sich warf und sie deshalb vorsichtig beim Toilettengang sein sollte, aber sein Humor hatte auf Radbonisch die Tendenz, noch flacher als ohnehin schon auszufallen und niemanden außer ihn selbst zu amüsieren. Es mochte seine Abneigung gegen das Land und die Sprache sein, die ihm selbst nach so vielen Jahren im Ausland die Fähigkeit nahmen, auf einer fremden Sprache wirklich lustig zu sein. Andererseits war Humor wohl einfach nur Ansichtssache.

Aurelia rührte sich nicht vom Fleck und nahm auch nicht den Blick von Gustav. »Der Affe ist tot.«

»Ich würde sagen, das ist Auslegungssache«, sagte Marius. »Beziehungsweise führt es uns zu der sehr philosophischen Frage: Was genau ist eigentlich Leben, und wo hört es auf?« Etwas flackerte in Aurelias Augen. Marius konnte es nicht deuten und schüttelte deswegen einfach den Kopf. »Er tut dir nichts. Also, nichts Schlimmes. Wie sagt man, er treibt gerne Schabernack, aber das ist auch schon alles.«

Aurelia wirkte nicht überzeugt. »Totes beleben ist dunkle Magie. Verboten.«

Marius entfuhr ein unschöner Ausdruck, den er von Johann gelernt hatte und der Aurelias Augen weit werden ließ. Es tat ihm nur bedingt leid. »In dieser Stadt ist für Vulgax alles dunkle Magie. Es gibt keine dunkle Magie, und es gibt keine helle Magie. Es gibt einfach nur Magie und viele verschiedene Arten, sie zu verwenden, das ist alles. Ich wünschte, Leute hierzulande würden damit aufhören, vor ein paar überwucherten Knochen Reißaus zu nehmen. Bei uns hat man den Nutzen davon schon vor Jahrhunderten erkannt. Man spart sich damit viele Dinge – Sklaverei etwa, oder lebende Personen auf den Schlachtfeldern.«

Aurelia hob den Kopf und starrte ihn mit harten, dunklen

Augen an, die ihn einen viel zu langen Moment an jemand anderen erinnerten. »Ihr seid ein Totentänzer.«

Totentänzer. An den Begriff hatte Marius sich erst gewöhnen müssen, nachdem er ihn das erste Mal gehört hatte. Sicherlich war das Wort einmal positiv verwendet worden, damals, als die Vulgax in Radbod noch Vertrauen in die Quellenkinder gehabt hatten. Nun aber hatte es eine negative Bedeutung, die jeden Stolz auf seinen Dienst deutlich erschwerte. Und dabei hatte gerade Vhindona einst der Herrin gehört. Man hatte ihre Wichtigkeit erkannt und sie gefeiert, indem man ihr eine Stadt errichtet hatte. Nun führten seit ein oder zwei Jahrhunderten nichtmagische Gläubige die Begräbnisse durch – Personen, die mit dem Tod selbst noch nie in Berührung gekommen waren. Man packte die Toten in Kisten und senkte sie in den Abgrund, anstatt sie zu verbrennen und den Sternen zurückzuführen. Die Vulgax hierzulande hatten vergessen, wie es einmal gewesen war, ja, sie konnten sich nicht einmal mehr an die magischen Knotenpunkte erinnern, auf denen die Stadt aufbaute. Sie waren misstrauisch, und selbst die Quellenkinder dieser Stadt hatten ihre Skepsis teilweise übernommen, was gerade unter den Jüngeren zu Selbsthass und Verunsicherung führte. Die toten Seelen der Stadt waren hohle, hungrige Existenzen, die sich mit aller Brutalität ans Diesseits klammerten, weil man sie nie auf den Übergang vorbereitet hatte, und nicht, weil sie noch etwas zu erledigen hatten oder jemandem beistehen wollten. Vhindona, nördliches Juwel der Herrin, hatte die Bedeutung des Todes vergessen und stattdessen begonnen, ihn zu fürchten. Es war nicht das, was er sich erhofft und erwartet hatte, als er vor zwanzig Jahren in die Stadt gekommen war.

Aber es machte seine Aufgabe hier auch ein wenig leichter, weil es ihn rücksichtsloser sein ließ. Zumindest wollte er sich das gerne einreden.

Er verschränkte die Arme vor der Brust. »Ich würde bei etwaigen Unannehmlichkeiten deinerseits gerne um rasche Information darüber bitten.«

Aurelia hob die Augenbrauen und schlang die Arme um sich, als ob sie fror. »Würde das irgendwas ändern?«

»Wahrscheinlich nicht«, sagte Marius ehrlich. Armes Ding, dachte er insgeheim. Jedes junge Quellenkind in dieser Stadt war bei seinem Erwachen bereits verloren. Kein Wunder, dass Sofja davon beinahe vernichtet gewesen war, als sie Bycaea erreicht hatte.

Aurelia stieß geräuschvoll die Luft aus. »Ich habe mehr als ein Problem«, sagte sie und klang dabei nur ein wenig hysterisch. »Ich bin mir nur nicht sicher, ob Sie mir dabei helfen können, diese Probleme zu lösen.«

»Tja«, sagte Marius ein wenig ungehalten. »Ein hartes Los.«

Was er eigentlich sagen wollte, war: »Scheißleben«, aber er war sich recht sicher, dass Aurelia ihm das übel genommen hätte.

Einen Moment lang maßen sie einander schweigend mit verhärteten Gesichtern und langen Blicken, dann war es an Marius, schwer auszuatmen. Er hatte vergessen, wie anstrengend es war, jung zu sein – und er hatte verdrängt, wie viel physische und psychische Kraft es verlangte, mit der Jugend Schritt zu halten. Außerdem wusste er noch nicht, was er von Aurelia halten sollte. »Ein heißes Bad und eine Handvoll Schlaf werden es schon richten, Kind. Zumindest ist man dann sauber und ausgeschlafen, wenn man schon verzweifelt – so sagt man das bei uns.«

Aurelia blickte drein, als ob ihr eine scharfe Erwiderung auf der Zunge lag. Dann jedoch war es, als ob sie einfach stillschweigend resignierte, als ob sie nicht die Kraft aufbrachte, ihren Gefühlen Ausdruck zu verleihen. Sie sank ein wenig in sich zusammen, nickte nur und ließ sich widerstandslos von ihm die schmalen Treppen hinauf in den oberen Stock führen.

Er brachte sie zu einem kleinen Badezimmer, das er bis dato weitgehend ignoriert hatte, weshalb eine fingerdicke Staubschicht alle Oberflächen bedeckte, die überwiegend in einem ganz scheußlichen Lachsrosa gehalten waren. Doch das Haus passte sich der neuen Bewohnerin an und entflammte die Kerzen in den Haltern an der Wand, sodass der goldene Rahmen des Spiegels über dem Waschbecken in ihrem Schein glänzte. Aurelia blieb im Türrahmen stehen, während Marius sich ins Badezimmer schob und dabei Gustav anwies, die Wanne mit warmem Wasser zu füllen. Der Knochenaffe zeigte ihm den Mittelfinger, begann jedoch, geübt mit den Knöpfen der goldenen Armatur an der großen, runden Wanne aus grauem Stein zu hantieren.

»Gustav kümmert sich um das Wasser, ich bereite solange dein neues Zimmer vor. Bleib einfach hier, Gustav wird das Wasser abdrehen, wenn es genug ist«, teilte Marius dem Mädchen mit, das nur stumm nickte. Sie war ein blasses, mageres Ding, das ihm bis zur Schulter reichte und ihn momentan entfernt an einen halb zerrupften Vogel erinnerte, mit zerzausten, kastanienfarbenen Haaren, die fedrig um ihr herzförmiges Gesicht bis auf ihre Schlüsselbeine fielen. Sie sah Sofja nicht im Entferntesten ähnlich. Marius massierte sich die plötzlich enge Brust. Nein, stellte er mit einem Blick in ihre dunklen Augen fest, sie sah Sofja mit dem getriebenen Ausdruck in ihren Augen viel zu ähnlich, und das war Teil des Problems.

Zwanzig Jahre und ein Meer trennten ihn von Sofjas Erinnerung, und doch hatte der Schmerz in den Jahren nur wenig abgenommen.

Marius biss die Zähne zusammen und konzentrierte sich auf das Hier und Jetzt.

»Schick mir Gustav vorbei, wenn du fertig bist, dann zeige ich dir dein Zimmer. Vergiss nicht, die Temperatur zu prüfen, bevor du reinsteigst – Untote besitzen keine Nerven, mit denen sie Kälte und Wärme spüren können, und am Moos ist es nur bedingt zu merken«, empfahl er ihr noch, dann marschierte er in das dem Bad gegenüberliegende Zimmer.

Es gab eine Menge Räume in diesem Haus, die er kaum bis nie benutzte. Auch dieser gehörte dazu, weshalb er dementsprechend vernachlässigt aussah. Marius grollte vor sich hin, verfluchte Johann und seine Schnapsideen und holte trotz seiner tiefen Abneigung gegen Hausputz einen Besen, um durch das Zimmer zu fegen. Binnen einer Dreiviertelstunde waren der ärgste Staub beseitigt, das Bett frisch und fast lochfrei überzogen und eine kleine Öllampe auf dem Nachttisch angezündet. Eine Weile lang haderte Marius mit sich, dann gab er sich einen Ruck und legte nicht nur zwei frische Handtücher, sondern auch eines seiner eigenen Nachthemden für das Mädchen bereit. Marius war der Ansicht, dass sie einem geschenkten Gaul nun wirklich nicht ins Maul schauen und lieber dankbar sein sollte. Handtücher und Nachthemd schob er ins Badezimmer, ohne die Tür dafür weiter als notwendig zu öffnen, dann beschloss er, dass er für den Moment genug getan hatte, und marschierte in sein Arbeitszimmer, um sich in seinen Schreibtischsessel fallen zu lassen und sich die Augen zu reiben.

Er hatte nicht mit diesem Kind gerechnet, und er verfluchte Meriwa dafür, ihn nicht vorgewarnt zu haben, obwohl sie sich doch ständig damit brüstete, alle wichtigen Ereignisse voraussehen zu können. Zugegeben, sie konnte nicht in Marius' Zukunft sehen, aber das würde sie doch sicherlich nicht davon abhalten, ihren Teil der Abmachung zu erfüllen und solche Komplikationen im Auge zu behalten? Es bedurfte nicht der Fähigkeiten von Futurix, um die nächsten Hausdurchsuchungen vorauszusehen. Allein der Gedanke daran rief ein tiefes Stechen hinter seinen Augen hervor, und er presste die Lider aufeinander. Gegen die lästigen Durchsuchungen half nicht einmal sein diplomatischer Sonderstatus. ›Protokoll‹ nannte man dies im Magiestrat. Marius benannte es mit einem Ausdruck auf Altlimisch, der keine Übersetzung auf Radbonisch kannte, die seiner Schärfe gerecht worden wäre.

Er musste eine ganze Weile lang so verharrt haben, denn irgendwann zog etwas heftig an seinem Hosenbein und ließ ihn aufblicken. Gustav krallte sich an dem Stoff fest und zog sich unbeirrt daran hinauf, bis Marius ihn im Nacken packte und auf seine Schulter setzte, während er sich erhob und das Arbeitszimmer verließ. Er beabsichtigte, an die Badezimmertür zu klopfen und sich nach ihrem Wohlergehen zu erkundigen – nur um festzustellen, dass Aurelia unbeweglich und rigide wie eine Statue vor dem Badezimmer stand und auf den Boden zu ihren nackten Füßen starrte. Immerhin war sie in das Nachthemd gekleidet, trug ein Handtuch um den Kopf gewickelt und war nicht mehr voller Blut, was vermutlich eine Verbesserung darstellte. Trotzdem bot sie einen jämmerlichen Anblick, der ihn an einen getretenen Straßenhund erinnerte. Marius versuchte sich nicht davon beeindrucken zu lassen. Alles in allem hatte das Mädchen bei der nachteiligen Gesetzeslage für Quellenkinder noch Glück gehabt. Dennoch erwischte er sich dabei, wie er einen Moment lang die Lippen aufeinanderpresste und dann langsam ausatmete. Er wollte nicht für dieses Kind verantwortlich sein. Es gab wenig, was er noch weniger wollte als das. Das schien nur niemanden zu interessieren.

»Schlaf wird uns beiden guttun, und dann sehen wir morgen weiter. Und mit morgen meine ich sicher nicht vor elf Uhr, sonst werde ich ungemütlich«, teilte er ihr mit, während er sie zum vorbereiteten Zimmer dirigierte und die Tür für sie öffnete. »Hier wirst du für die Dauer deiner Ausbildung nächtigen.«

Aurelia ließ die Augen einen Moment lang durch den Raum wandern, aber ihr Blick war matt und unfokussiert. Sie sagte kein Wort über das Zimmer, sondern trat nur ein und setzte sich auf den Bettrand, die Hände im Schoß gefaltet. Dann senkte sie ein wenig den Kopf wie ein erschöpftes Küken, das aus dem Nest gefallen war. Man hatte ihm gesagt, dass man sie mit Medikamenten ruhiggestellt hatte, um ihre Fähigkeiten zu unterdrücken, was vielleicht ein wenig von ihrem Verhalten erklärte. Der andere Teil davon war vermutlich dem Schock geschuldet, der nach dem Erlebten nur natürlich war.

Marius blickte sie einen weiteren Moment nachdenklich an, dann rieb er sich ein wenig unschlüssig die Handknöchel. »Nun, gute Nacht. Falls du etwas brauchst –«

»Danke«, sagte Aurelia in einem absolut neutralen Tonfall und hob den Kopf, um ihn mit ihren dunklen Augen anzusehen. »Ich komme zurecht. Gute Nacht.«

Er nickte und schloss die Tür hinter sich, um dann tief ein- und wieder auszuatmen. Ausgerechnet jetzt, wo er und Meriwa so kurz davorstanden, die Angelegenheit in dieser Stadt zu regeln, wurde ihm dieses Kind aufgedrückt. Und sie war so hilflos und beinahe, nur beinahe schon gebrochen von einem magiefeindlichen System …

»Verdammte Vulgax«, wisperte Marius auf Altlimisch, während er die schmale Treppe hinaufstieg, die zum Dachboden führte. »Verdammte reiche Kinder und verdammter Johann mit seinen blöden Ideen. Verdammte Stiegen. Wieso hatte ich noch mal die brillante Idee, mein Schlafzimmer direkt unter dem Dach einzurichten?«

Er riss die einzige Tür am Ende der Treppe auf, um in sein

Schlafzimmer zu stolpern. Mondlicht flutete den äußerst großzügigen Raum in vielfach gebrochenem buntem Licht, das durch die gewaltige Rosette in der Wand über seinem Bett hereinfiel. Auch nach zwanzig Jahren konnte Marius dem Anblick etwas abgewinnen, und sein Blick wanderte einen Moment lang durch das bunte Glas zu dem schmucklosen, grauen Gebäude in absehbarer Ferne, das eine seiner Arbeitsstätten barg. Er brummte zufrieden beim Anblick der Dornenhecke, die er vorsorglich um das Haus hatte wachsen lassen, um unliebsamem Besuch für diese Nacht entgegenzuwirken, während Aurelia bereits hineingegangen war. Der Schnitt an seiner Hand, der dafür nötig gewesen war, brannte ein wenig, als er die Finger streckte.

»Na komm«, sagte er schließlich sachte ins Nichts hinein, während Gustav von seiner Schulter aufs Bett sprang und sich, ohne viel zu fragen, auf einem von Marius' Dutzenden Zierkissen zusammenrollte. Marius war zu müde, um viel mit einem untoten Primaten zu diskutieren, weshalb er sich einfach den Schleiermantel aufknöpfte – bei all der Unruhe heute hatte er tatsächlich vergessen, ihn nach Eintreten in sein Haus abzulegen. Er ließ ihn zusammen mit dem Rest seiner Kleidung in einem Haufen auf den Boden vor seinem Bett fallen. Dann suchte er ein Nachthemd aus seinem Schrank und zog es sich über den Kopf, den Rücken zum Bett gewandt. Durch jahrelange Übung konnte er nun aus den Augenwinkeln einen schmalen, kleinen Schatten ausmachen, der kurz zögerte und dann rasch über den Boden unter sein Bett huschte.

Erzählst du mir eine Geschichte?

»Eher nicht. Es würde keine gute Geschichte werden, Jakob, ich bin hundemüde«, lehnte Marius ab und warf sich auf die Matratze, nachdem er endlich wieder trockenen Stoff am Leib trug. Mit einem herzhaften Gähnen schlug er die

Decke über sich, bettete seinen Kopf auf das Kissen und schloss die Augen. Für einen Moment war es still, bis auf das beruhigende, monotone Ticken der Standuhr in der Ecke. Jakobs Uhr war schon hier gewesen, als er eingezogen war, und sie würde noch hier stehen, wenn er wieder auszog. Nun, vielleicht würde er sie mitnehmen.

Gerade, als er langsam in den Schlaf hinüberzugleiten begann, hob Jakob sanft und zögerlich wieder seine Stimme. **Du hast jemanden mitgebracht. Und eine Dornenhecke für sie wachsen lassen!**

»Verdammt großartige Dornenhecke noch dazu«, murmelte Marius nicht ohne Befriedigung auf Altlimisch. »Das wird es Kilian zeigen, dem blöden Baumkuschler. Scheiß auf seine nutzlosen Tujenhecken, die braucht wirklich niemand.« Er wechselte zurück in Radbonisch, damit auch Jakob ihn verstand. »Die Hecke kann, glaube ich, für den Moment nicht schaden.«

Wird sie bei uns bleiben?

»Für eine Weile«, bestätigte Marius mit einem kleinen Gähnen. »Du musst keine Angst haben, sie ist noch ein halbes Kind. Ich denke nicht, dass sie irgendwem hier Schaden zufügen möchte.«

Jakobs leise Stimme begleitete ihn ins Land der Träume, aber er war bereits zu sehr abgedriftet, um ihm noch antworten zu können. **Es sind immer die Lebenden, vor denen man Angst haben muss, das hast du selbst gesagt. Auf das Alter kommt es dabei gar nicht an.**

KAPITEL 4

Marius hatte sich längst daran gewöhnt, schlecht zu schlafen. Er hatte seit Dekaden nicht gut geschlafen, und diese Nacht bildete keine Ausnahme, aber immerhin konnte er sich auf den eigens bei Kilian in Auftrag gegebenen Kaffee freuen. Da er keine Morgenperson war – wobei Morgenperson einen losen Begriff darstellte angesichts der Tatsache, dass es bereits halb zwölf war, als er schließlich die Augen aufschlug –, kroch er nur äußerst unwillig und mit leidendem Stöhnen aus dem Bett. Mit den nackten Zehen nach den Pantoffeln tastend, fuhr er in diese hinein wie ein böser Geist in einen bereitwilligen Körper und erhob sich, ächzend unter der Last seiner ganzen Jahre, die sich besonders morgens so deutlich zu manifestieren pflegten. Sich am Hintern kratzend, schlurfte er durch eine subtil in die Wand eingefügte Tür in das Badezimmer, denn tägliche Rituale wollten schließlich selbst dann nicht vernachlässigt werden, wenn eine hungrige Achtzehnjährige vermutlich schon auf Essen wartete.

Ohne Hast wusch Marius sich Gesicht, Hals und Hände und rasierte sich. Erst als sein Gesicht vollkommen glatt war, griff er nach dem bauchigen, blauen Tiegel auf seiner marmornen Anrichte. Beim Öffnen des Deckels stieg für einen kurzen Moment der zarte Duft von atropa belladonna und atropa acuminata gemischt mit Johanniskraut in die Luft, ehe er die golden schimmernde Creme auf seine Haut auftrug. Als er nach getaner Arbeit wieder in den Spiegel blickte, hatten sich die Krähenfüße um Mundwinkel und Augen deutlich zurückgebildet, und er lächelte sich selbst zufrieden zu. Aus einer plötzlichen Laune heraus umrandete er seine

Augen mit schwarzem Kohl und wanderte dann wieder zurück ins Schlafzimmer, öffnete den wuchtigen Schrank entlang einer Wand und entnahm ihm nicht nur eine Unterhose, sondern auch einen dunkelblauen Kaftan mit goldenen Verzierungen an den Seiten. Nachdem er beide Kleidungsstücke angelegt hatte und sein Haar frisch gebürstet und in seinen üblichen langen Zopf mit dem Golddraht darin gebändigt worden war, fand Marius seinerseits den Weg hinunter.

In der Diele sprang ihm Gustav entgegen, der schon vor ihm aufgewacht und aus dem Schlafzimmer gelaufen sein musste und sich jetzt an sein Bein klammerte. Ein kurzes Klopfen an Aurelias Zimmertür brachte keine Ergebnisse, also wandte Marius sich achselzuckend ab. Er ließ den Affen an sich hängen und schlenderte in gemütlichem Tempo zur Küche. Irgendwo war er schon erstaunt, dass das Mädchen sich überhaupt eigenständig aus dem Zimmer getraut hatte.

Die Küche hatte eine für Marius angenehme Größe, was bedeutete, dass sie nicht zu groß war, aber groß genug, um Platz für zwei Theken, mehrere Schränke, einen verrußten Ofen und einen Gasherd zu bieten. Hoch oben, in einer durchgehenden Linie von Regalen über alle vier Wände hinweg, fanden sich Töpfe mit träge schaukelnden Leuchterblumen und Frauenhaarfarne, die wie grüne Vorhänge hinabfielen. Ihre grünen Enden berührten auch die u-förmig angeordnete gestreifte Sitzbank in der Ecke, die um einen großen runden Tisch mit zerkratzter Platte arrangiert war. Auf ebenjener Sitzbank saß Aurelia, vermutlich aus Mangel an Alternativen immer noch in das Nachthemd gekleidet, das er ihr geborgt hatte. Sie hatte ihm den Rücken zugewandt, weil sie angestrengt aus dem Fenster starrte. Marius folgte ihrem Blick zu der meterhohen, trockenbraunen Dornenhecke um das Grundstück, dann räusperte er sich, womit er das Kind so erschreckte, dass es zusammenfuhr. Nur mit Mühe verbiss Marius sich ein Lachen.

»Also, eine Entwicklung zur Futurica zeichnet sich bei dir bisher nicht ab«, stellte er trocken fest und verschränkte die Arme vor der Brust. »Kaffee oder Tee?«

»Tee, bitte«, gab Aurelia matt zurück. »Manifestiert sich Hellseherei so früh?«

»Bei der Herrin, bisweilen leuchtet mir Radbonisch einfach nicht ein«, stellte Marius fest und setzte die Teekanne auf, ehe er sich an den Kaffeekocher machte und erst einmal Bohnen zu mahlen begann. Gustav stahl eine der Bohnen und biss krachend darauf, unbeeindruckt von der Tatsache, dass alles durch ihn hindurchrieselte oder im Moos hängen blieb. Marius schnitt eine Scheibe dunkles Brot ab, klatschte Butter darauf und legte es auf einen Teller, um diesen Aurelia hinzuschieben, die mit gemurmelten Dankesworten in das Brot biss. »Woher kommt dieser Begriff? Was soll das überhaupt heißen? Dass sie im Dunkeln nicht in die Zukunft sehen können?«

»Es bezieht sich auf die Erhellung ihres Geistes«, unterbrach Aurelia ihn, ehe er sich in einen Vortrag hineinsteigern konnte. Sie hatte ihm das Gesicht wieder zugewandt und war immer noch blass und kraftlos, die Haltung viel zu steif, aber da flackerte etwas in ihren Augen, das fast wie unterdrückte Wut wirkte. Marius hob eine Augenbraue und wandte sich dann wieder dem Kaffee zu. Interessant, dachte er insgeheim. Interessant. »Dadurch, dass sie in die Zukunft sehen können, sind sie erhellter als der Rest von uns.«

»Eine schöne Beschreibung«, stellte Marius fest und konnte einen gewissen Spott nicht aus seiner Stimme fernhalten. »Besiegeln – sagt man das unter der Jugend noch so? – würde ich das allerdings nicht. Wer immer nur die Zukunft vor Augen hat, vergisst allzu leicht auf Vergangenheit und Gegenwart. Dabei brauchen wir beides und müssen von beidem lernen. Das ist genauso einschränkend, wie nur an Vergangenheit und Gegenwart zu denken und dabei die Zukunft außer Acht zu lassen.«

Aurelia rieb sich die Schläfen. Dann zupfte sie wenig euphorisch an ihrem Butterbrot. »Vielleicht … Es hat sich nun einmal so eingebürgert – Magielose kennen die Vergangenheit und Gegenwart schließlich auch, aber die Zukunft …«

»Jeder weiß zumindest ein klein wenig von seiner eigenen Zukunft«, sagte Marius achselzuckend. »Ein Beispiel. Wenn du nichts trinkst, wirst du in spätestens drei Tagen umfallen. Siehst du? War das jetzt wirklich erhellend?«

Das Mädchen zuckte nicht einmal mit der Wimper. Ein schwieriges Publikum. Vielleicht hatte es etwas damit zu tun, dass sie gestern erst blutbesudelt aus ihrem Elternhaus geführt worden war. Marius ließ seinen Blick über sie wandern und rieb sich das Kinn.

»Diese Medikamente, von denen jetzt schon öfters die Rede war«, sagte er dann ohne sonderliche Überleitung, »nimmst du sie noch?«

Aurelia blinzelte ein wenig überfordert und schüttelte dann den Kopf. »Seit, äh, gestern in der Früh nicht mehr. Ich … ja. Man hat mir keine mitgegeben.«

»Wie lange hat man dir diese Medikamente verabreicht?«

Aurelia zog defensiv die Schultern hoch, schien es zu merken und senkte sie wieder, um stattdessen das Kinn zu recken. »Ungefähr drei Jahre. Um mich und andere zu schützen. Es … es war nötig.«

»Ah, ja, eine typisch vulgarische Angewohnheit in diesen Breitengraden, wie mir dünkt – sein Kind daheim einzusperren und einen wichtigen Teil seiner Identität zu leugnen und zu unterdrücken«, sagte Marius. »Sag mir: Haben sie dich in den Keller gesperrt und in Ketten gelegt, oder durftest du tatsächlich im Haus bleiben und dafür auch noch dankbar sein?«

Neben ihm explodierten mehrere Gläser.

Aurelias Gesicht war noch bleicher geworden, während Gustav erschrocken aus der Küche wetzte und Marius mit einem lauten Fluch auf Altlimisch die Arme gehoben hatte, um rasch sowohl sein Gesicht als auch den Kaffee vor den umherfliegenden Splittern zu retten. Die Küchenpflanzen peitschten aufgeregt mit ihren Ranken und beruhigten sich nur langsam wieder.

Aurelias dunkle Augen wirkten wie Höhlen. »Sie haben keine Ahnung von meinem Leben«, sagte sie langsam und deutlich. »Egal, wie alt Sie sind, egal, wie angewiesen ich auf Ihre Hilfe bin, Sie haben kein Recht, diese Dinge zu sagen, wenn Sie unmöglich wissen können, wie es ist. Ich weiß, woher Sie kommen und welchen Posten Sie innehatten. Es ist nicht mit einem Leben hier zu vergleichen, nicht ansatzweise.«

Marius starrte sie einen Moment lang an, dann nickte er gedankenvoll. »Nun, dann sag es mir. Ich möchte verstehen, wie ich eine derartige Vorgehensweise misslich interpretieren kann.«

»Hören Sie auf«, sagte Aurelia leise. Ihre Hände umklammerten die Tischkante so fest, dass die Knöchel weiß hervortraten. »Ich – ich – das hilft mir nicht, ich muss ruhig sein, ich muss denken können. So kann ich nicht gesund werden.«

»Gesund«, wiederholte Marius und fühlte die Bitterkeit auf seiner Zunge. »Als ob du krank wärst, wenn du von Kamrušepa gesegnet wurdest. Du bist nicht krank, Aurelia, nur ungeschult. Und egal, ob ich deine Erfahrungen teile oder nicht, wie man mit dir und anderen magischen Kindern in diesen Breitengraden umgeht, ist falsch. Und, mit Verlaub, obendrein auch gefährlich, denn unterdrückte Magie führt nie zu guten Ergebnissen.«

Die Spannung schien aus Aurelias Gliedern zu weichen, und sie sank ein wenig in sich zusammen, dann wich sie seinem Blick aus, als ob sie sich schäme. »Das mag sein«, sagte sie, und Marius bekam das Gefühl, dass sie nicht besonders gut darin war, sich zu entschuldigen.

Gerade, als er eine weitere Bemerkung dazu machen wollte, begann die magische Türklingel ohrenbetäubend zu kreischen, sodass das Mädchen berechtigterweise ein wenig zusammenzuckte. Marius beschloss, diese Diskussion vorerst zu vertagen.

»Das muss Johann sein«, teilte er Aurelia mit und fegte die restlichen Splitter von sich, um hinauszumarschieren und die Tür aufzureißen.

Im Türrahmen stehen bleibend, verengte er prompt die Augen angesichts des feuerroten Haarschopfs vor der mit Dornenranken überwucherten Gartentür, der wie ein Signalfeuer geradezu penetrant in seine Augen stach. Aus den Augenwinkeln nahm er wahr, dass Aurelia ihm bis zur Haustür folgte, doch Marius beachtete sie nicht sonderlich. Stattdessen durchmaß er mit raschen Schritten seinen Vorgarten und bedeutete der Dornenhecke mit einer ungeduldigen Bewegung jener Hand, an der immer noch der Schnitt von letzter Nacht heilte, sich genügend zu teilen, um den Besitzer der Augenkrebs verursachenden Wallemähne vollständig freizulegen. Besagter unglücklich mit Sommersprossen, dreimal gebrochener Nase und ebenso wallendem, in Zöpfe gelegtem rotem Bart gestrafter Mensch starrte ihn mindestens genauso entrüstet an, wie Marius sich fühlte.

»Marius!«, donnerte das traurige Abfallprodukt der Evolution vor seiner Gartentür auf Limisch, einer moderneren Sprachstufe seiner Geburtssprache, los und verschränkte die massigen Arme vor seiner breiten Brust. Kilian war gebaut wie ein Ringer, mit Oberarmen wie Baumstämmen und einem ausgedehnten Bauch, der ihm ein geradezu kuscheliges Flair verlieh, von dem Marius sich nicht täuschen ließ. Das Einzige, wozu Kilian gut war, waren sein Kaffee und seine medizinische Kräutermischung. Das, und er war neben Meriwa die einzige Person in dieser Stadt, mit der Marius in Limisch reden konnte. Vielleicht, nur vielleicht mochte er den Bastard eigentlich gut leiden, aber er würde nur unter Androhung der Verbrennung all seiner Bücher zugeben, dass dem so war. »Was soll diese Wand hier?«

»Das ist meine Wand«, sagte Marius daher prompt auf Limisch und verschränkte ebenfalls seine Arme. »Was bedeutet, dass sie dich nichts angeht. Also kannst du jetzt wieder verschwinden.«

»Die Dornen machen meinen Setzlingen Angst!«

»Deine Setzlinge sollen sich ficken gehen, Kilian«, sagte Marius. »Die haben sowieso keine Chance im Leben, wenn sie von einem Dilettanten wie dir hochgezogen werden.«

»Ich denke, ich bin wirklich sehr geduldig mit dir, aber auf gewisse nachbarschaftliche Regeln muss ich bestehen«, grollte Kilian. Marius verengte die Augen, als er die empört mit ihren Flügeln flatternden Schmetterlinge auf Kilians scheußlichem Pullunder erblickte, die er zuvor für künstliche Applikationen gehalten hatte. »Die Wand kommt weg, hörst du? Sie verdunkelt einen Teil meines Gartens komplett, ich kann das Gras schon schreien hören!«

»Ich kann mich gern darum kümmern, dass es nie wieder schreit«, bot Marius mit einem genüsslichen Grinsen an, um dann hinzuzufügen: »Und du auch nicht, wenn du jetzt nicht augenblicklich die Fliege machst. Außerdem ist die Hecke nicht auf deinem Grundstück, also hast du hier überhaupt keine legale Befugnis.«

»Hör mal, Marius, ich weiß alles über die geltenden Nachbarschaftsgesetze«, sagte Kilian mit einem Funkeln in den blauen Augen, das wohl beunruhigend gewesen wäre, wenn Marius nicht genau gewusst hätte, dass Kilian den rüden Schlagabtausch genauso sehr genoss wie er selbst. Sein Ärger stammte durchaus von echtem emotionalem Aufruhr, aber der Inarist war dramatischer, als viele andere es ihm wohl abnehmen würden. »Wenn die Hecke nicht bis morgen einen Meter kürzer wird, schreibe ich einen Beschwerdebrief ans Magiestrat.«

»Genau, weil die sicher nichts Besseres zu tun haben, als der Beschwerde über eine zu hohe Hecke im magischen Viertel nachzugehen«, sagte Marius spöttisch. Kilian biss die Zähne zusammen, dann schoss seine Hand nach vorne. Rosa Blüten sprossen aus Marius' Dornenranken und formten in lieblicher Handschrift *Fick dich* auf Limisch.

»Ohh, sehr erwachsen, wirklich sehr erwachsen«, höhnte Marius und zeigte ihm den Mittelfinger. Kilian zuckte mit den Mundwinkeln, unterdrückte das Schmunzeln dann und stapfte stattdessen mit wehenden Barthaaren zurück auf sein eigenes Grundstück. Marius starrte einen Moment lang triumphierend auf seinen Rücken, bevor ihm einfiel, dass er von dem Mann eigentlich einen Gefallen benötigte.

»Kilian!«, brüllte er und hechtete hinüber zum anderen Gartentor. Tatsächlich war der Inarist stehen geblieben und hatte sich zu ihm umgedreht, um ihn jetzt mit vor der Brust verschränkten Armen beleidigt zu mustern. Marius holte tief Luft, gab sich einen Ruck und grummelte: »Ich werde mich darum kümmern, dein Wohlbefinden ist mir ein Anliegen.«

Kilians Augenbrauen wanderten so hoch, dass sie in seinen Haaren verschwanden. »In Ordnung. Was willst du?«

»Kann ich nicht einfach nur gute Nachbarschaft …?« Kilians Augenbrauen wanderten noch höher. Marius verzog das Gesicht und brachte die Sache auf den Punkt. »Mir ist eine Schülerin aufs Auge gedrückt worden. Sie wurde medikamentös ruhiggestellt, damit ihre Magie sich nicht oder nur wenig manifestiert, aber es ... tut ihr nicht besonders gut.«

Nun war Kilians Gesicht ganz das des besorgten Inaristen, und er wiegte sorgenvoll seinen Kopf. »Man muss sie also entgiften.«

Marius nickte. »Ich kann so auch nicht mit ihr arbeiten. Sie ist recht labil. Ab und zu gibt sie mir Kontra, dann sinkt sie wieder in totale Resignation. Dieses Zeug muss aus ihrem System raus.«

Vergessen war die Angelegenheit mit der Hecke. Kilian nickte nur. »Ich bin gerade frei. Bring sie herüber, und ich sehe mir an, wie lange wir brauchen werden. Wenn sie mehrere Jahre lang Substanzen verabreicht bekommen hat, wird es vielleicht mehr als eine Sitzung brauchen, sonst ist es zu belastend für den Körper, auch wenn meine Magie einiges auffangen kann.«

»Ich vertraue deinem Urteil«, sagte Marius, was immerhin die Wahrheit war. Das schien auch Kilian zu wissen, denn er lächelte nur besänftigt, hob die Hand zu einem kurzen Gruß und setzte dann seinen Weg in sein Haus fort.

Auch Marius kehrte um, die Schritte lang und rasch. Zeit, Aurelia die frohe Botschaft zu überbringen.

KAPITEL 5

Aurelia hatte sich inzwischen nicht vom Fleck gerührt und schien nun wieder in besserer mentaler Verfassung zu sein. Zumindest hob sie auf recht skeptische Weise eine Augenbraue, als er ins Haus zurückkehrte und sich einen weiteren Kaffee einschenkte. »War das Ihr Nachbar? Was haben Sie getan, dass er wegen der Hecke so an die Decke geht?«

»Ich bin absolut unschuldig und verwehre mich entschieden gegen die Implikation, dass ich damit begonnen hätte«, sagte er nach einem Schluck seines Kaffees auf Radbonisch. »Das ist einfach eine blanke Hassaktion. Rothaarige besitzen keine Seele, wie es nördlich von hier so gerne gesagt wird. Außerdem ist er ein Besserwisser und steckt seine Kartoffelnase gerne in fremde Angelegenheiten, die ihn überhaupt nichts angehen. Dementsprechend ist er nicht mein Nachbar, sondern die Geißel meiner Existenz.«

»Wenn das Ihre einzige Geißel ist, dann haben Sie es ja gut getroffen«, sagte Aurelia trocken.

Marius verengte die Augen und starrte sie an.

Aurelia hielt seinem Blick einen Moment lang ohne zu blinzeln stand, dann jedoch schlug sie die Augen nieder, als ob sie sich wieder daran erinnerte, wo sie war und wem sie gegenüberstand.

Marius seufzte. »Du musst verstehen, dass Kilian und ich ein eigenwilliges Verhältnis haben. Dass er seinen Unmut über meine Hecke verbalisiert hat, bedeutet nicht, dass er dir nicht helfen möchte. Wir sollen zu ihm hinübergehen, damit er einen Blick auf deine Kondition werfen kann.«

»Meine Kondition?«, wiederholte Aurelia verdattert.

Marius gestikulierte vage in ihre Richtung. »Das Debakel mit den Medikamenten, Kind. So, wie du bist, bist du sicher nicht die beste Version deines Selbst. Aber wir werden dir helfen.«

Einen Augenblick lang wirkte es so, als ob Aurelia sich schlichtweg weigern wollte. Dann biss sie sich auf die Lippen. »Wird es wehtun?«

»Ehrlich gesagt, ich weiß es nicht«, gab Marius zu. »Kilian kann diese Fragen bestimmt beantworten.«

Aurelia zögerte weiter. »Und wenn ich nicht will … dann muss ich nicht?«

Marius schüttelte den Kopf, auch wenn die Frage an sich in seinen Augen unsinnig wirkte. Warum würde sie nicht wollen, dass es ihr besser ging? »Niemand wird dich zwingen. Aber ich lege es dir dringlichst ans Herz.«

Seine Schülerin biss sich auf die Lippen, dann gab sie sich sichtlich einen Ruck. »In Ordnung, ich … ich höre mir das erst einmal an. Gehen wir gleich?«

»Wenn das für dich in Ordnung ist.«

»Ja, bringen wir es hinter uns.«

Enthusiasmus sah anders aus, aber Marius nahm, was man ihm anbot, leerte den Kaffee und forderte sie dann auf, ihm zu folgen. Gerade rechtzeitig fiel ihnen beiden noch auf, dass Aurelia nicht gerade passend für dieses Unterfangen gekleidet war, und aus Ermangelung einer Alternative borgte Marius ihr einen seiner Kaftane, den sie mit einem Gürtel um ihre Taille festzurren musste, damit er ihr nicht ganz so sehr von den Schultern rutschte – sie war immerhin doch ein gutes Stück kleiner als er, und auch wenn er nicht gerade wie ein Schrank gebaut war, teilten sie eindeutig nicht die gleiche Kleidergröße. Er warf ein Tuch darüber, das sie warm halten würde, was die Erscheinung allerdings nicht gerade weniger erbärmlich machte. Etwas regte sich in seiner Brust, begann die ersten Wurzeln in ihn zu schlagen, und es gefiel ihm nicht. Er kannte dieses Gefühl. Er wollte dieses Gefühl nicht. Sofja hatte er all seine Liebe entgegengebracht, und alles, was er davon am Ende gehabt hatte, waren Blut und Tränen gewesen. Genug war genug. Es war einfacher, nicht zu fühlen, besonders am Ende eines langen Lebens. Aber auch er war nur sterblich, und er konnte nicht aus seiner Haut. Das Kind sah verloren und bemitleidenswert aus, und er spürte, wie das Verantwortungsgefühl zu greifen begann – das Letzte, was er gebrauchen konnte.

Er biss die Zähne zusammen, wütend auf sich selbst, dann nickte er Aurelia zu. »Komm.«

Aurelia wirkte, als ob sie von seinem inneren Konflikt mehr mitbekommen hatte, als ihm lieb war, und schlichtweg nicht wusste, wie sie damit umgehen sollte. Letztendlich kam nur ein Nicken von ihr, dann folgte sie ihm stumm zur Tür hinaus. Sie zögerte auf der Schwelle von Garten zu Straße, überwand sich jedoch, ehe er etwas dazu bemerken konnte, und hielt sich dicht bei ihm, als sie Kilians Garten betraten. Aus den Augenwinkeln beobachtete er, dass sie den Blick stur auf ihre Füße gerichtet hielt, ohne viel nach links oder rechts zu sehen. Erst als sie die Haustür erreicht hatten, blickte sie wieder auf. Sehr eigentümlich. Marius beschloss, sie später dazu zu befragen.

Für den Moment war es wichtiger anzuklopfen und dann einen halben Schritt zurückzuspringen, als Kilian gefühlte zwei Sekunden später die Tür aufriss. Er warf einen Blick auf Marius, dann auf Aurelia, ehe er strahlte und die Hand der überforderten jungen Frau ergriff, um sie zu schütteln.

»Du bist dann wohl Marius' Schülerin«, sagte er gut gelaunt.

»Aurelia«, stellte Aurelia sich vor und blickte dabei immer noch ein wenig überfahren drein.

Kilian drückte noch einmal herzlich ihre Hand, dann ließ er sie los. »Freut mich sehr, dich kennenzulernen, es ist immer schön, junge Leute um sich zu haben! Dann kommt doch herein. Tee? Marius, Kaffee?«

»Unbedingt«, brummte Marius, weil er unter Umständen ein Kaffeeproblem hatte, dies jedoch niemals zugeben würde, und schob Aurelia kurzerhand nach vorn über die Schwelle, sorgfältig darauf bedacht, nur Stoff und keine entblößte Haut unter den Fingern zu haben.

Kilians Haus war beträchtlich kleiner als sein eigenes und ließ sich von den Farben über die Temperatur hinweg bis zur allgemeinen Atmosphäre einfach als warm beschreiben. Der untere Stock war mehr oder weniger ein einzelner Raum, lediglich durch einige offene Bögen gebrochen, durch die hindurch man zwischen Küche, Wohnzimmer und einem Bereich, der wie eine Mischung aus Labor und Krankenstation wirkte, wechseln konnten. Der Inarist brachte sie ins Wohnzimmer, wo ein grüner Kachelofen gemütlich vor sich hin arbeitete, und ließ sie dann einen Moment allein, um munter summend in der Küche herumzuwerkeln. Sie nahmen auf einem breiten, erdbraunen Sofa Platz, und Marius musterte mit einiger Pikiertheit die Zierdeckchen, die über den Sofalehnen hingen. Seine Schülerin war eher an der auf dem Sofa eingerollten rotbraunen Katze interessiert, die sie aus hellen Augen, um die herum breite schwarze Striche eine interessante Zeichnung bewirkten, musterte. Ihr Schwanz zuckte träge hin und her, als Aurelia eine Hand ausstreckte, ihr einen Moment Zeit zum Beschnuppern gab und dann begann, behutsam ihren Hals und ihre Backen zu kraulen. Marius überlegte, ob er seine Schülerin darauf hinweisen sollte, dass es sich hier um keine gewöhnliche Katze handelte, dann jedoch entschied er sich dagegen. Die besagte Katze wusste sich im Notfall zu wehren, schien die Situation für den Moment aber zu genießen.

Kilian kam zurück und stellte ein Tablett auf dem Sofatisch vor ihnen ab. Darauf befanden sich zwei Tassen und eine Schale mit Keksen. Marius griff sich die Tasse, aus der Kaffeegeruch in seine Nase stieg, und überließ Aurelia Tee und Kekse. Gerade über Letztere schien die junge Frau recht froh zu sein, denn sie begann sofort, etwas nervös an einem davon zu knabbern.

Kilian setzte sich in einen gemütlichen Lehnstuhl ihnen gegenüber und holte Luft. Bevor er jedoch etwas sagen konnte, bemerkte Marius zwischen zwei Schlucken: »Danke für die Verpflegung, aber bitte kommen wir doch sogleich zur Sache. Wir werden alle nicht jünger.«

Das ließ seinen Nachbarn schmunzeln. Er wandte sich an Aurelia und schenkte ihr ein warmes Lächeln, ehe er sich erkundigte: »Hat Marius schon mit dir darüber gesprochen, was wir machen möchten?«

»In Ansätzen«, erwiderte Aurelia zögernd. »Details kenne ich noch nicht.«

»Nun, wichtig ist vor allem, dass du keine Angst hast«, sagte Kilian. Er hatte die beschwichtigende, ruhige Stimme angenommen, die er gegenüber seiner medizinischen Klientel immer anschlug, und Marius beschloss, ihn einfach walten zu lassen. »Ich würde dich zunächst untersuchen. Du musst dich dafür nicht frei machen oder irgendetwas tun, ich führe diese Untersuchung auf magische Weise durch. Das könnte ein bisschen kitzeln, aber ansonsten sollte nichts passieren. So oder so sollten wir dann sehen, wie viel Arbeit vor uns liegt.«

»Und dann?«

»Dann werde ich die Wirkstoffe der Medikamente aus deinem Organismus ziehen.« Kilian lächelte flüchtig und beruhigend. »Keine Sorge, ich mache das nicht zum ersten Mal. Es wird nicht ganz angenehm sein, aber es sollte auch keine Schmerzen verursachen. Und es wird dir danach besser gehen – du wirst klarer sein, besser denken können, weniger Müdigkeit verspüren.«

Aurelia zögerte. »Aber was ist mit meiner Magie? Ich will nicht … ich will nicht unkontrollierbar sein.«

Marius und Kilian wechselten einen langen, vielsagenden Blick. Es war kein Wunder, dass Aurelia sich so wenig zutraute und ständig in der Defensive war, wenn sie einmal nicht apathisch herumsaß. Das machte es aber nicht besser. Wieder einmal mehr verspürte Marius Ärger auf ein System, das etwas so Wundervolles wie Magie zu etwas Schrecklichem machte und jungen Quellenkindern jegliches Selbstvertrauen raubte.

»Du wirst nicht unkontrollierbar sein«, sagte Marius schließlich und wurde heftig nickend von Kilian unterstützt. »Es existieren Mittel und Wege, den Umgang mit Magie vernünftig zu lernen. Du hattest nur bisher keine Chance dazu, was eine Schande ist.«

Aurelia zog die Schultern hoch. Sie wirkte jünger, als sie es bisher getan hatte, und Marius spürte erneut ein Flattern der Empathie in seiner Brust, besonders als sie mit leiser Stimme fragte: »Ist das auch ganz bestimmt so?«

Armes Kind. Marius konnte nicht anders. Er nahm noch einen kräftigen Schluck Kaffee, setzte dann die Tasse am Tisch vor sich ab und legte eine Hand auf ihre bedeckte Schulter. »Sieh mich an.« Er wartete, bis sie den Blick gehoben hatte und ihm in die Augen schaute, dann sagte er fest: »Ich verspreche es dir. Und ich schwöre dir, dass ich dich bis zu einem Punkt bringen werde, wo du niemals wieder jemanden unwillentlich mit Magie verletzen wirst.«

Aurelias Mundwinkel zuckten ein wenig. Aber es wirkte,

als ob Marius' Worte genau die richtigen gewesen waren und etwas in ihr verändert hatten. Von einem Moment auf den anderen sah sie ihn anders an – als ob sie nun mehr Zuversicht, vielleicht auch mehr Vertrauen besaß.

»Bleiben Sie während der Prozedur hier?«, fragte sie.

»Ich bin hier«, sagte Marius fest.

Er blieb tatsächlich, während Kilian in den nächsten zwei Stunden behutsam den Großteil des Gifts durch die Medikamente aus ihrem System zog. Und auch wenn die Berührung ihn schmerzte: Er verlor kein Wort über diesen Schmerz, sondern hielt fest ihre Hand in der eigenen, bis sie sich von selbst von ihm löste.

KAPITEL 6

Nach dem Prozedere war Aurelia verständlicherweise erschöpft, und Marius beschloss, dass es wohl am besten für sie war, früh zu Bett zu gehen. Seine Schülerin protestierte nicht, verabschiedete sich von ihm und verschwand in ihrem Zimmer.

Für Marius wurde es eine lange Nacht, in der er noch viel über seinen Büchern brütete. Er schaffte es dennoch, gegen elf Uhr in die Küche zu stolpern, wo Aurelia bereits herumwerkelte – die Haare glänzend gebürstet und in den gleichen Kaftan wie vom Vortag gekleidet, aber immerhin heiter pfeifend. Sie pfiff zugegeben nicht besonders gut, aber es ließ sich jetzt schon sagen, dass ihre Körperhaltung eine ganz andere war als noch am Tag zuvor. Da war eine Energie in ihren Bewegungen, und als sie sich umdrehte und ihn anlächelte, waren ihre Augen wach und glänzend.

»Guten Morgen«, grüßte sie und deutete auf den Tisch, den sie bereits gedeckt hatte. Marius besah ihn sich ein wenig blinzelnd. Er hatte nicht einmal gewusst, dass er grüne Stoffservietten besaß. »Ich habe bereits Kaffee gemacht. Ich hoffe, er ist genießbar.«

»Wir müssen alle irgendwo beginnen«, sagte Marius großzügig und ließ sich am Tisch nieder, wo wenig später eine Schüssel Brei vor seiner Nase landete. Mit einem zufriedenen Laut probierte er den Kaffee und spuckte ihn nur um ein Haar nicht aus. Er würde Aurelia wohl besser anleiten müssen, aber er wusste die Geste zu schätzen, weshalb er das Gesicht zu einem ermutigenden Lächeln verzog und noch einmal an der Tasse nippte, um dann nach einem Löffel Brei zu bemerken: »Du scheinst heute guter Dinge zu sein.«

»Es geht mir – gut«, sagte Aurelia und schien selbst die Überraschung in ihrer Stimme zu hören, weil sie sogleich hinzufügte: »Ich weiß nicht, wann ich das letzte Mal so … ich meine, ich konnte immer denken, das war nicht das Problem. Aber es war so anstrengend, irgendwas festzuhalten. Ich weiß nicht, wie ich es beschreiben soll … hmmm … als hätte ich jede Schlussfolgerung erst mal aus dem Schlamm ziehen müssen. Und ich wusste gar nicht mehr, wie es ist, wach zu sein, das hier ist so …« Sie spreizte die Finger in einer hilflosen Geste und sah ihn an.

»Ich verstehe«, sagte Marius beschwichtigend und schenkte ihr ein Lächeln. »Es ist schön, dich so zu sehen.«

Sie wirkte ein wenig überrascht, fast verlegen, lächelte dann jedoch zurück. »Danke. Ich – ich bin froh, dass ich mich auf Sie verlassen habe.«

Wie lange war es her, dass er das Gefühl gehabt hatte, etwas richtig zu machen? Marius brummte nur zur Antwort, seinerseits verlegen, und trank noch mehr von dem scheußlichen Kaffee, der gleich ein bisschen weniger bitter schmeckte.

Aurelia räusperte sich, offenbar durchaus daran interessiert, die peinlich berührte Stimmung hinter sich zu lassen. »Ah, wie ist das eigentlich … gibt es irgendwelche bestimmten Regeln, die ich befolgen sollte?«

Marius neigte ein wenig den Kopf, ebenfalls nicht undankbar über den Themenwechsel. »Regeln? Was genau meinst du? Es gibt generell gewisse Grundregeln, die ein Zusammenleben in einer Gesellschaft ermöglichen, in der Tat.«

»Das meinte ich nicht«, erwiderte Aurelia und inspizierte dabei ihre abgekauten Fingernägel. »Ich meinte – für unser Zusammenleben hier in diesem Haus.«

Marius tippte sich gedankenvoll gegen das Kinn. »Nun, alle Räume, die dir nicht sofort oder gar nicht zugänglich sind, werde ich ab sofort verschließen, damit sich diese Frage gar nicht stellt. Ansonsten darfst du in die geteilten Räume gehen – hier unten wären das die Küche und der Tanzsaal, aber der ist nicht sehr spannend. Mein Schlafzimmer ist tabu. Hmmm … Alle Bücher in diesem Haus bleiben auch in diesem Haus. Wenn du jemanden einlädst, will ich es vorher wissen, um mich darauf vorbereiten zu können.« Er hielt inne und blickte auf. »Macht das so weit Sinn?«

Aurelia sagte einen Moment lang nichts. Dann, sehr leise: »Ja. Kann ich den Garten betreten?«

Marius zuckte mit den Achseln. »Natürlich, was spräche dagegen?«

Ein paar Sekunden lang wirkte es, als ob Aurelia mehrere Gründe aufzählen wollte, die dagegensprachen, dann jedoch nickte sie nur und faltete die Hände vor sich. »Und wie soll ich mich in den Haushalt einbringen?«

»In den Haushalt einbringen?« Marius blinzelte verdattert, woraufhin seine Schülerin ebenfalls verdattert den Kopf neigte.

»Nun, ich denke nicht, dass ich mich hier durch die Gegend schmarotzen möchte«, sagte sie. »Also was soll ich tun? Ich kann kochen, stricken und nähen. Im Putzen bin ich … ungeübt. Aber ich schätze, ich kann es lernen. Oder soll ich die Blumen hier gießen?«

»Die brauchen kein Wasser«, sagte Marius sofort. »Finger weg von den Blumen. Von mir aus kannst du für dich selbst kochen. Ich bin nicht gut darin. Aber du bist nicht mein Dienstmädchen, und ich habe durchaus Hilfe in diesem Haushalt, auch wenn du sie noch nicht gesehen hast. Du sollst dich auf deine Ausbildung konzentrieren.«

»Oh! In Ordnung.« Sie wirkte beinahe aufgeregt bei der Vorstellung, nichts zu tun, außer zu lernen. Marius konnte nicht leugnen, dass ihm das gefiel. Mit Wissensdurst hatte er immer gut umgehen können, und sie bewies gleich noch mehr davon, indem sie vorschlug: »Vielleicht wäre es hilfreich, mir die Küche und den Rest des Hauses ein wenig näher zu erklären? Ich meine, ich habe jetzt für das Frühstück im Prinzip nur Dinge genommen, die auf der Theke waren, und mich ein bisschen verzweifelt durch Schubladen gegraben.«

»Das ist gar nicht so dumm«, befand Marius und grinste flüchtig, als Aurelia etwas beleidigt dreinblickte. Er ließ seinen Blick durch die Küche wandern, dann deutete er auf eine dunkle Truhe in der Ecke. »Hier ist das Eisfach – nur die Dinge auf der linken Seite sind essbar.«

Aurelia erhob sich augenblicklich, spähte in die Truhe und gab ein undefinierbares Geräusch von sich. »Was für Fleisch ist das auf der rechten Seite? Und wie bleibt das alles kühl? Ich sehe keine Luftkompression oder dergleichen … auch keine Zinkverkleidung oder Ähnliches.«

Marius verzog ein wenig verwirrt und nicht angetan von Begriffen, die ihm nichts sagten, das Gesicht, tippte aber gegen die Runen an den Innenwänden des Eisfaches. »Da. Die sorgen für ständige Kühlung von allem, was da drin liegt. Frag mich nicht, wie das funktioniert, ich weiß es nicht.«

»Schade, das wäre interessant gewesen«, murmelte Aurelia, schloss die Eistruhe jedoch wieder und drehte sich zu ihm um. »Was gibt es sonst noch Aufregendes?«

Marius wanderte zu ihr und öffnete alle wichtigen Schubladen in der Küche. »Hier. Besteck, Pfannen, Töpfe, Kleinkram. Die Lade da fasst du mir ohne meine Anwesenheit nicht an, denn es befinden sich spezielle Zutaten für Tränke darin, und mit diesen willst du dich zum jetzigen Zeitpunkt noch nicht auseinandersetzen.«

Aurelia räusperte sich und druckste ein wenig herum, schien sich dann aber einen Ruck zu geben. »Verwenden … also … Totentänzer –«

»Die Dienenden der Herrin.«

»Die Dienenden der Herrin also – man erzählt sich, dass sie unter anderem Zehennägel und Haare für Tränke und Rituale verwenden. Stimmt das?«

Wenigstens fragte sie nach, statt stillschweigend weiter an den Halbblödsinn zu glauben, den Vulgax aufgeschnappt und verdreht hatten. »Manchmal ist dies der Fall, in der Tat. Nägel und Haare sind fast so gut wie Blut«, informierte Marius Aurelia, die daraufhin ein wenig angewidert dreinblickte. Er beobachtete ihr Gesicht, dann fragte er: »Weißt du auch, wieso?«

Aurelia zögerte. »Ich weiß nur, was man sich eben so erzählt – dass Leute damit unter Kontrolle gebracht werden können und dann manchmal schlimme Dinge tun. Dass man damit lebende Puppen machen kann, die herumlaufen und Leute töten. Solche Sachen eben.«

Marius summte. »Das kann passieren, aber grundsätzlich ist so etwas in unserer Zunft außer in Ausnahmesituationen sehr verpönt«, sagte er dann. »So oder so beschreibt das nur mögliche Wirkungen. Wir verwenden Haare und Zehennägel aus dem gleichen Grund, aus dem wir Blut verwenden. Ein Körper ist das, was die Seele in dieser Welt hält, und er ist damit auch ihre Verbindung nach draußen. Nägel und Haare sind weniger mächtig als Blut, weil sie – nun, sie können leichter geteilt werden, Haare fallen aus, Nägel muss man schneiden, oder sie brechen von selbst ab. Blut ist in einem und muss erst einmal an die Oberfläche gezogen werden. Je nachdem, was man machen möchte, muss man über das Material entscheiden. Wie bei einem Hausbau, nicht?«

Ein kleines Lächeln zupfte an Aurelias Lippen, und sie nickte. »Ja, das macht Sinn, denke ich. Gibt es eigentlich eine Art … Tagesablauf?«

Marius nickte. Das war eigentlich gelogen, weil er zwar einen gewissen inneren Rhythmus besaß, der ihn durch die letzten Jahrhunderte getragen hatte. Aber wie es häufig der Fall war, wenn man bis auf ein paar Untote allein lebte und sich nach niemandem richten musste, war sein Rhythmus in Vhindona recht eigenwillig. Das Mädchen benötigte jedoch sichtlich mehr Struktur als das. Er dachte einen Moment lang sorgfältig darüber nach, was eine sinnvolle Vorgehensweise sein konnte.

»Gegen elf Uhr gibt es Frühstück. Das hat heute gut funktioniert, das können wir beibehalten, würde ich meinen«, begann er dann spontan. »Danach machst du mit mir etwa eine halbe Stunde lang Aufwärmübungen, um etwas für deine Magiekontrolle zu tun. Dann widmen wir uns bis etwa zwei oder drei Uhr deinen Studien. Ich halte es für sinnvoll, dich, so weit es mir möglich ist, in theoretischen Grundlagen zu unterrichten. Ich würde sagen, dazu gehören das Lesen und Schreiben von Runen und Keilschrift, die Geschichte der Quellenkinder, eine Ergänzung deiner Kenntnisse über den Ersten und Zweiten Sternenfall und deren Folgen, Pflanzenkunde, Völkerkunde und Anwendungsmöglichkeiten von Magie. Dann gibt es Mittagessen.« Er machte eine Pause und tippte sich gedankenvoll gegen das Kinn. »Ich kann dir nicht mit allen Bereichen helfen, deswegen wirst du nach ein paar Wochen nachmittags Unterricht von anderen Lehrpersonen in mir nicht ganz erschlossenen Gebieten erhalten. Ich werde währenddessen wahrscheinlich meistens im Magiestrat sein und Johann unterstützen. Gegen acht gibt es Abendessen. Dann kannst du mich entweder zu, hm, Missionen begleiten oder machen, was auch immer du willst.«

»Missionen?«

»Dienste als sterbliche Hand der Herrin«, sagte Marius, »Dienste an den Toten.« Aurelia erschauerte sichtlich, weshalb Marius hinzufügte: »Das ist auf freiwilliger Basis. Vielleicht würde es dir aber helfen, einmal zu sehen, was genau ich so mache. Ganz überraschend zählt dazu nämlich nicht, irgendwelche kürzlich verstorbenen Fleischsäcke zu reanimieren und auf die Bevölkerung loszulassen, damit sie ihre Gehirne fressen.«

»Sondern?«

Marius zuckte mit den Achseln. »Sterbende mit starker Energie besuchen und sie reinigen, damit sie nicht in der Welt der Lebenden festsitzen. Letzte Wünsche von Geistern erfüllen oder versuchen, sie genügend zu reinigen, um sie über die Schwelle zu schicken. Im Endeffekt schubse ich tote Leute einfach weiter. Oder ich bringe sie dazu, mir von ihren letzten Eindrücken vor ihrem Tod zu erzählen, was mehr oder weniger das ist, womit ich Johann im Moment assistiere. Früher ... Zu Hause, meine ich, hat das auch bei Gericht eine Funktion. Und dann ist da natürlich noch die Sache mit Erinnerungen, die ich unter bestimmten Umständen ansehen oder ausgraben kann. Ähnliches gilt für Träume.«

»Ich verstehe«, sagte Aurelia, die ziemlich sicher nichts verstand, aber immerhin gute Arbeit darin leistete, halbwegs verständig zu wirken »Ich ... ich werde mir überlegen, mitzukommen, danke.« Sie zögerte, dann gab sie zu: »Das ist ... anders, als ich dachte.«

Erneut eine Entschuldigung, wo keine zu hören war. Marius nickte nur. »Lass dir Zeit. Momentan ist das ohnehin nicht unsere Priorität.«

Einen Moment war es still. Marius beobachtete das Mädchen, das auf eine der Küchenpflanzen starrte, während er seinen mittlerweile kalt gewordenen Kaffee austrank. Er verzog das Gesicht, weil das Kaltwerden dem Getränk nicht unbedingt besser getan hatte und den letzten Schluck zu einer Überwindung machte.

Aurelia blickte auf, als Marius die Tasse hinstellte und sich streckte, um sich dann zu erheben.

»Komm«, sagte er, »aufwärmen.«

Aurelias Augen leuchteten auf. Sie nickte eifrig und folgte ihm aus der Küche hinaus. Marius wanderte schnurstracks in einen der leeren Räume im Erdgeschoss, den er ihr zuvor nicht gezeigt hatte und der tatsächlich nicht einmal ein einziges Möbelstück beinhaltete. Stattdessen waren die Wände mit sanft geblähten weißen Tüchern verhängt, die das Zimmer heller wirken ließen, als es tatsächlich war. Der Fußboden war poliert und glatt, frei von Staub und Hindernissen. Durch die ebenfalls hellen, unvergleichlich dünnen weißen Tücher vor den Fensterscheiben fiel weiches Licht hinein. Vielleicht hatte man den Raum einmal als Esszimmer verwendet. Vermutlich konnte man Jakob danach fragen, aber was sollte das bringen? Marius wanderte hinein und streckte sich für einen Moment, ließ es zu, dass Aurelia die Knochen und Muskeln seiner Schultern und seines Rückens knacken hören konnte, dann warf er ihr über die Schulter ein Grinsen zu.

»So«, sagte er ruhig. »Und jetzt tanzen wir.«

KAPITEL 7

Als Tochter ihres Vaters hatte Aurelia schon früh tanzen gelernt. Bälle waren in jener gesellschaftlichen Schicht, in der die Franks sich bewegten, wichtige soziale Anlässe, um Bündnisse zu knüpfen und Verträge abzuschließen. So kannte Aurelia alle Schritte zu den Tänzen, die auf Bällen und zu anderen gesellschaftlichen Anlässen verlangt wurden. Üblicherweise suchte man sich dafür eine führende oder folgende Position aus und blieb dabei. Obwohl es jedem zustand, frei zu wählen, hatte sich im letzten Jahrhundert die Tendenz herausgebildet, dass Männer die führende und Frauen die folgende Rolle übernahmen, aber Aurelia hatte beide Seiten gelernt, um für jede Situation gerüstet zu sein. Es zeichnete sie keine besondere Begabung darin aus, auch wenn sie einem Rhythmus folgen konnte und die Tanzstunden im Saal ihrer Eltern eine willkommene Abwechslung zu ihrem sonstigen Alltag im Haus gewesen waren – willkommen genug, dass sie gerne ihre Aufmerksamkeit darin investiert hatte. Denn immerhin folgten die in Vhindona üblichen Tänze einem genauen Protokoll mit klaren Anweisungen, und Aurelia fand Schönheit in Dingen, die berechenbar waren wie mathematische Formeln.

Meister Marius' Tanz hatte absolut nichts damit gemein.

Zuerst war Aurelia nur von der Musik irritiert, die plötzlich von überallher zu kommen schien, auch wenn sie nirgendwo ein Grammofon entdecken konnte. Es fühlte sich an, als ob der musikalische Auftritt direkt hier stattfände, mit spielenden Leuten, die zum Greifen nah waren. Aber auch die Musik selbst war anders. Sie begann langsam mit einzeln gezupften Saiten eines Instruments, das sie nicht einordnen konnte und dessen Töne klangen wie auf und ab wogende Wellen, bevor sie Anlauf auf die kantigen Klippen einer Küste nahmen. Beinahe glaubte sie es zu hören – das Land, in dem Meister Marius aufgewachsen war und das in ihrer Vorstellung so durch und durch magisch war, dass es nicht ferner von hier sein konnte. Meister Marius stand mit geschlossenen Augen in der Mitte des Raumes und hob langsam mit deutlichen Atemzügen – ruhig, tief – die Hände in die Höhe. Dann öffnete er die Augen und drehte ihr das Gesicht zu.

»Hör auf zu denken«, teilte er ihr mit. »Konzentriere dich auf deinen Körper und leere deinen Geist. Sieh mir zu und mach es nach.«

Aufhören zu denken, wenn sie gerade erst wieder richtig damit begann? Es wirkte unmöglich, aber Aurelia atmete aus und konzentrierte sich auf ihren Meister. Langsam und bedacht waren seine Drehungen für die ersten paar Momente, dann gesellten sich die seichten Schellen eines Tamburins zu dem unbekannten Saiteninstrument, und der Klang einer Trommel ließ den Rhythmus anschwellen. Aurelia versuchte, mit ihm mitzuhalten, als er schneller wurde und der Rock seines Kaftans in einem fast perfekten Kreis um ihn herum zu schwingen begann, aber sie scheiterte bald an dem Schwindel, der sie ergriff und zum Atemholen zwang. Auch mit aller Luft der Welt, so war sich Aurelia sicher, konnte sie sich nicht bewegen wie Meister Marius, der sich drehte und drehte und drehte, scheinbar unberührt von den natürlichen Grenzen eines Körpers aus Fleisch und Blut, die Augen hingebungsvoll geschlossen. In diesem Moment wirkte er seltsam unwirklich und unantastbar. Aurelia blieb stehen, auch wenn er ihr gesagt hatte, genau das nicht zu tun, und atmete ein, fühlte den Druck in ihrer Brust, auf der sich der Schweiß sammelte.

»Weiter«, durchzuckte Meister Marius' Stimme die Musik,

und Aurelia blinzelte, fand sich dabei wieder, wie sie nickte und dann von Neuem begann. Sie hatte nichts von Meister Marius' seltsamer Anmut dabei, sondern spürte eher, wie sie unbeholfen durch die Gegend stolperte und von Glück sprechen konnte, dass sie nicht gegen eine Wand lief. Ihr Körper kämpfte gegen ihren Willen. Übelkeit stieg in ihr auf, je länger und verbissener sie sich drehte. Sie dachte an nichts, nichts außer der Art und Weise, wie ihr Körper sie umschloss und das Herz in ihrer Brust donnerte. Sie merkte kaum, dass die Musik in einem letzten sanften Tremolo verklang und Meister Marius stehen blieb, um ihr zuzunicken. Ein wenig Schweiß stand auf seiner Stirn, und seine Brust hob und senkte sich in tiefen Atemzügen, der einzige Beweis, dass er doch nicht so sehr über den Dingen stand, wie es den Anschein hatte. Aurelia stützte sich an der Wand ab und rang nach Luft.

»Nicht schlecht für den Anfang«, sagte er. »Es wird mit jedem Tag besser werden, denke ich.«

»Und wozu soll das gut sein –«, Aurelia atmete tief durch, »– dass mir speiübel wird?«

»Wehe, du entledigst dich deines Mageninhalts über den Flur«, mahnte Meister Marius umgehend. »Wenn du lernst, deinen Körper zu beherrschen und deine physischen Grenzen zu überschreiten, dann lernst du auch, deine Magie zu benutzen, ohne dabei Dinge einfach so explodieren zu lassen – mit einem Wort, dann beherrschst du sie und nicht mehr umgekehrt. Alles in allem ist deine Magie nichts anderes als ein weiterer Körperteil.« Er schien einen Moment nachzudenken, dann erhellte sich sein Gesicht. »Es ist wie – dein Schließmuskel beim Defäkieren.« Aurelia starrte ihn mehr als nur perplex an, doch Meister Marius war sichtlich begeistert von diesem Sprachbild. »Als Säugling hast du keine Ahnung, was du tust, und es kommt und geht, wie es will, aber irgendwann kannst du ziemlich gut steuern, wie und wann du dich entleerst. Und das Gleiche musst du mit dem Quellenkern tun, er ist wie ein neuer Muskel. Momentan bist du einfach ein Säugling.«

»Ein Säugling«, wiederholte Aurelia skeptisch und strich sich über den schweißgetränkten Kaftan. Großartig. Es fiel ihr immer noch schwer, Atem zu schöpfen, und ihr Meister schien eindeutig den Verstand verloren zu haben. Sie entschloss sich zur Flucht in den Pragmatismus und konzentrierte sich auf das Wesentliche. »Was ist ein Quellenkern? Die – die Magie in mir, oder …?«

»Exakt. Manche von uns nennen es auch ganz poetisch ›das zweite Herz‹. Deswegen nennt unsereins sich übrigens auch Quellenkinder. Dieser Quellenkern ist die Verbindung eines magiebegabten Wesens zur Quelle und auch das, was wir aktivieren, wenn wir Magie einsetzen. Es ist wie ein bewusst steuerbares weiteres Organ, dessen Potenzial sich manchmal auch unkontrolliert freisetzen kann, besonders wenn man ungeschult ist.«

Von fern her begann die Türklingel zu schellen.

»Bei der Herrin«, murmelte Meister Marius und rieb sich über das Gesicht, dann winkte er ihr zu. »Dann lass uns mal deine Sachen holen gehen, damit du dich einrichten kannst. Das muss jetzt aber wirklich Johann sein. Wenn wieder Kilian vor der Tür steht, fordere ich ihn zu einem Duell heraus.«

Als er hinaus ins Vorzimmer trat, die Haustür öffnete und durch den Vorgarten schritt, um auch das Gartentor zu öffnen, stand tatsächlich eine Kutsche mit dem Emblem der Garde vor ihnen: Ein roter Schild mit zwei schwarzen Querstreifen in der Mitte. Vor ihr waren mehrere Koffer aufgetürmt, die Aurelia mit einem Stich im Herzen als Stücke ihrer Eltern identifizierte.

Oberspäher Beilschmidt stand neben ihnen und gab einer

kräftig gebauten Frau mit rundem Hut letzte Anweisungen. Heute waren seine Haare sorgfältig unter einem Hut verborgen, und die Wangen waren bis auf seine dunkelblonden Koteletten glatt rasiert. Wie am Tag zuvor trug er unter seinem offenen Mantel einen dreiteiligen, dunklen Anzug und stützte sich schwer auf einen Gehstock mit silbernem Knauf. Aurelia fragte sich unwillkürlich, warum er nicht jemand anderen an seiner statt geschickt hatte, sondern selbst gekommen war. Immerhin hatte ein Oberspäher doch sicherlich mehr zu tun, als irgendwelche Botengänge zu erledigen, die man genauso gut Mitarbeitenden von niedererem Rang überlassen konnte? Meister Marius schien jedoch nicht überrascht zu sein, fast so, als ob dies der Normalfall war. Seltsam.

Als Oberspäher Beilschmidt bemerkte, dass das Gartentor sich geöffnet hatte, nickte er ihnen zu. Aurelia realisierte, dass ihr die schweißfeuchten Haarsträhnen ins Gesicht hingen, das noch dazu krebsrot sein musste. Aber es gab keine Möglichkeit mehr, sich umzuziehen – sie war vollständig bekleidet, auch wenn es nur der behelfsmäßig zugegurtete Kaftan ihres Meisters war. Es musste reichen. Der Mann hatte sie vorgestern blutbeschmiert in sein Taschentuch rotzen gesehen. Sicherlich waren seine Standards dementsprechend niedrig, was ihren Gesamtauftritt anging.

»Meister Cinna, Fräulein Frank.« Oberspäher Beilschmidts angenehme Stimme riss sie aus ihren Gedanken. Seine Augen waren fest auf ihr Gesicht gerichtet und wanderten lediglich für einen Moment zu Meister Marius, dem er zunickte. »Guten Tag. Wir bringen Fräulein Franks Gepäck.«

»Tun Sie sich keinen Zwang an, Oberspäher«, sagte Meister Marius mit leichtem Necken in der Stimme. »Eine Tasse Kaffee vielleicht, während Sie darauf warten, dass Ihre Leute alles zu Ihrer Zufriedenheit erledigen?«

Etwas zuckte um Oberspäher Beilschmidts Mundwinkel, doch er gab keine verbale Antwort. Trotz des Hinkens war sein Gang aufrecht, fast schon Ehrfurcht gebietend, als er den Garten durchquerte. Hinter ihnen bemühten sich zwei Gardisten eifrig, das Gepäck ins Innere des Hauses zu tragen.

»Stellen Sie das hier im Gang ab, und lassen Sie es sich nicht einfallen, weiter als das zu streunen!«, bellte Meister Marius einen der Gardisten an, der daraufhin vor Schreck das Abwehrzeichen der Heilgottheit Dyna formte und wieder hinausstolperte.

Oberspäher Beilschmidt verzog keine Miene, sondern steuerte die Küche so zielsicher an, als ob er schon Tausende Male hier gewesen wäre. Nachdem er auf der Küchenbank Platz genommen hatte, Aurelia auf der anderen Seite des Tisches und Meister Marius sich mit dem Kaffeekocher beschäftigte, griff Oberspäher Beilschmidt in sein Sakko und holte einen Umschlag hervor, den er ihr über den Tisch zuschob.

»Ihre Mutter hat meine Mitarbeitenden darum gebeten, diesen Brief an Sie mitzunehmen, als man Ihre Sachen geholt hat«, sagte er dabei. »Sie dürfte offensichtlich recht nachdrücklich gewesen sein. Aufgrund unserer Vorschriften musste ich den Brief leider prüfen.«

Aurelia nahm ihn mit einem gemurmelten Dank entgegen, zog ihn jedoch noch nicht aus dem geöffneten Umschlag, sondern wog ihn nur in den Händen. Sie verspürte ein seltsames Gefühl der Scham bei dem Gedanken, dass ein wildfremder Mensch ihre Familienkorrespondenz las. Würde es nun immer so sein? War es für alle Magiebegabten so, und wenn ja, wie lange ging das schon so, und wieso sprach man nicht wirklich darüber? Sie kam sich vor wie ein Mensch zweiter Klasse – und realisierte, dass sie dies nun wohl für die meisten hierzulande auch tatsächlich war.

»Sie werden Ihr Versprechen nicht brechen?«, fragte sie schließlich und blickte auf. »Wenn ich kooperiere, dann werden meine Eltern nicht zur Rechenschaft gezogen?«

»Zuerst einmal möchte ich klarstellen, dass ich hier überhaupt nichts versprochen habe«, entgegnete Oberspäher Beilschmidt ruhig und lehnte seinen Stock gegen den Tisch, um dann ein silbernes Etui aus seiner Manteltasche zu holen. Aurelia atmete tief durch und sagte kein Wort, während sie seinen eleganten, behandschuhten Fingern dabei zusah, wie sie eine Zigarette aus dem Etui zupften. »Aber es ist kein Verfahren gegen sie geplant, nein. Ich denke, wir können das für uns behalten. Bitte seien Sie allerdings vorsichtig, in was Sie Ihre Eltern einweihen, falls Sie mit ihnen sprechen ... das nur als kleine Warnung. Stört es Sie, wenn ich ...?« Er hob die Zigarette.

»Nein, bitte, nur zu«, sagte Aurelia mit tauben Lippen. Ihre anfängliche Euphorie, mit der sie den Tag begonnen hatte, war verschwunden. Sehr plötzlich und unvermittelt hatte sie realisiert, dass dieser Mann nicht nur ihr eigenes Schicksal, sondern auch das ihrer Familie in den Händen hielt – und dass er es wusste. Männer wie Oberspäher Beilschmidt waren sich ihrer Macht immer bewusst. Die Frage war nur, was er damit machen würde.

»Milch, Zucker – damit du deine abartige Mischung kreieren kannst«, sagte Meister Marius und stellte zwei Tassen, eine angelaufene Silberdose und ein Kännchen mit Milch auf den Tisch. Das Kännchen hatte einen kleinen Sprung, aus dem jedoch kein Tropfen entwich. Schließlich legte er noch einen ebenfalls angelaufenen Silberlöffel neben die Zuckerdose.

»Danke«, sagte Oberspäher Beilschmidt. Seine Stimme war ein wenig sanfter geworden.

Aurelia hielt nach wie vor mit klammen Fingern den Brief,

während er reichlich Milch und Zucker zu seinem Kaffee hinzufügte, ehe er umrührte. Sie fuhr mit der Zeigefingerspitze langsam über die ängstliche, kleine Schrift ihrer Mutter, die die Worte *Fräulein Aurelia Frank* auf dem Umschlag formte. Kleine Buchstaben, die sich so eng aneinanderdrängten, als ob sie nach Wärme suchten.

»Hast du Feuer für mich?«, fragte der Ermittler.

»Für dich doch immer«, sagte Meister Marius ungewöhnlich weich.

Erstaunt blickte Aurelia auf, um zu sehen, wie er ein Feuerzeug aus einer Kiste am Herd nahm und die Flamme an das Ende der Zigarette hielt, die zwischen Oberspäher Beilschmidts Lippen klemmte. Dieser blickte unter hellen, erstaunlich langen Wimpern zu Aurelias Meister auf, als er sich vorbeugte und einen tiefen Zug nahm, sodass das Zigarettenende aufglühte. Erst dann lehnte er sich wieder zurück.

»Danke«, wiederholte er. Ein Lächeln zupfte an seinen Mundwinkeln und verschwand so schnell, wie es gekommen war. »Ich habe gehört, dass die Wühlmäuse dieser Tage wieder eifrig am Graben sind.«

»So?« Meister Marius setzte sich auf einen Stuhl zwischen Aurelia und Oberspäher Beilschmidt und nahm ungerührt einen Schluck von seinem rabenschwarzen Kaffee, den er sich noch einmal frisch aufgebrüht hatte. »Wann sind sie denn am aktivsten?«

»In den Abendstunden«, entgegnete Oberspäher Beilschmidt. Hinter der geschlossenen Küchentür konnten sie einen der Gardisten fluchen hören, als etwas zu Boden polterte. »Ich würde heute oder morgen mal ein bisschen Gift ausstreuen. Nur um sicher zu sein.«

»Hmm.«

»Und mach was gegen diese Dornenhecke«, fügte Oberspäher Beilschmidt hinzu. »Die lockt nur Maulwürfe an. Außerdem haben wir gestern eine Beschwerde von Meister Grünwald bekommen. Anscheinend leidet sein Gras.«

»Kannst du es fassen, dass ich mit diesem Mann als Nachbarn gestraft bin?«, begann Meister Marius prompt zu schimpfen. »Aus jeder Hauseinweihung macht er eine Gottheitszeremonie! Und dabei habe ich ihm schon gesagt, dass ich sie entferne!«

Aurelia, die gesehen hatte, dass ihr Meister auch durchaus zivil mit Kilian verkehren konnte und ihm am Ende der Entgiftung sogar gedankt hatte, war nur mäßig beeindruckt von diesem Ausbruch.

Anscheinend ging es Oberspäher Beilschmidt nicht viel anders, denn er zuckte nicht mit der Wimper und nahm lediglich einen tiefen Zug von seiner Zigarette. »Ich würde mich an deiner Stelle nicht beschweren. Es könnte wesentlich schlimmer sein, und das wissen wir beide. Ach, Fräulein Frank –«, wandte er sich so unvermittelt an sie, dass sie aus der Betrachtung des Briefes aufschreckte, »– ich hoffe, Sie haben sich ein wenig erholen können.«

Zu blau waren Oberspäher Beilschmidts Augen, zu scharf sein Blick, als dass Aurelia sich vollkommen hätte entspannen können.

»Ich glaube nicht, dass die ganzen Geschehnisse der letzten Zeit etwas sind, von dem man sich so leicht erholen kann«, sagte sie so diplomatisch wie möglich. »Aber ich bin … durchaus etwas ausgeglichener, danke.«

»Wir waren gestern bei Kilian, und er hat sich um ihren …« Meister Marius machte eine Pause und suchte sichtlich nach dem richtigen Begriff. »Um ihr System gekümmert.«

»Das ist gut zu hören. Und bitte, Fräulein Frank, versuchen Sie, sich keine Sorgen zu machen«, sagte Oberspäher Beilschmidt und wechselte einen raschen Blick mit Meister Marius. Aurelia, die immerhin wusste, dass er ihren Meister darauf angesetzt hatte, ihr bei ihren Erinnerungen zu helfen, hatte Schwierigkeiten damit, das höfliche Lächeln auf ihren Lippen zu halten. »Für die nächste Zeit sind die Umstände geregelt, was Ihnen hoffentlich dabei helfen wird, sich an Einzelheiten der Mordnacht zu erinnern.«

Aurelia verkrampfte die Hände so fest um den Brief, dass er unter ihren Fingern knitterte. Selbst wenn Beilschmidt es ernst meinte, sie konnte nicht anders, als zu denken, dass sie in seinen Augen wohl auch nur ein weiteres Werkzeug zum Erfolg war. Es reizte sie mehr, als es das gestern noch getan hätte. Tatsächlich war sie allgemein erstaunt zu bemerken, wie viel Frust bei allen möglichen Gelegenheiten in ihr aufwallte. Dabei wollte sie eigentlich keinen Stress, und es leuchtete ein, dass der Ermittler auch nur seine Arbeit machte. Und dennoch …

»Danke für Ihre Unterstützung.« Sie bemühte sich um ein Lächeln, von dem sie hoffte, dass es so sanftmütig wie möglich wirkte.

»Nichts zu danken. Ah, hier sind übrigens Ihre neuen Papiere, ehe ich es vergesse«, sagte er und holte aus der Innentasche seines Mantels zusammengefaltete, mit einer roten Schnur zusammengebundene Dokumente hervor, um sie ihr zu reichen. Aurelia konnte den Stempel des Magiestrats darauf erkennen. »Bitte führen Sie diese von nun an immer bei sich.«

Mit einem sonderbaren Gefühl des Widerwillens nahm Aurelia die Papiere entgegen und legte sie auf den Tisch vor sich. Sie wusste, wie es war, in unsichtbaren Fesseln zu liegen, und im Gegensatz zu dem Ausweis, den sie zuvor besessen hatte, fühlten sich diese Papiere genau danach an. Sie atmete tief ein, dann schluckte sie erneut alle Bissigkeit herunter und bemühte sich um ein möglichst freundliches Lächeln. »Vielen Dank. Zu gütig.«

Aus den Augenwinkeln konnte sie Meister Marius schmunzeln sehen.

Zu ihrer Erleichterung blieb Oberspäher Beilschmidt nicht lange. Nachdem seine Tasse ausgetrunken, die Zigarette aufgeraucht und das letzte Gepäckstück abgeladen worden war, verabschiedete er sich mit einigen höflichen Worten und hinkte zur Kutsche hinaus.

Meister Marius schloss die Tür hinter ihm und sah Aurelia an. »Na?«

»Na?«, wiederholte Aurelia ein wenig irritiert.

»Ich kann nicht umhin, eine gewisse Gereiztheit in deinem Gebaren wahrzunehmen, mein Kind«, merkte Meister Marius an und hob dabei die Augenbrauen. »Gibt es irgendetwas, über das du sprechen möchtest?«

»Es tut mir leid – ich bin gereizt, ich weiß«, erwiderte Aurelia augenblicklich. »Ich weiß auch nicht, was los ist. Es ist nur ...«

»Ja?«

Sie schüttelte den Kopf. »Jetzt, wo ich wieder – ich weiß nicht, es ist, als wäre ein Schleier vor meinen Augen gelüftet worden. Und bei Oberspäher Beilschmidt habe ich das Gefühl, als ob er netter tut, als er ist.«

Meister Marius summte. »Er ist kein schlechter Mensch, Aurelia. Ich kenne ihn schon, seit er ein Jungspund war, kaum älter, als du es jetzt bist.« Er lächelte bei ihrem Blick. »Sieh mich nicht so an, ich bin alt und müde. Er ist ehrgeizig und zielstrebig, und diese Mordsache zieht sich in den Augen Sterblicher schon recht lange.«

»Vielleicht haben Sie recht«, seufzte Aurelia.

»Regel Nummer eins in diesem Haus: Ich habe immer recht. Und wenn ich einmal nicht recht haben sollte, tritt augenblicklich Regel Nummer eins in Kraft.« Meister Marius zwinkerte ihr schelmisch zu. »Und jetzt kümmere dich um dein Gepäck, damit es mir nicht weiter die Diele verstopft.«

»Zu Befehl.«

Sie knickste übertrieben artig, was ihr ein weiteres Schmunzeln einbrachte, dann begann sie sofort damit, das Gepäck in ihr Zimmer zu schleppen.

Der Vorgang dauerte eine halbe Ewigkeit, was unter anderem daran lag, dass Meister Marius nicht gewillt zu sein schien, ihr unter die Arme zu greifen, und es in seinem Haus weit und breit keinen Lastenaufzug gab. Es vergingen mehrere Stunden, bis sie endlich damit fertig war, ihre Sachen zu sortieren. Man hatte nicht nur ihre bevorzugten Kleidungsstücke eingepackt, sondern auch Leintücher, Kissen- und Deckenüberzüge, die gewohnten weichen Handtücher, ihren Schmuck, Bücher und andere Kleinigkeiten: Modelle, Stadtkarten, Zeichenutensilien, das ein oder andere Foto. Als sie die schwere, silberne Bürste ihrer Mutter in der Hand hielt, musste sie sich den Tränen nahe für eine Weile an den Bettrand setzen.

Das Bewusstsein, dass dieser Abschnitt ihres Lebens unwiederbringlich verloren war, traf sie unvermittelt und mit voller Wucht. Nie wieder würde sie das kleine Mädchen sein, das auf den Knien ihres Vaters ritt und keine Sorge in der Welt kannte. Nie wieder konnte sie sich in Träume flüchten, in denen sie war wie alle anderen und in den Fußstapfen ihres Vaters Vhindona durch ihre Gebäude noch mehr zum Strahlen bringen konnte. Nie wieder würde sie vollkommen unbeschwert mit ihren Eltern an einem Tisch sitzen und nichts als Stolz und Freude in ihren Augen sehen können. All diese Dinge waren schon lange, lange vor diesem Moment vorbei gewesen, aber erst jetzt, in diesem Haus, das um sie herum mit träger, alter Magie zu atmen schien, während sie die Bürste ihrer Mutter in der Hand wiegte, wurde es tatsächlich Realität.

Und ebenso plötzlich und klar kam ihr die Erkenntnis, dass sie ihren Eltern nicht vergeben konnte.

Sie hatten sie versteckt wie etwas, für das sie sich schämten. Sie hatten sich eine Krankheit ausgedacht, die gesellschaftlich akzeptabel war, und sie mit Medikamenten ruhiggestellt, damit ihnen ja nichts passierte. Sie hatten sie in dem Haus, in dem sie eine glückliche Kindheit verbracht hatte, gefangen gehalten, bis die Wände nahezu erdrückend geworden waren und jedes Zimmer sie zu ersticken schien. Und nun? Aurelia konnte sich nicht vorstellen, dass sie sonderlich um sie kämpfen würden. Ein Teil von ihr, der immer Kind bleiben würde, wünschte sich nichts mehr als das, aber ihr Vater war nie jemand gewesen, der sich sonderlich gern gegen die Gepflogenheiten stellte, und ihre Mutter war diejenige gewesen, die am meisten die Augen vor den magischen Kräften ihrer Tochter verschlossen hatte. Nein, ihre Eltern wollten nichts mit Magie zu tun haben, auch nicht mit ihrer Magie, und mehr denn je verstand Aurelia, dass die Magie zu ihr gehörte. Sie war ein Teil ihres Selbst, der hinauswollte und sich nicht auf Dauer unterdrücken ließ, ohne dass sie daran zugrunde ging. Bisher gab es keine Heilung dafür. Sie war sich mittlerweile nicht einmal mehr sicher, ob sie eine Heilung wollte. Und das wiederum bedeutete ein unüberwindliches Hindernis zwischen ihr und ihren Eltern. Der Schmerz war so groß, dass sie den Kopf im Kissen bergen musste, um die trockenen Schluchzer zu ersticken, die sich nach und nach aus ihrer Kehle kämpften.

Wenn es das nur einfacher gemacht hätte. Wenn das Liebe nur vollkommen beseitigen und sie mit Gleichgültigkeit zurücklassen könnte. Aber ihr Herz kümmerte sich nicht darum, was ihr Kopf wollte, und der Schmerz schien dadurch unvermeidlich zu sein.

Es klopfte an der Tür.

Aurelia hob den Kopf und atmete tief durch. »Einen Moment.« Sie wischte sich rasch über Augen und Wangen, so gut sie konnte, dann öffnete sie.

Meister Marius musterte sie einen Moment, dann schweiften seine Augen kurz über den Raum hinter ihr, ehe sie wieder auf ihr ruhten. Er schien eine Bemerkung machen zu wollen, sich dann jedoch dagegen zu entscheiden.

»Leichenschmaus«, teilte er ihr stattdessen nur mit, ohne irgendeinen Kommentar zu ihrem geröteten Gesicht zu machen. »Wasch dir die Hände und komm in die Küche.«

Aurelia wusste nicht, ob sie für die Diskretion dankbar war oder nicht.

»Ich komme gleich«, sagte sie rau, woraufhin Meister Marius nur brummte und sich abwandte. Aurelia schloss noch einmal die Tür, um sich erneut auf den Bettrand zu setzen und den Brief in die Hand zu nehmen. Bevor sie es sich noch einmal anders überlegen konnte, holte sie ihn aus dem Umschlag und begann zu lesen.

Mein liebes Kind, schrieb ihre Mutter mit derselben ängstlich geduckten Schrift wie auf dem Umschlag, *Oberspäher Beilschmidt hat uns versichert, dass es dir für den Moment gut geht, was deinen Vater und mich sehr erleichtert. Nun ist es also doch passiert, dass wir dich verlieren.*

Ein feuchter Tropfen hatte an dieser Stelle die Tinte ein wenig verschmiert. Etwas in Aurelias Brust krampfte sich schmerzhaft fest zusammen.

Bitte sieh nicht im Zorn auf uns. Was wir getan haben, haben wir getan, um dich zu beschützen, egal, was sie dir erzählen werden. Die magische Gemeinschaft wird dich sicherlich gegen uns aufhetzen – ich habe Gleiches von anderen gehört. Aber meine Tochter ist klug und kann für sich selbst denken. Ich habe große Hoffnung, dass dieses Unglück bald vorbeizieht und wir uns wiedersehen können. Hab Mut. Du bist nicht wie sie, und wir beten dafür, dass man bald Heilung für dich fin-

det. Wir haben Vertrauen in dich. Mögen die Gottheiten der neuen Zeit über dich wachen! In liebender Umarmung, deine Mutter.

Aurelia ließ den Brief sinken und schloss die Augen. Warum konnte es nicht einfach ein klares Gut und Böse geben? Es war so schwierig, mit der Situation umzugehen. Ein Teil von ihr wollte, dass es eine Möglichkeit gab, die Magie von ihr zu nehmen. Es war vielleicht ein Geschenk, aber eines, um das sie nie gebeten hatte. Das Leben wäre wesentlich einfacher, wenn sie normal gewesen wäre. Vielleicht war es in Meister Marius' Augen geradezu frevelhaft, so zu denken, aber Aurelia konnte nicht aus ihrer Haut.

Und dennoch: Ein anderer Teil von ihr hatte sich danach gesehnt, jene Worte aus seinem Mund zu hören – zu hören, dass sie für manche kein Fehler, keine üble Laune der Natur war und dass es eine Gemeinschaft von Leuten gab, die wie sie waren und sich nicht dafür schämten.

Aber es war so schwer, sich ihnen aus vollem Herzen heraus anzuschließen und zu vergessen, was man ihr mitgegeben hatte. Vielleicht war auch einfach noch nicht genug Zeit vergangen.

Es dauerte eine Weile, bis sie sich erheben und ins Badezimmer gehen konnte, um sich wie angewiesen die Hände zu waschen, dann stieg sie die Treppe zur Küche hinunter.

KAPITEL 8

Meister Marius, das hatte Aurelia bereits zur Genüge zu spüren bekommen, schien nicht unbedingt ein Haubenkoch zu sein.

»Ist Ihnen das Salz ausgegangen?«, erkundigte sie sich so höflich wie möglich, nachdem sie einen Bissen von ihrem Abendessen genommen hatte, das – wie sollte es auch anders sein – in Breiform daherkam.

Meister Marius machte eine abwinkende Bewegung. »Hier bekommt man ja nichts Vernünftiges.«

»Auch kein Salz?!«

»Bah! Bin ich eine Ziege, dass ich an Salz lecke? Außerdem ist das Salz hierzulande nicht zu vergleichen mit dem in Mistras!«

»Wissen Sie, Meister, in solchen Momenten zeigt sich Ihr Alter dann doch.« Meister Marius schnappte empört nach Luft, und Aurelia musste sich ein Lachen verkneifen. Ihre Laune hob sich signifikant.

»Schön«, sagte Meister Marius mit einer Dramatik in der Stimme, die Aurelia sonst nur aus dem Theater kannte. »Dann sei es so – wenn du dessen unbedingt bedarfst, es steht eines in dem Regal da oben.«

Aurelia bedurfte, also erhob sie sich und holte das kleine, schon etwas verstaubte Salzfass, um sich damit wieder auf der Küchenbank niederzulassen. Ihre neuen Papiere lagen immer noch auf dem Tisch, und Aurelia gab ihr Bestes, sie zu ignorieren, während sie kräftig salzte. Immer noch nicht vergleichbar mit dem Essen von daheim – auch wenn ihre Erinnerungen sie täuschen könnten, schließlich waren ihre Sinne abgestumpft gewesen. Bei dem Gedanken an die regelmäßigen Familienessen verspürte sie wieder einen Stich im Herzen. Wie konnte es sein, dass eine Erinnerung so widersprüchliche Gefühle in einem wachrief?

Aus dem Augenwinkel sah sie, wie Meister Marius tief Luft holte, was sie fragend aufblicken ließ.

»Ich … verstehe, dass diese Situation nicht einfach für dich ist«, begann er und wirkte dabei so unbeholfen, dass Aurelia fühlte, wie ein kleines Lächeln an ihren Mundwinkeln zupfte. »Somit möchte ich dir meine … Unterstützung anbieten.«

Anscheinend hatte er ihr Wechselbad der Gefühle zumindest teilweise mitbekommen. Aurelia, die sich von seiner Verlegenheit angesteckt fühlte, räusperte sich. »Das, ähm, das weiß ich zu schätzen, danke.«

Meister Marius nickte ein paarmal, dann fuhr er sich über das golddurchwirkte Haar. »Ich möchte nur, dass es dir bewusst ist. Und wenn das Leben mich eines gelehrt hat, dann ist es die Gewissheit, dass auf Regen immer Sonnenschein folgt. Das sagt man hier so, nicht? Auf eine schlimme Situation folgen bessere Tage. Und wir alle benötigen in unseren schlimmsten Tagen helfende Hände.« Er zögerte erneut. »Was ich damit sagen möchte, ist, dass du dich jederzeit an mich wenden kannst. Es spielt keine Rolle, zu welchem Thema. Ich kann auch nicht behaupten, dass ich dann in allen Fällen sonderlich hilfreich sein werde, aber es … es liegt die schlimmste Gefahr meiner Erfahrung nach darin, sich allein zu fühlen.«

»Oh«, sagte Aurelia leise und mit weiten Augen. Es war nichts, was sie erwartet hatte. Etwas in ihrer Brust wurde eng, aber ausnahmsweise war es kein schlimmes Gefühl. »Ich … danke. Das ist sehr großzügig.«

»Nicht großzügig«, widersprach Meister Marius, »selbstverständlich.«

Aurelia lächelte matt. »Sicher nicht für jeden, Meister. Und schon gar nicht hier.«

Ihr Meister blickte sie einen Moment lang prüfend mit seinen leuchtenden Augen an, schien sich aber gegen eine Antwort zu entscheiden. Einen Augenblick lang war es still, bis auf das sanfte Heulen des Winterwinds von draußen und das gelegentliche Knarren der Küchenbank, wenn sich einer von ihnen bewegte. Aurelia aß ihren Brei, warf gelegentliche Seitenblicke auf ihre neuen Papiere und dachte darüber nach, dass die größte Freundlichkeit manchmal erst in den schwersten Zeiten erwiesen wurde.

»Nun, da das geklärt ist: Wir beginnen dann gleich mit deinem Unterricht«, sagte Meister Marius recht unvermittelt und ließ sie aufblicken. Offenbar war er erpicht darauf, das Thema zu wechseln, denn er fuhr rasch fort: »Nur eine Einführung, schließlich hat Johanns Besuch uns heute Zeit gekostet. Erinnere mich, dass ich dir dann noch ein Buch als Nachtlektüre gebe. Wie gut kennst du dich eigentlich mit den Gottheiten der ersten Generation aus?«

Aurelia zuckte ein wenig mit den Achseln. Es war erstaunlich: Sie war müde, und doch fühlte sie sich aufmerksamer denn je. »Die Alten Gottheiten? Ich weiß, welche nach dem Zweiten Sternenfall von den Neuen Gottheiten laut unserem Wissen getötet oder absorbiert wurden und welche nicht. Die wichtigsten Überlebenden sollte ich kennen – Kamrušepa, Trenzi, Inar, Janum, die Herrin … Aber ich muss zugeben, dass ich über die jeweiligen Zuständigkeitsbereiche nicht sehr gut Bescheid weiß. Ich weiß nur, dass Kamrušepa die Hauptgöttin der Funkensprü–« Meister Marius senkte seinen Löffel und starrte sie an. Verdammt. Die Sozialisierung, stellte sie fest, saß in manchen Bereichen immer noch tief. Mit einem Räuspern korrigierte Aurelia sich rasch und sprach weiter: »–die Hauptgöttin der Magiebegabten ist. Janum kenne ich nur dem Namen nach, aber Trenzi wird von dem fahrenden Volk und Leuten der Bühne verehrt. Die Herrin erklärt sich von selbst, und Inar ist meines Wissens die Göttin der Natur und Heilkunst.«

»In der Tat, das kann man so sagen«, stimmte Meister Marius großzügig zu. »Aber wenn das alles ist, was du über dieses Thema weißt, dann werden wir noch einiges an Nacharbeit leisten müssen. Bringt man unter den Vulgax den Kindern heutzutage irgendetwas über die Schriftsysteme bei, in denen wir üblicherweise unsere Sprüche abfassen?«

Aurelia runzelte ein wenig die Stirn. »Was bedeutet dieses Wort, das Sie immer benutzen – Vulgax? Das ist doch Limisch. Altlimisch sogar, wenn mich nicht alles täuscht.« Sie wusste, dass das Limische neben den grammatischen Endungen -a beziehungsweise -ae für weibliche und -us beziehungsweise -i für männliche Wörter bei personenbezogenen Wörtern auch die neutrale Endung -x sowohl im Singular als auch im Plural kannte. Ob Ein- oder Mehrzahl gemeint war, wurde dann rein aus dem Kontext ersichtlich, da die Endung sich nicht änderte. Diesen Umstand hatte sie immer faszinierend gefunden, genau wie die Existenz von limischen Pronomen für Personen, bei denen das Geschlecht nicht bekannt oder nicht männlich oder weiblich war.

Meister Marius lächelte. »In Mistras werden so die Magielosen bezeichnet. Ich glaube, der Begriff wurde vor ein paar Jahrhunderten auch ins Radbonische übernommen, aber heutzutage gilt er wohl bestenfalls als altmodisch und wird nicht mehr viel verwendet. Für mich ist er komfortabler als Magielose oder Nichtmagische, das ist irgendwie so … sperrig für meine Zunge. Was ist nun also mit dem Schriftsystem?«

»Ich nehme an, Sie meinen die Runenschrift? Der Senat hat sie für die nichtmagische Bevölkerung verboten, ebenso wie alle anderen potenziell gefährlichen Schriftsysteme aus den Jahren vor dem Sternenfall. Dementsprechend, äh, werden sie natürlich auch nicht in den Schulen beigebracht.«

»Weil Schulen nur von Vulgax besucht werden dürfen, ich weiß schon.« Meister Marius schnaubte. »Gefährlich! Nein, geradezu schwachsinnig ist das. Ohne Magieeinwirkung sind sie nur Schriftsysteme wie alle anderen auch, gefährlich kann das höchstens dann werden, wenn jemand Wortdurchfall niederschreibt.« Er atmete tief durch und riss sich sichtlich zusammen, ehe er ruhiger fortfuhr: »Dann hast du Glück gehabt, dass ich mehr davon beherrsche, als vielleicht nötig ist.«

»Ich würde vielleicht nicht unbedingt sagen, dass es schwachsinnig ist«, sagte Aurelia. Als ihr Meister sie wieder schweigend anstarrte, räusperte sie sich und korrigierte dann: »Also, ich meine, ich kann den Gedanken dahinter verstehen. Aber es ist vielleicht nicht sehr, äh, förderlich für den Abbau von Vorbehalten.«

»Das hast du schön gesagt«, sagte Meister Marius deutlich amüsiert. »Ich würde andere Worte dafür wählen, aber lassen wir das. Dafür noch etwas anderes.« Aurelia hob fragend die Brauen. Ihr Meister legte die Fingerspitzen aneinander und lächelte säuerlich. »Johann hat mich freundlicherweise darauf hingewiesen, dass es wohl in Kürze zu einer Hausdurchsuchung kommen wird. Solltest du etwas in deinem Zimmer haben, das kompromittierend ist ...«

»Ich glaube nicht«, sagte Aurelia nach kurzem Überlegen, »all meine Sachen sind noch von zu Hause, und nichts davon ist irgendwie gefährlich.«

»In Ordnung«, sagte Meister Marius nach einer kleinen Pause. »Dann ab mit uns ins Arbeitszimmer.«

Aurelia nickte leicht, dann stand sie auf, brachte den Teller zum Waschbecken und folgte ihrem Lehrmeister die Treppe hinauf. Die Tür des Arbeitszimmers mit ihrem großen, schmiedeeisernen Schlüssel lag am rechten Ende des Korridors, auf dem sich auch Aurelias Zimmer befand, und war nicht zu übersehen. Meister Marius drückte die Unterseite seines rechten Daumens auf einen eisernen Dorn im Zentrum des Schlüssels, woraufhin etwas im Inneren der Tür klickte und diese lautlos aufschwang. Aurelia erschauerte ein wenig, folgte Meister Marius jedoch ins Innere.

Das Arbeitszimmer war von einem Ordnungssystem geprägt, das sich Aurelia weder auf den ersten noch auf den zweiten Blick erschloss. Auf einem wuchtigen Schreibtisch, dessen Arbeitsoberfläche mit schwarzem Leder bespannt war, stapelten sich Pergamentrollen und Notizbücher in allen Formen und Farben, mehrere Tintenfässer mit unterschiedlich gefärbter Tinte sowie diverse Federkiele, Glasfedern, Füllfederhalter und Bleistifte. Die originale, wohl dunkelblaue Tapete der Wände war hinter den fast deckenhohen, mit mehreren Reihen von Büchern gefüllten Regalen nur noch zu erahnen. Auf dem Boden unter dem Schreibtischsessel, auf dem ein weißes Sitzkissen ruhte, war ein braunes Fell ausgestreckt. Darum herum verstreut lagen noch mehr Bücher, teilweise aufgeschlagen und teilweise zugeklappt. In einer Ecke war einem Kamin Platz zugestanden worden, bei dem dringend die Asche ausgekehrt werden musste.

»Ich verbringe einiges an Zeit hier und widme mich meinen theoretischen Studien«, erklärte Meister Marius. »Mich dünkt, auch für deinen Theorieunterricht eignet es sich bestens, da wir hier direkt an der Quelle sitzen.« Er grinste. »Verstehst du? Quelle. Quellenkinder.«

Aurelia lächelte matt und widerstand der Versuchung, ihm die Schulter zu tätscheln.

»Im Übrigen muss ich dich um etwas bitten, bevor wir beginnen.« Meister Marius wandte sich zu ihr um. »In diesem Haus passieren manchmal ein paar Dinge, die viele Leute falsch deuten würden. Man muss nur mit Gustav anfangen. Um sicherzugehen, dass du meine Geheimnisse mit ins Grab nimmst, möchte ich einen Bluteid mit dir schwören.«

Aurelia spürte, wie ihre Fingerspitzen kalt wurden. »Muss das sein? Ich – mit wem sollte ich überhaupt darüber reden?«

»Oh, du redest vielleicht mit niemandem darüber«, sagte Meister Marius und löste dabei das Ritenmesser von seinem Gürtel. »Aber das heißt nicht, dass niemand mit dir redet, und du bist zu jung, um gefoltert zu werden.«

»Gefoltert?«, rief Aurelia hellauf entsetzt aus.

»Weißt du, wie man fünfhundert Jahre alt wird, Aurelia?«, fragte Meister Marius mit einem kleinen, scharfen Lächeln. »Man lässt Vorsicht walten und sichert sich für alle Fälle ab. Das ist nichts Persönliches, weißt du.« Er pikste sich dabei in jede einzelne Fingerspitze der linken Hand und wies dann auf die ihre. »Komm. Tut dir nicht weh, versprochen. Dieses Messer ist magisch.«

Widerstrebend reichte Aurelia ihm ihre linke Hand und kniff automatisch in Erwartung von Schmerz die Augen zusammen. Zu ihrer Überraschung hatte Meister Marius jedoch die Wahrheit gesagt: Die Spitze des Messers fuhr in ihre Fingerspitzen, wo winzige Blutstropfen aus kleinen Schnitten quollen, ohne den geringsten Schmerz zu verursachen. »Das ist praktisch.«

Meister Marius lachte kurz auf. »Du weißt gar nicht, wie sehr, auch wenn die Wunde danach ein wenig ziepen wird, bis sie vollständig verheilt ist.«

»Wie funktioniert das?«

»Ich kann es dir nicht sagen. Dieses Messer hat eine Fabramagica hergestellt, ich habe es lediglich käuflich erworben, als ich die Chance dazu hatte.«

Unwillkürlich fühlte Aurelia Enttäuschung in sich aufsteigen. »Schade.«

Meister Marius beäugte sie einen Moment lang. »Ich hoffe, dass du nicht von mir verlangst, allwissend zu sein, mein Kind. Allwissenheit ist uns Sterblichen nicht vergönnt.«

»Es wundert mich eher, dass Sie nicht behaupten, allwissend zu sein«, gab Aurelia zu. Sie konnte sich erinnern, dass in der Zeit, in der sie noch zur Schule gegangen war, einige der Lehrpersonen durchaus so getan hatten, als ob sie die Weisheit mit Löffeln gefressen hätten. Diese Leute hatten auch schwere Probleme damit gehabt, Fehler zuzugeben, wenn sie darauf angesprochen wurden.

Meister Marius schnaubte amüsiert. »Diese Arroganz habe ich nach dem ersten Jahrhundert abgelegt, glaub mir. Ich kann sie mir schlichtweg nicht leisten.«

Sympathisch, stellte Aurelia insgeheim fest und nickte nur zum Zeichen, dass sie ihm zustimmte.

»Nun gut, zurück zu unserem Schwur. Auf jede Frage, die ich dir stelle, antwortest du mit ›Ich schwöre‹. Ich werde bei der ersten Frage deinen Daumen an meinen drücken, bei der zweiten deinen Zeigefinger an meinen – und so weiter. Verstanden?«

Aurelia nickte und versuchte, entschlossener zu wirken, als sie sich fühlte. »Ja. Verstanden.«

»Hast du noch einen Vornamen, von dem ich wissen sollte?«

»Genovia. Ich heiße Aurelia Genovia Frank.«

Meister Marius' Gesicht war still und ernsthafter denn je; in diesem Zustand zeichneten sich die wenigen Falten in seinem Gesicht noch mehr ab als ohnehin schon, und seine Hand war kalt, als er die ihre sachte mit der Innenfläche nach oben drehte. »Aurelia Genovia Frank, Kind der Kamrušepa«, begann er langsam und mit Bedacht, »ungelenktes Kind von Rauch und Zauber – schwörst du bei deiner Magie, die Geheimnisse von Marius Calpurnius Cinna, erwähltes Kind der Herrin, zu bewahren?«

»Ich schwöre.«

Meister Marius berührte sachte wie von ihm erklärt ihren Daumen mit dem seinen und vereinigte ihr Blut, um dann fortzufahren: »Schwörst du bei deinem Blut, seine Praktiken und Taten für niemandes Ohren, Augen und sonstige Sinne zu verraten?«

»Ich schwöre.«

Meister Marius' Zeigefingerspitze berührte die ihre. Aus den Augenwinkeln konnte sie sehen, wie sich eine der Pflanzen in ihrer Nähe langsam zu ihnen drehte. »Schwörst du bei deinem Atem, dass du die Lehren des Marius Calpurnius Cinna tief in deinem Herzen bewahrst und niemals laut gesprochen, niedergeschrieben oder gedeutet weitergibst?«

»Ich schwöre.«

Das Ganze wurde mit dem Mittelfinger wiederholt. Für einen kurzen Moment trafen sich ihre Blicke. Die Augen ihres Meisters wirkten heller und grüner als jemals zuvor. Ein Schauer lief über ihren Rücken, was sie sich nicht erklären konnte. »Schwörst du bei deinen Knochen, die Geheimnisse der Kinder Kamrušepas nicht weiterzugeben an jene, die nicht mit ihrem Geschenk geboren wurden?«

»Ich schwöre.«

Ihre Ringfinger berührten sich, und Aurelia erschauerte diesmal merklich. Meister Marius schien es zu merken, denn er presste für einen Moment die Lippen aufeinander, ehe er fortfuhr: »Schwörst du bei deiner Seele, dich an diesen unbrechbaren Blutschwur zu binden über Tod und Traum hinaus bis zum Untergang der Zeit?«

»Ich schwöre.«

Dieses Mal presste Meister Marius erst ihre kleinen Finger

zusammen, dann die Spitzen aller fünf Finger gleichzeitig. »Blut zu Blut, Rauch zu Rauch, geschützt sind wir durch Glut und Brauch.«

Als er sie losließ, drückte Aurelia unwillkürlich ihre linke Hand an sich, obwohl die winzigen Schnitte schon längst zu bluten aufgehört hatten und auch nicht mehr sichtbar waren. An ihrer Stelle, so entdeckte sie erstaunt, konnte man stattdessen winzige goldene Kreise erkennen. »Was passiert jetzt?«

»Solange du dich an deinen Schwur hältst, absolut gar nichts«, sagte Meister Marius. »Sollte man dich zum Reden bringen wollen, wirst du ganz einfach kein Wort herausbringen, wenn du es versuchst, das ist alles. Na ja, das ist alles, solange du nicht versuchst, dagegen zu arbeiten. Es gibt übrigens keinen Weg, der nicht nachhaltig schädigend für Geist und Leib wäre, um einen Bluteid herumzuarbeiten, das nur als kleine Warnung. Er hat auch andere Vorteile, etwa dass Futurix dich jetzt nicht mehr anvisieren können – Dienende der Herrin können von ihnen nicht in der Zukunft gesehen werden. Du bist mit diesem Schwur zwar keine Dienende, aber unser Blut erkennt sich nun, wie man bei uns sagen würde.«

»Futurix können nicht in Ihre Zukunft sehen?«, wiederholte Aurelia erstaunt. »Wieso nicht?«

»Weil alle Dienenden der Herrin schon einmal gestorben sind, womit sie eigentlich ein Leben leben, das es nicht mehr gibt. Sie stehen außerhalb einer Schicksalskette und sind vor allem der Schwellenwelt verpflichtet. Da du jetzt mehr oder weniger von meinem Blut bist, dehnt sich dieser Schutz auf dich aus. Ein anderer wäre, dass du nicht mehr verloren gehen kannst, zumindest nicht für mich. Sollte dir etwas passieren, dann werde ich es sofort merken.«

Aurelia nickte nach einer kurzen Pause, woraufhin Meister Marius ihr ein kleines Lächeln schenkte und sich hinter seinem Schreibtisch niederließ. Sie blickte erneut auf ihre Fingerspitzen, wo die goldenen Kreise schimmerten, wenn sie sie ins Licht drehte. »Von Ihrem Blut? Macht mich das mehr oder weniger zu Familie? Ist das wie eine Art magische Adoption?«

Meister Marius dachte einen Moment lang nach. »Was versteht man hierzulande unter Adoption?«

»Na ja … ein nicht blutsverwandtes Kind wird aufgenommen und rechtlich einer Familie zugeschrieben, mit Nachnamen und allem. Wenn es rechtlich besiegelt ist, haben adoptierte Kinder nahezu die gleichen Rechte wie blutsverwandte.«

Meister Marius nickte verstehend. »In der Tat, so ähnlich ist es. Wärst du in Mistras, würde man so erkennen, dass du zu mir gehörst.«

Aurelia biss sich auf die Lippen. »Ist das nicht etwas ziemlich … Großes? Hier ist es schon etwas recht Persönliches. Es wird nicht oft adoptiert.«

Gedankenvoll tippte ihr Meister sich an sein Kinn, dann sah er ihren Blick. Aus irgendeinem Grund wurde sein Gesicht ein wenig weicher. »Es ist auf jeden Fall nichts, das leichthin gemacht wird, mein Kind. Indem ich dich zu Blut von meinem Blut mache, übernehme ich Verantwortung für dich. In Mistras übernimmt die älteste magische Person immer die Verantwortung über alle anderen Familienmitglieder, gleichgültig ob magisch oder nichtmagisch. Stellen sie sich als verantwortungsvoll und reif genug heraus, werden bestimmte Verantwortungen später von den restlichen magischen Mitgliedern übernommen. Grüble nicht zu sehr darüber nach – aber glaube auch nicht, dass dies etwas war, das leichtsinnig geschah und keine Bedeutung hat. Ich weiß nicht, ob man es auf die gleiche kulturelle Ebene stellen kann wie Adoptionen in Radbod, aber es hat Bedeutung.«

Aurelia spürte, wie ihre Wangen warm wurden. »Ich hoffe, Sie werden das nicht bereuen.«

Meister Marius musterte sie einen langen Moment nachdenklich. Dann sagte er: »Ich denke nicht, dass dem so sein wird. Außerdem: Ich habe zugesagt, Verantwortung für dich zu übernehmen, und diese Aufgabe nehme ich ernst. Ich bin für deinen Schutz verantwortlich, ohne dabei leichtsinnig über meinen eigenen hinwegsehen zu müssen.« Er lächelte sachte. »Und ich hoffe doch, dass wir zusammenwachsen werden.«

»Das hoffe ich auch«, gab Aurelia leise zu.

»Das ist schön.« Meister Marius lächelte sie noch einmal flüchtig an. »Hast du noch andere Fragen?«

»Tausend«, gab Aurelia ohne Umschweife zu.

Meister Marius schmunzelte. »Lass uns doch mit deinem Unterricht beginnen, dann klären sich vielleicht einige davon. Als Erstes stelle ich jedoch dir eine Frage, die der Kern unserer ganzen Arbeit ist.« Er lehnte sich nach vorn und fixierte sie mit geradezu lauerndem Blick. »Was ist Magie, Aurelia?«

Aurelia runzelte die Stirn. »Ein … ein Werkzeug, würde ich sagen.«

»Ein Werkzeug«, wiederholte Meister Marius, und Aurelia bildete sich ein, einen Hauch von Überraschung in seiner Stimme hören zu können. »Keine Waffe?«

»Hmm.« Aurelia dachte darüber nach. »Ich … na ja, es … es kann unter Umständen eine Waffe sein. Ich meine, an der Front wird damit gekämpft, nicht wahr? Und kriminelle Magiebegabte kämpfen auch damit. Und ich bilde mir ein, irgendwo mal gelesen zu haben, dass es in anderen Ländern auch so was wie Bühnenkämpfe gibt?«

Meister Marius nickte. »In Mistras etwa gab es bis zur Thronbesteigung von Leonidas Dynatos magische Kämpfe auf Leben und Tod, die sich höchster Beliebtheit erfreut haben. Heutzutage sind es allerdings magische Schaukämpfe, die nur in den seltensten Fällen tödlich enden. Und durch einen weiterhin potenziell tödlichen Kampf werden natürlich die nächsten Dynatix und Parakix auserwählt.«

»Aber das ist ja nicht alles, was Magie kann«, führte Aurelia ihren Gedankengang fort, »Magie kann auch heilen. Oder – Feuer machen. Wasser. Erde.«

»Hmm, nicht ganz richtig«, warf Meister Marius ein, lehnte sich ein wenig mehr vor und faltete die Hände auf dem Schreibtisch. »Magie kann Feuer, Wasser, Luft und Erde nicht *machen*, zumindest, wenn wir bei der Magie von Sterblichen bleiben. Gottheiten sind wieder etwas anderes. Du und ich und alle anderen Quellenkinder, wir können Magie nur dazu verwenden, Dinge besser und anders zu manipulieren, die schon existieren.«

»Oh!« Aurelia atmete erstaunt aus. »Das wusste ich nicht. Es heißt immer –«

»Ich weiß, was es unter den Vulgax heißt«, unterbrach Meister Marius sie erneut, »nämlich, dass Magie aus dem Nichts entsteht und keine Grenzen kennt, aber dem ist nicht so. Ich kann beispielsweise nicht hier und jetzt Feuer in meiner Hand entstehen lassen. Aber ich könnte das Kaminfeuer blau färben, in andere Formen bringen oder an einen anderen Ort lenken, wenn es schon brennen würde. Und das ist ein wichtiger Punkt, der mich deiner Einschätzung zustimmen lässt: Magie ist ein Werkzeug und keine Waffe. Ihre Wirkung unterliegt der Absicht der Person, die sie nutzt. Magie ist Potenzial, und als solches verlangt sie Energie von dir.«

»Sie braucht Energie?«, wiederholte Aurelia mit gerunzelter Stirn. »Inwiefern?«

»Wenn du eine lange Strecke läufst, dann verbrauchst du

viel Energie«, begann Meister Marius zu erklären. »Wenn du ein Glas putzt, dann verbrauchst du eher weniger davon. Beides macht dich in unterschiedlichem Ausmaß müde, weil du deine Lebenskraft hineinsteckst. Ein ähnliches Prinzip gilt für Magie, deswegen passt der Vergleich mit dem Defäkieren auch hier. Wenn du beim Entleeren sehr viel Druck benötigst, bist du nachher erschöpfter, als wenn es einfach herausrinnt.«

»Wie alt sind Sie noch mal, Meister?«, erkundigte Aurelia sich gespielt ernst. Ihr Meister, der sich so altmodisch gewählt ausdrückte – vermutlich, weil er eine ältere Form des Radbonischen gewöhnt war –, konnte manchmal richtig kindisch sein.

Meister Marius grinste gewinnend. »Diese Frage stellt man schönen Männern nicht. Was ich jedenfalls sagen möchte: Magie zehrt an Quellenkindern. Große magische Taten erfordern einen großen Verbrauch von Lebensenergie, deswegen arbeiten an so großen Projekten wie beispielsweise der Errichtung eines Monuments oder Ähnlichem immer mehrere Quellenkinder zusammen.«

»Was passiert, wenn man den Bogen überspannt?«

Meister Marius zuckte mit den Achseln. »Übermäßiger Magieverbrauch kann dich genauso umbringen wie übermäßige körperliche Betätigung über dein Limit hinaus.«

»Ist es … wie ein bestimmtes Kontingent an Magie, das man hat, oder kann man sich von magischer Belastung wieder erholen?«

Meister Marius strich sich über das glatt rasierte Kinn. »Teils, teils. Auf kurze Dauer gesehen erholt man sich wieder – man schläft sich aus, isst und trinkt genug und schont sich. Aber … viele Quellenkinder beginnen ab einem gewissen Alter, Dinge zu sehen oder zu hören, die nicht da sind, werden paranoid oder vergesslich. Ihr Verstand verkümmert sozusagen, wird verbraucht. Die Magie übernimmt sie und gewinnt oftmals die Oberhand. Es hilft nicht unbedingt, dass es nur vergleichsweise wenige Quellenkinder gibt und wir durch Magie länger leben als andere, das macht uns in gewisser Weise des Öfteren instabil – Hochmut, Arroganz, Größenwahn, das kann alles leicht aufkommen, wenn man Dinge zu tun vermag, die für die meisten um einen herum unmöglich sind, und wenn man noch dazu im Gegensatz zu diesen Magielosen Jahrhunderte und nicht nur Jahrzehnte leben kann. Keiner weiß, wie alt wir wirklich werden können, also, bis zu einem natürlichen Tod.«

»Ist das so selten?«

»Extrem selten«, bestätigte Meister Marius, »ich würde sogar sagen, dass es sich um Einzelfälle handelt. Die meisten von uns werden zweihundert, dreihundert Jahre alt, was natürlich mit den Augen von Vulgax gesehen immer noch beachtlich ist, aber es könnte mehr sein. Quellenkinder können durch dieselben Außeneinwirkungen sterben wie Vulgax – gewisse Krankheiten, Mord, Unfälle, was auch immer. Dazu kommt noch, dass … Nun, wenn Quellenkinder beginnen, eine Gefahr für sich und andere darzustellen, sorgen die Schattenschwestern dafür, dass sie aus dem Verkehr gezogen werden.« Er hielt inne. »Also, früher war das zumindest so. Mit dem Zweiten Sternenfall und dem Aufstieg der Neuen Gottheiten haben sich einige Dinge geändert, und ich bin nicht sicher, wie es jetzt aussieht.« Er lächelte matt und breitete die Arme aus. »Tatsächlich erblicken deine Augen eine Rarität. Ich genoss zeitlebens den Schutz der Herrin, die mich immer wieder auffing. Ohne unbescheiden klingen zu wollen: Die meisten halten die Aufmerksamkeit der Gottheiten nicht so lange.«

»Aber warum gerade Sie?«, wunderte Aurelia sich laut und fügte dann, als ihr die Unhöflichkeit ihrer Worte auffiel, hastig hinzu: »Nicht, dass ich nicht glaube, dass Sie es verdient hätten, aber …«

»Ich wünschte, ich könnte es dir sagen, aber ich weiß es nicht«, sagte Meister Marius mit einem kleinen Achselzucken. »In den gesegneten Momenten, in denen sie zu mir sprach, erklärte sie selten ihre Gründe. Eigentlich nie. Das ist den meisten Gottheiten wohl gemein.«

Meister Marius' Leben erschien Aurelia ein wenig wie aus einem Roman, aber sie äußerte diesen Gedanken nicht. »Ich habe noch nie etwas von den Schattenschwestern gehört«, erklärte sie stattdessen, »sind sie so etwas wie Richterinnen?«

»Du hast sicher schon von ihnen gehört, nur nicht unter diesem Terminus«, widersprach Meister Marius. »Ich glaube, hierzulande erzählt man sich unter den Vulgax Geschichten von der Wilden Jagd?«

»Ah, ja«, sagte Aurelia mit einem Nicken. Natürlich sagte ihr die Wilde Jagd etwas, jenes geisterhafte Frauenvolk, das durch den Himmel ritt und den Tod für alle mit sich brachte, die nicht genügend Ehrfurcht zeigten. Sie stahlen Magie und wurden von einigen Magielosen dafür verehrt, aber Aurelia hatte die gewaltsamen Sagen um die Wilde Jagd eigentlich immer unheimlich gefunden. »Aber … ich dachte, das sind nur Geschichten, um Kindern Angst zu machen.«

»Kindern?« Meister Marius schnaubte. »Dem ist nicht so. *Uns* sollen sie Angst machen, aber die Vulgax fürchten alles, was sie nicht verstehen. Die Schattenschwestern sind eine jahrtausendealte Kultusgemeinde, von der niemand wirklich weiß, wie groß sie ist oder wie alt ihre Mitglieder sind. So einige Dienerinnen der Herrin gehören ihr an, da die Schattenschwestern die Balance zwischen allen Dingen auf ihre Art und Weise aufrechterhalten wollen, indem sie wie schon erklärt außer Kontrolle geratene Quellenkinder auslöschen. Sie verstehen sich als so etwas wie eine Kontrollinstanz.

Hierzulande operieren sie, wenn überhaupt, nur noch verdeckt. Seit ich nach Vhindona gekommen bin, habe ich kein Wort über eine Schattenschwester gehört, und Vhindona ist die mit Abstand größte Stadt Radbods mit der größten Anzahl an magischer Bevölkerung. Wer weiß, was aus ihnen geworden ist.«

»Vielleicht finden wir das ja noch heraus«, sagte Aurelia. Trotz aller Motivation unterdrückte sie ein Gähnen, aber Meister Marius schien es dennoch zu bemerken.

Mit einem kleinen Seufzer erhob er sich aus seinem Schreibtischstuhl und trat zu einem der überfüllten Bücherregale, um die Finger suchend über eine Reihe von Buchrücken wandern zu lassen. Ein Laut des Triumphs huschte über seine Lippen. Offensichtlich hatte er gefunden, was er gesucht hatte. Das Buch, das er herauszog und Aurelia in die Hand drückte, hatte keinen Titel. Es war alt und schwer, schien aber sehr sorgsam behandelt worden zu sein, denn der rote Einband wies kaum Gebrauchsspuren oder Risse auf.

»Sei vorsichtig damit«, sagte Meister Marius. »Das gebe ich dir als Nachtlektüre mit. Es ist die Geschichte der Alten Gottheiten und ihrer Verbindung zu unserem Volk.«

»Danke«, sagte Aurelia aufrichtig und glitt mit den Fingern über den samtigen Buchdeckel. »Ich werde aufpassen.«

Meister Marius nickte und entließ sie mit einer Handbewegung.

»Ins Bett mit dir«, sagte er noch. »Ich denke, das reicht für heute, sonst brummt dir nur der Schädel. Wir machen morgen in aller Frische weiter, und du holst ein wenig Schlaf nach. In Ordnung?«

»Ja, Meister«, antwortete Aurelia und machte automatisch einen kleinen Knicks, was Meister Marius amüsiert die Lippen kräuseln ließ. »Gute Nacht.«

Nachdem Aurelia ihre Zähne geputzt hatte, in ihr Nachthemd geschlüpft war und sich unter die noch kalte Bettdecke gekuschelt hatte, zog sie im Schein der Petroleumlampe auf ihrem Nachttisch das Buch näher an sich heran. Als sie vorsichtig den Deckel hob, stieg der angenehme Duft von altem Papier in die Luft. Oder war es doch Pergament? Aurelia nahm behutsam eine der Seiten zwischen Daumen und Zeigefinger, um sie ein wenig zu reiben. Papier, stellte sie fest, doch von einer etwas anderen Beschaffenheit, als sie es gewohnt war. Dieses hier war rauer, unebener – von fast archaischer Samtigkeit. Es hatte keine Titelseite. Stattdessen begann nach einer einzigen leeren Seite schon der Text, der mit schwarzer Tinte in einer Handschrift festgehalten worden war, die aussah wie Spinnenbeine. Jeder Buchstabe war scharf und präzise wie eine Klinge. Die Kurven des großen ›S‹ wanden sich wie Schlangen auf dem Papier, ›I‹ reckten sich stolz wie in Stein gestoßene Schwerter in die Höhe, ›P‹ und ›F‹ stießen unversöhnlich in die unteren Zeilen wie Dolche. Aurelia glitt mit dem Zeigefinger sanft über die Worte und ließ ihren Atem bewundernd entweichen.

Das Buch war nicht in Radbonisch verfasst, sondern in Altlimisch. Aurelia fragte sich, ob Meister Marius wusste, dass sie als Tochter der Oberschicht in Altlimisch unterrichtet worden war, oder ob er überhaupt nicht über die Möglichkeit nachgedacht hatte, dass Aurelia es eventuell nicht verstehen konnte. Mit einem kleinen Lächeln schüttelte sie den Kopf und begann zu lesen. Altlimisch hatte ihr schon immer gelegen, und jetzt war sie durchaus dankbar darum, es halbwegs flüssig lesen zu können, auch wenn sie sich nach kurzer Zeit ein unbeschriebenes Blatt Papier holte, um mit einem Bleistift unbekannte Vokabeln darauf zu notieren.

Am Anfang, so begann das Buch, war das Nichts. Und aus dem Nichts entstand das Licht, und das Licht legte Keime ins Nichts. Die Keime formten sich und wuchsen, und die Welt wurde aus ihnen geboren. Erde und Wasser, Luft und Feuer wurden geboren, und sie formten die Bäume und Berge, das Meer und den Himmel, die Sonne und die Abgründe der Welt. Und das Licht legte Keime in die Welt. Die Keime formten sich und wuchsen, und sie formten sich nach dem Abbild des Ortes, an den das Licht sie brachte. Und sie formten die Menschen auf allen Ebenen und die Elfen des Waldes, des Eises und Feuers, und sie formten die Äolix und Gestaltwandelnden, die Gehörnten und die Tiere, und sie formten auch die Kreaturen der See. Aber das Licht sah, dass das Leben Führung brauchte, und so ließ es Sterne vom Himmel regnen, und aus den Sternen fielen die ersten Gottheiten, um das Leben zu führen. Das ist, was der Erste Sternenfall genannt wird.

Aurelia nickte sich selbst zu. Diesen Anfang kannte sie aus den Predigten, weil er für alle Gottheiten gleich war, selbst für die neuen. Sich mit zwei Fingern das linke Auge reibend, beugte sie sich wieder über den Text und las weiter:

Und das Licht legte ein Netz über alle Welten, und das Netz war Kamrušepa, und Kamrušepa war die Quelle. Kamrušepa aber sah die Welt anders als ihre Geschwister, und sie vereinigte ihr Blut mit dem ihrer Geschwister, um sie sehen zu lassen. Und Kamrušepa sagte: ›Euch gehört der Rest der Welt, aber mir gehören einige wenige, und sie werden mehr sehen als der Rest.‹ Und die Kinder von Rauch und Zauber wurden geboren und sahen anders. Berührt von der Quelle selbst sind sie in der Lage, die Gottheiten zu schauen, ohne auf der Stelle vergehen zu müssen. Berührt von der Quelle selbst sind sie gesegnet, die höchste Priesterschaft der höchsten Wesen zu verüben, bestimmt für Großes abseits der Nichtmagischen. Und die Kinder von Rauch und Zauber wandern durch die Welt für Jahrhunderte, die den Nichtmagischen für immer verwehrt bleiben werden. Und nur die Gottheiten sind ewig, doch die Kinder der Quelle sind alt, bis die Macht der Quelle ihren Tribut fordert und über den Rand ihrer sterblichen Hülle hinauswächst, und sie müssen . . .

Aurelia runzelte die Stirn und kaute am Ende ihres Bleistifts – eine schlechte Angewohnheit, die ihr auch die jahrelange Erziehung als Tochter der höheren Gesellschaft nicht hatte austreiben können –, während sie die Konstruktion des unendlich langen, gewundenen Satzes zu entwirren versuchte, am Ende jedoch aufgeben musste. Und gleichzeitig: Was für ein erhebendes Gefühl es war, überhaupt so weit zu kommen! Vor der Entgiftung, da war sie sich ganz sicher, hätte sie es niemals zustande gebracht, diesen Text doch im Großen und Ganzen recht flüssig zu bearbeiten. So schrieb sie fein säuberlich auf ihrem Notizzettel auf, was ihr Rätsel aufgab, um morgen Meister Marius danach befragen zu können.

Mittlerweile waren ihre Augenlider müde und schwer geworden, aber sie zwang sich dazu, mindestens noch einen Absatz zu lesen, getrieben von einer gewissen Faszination. Schon jetzt war das Buch anders als die Texte, die Aurelia von den in ihren Kreisen üblichen Kulten kannte, auch wenn in diesen ebenfalls heiß umstritten war, welches die erste Gottheit gewesen war, die der Sternenfall hervorgebracht hatte. Es ergab Sinn, dass die Magiebegabten Kamrušepa für ebendiese Gottheit hielten.

Und die Geschwister Kamrušepas befanden ihr Werk für gut und begannen, manche ihrer Kinder zu belohnen. Trenzi beschenkte die Kinder der Quelle mit seiner Wandelbarkeit. Inar beschenkte die Kinder der Quelle mit der Fähigkeit, zu Tieren zu sprechen und die Natur zu ihrem Willen zu nutzen. Telipinu erlaubte denselben, als Einzige Lebensfunken zu kreieren für einen bestimmten ... Auch hier war der Text für Aurelia nicht verständlich, und sie notierte sich den Satz. Es half, den Text laut vorzulesen, und es brachte seine rhythmische Schönheit noch mehr hervor.

Janum ist es, der die Zukunftssehenden mit dem Kreislauf der Zeit vertraut macht ...

Der sanfte Rhythmus des Textes forderte seinen Tribut. Aurelia merkte schon gar nicht mehr, wie die Zeilen vor ihren Augen verschwammen und der Notizzettel zusammen mit dem Buch aus ihrer Hand glitt. Sie schlief und träumte von den weit aufgerissenen Augen ihrer Mutter, von Blut auf sorgfältig poliertem Holzboden und von grünen Augen in der unendlichen Dunkelheit des Nichts, das von scharfen Lichtsplittern durchbohrt wurde.

KAPITEL 9

Marius hatte in die ganze Ermittlungssache eigentlich gar nicht mit hineingezogen werden wollen.

Dafür gab es mehrere Gründe, und in seinen Augen hatte jeder von ihnen seine Berechtigung. Zum einen war er zu alt, um sich mit Verbrechen beschäftigen zu wollen. Was in seiner Jugend – und mit Jugend waren seine ersten zwei, vielleicht drei Jahrhunderte gemeint – noch ein ehrbarer, faszinierender Teil seiner Pflichten gewesen war, ermüdete ihn seit spätestens seinem vierten Lebensjahrhundert. In Bycaea hatte er diese Angelegenheiten mit Ausnahme von sehr speziellen Fällen anderen, jüngeren Moritux überantwortet.

Dies wiederum führte sogleich zum zweiten Punkt: Vhindona war nicht seine Stadt, und dementsprechend war er nicht für sie verantwortlich. Er konnte nichts dafür, dass die Vulgax in diesen Breitengraden die Dienenden der Herrin lieber als Kanonenfutter missbrauchten und ihnen ihre richterliche und priesterliche Funktion so gut wie komplett abgesprochen hatten. Es lag dementsprechend auch nicht an ihm, die unglückliche Stadt wieder auf Kurs zu bringen. Noch dazu waren ihm in vielerlei Hinsicht die Hände gebunden, da er einige seiner stärksten Fähigkeiten sorgsam unter Verschluss halten musste, solange er in diesen Gefilden weilte. Die hiesige Bevölkerung hatte noch nie einen so alten Magiebegabten wie ihn gesehen. Und doch reichte ein Blick in seine Augen, um tief sitzende, primitive Furcht vor etwas aufkommen zu lassen, das sie nicht verstehen konnten, etwas, das so viel näher als sie an der Göttlichkeit lag.

Drittens … nun, wer im Glashaus saß, durfte nicht mit

Steinen werfen. Und er hatte sich das Glashaus überhaupt erst gebaut.

Marius flocht seine Haare und wob dabei wie jeden Morgen den goldenen Draht in seine dunklen Strähnen ein. Dabei starrte er gedankenverloren auf die Aufzeichnungen zu den Fällen, die er vor sich auf dem Küchentisch ausgebreitet hatte.

Marius hatte längst sämtliche Illusionen abgelegt, dass er eine gute Person war. Eine wirklich gute Person kam meistens nicht weit, ohne den Verstand zu verlieren oder ihre Prinzipien zu verraten. Es war nicht so, dass er begeistert von den Morden war – schließlich zerstörten Morde die Ordnung der Dinge und stellten deshalb in Mistras das am höchsten bestrafte Verbrechen dar. Aber Leon hatte immer darauf beharrt, dass es Ausnahmen gab. Und nach so vielen Jahrhunderten hatte die Sache mit Sofja es geschafft, dass Marius zermürbt worden war. Die Aufgabe, die er erfüllen musste, forderte gewisse Opfer, die unbedingt nötig waren, um weitaus Schlimmeres zu verhindern.

Aber bei der Herrin, er war so müde, und es tat so weh, sich nicht mehr im Spiegel ansehen zu können, weil man Gräuel verrichtete. Er konnte den Tag kaum erwarten, an dem er seine Aufgabe erfüllt hatte und alte Fehler endlich beglichen waren.

Er seufzte tief und rieb sich über das Gesicht. Ein Blick aus dem Fenster sagte ihm, dass der Frost es geschafft hatte, die traurigen Überbleibsel seines Rasens mit Frost zu überziehen, der in der kraftlosen Morgensonne schimmerte. Marius hatte wenig Liebe für die Kälte, die der Winter mit sich brachte, aber er konnte zugeben, dass Schnee und Frost schön anzusehen waren – solange man sie von einer warmen Stube aus betrachten konnte, am besten mit einer Tasse Kaffee in der Hand.

Er blickte auf, als der Boden unter Aurelias Schritten knarrte. Behände fixierte er das Ende des Zopfes mit dem Rest des Golddrahtes und räumte dann die Notizen fort, ehe Aurelia einen genaueren Blick darauf werfen und Fragen stellen konnte. »Na, auch schon von den Toten erwacht?«

»Gerade so«, sagte Aurelia und schmunzelte ein wenig. »Ich hatte ziemlich wilde Träume, aber vielleicht bin ich das Träumen auch einfach nicht mehr gewohnt ... hat mir jedenfalls ein bisschen Kopfschmerzen eingebracht.«

»Damit kenne ich mich aus. Du musst mehr Wasser trinken«, sagte Marius triumphierend, woraufhin Aurelia leicht lachte. »Und wenn es gar nicht besser wird, dann werde ich Kilian fragen, ob er ein Mittelchen dagegen hat.«

»Das wäre nett«, sagte Aurelia überrascht. »Aber ich dachte, dass Sie keine gute Beziehung zu ihm haben?«

Marius winkte ab. »Es ist kompliziert. Das gilt für die meisten meiner Beziehungen.«

Aurelia setzte daraufhin einen Gesichtsausdruck auf, der deutlich besagte, dass sie eine sehr konkrete Meinung dazu hatte, aber zu höflich war, um sie laut auszusprechen. Stattdessen schmierte sie sich ein Brot, legte es auf dem Tisch ab und ging dann wieder zum Herd zurück, um über ihre Schulter festzustellen: »Ich habe Fragen.«

»Zum Leben?«, erkundigte sich Marius. »Du wirst es nicht glauben, aber ich auch. Ich würde sterben für ein paar gute Antworten, aber das hat beim ersten Mal schon nicht funktioniert, also gib mir Bescheid, wenn du einen Durchbruch erzielt hast.«

Aurelia warf ihm einen geradezu gequälten Blick zu und setzte eine Kanne Wasser für Tee auf, dann hielt sie inne. »Moment. Beim *ersten Mal*?«

»Oh, in der Tat«, sagte Marius achselzuckend, »ich bin ein

Moriturus.« Er machte eine Pause. »Ich glaube, auf Radbonisch übersetzt man das mit ›Todgeweihter‹? Doch, das dürfte passen. Moriturus wird für einen Mann, Moritura für eine Frau verwendet. Wenn keines dieser Geschlechter zutrifft oder es schlichtweg unbekannt ist, ist Moritux die richtige Bezeichnung – aber ich sehe an deinem Gesicht, dass dich dieser ausgezeichnete Exkurs in die Grammatik meiner Erstsprache nicht sonderlich interessiert.«

Aurelia stützte sich hart an der Theke ab. Dabei starrte sie ihn an, als ob sie einen Geist gesehen hätte – was, wie Marius mit hundertprozentiger Sicherheit wusste, nicht der Fall sein konnte. In seinem Haus gab es außer Jakob keine Geister, und Jakob verließ die Dachkammer für gewöhnlich nicht. »Ich kenne diese grammatikalischen Eigenheiten Ihrer Erstsprache schon, aber ich fürchte, Sie haben mich trotzdem verloren, Meister. Den Begriff habe ich bisher nicht gehört.«

»In der Tat, ich schätze, dass diese Unterscheidung bei den Dienenden der Herrin hier nicht mehr gemacht wird«, murmelte Marius und strich sich nachdenklich über das glatt rasierte Kinn. »Nun, grob gesagt gibt es zwei Möglichkeiten, in die Dienste der Herrin aufgenommen zu werden. Die eine ist die einzig angemessene – man stirbt, und die Herrin erwählt einen in ihren Dienst, sodass man eine neue Chance auf das Leben erhält. Ihr Kuss bringt einen zurück auf diese Seite der Schwelle, die Seite der Sterblichen. Diese Gruppe nennen wir die Moritux, und zu dieser zähle auch ich.«

Aurelia blinzelte ein wenig. »Ich wusste nicht, dass man … dafür sterben muss.«

Marius zuckte mit den Achseln. »Alles hat seinen Preis, mein Kind.«

»Wie alt waren Sie, als … die Herrin Sie erwählt hat?«

Marius überlegte einen Moment. Es war lange, lange her, so lange, dass er sich daran nur genauso schemenhaft erinnern konnte wie an die Gesichter seiner Eltern. »Ich war ein Kind. Ich kann dir unmöglich sagen, wie alt genau, aber ich bin früh in den Tempel der Herrin gekommen.«

Aurelia wirkte ein wenig, als ob ein Teil von ihr nicht daran glaubte, was er sagte, und der andere Teil viel zu sehr daran glaubte. Sie rieb sich über das Gesicht, schloss einen Moment lang die Augen und atmete tief durch, dann fragte sie, sichtlich um Ruhe bemüht: »Und die zweite Gruppe der Dienenden, wie nennt man die?«

»Man nennt sie die Falx – ich weiß nicht, wie es hier übersetzt wird. Die ... haben andere Methoden. Sie berufen sich selbst zu Dienenden, die Herrin erwählt sie nicht. Das machen sie, indem sie morden und das Blut anderer zum Eindringen in die Schwellenwelt benutzen statt ihr eigenes.« Er schüttelte den Kopf. »Ich halte nichts davon. Es gibt Regeln – ein paar wenige, wichtige Regeln –, die man respektieren muss, um sich nicht selbst zu verlieren. Und sich selbst zu verlieren, wenn man mit dem Tod zu tun hat, ist höchst problematisch.«

»Weil es eine Balance gibt?«, hakte Aurelia nach einem Moment ein. »Und Mord ... bringt sie durcheinander?«

Marius nickte. »Sterblichen ist es nicht erlaubt, über Leben und Tod zu entscheiden – und ja, mir ist bewusst, dass das unter Umständen eine problematische Einstellung ist, denn tut man das nicht auch, wenn man jemanden vor einer Gefahr rettet? Ist wirklich so viel Unterschied darin, jemandem das Leben zu retten oder jemandem das Leben zu nehmen? Es ist eine sehr komplexe Frage, und ich erwarte nicht, dass du eine fixe Meinung dazu hast. Es ist bei uns ein fortlaufender Diskurs, und meine Meinung dazu muss nicht die von anderen sein.« Er hielt kurz inne und fügte dann hinzu:

»Aber ich denke, es wäre generell nicht schlecht, wenn du dir darüber Gedanken machst, wie du dazu stehst. Es wird dir vielleicht helfen, meinen Dienst besser zu verstehen.«

»Sie nennen es Dienst«, sagte Aurelia, »nie Beruf. Warum?«

Marius zuckte mit den Achseln. »Es war für mich immer ein Dienst und kein Beruf. Früher waren diese beiden Begriffe in meiner Sprache sehr unterschiedlich konnotiert. Als ich jung war, waren die meisten Quellenkinder die Sprachrohre der Gottheiten, die die Sterblichen unterstützten.«

Aurelia merkte auf. »Davon stand etwas in dem Buch, das Sie mir gegeben haben.«

Marius nickte. »Wir waren die Einzigen, mit denen die Gottheiten kommunizierten. Es gab viele Tempel, aber nicht in dem gleichen Sinn wie heute – heute geht man hin, um zu beten, es ist eine recht stille Angelegenheit, und die Orte selbst sind mehr … Gedenkstätten als etwas anderes. Die Tempel in meiner Jugend waren so etwas wie Schulen, an denen Quellenkinder von ihresgleichen im Dienst der Gottheiten unterrichtet wurden, bevor sie in Ortschaften und Länder geschickt wurden, um die Leute dort zu unterstützen. Aber als ich jung war, gab es durch den Zweiten Sternenfall und das Sterben der Gottheiten schon weniger davon, viel weniger. Wer heute mit einer Gottheit kommunizieren will, der geht einfach direkt zum letzten Sichtungsort und versucht sein Glück. Dass das gefährlich ist und für die meisten Vulgax noch dazu potenziell tödlich – ja, sogar wir können die Gottheiten nicht anschauen, ohne einen gewissen Verlust hinnehmen zu müssen –, ist wieder etwas anderes. Es ist keine Distanz mehr da, die Vermittlung nötig machen würde. Die Tempel der Gottheiten sind mittlerweile eher Schulen für bestimmte Disziplinen, Treffpunkte zum

Austausch unter Gleichgesinnten. Die Zeiten haben sich einfach geändert.« Er lächelte matt. »Nur wir ändern uns nicht so schnell mit, das haben die Vulgax uns vielleicht voraus.«

Eine Weile war es still, während Aurelia nachdenklich an ihrer Brotscheibe kaute.

»Es ist übrigens ein Brief für dich gekommen«, sagte Marius nach einer kleinen Pause und schob ihr über den Tisch den Umschlag zu, den er heute Morgen aus dem Briefkasten gefischt hatte. Dieselbe winzige Schrift wie beim letzten Mal prangte auf dem Umschlag, den Aurelia mit leisen Worten des Dankes in den Falten ihres Gewandes verschwinden ließ. »Wenn du eine Antwort schreiben willst, dann gib mir einfach den Brief mit. Ich kann ihn am Magiestrat aufgeben.«

»Sie sollten sich eine Brieftaube zulegen, Meister.«

»So ein Vieh kommt mir nicht ins Haus«, sagte Marius umgehend. »Aber ich versuche schon seit einer Weile, den Raben in Kilians Garten abzuwerben. Der rothaarige Korinthenkacker hat den Vogel allerdings vollkommen aufgehetzt, sodass er mir jetzt die kalte Schulter zeigt. Tauben sind dumme, unzivilisierte fliegende Fettwanste, aber Rabenvögel? Diese Tiere besitzen Klasse und Verstand. Könnte ich seine Sympathie gewinnen und ihn dazu bringen, einen Handel mit mir einzugehen, würde ich mir die Sache mit einem Posttier vielleicht noch einmal durch den Kopf gehen lassen.«

Aurelia wirkte einen Moment lang so, als ob sie ihm widersprechen wollte, schien sich dann aber dagegen zu entscheiden. Stattdessen sagte sie: »Nun, wären Sie bis dahin bereit, sich etwas anderes durch den Kopf gehen zu lassen? Ich hätte nämlich noch ein paar Fragen zu dem Buch, das Sie mir mitgegeben haben.«

»Oh?«, fragte Marius und nahm einen Schluck von seinem Kaffee. Als Aurelia ihm einen Zettel mit Notizen hinschob, hob er die Augenbraue.

»Ich habe ein paar Sachen nicht verstanden«, erklärte sie, »bin ein bisschen eingerostet in meinem Altlimisch, und diese Satzkonstruktionen sind … ästhetisch sicher sehr wertvoll, aber auch sehr förderlich für Nervenzusammenbrüche. Nach dem Anfang bin ich nicht mehr besonders weit gekommen.«

»Das war früher der gängige Stil«, sagte er und studierte Aurelias große, elegante Schrift. »Ich habe das Buch vor gut zweihundert Jahren verfasst, vielleicht sogar früher. Ich sollte es vielleicht mal überarbeiten und der gängigen limischen Sprachstufe anpassen. Andererseits ist es eine gute Übung für dich.«

Marius hörte Aurelia die Luft einziehen, während er sorgfältig die unvollständigen Sätze auf ihrem Zettel ergänzte und ihn ihr dann wieder zuschob. »Sie haben dieses Buch selbst geschrieben?«

Marius zuckte mit den Achseln. »Mir war langweilig. Und Leon, mein Gefährte, hielt es für eine gute Idee, damit ich nicht für jeden neuen Zögling ständig das Gleiche wiederholen muss. Ewiger Optimist, der Mann.«

Aurelia setzte ihre Tasse ab. »Sie meinen Leonidas Dynatos, den Goldenen Kaiser.«

»Der Spitzname ist bis in diese Gefilde vorgedrungen? Du liebes bisschen.« Marius schnaubte, auch wenn seine Brust ein wenig eng wurde bei dem Gedanken, dass Leon – ein junger Leon, ein glücklicherer Leon – tagelang mit vor Stolz gereckter Brust herumstolziert wäre, wenn er Zeuge dieses Austauschs geworden wäre.

Aurelia zögerte sichtlich einen Moment, dann gab sie sich einen Ruck. Da war ein neugieriges Glänzen in ihren Augen, als ob sie nur auf eine Gelegenheit gewartet hatte, ihn weiter auszufragen. Die Wissbegierde seiner Schülerin war durchaus erwärmend. »Ich habe es vermutet. Dass Sie es sind, meine ich – der Parakoi von Mistras.«

Marius nickte, da ihm Leugnen zwecklos erschien.

Aurelia atmete tief ein. »Aber ich verstehe nicht – wieso sind Sie überhaupt hier?«

Einen Moment lang zuckten Bilder der Vergangenheit durch Marius' Kopf. Das Blut auf Leons Händen. Sofjas gebrochener Blick. Das Messer in ihren Fingern. Die tiefrote Dunkelheit, die sie beschworen hatte und die nun drohte, das Gefüge der Welt im Blutdurst auseinanderzureißen.

Aber Aurelia war noch so jung, und er kannte sie kaum. Wie konnte er von diesen Dingen sprechen, ohne sie vollkommen gegenüber der neuen Welt, in der sie jetzt lebte, zu verstören?

Marius senkte den Blick, dann sagte er sachlich: »Das ist in Ordnung. Du musst nicht alles verstehen, das kommt mit der Zeit.«

Aurelia, kluge, junge Frau, die sie war, schien den Hinweis verstanden zu haben und verfolgte dieses Gespräch nicht weiter. Dennoch schien ihr eine Frage auf der Zunge zu brennen. Sie druckste einen Moment herum, dann räusperte sie sich. »Ähm … Aber ich dachte eigentlich … Sie und Oberspäher Beilschmidt … äh …«

Ah.

Es war ein wenig überraschend, dass sie so schnell auf diesen Gedanken verfiel, schließlich hatte die vhindonische Gesellschaft sich für eine überwiegend monogame Beziehungsstruktur zwischen Frauen und Männern entschieden und ließ nicht gerne Platz für andere Identitäten oder Lebensentwürfe, auch wenn nichts ausdrücklich unter Strafe stand. Aber es zeigte immerhin auch, dass Aurelia fähig war, außerhalb der sozialen Normen zu denken, wenn sie wollte, und das war ein gutes Zeichen.

»Johann ist ein Vulgarus«, sagte Marius so diplomatisch er konnte. »Leon war – ist – ein Quellenkind, so wie du und ich, und das verändert alles. Unsere Verbindung besteht seit Jahrhunderten, unsere Leben und Gefühle sind so eng miteinander verflochten, wie es für Vulgax schwer nachzuvollziehen ist. Vulgax sind oft gierig, was andere Leute angeht – sie wollen sie ganz, und sie wollen sie nur für sich. Wer so lange lebt wie unsereins, mein Kind, versteht schnell, dass dies ein Pfad in den Wahnsinn ist. Niemand gehört einem vollkommen, und niemand kann komplett alle Bedürfnisse einer anderen Person decken. So etwas zu verlangen – und auch zu verlangen, dass Gefühle für andere unterdrückt werden –, zeugt von Unsicherheit über die eigenen Qualitäten und ist ein Zug von Leuten, die nur eine begrenzte Zeit zur Verfügung haben.«

Gedankenvoll rührte Aurelia in ihrer Tasse herum. Er konnte sehen, wie es hinter ihrer Stirn arbeitete, und war nicht überrascht, als sie schließlich zugab: »Ich habe bisher nie wirklich darüber nachgedacht, dass es einen anderen Weg als eine Ehe gibt.«

»Und wieso solltest du auch, wenn dieses Szenario von deiner Umgebung als Norm betitelt wird und du mit nichts anderem in Berührung kommst? Ich denke, du wirst bald feststellen, dass unsereins tendenziell eher, wie sagt man, über die Kreuzung denkt.«

»Um die Ecke«, korrigierte Aurelia mit einem kleinen Lächeln. Etwas glänzte in ihren Augen, als sie zum Fenster hinausblickte, wobei sie den winterlichen Garten kaum zu beachten schien.

Bei der Herrin, Marius hoffte, dass das Mädchen glücklich werden konnte und ihren Platz im Leben fand.

Er stellte die Tasse ab und erhob sich, während Aurelias Augen ihm interessiert folgten. »Aufwärmübungen, komm.«

Sie fanden erneut ihren Weg in den Tanzsaal, und Marius stellte amüsiert fest, dass das Haus sich still und leise den Bedürfnissen der neuen Bewohnerin angepasst hatte. Der Boden schien weniger glatt als bisher, um ihren Schritten mehr Halt zu geben, und die Wände hatten die Kerzenhalter verschluckt und gegen Kronleuchter ausgetauscht, damit sie nicht unabsichtlich in Dinge hineinstolpern und sich verletzen konnte. Es war ein beachtliches Kunststück für ein Gebäude, das er nicht so oft magisch versorgte, wie er vielleicht sollte. Andererseits hatte es in den letzten zwanzig Jahren vermutlich genug aufgesaugt, um derartige Leistungen gelegentlich erbringen zu können.

Diesmal stellte Aurelia sich schon etwas besser an, auch wenn sie immer noch viel zu schnell die Balance verlor. Sie übten eine halbe Stunde lang, bis das Mädchen hochrot mit schwerem Atem an einer Wand lehnte, während Magie mehrere Minuten lang in hohen Funken aus ihr heraussprühte.

Marius seufzte unwillkürlich und kratzte sich am Kinn. Sicher, er hatte in seinem Leben schon einiges erreicht und verfügte über viel Macht, aber das machte ihn nicht automatisch zu einem guten Lehrer. Bei Sofja und den aufstrebenden, jungen Dienenden im Tempel hatte er nie bei null anfangen müssen – die jungen Leute hatten von Anfang an instinktiv gespürt, wo ihre Magie saß und wie sie darauf zugreifen konnten. Und das nahm ihm nicht gerade die unterbewusste Angst, dass er es gewesen war, der Sofjas Schicksal verschuldet hatte und Ähnliches bei Aurelia bewirken würde.

Das Mädchen war stark, aber das Leben konnte einen schnell brechen.

Marius rieb sich über die Augen. Versuchen musste er es

dennoch. »Aurelia, atme tief ein und spüre in dich hinein«, sagte er dann. »Hörst du deinen Herzschlag?«

Sie holte tief Luft und nickte dann. »Ja.«

»Spürst du ihn auch? Und wie die Luft durch deine Lunge geht, sich in deinem Körper verteilt?«

Sie nickte erneut. Das Funkensprühen wurde weniger. Marius beobachtete es mit einer gewissen Zufriedenheit. »Dann hör zu, hör ganz genau zu. Deine Magie ist etwas Lebendiges. Du musst sie nur als Teil von dir begreifen. Vielleicht wird es einfacher, wenn du sie dir vorstellst wie deinen Blutstrom oder wie ein Organ.«

»In Ordnung«, murmelte Aurelia. Er sah zu, wie sie die Augen schloss und noch einmal tief einatmete, ehe sie innehielt und ihm dann den Rücken zudrehte. »Schnüren Sie mich fester ein? In einer V-Form, wenn's geht. Dann sollte ich besser atmen können.«

»Ähm«, sagte Marius ein wenig perplex, suchte aber nach den Schnüren des Korsetts und zog dann an, bis Aurelia ihm das Zeichen gab, dass es genug war.

»Das ist besser«, murmelte sie.

»Ist es nicht unangenehmer, wenn es festgeschnürt ist?« Generell leuchtete ihm diese radbonische Modeerscheinung nicht ein, aber er wollte nicht urteilen.

»Nein. Nicht, wenn man es richtig macht und das Korsett gut geschnitten ist.«

Er beobachtete sie, als sie gerade aufgerichtet dastand, die vor Magie flimmernden Hände vor der Brust verschränkt, und tief und regelmäßig ein- und ausatmete. Das war mehr, als er sich erwartet hatte: Aurelia war dabei, ihren eigenen Weg zu finden, ihre Magie einzupendeln. Und sie schien damit Erfolg zu haben: Sie sah mit glänzenden Augen zu ihm auf, als die Funken erloschen. In seiner Brust schwoll etwas an, das sich verdächtig wie Stolz anfühlte.

»Ausgezeichnet«, lobte er sie und konnte sehen, wie ein strahlendes Lächeln ihr Gesicht erhellte. »Wir machen eine kurze Pause, dann geht es weiter mit dem Unterricht. Ist das in Ordnung für dich?«

Aurelia nickte, also trennten sie sich für eine Weile, und Marius nutzte die Zeit, um in sein Arbeitszimmer vorauszugehen und seine Gedanken zu sortieren. Seine Schülerin könnte sich als unerwarteter Stolperstein bei der Erfüllung seines Auftrags entpuppen, und er fragte sich nicht zum ersten Mal, was Meriwa sich dabei gedacht hatte, diesen Stolperstein nicht zu umgehen, als es noch eine Gelegenheit dazu gegeben hatte. Er beschloss, dringend mit ihr darüber zu sprechen, was sich wohl gut damit verbinden ließ, dass sie eine der Lehrpersonen war, die er zur Ergänzung von Aurelias Lehrplan heranziehen wollte. Dieser Austausch zwischen erfahrenen Quellenkindern war wohl das, was den Tempeln seiner Jugend am nächsten kam, zwischen denen ein frischgebackenes Quellenkind so lange hin und her springen konnte, bis es einen gefunden hatte, der sich richtig anfühlte, um dort die Ausbildung vollenden zu können. Nachdem es in Radbod wie in einigen anderen Ländern üblich war, einen Schützling pro Lehrperson zu haben, wurden Lücken in der Ausbildung durch andere Quellenkinder mit anderen Schwerpunkten aufgefüllt, was an sich nicht schlecht funktionierte.

»So«, sagte er, als Aurelia wenig später in einer frischen Bluse und einem farbenfrohen Korsett ins Arbeitszimmer trat. »Wenn ich mich richtig erinnere, dann haben wir gestern mit dem Potenzial von Magie aufgehört, nicht wahr?« Aurelia nickte, und Marius räumte den Schreibtisch zwischen ihnen frei, dann zog er ein leeres Blatt Papier heran. »Was ist das?«

Aurelia blinzelte. »Äh. Ein ... Stück Papier?«

126

»Herzlichen Glückwunsch«, sagte Marius, »du hast Augen im Kopf. Was ist Papier?«

»Ähm … Schreiboberfläche?«

Marius starrte sie an.

Aurelia starrte zurück und musterte dann mit einem Seufzer erneut das Stück Papier vor sich, um schließlich zu sagen: »Es wird aus Fasern gemacht? Und, äh, geschöpft.«

»Hm«, sagte Marius. »Schau zu.«

Er knüllte das Blatt zu einem Ball zusammen und presste beide Hände darum, dann atmete er tief ein und sammelte sich. Mit dem Ausatmen hauchte er zwischen seine Finger und entließ das kalte Fließen seiner Magie aus seinen Fesseln. Aurelia atmete tief ein, als eine Ranke sich langsam zwischen seinen Fingern hindurch in die Höhe wand, dünn, schwach und von blassgelber Farbe, aber unverkennbar da, wo vorher das Papier gewesen war, von dem nur noch ein kleiner Rest den Fuß der kleinen Pflanze bildete. Dass es sich dabei nur um ein solch kümmerliches Ding handelte, war vor allem der Tatsache geschuldet, dass er ohne die Hilfe von Blut schlecht im Kreieren von Dingen war. Für Demonstrationszwecke befand er es dennoch als ausreichend, also schob er das kleine Ding in Aurelias Hände und nickte darauf. »Was ist Papier?«

»Das ist fantastisch«, erwiderte Aurelia statt einer zielführenden Antwort begeistert und mit glänzenden Augen. Ach, einmal noch jung und leicht zu beeindrucken sein, dachte Marius insgeheim mit leichtem Amüsement. Ihre Freude an simplen Dingen war ansteckend, besonders als sie aufblickte und fragte: »Wie haben Sie das gemacht?«

»Das will ich von dir wissen«, sagte Marius. »Ich werde es dir sicher nicht verraten. Es ist deine Aufgabe bis morgen – und das hier ist noch einfach.«

Aurelia warf die Hände in die Höhe. »Wie soll ich das anstellen? Ich weiß kaum etwas über Magie, außer dass es um die Nutzung von Potenzial und die Erhaltung eines Gleichgewichts geht!«

»Das reicht vollkommen«, erwiderte Marius mit einem Grinsen. »Wenn du ein kluges Mädchen bist, ist das alles, was nötig ist. Lass mich dir nur erst eine Frage stellen.« Als Aurelia vollkommen verdattert nickte, fuhr er fort: »Ich habe gestern einen kurzen Blick auf ein paar Modelle in deinem Zimmer werfen können. Waren das Projekte für deinen Heimunterricht?«

»Ah, das«, sagte Aurelia nach einer kleinen Pause. Sie wirkte fast verlegen und winkte ab. »Nein, nein. Einige davon habe ich mit meinem Vater gemacht, Modelle von Gebäuden hier in der Stadt. Einige habe ich einfach so gemacht – ein paar davon sind Gebäude aus Vhindona, ein paar Gebäude aus anderen Städten, von denen ich gelesen habe.«

»Warum?«

»Warum was?«

»Warum die Modelle?« Marius neigte ein wenig den Kopf.

Aurelia zuckte mit den Achseln und wirkte, als ob sie nicht ganz sicher wäre, was seine Fragen eigentlich mit dem Unterricht zu tun hatten. »Als ich klein war, hat mir mein Vater manchmal erlaubt, an seinen Modellen mitzubauen – also, mitbauen, das ist vielleicht ein wenig zu viel gesagt. Es war eher so etwas wie einen kleinen Baum hinsetzen oder ein Fenster anmalen, so was. Das hat mir immer gut gefallen und … ich hab's dann weiter gemacht, für mich. Gebäude, von denen ich gelesen oder zu denen ich Skizzen im Büro meines Vaters gefunden habe.« Ihre Finger begannen an dem Papierrest am Ende der Pflanze zu zupfen. »Ich weiß gar nicht so recht, wieso.«

»Nicht?«, fragte Marius und neigte ein wenig den Kopf.

»Dann denk darüber nach. Es könnte dir dabei helfen, deinen Weg mit der Magie zu finden. Es muss auch kein komplizierter Grund sein. Aber alles hängt miteinander zusammen, weißt du? Alles hat einen Grund.«

Aurelia seufzte tief. »In Ordnung, Meister. Wie Sie möchten.« Sie blickte auf die Pflanze in ihren Händen hinunter. »Machen Sie noch eine davon, oder wie geht es weiter?«

Marius schüttelte den Kopf. »Theorie«, sagte er. »Lass mich deinen Kenntnisstand testen.«

Aurelia war für ihr Alter nicht schlecht ausgebildet. Dennoch wies sie in ihrer stundenlangen Befragung große Lücken auf bei allem, was länger als hundert Jahre zurücklag und ein anderes Herrschaftsgebiet als Radbod betraf, was Marius nicht weiter wunderte. Er beglückwünschte sich zu der Entscheidung, die Entgiftung bereits durchgeführt haben zu lassen, denn er konnte sehen, wie der Verstand des Mädchens blühte. Es war deutlich zu sehen, dass sie die Fähigkeit zu logischen Verknüpfungen gut anwenden und sich theoretische Einzelheiten besser merken konnte.

Als es Zeit fürs Abendessen war, brummte Aurelia laut eigener Aussage trotz aller Aufnahmefähigkeit der Kopf, weshalb Marius ihr ein paar belegte Brote machte. Er selbst nahm nur ein paar Bissen vom kalt gestellten Brei und sah Aurelia dann beim Essen zu. Gustav stahl sich durch die Tür herein und rollte sich auf seinem Schoß zusammen, um zufrieden mit den Schwanzknochen zu klappern, als er ihn hinter dem Ohr kratzte.

»Spürt er das?«, fragte Aurelia zwischen zwei Bissen mit einem Nicken auf den Affen.

Marius schüttelte den Kopf. »Nicht direkt – nicht so, wie du eine Berührung empfindest. Aber Knochen erinnern sich. Deswegen muss man so vorsichtig mit ihnen sein. Apropos Knochen, ich muss für die Durchsuchung noch ein paar Dinge, ähm, erledigen. Wenn du willst, kannst du mitkommen. Den ganzen hinteren Bereich kennst du noch gar nicht.«

Aurelia nickte ein wenig überrascht und schluckte hastig den letzten Bissen herunter. »Gerne.«

Sie folgte ihm und Gustav, der auf seiner Schulter saß, aus der Küche hinaus und den Gang entlang, der an der Treppe vorbei tiefer ins Haus führte und schließlich vor einer einzigen Tür endete. Marius blieb vor der Tür am Ende des Ganges stehen, holte einen Schlüsselbund hervor und begann, die vier Schlösser, mit denen die Tür versehen war, nacheinander zu öffnen. Mit dem Ritenmesser von seinem Gürtel machte er einen winzigen Schnitt in seinen Daumen, um ihn auf ein blank geriebenes Stück der Tür über dem runden Messingknauf zu drücken, woraufhin diese lautlos aufsprang.

»Herein mit dir«, sagte er, während grüngelbes Licht sich auf den Korridor ergoss. »Und keine Angst, die beißwütigen Dinge hier unten beißen nur, wenn ich das will.«

Mit großen Augen nahm Aurelia den Anblick vor sich auf. Das Gewächshaus, das sich vor ihnen erstreckte, nahm die ganze ursprüngliche Gartenfläche hinter dem Haus ein, die von Glas überdacht war. Marius stellte sich vor, wie dieser Anblick auf sie wirken musste. Reihen an umgegrabener dunkler Erde zogen sich weit hin. Über den Boden, an den Wänden entlang, gestützt von metallenen Konstrukten und einfachen Stöcken, wogten Hunderte unterschiedlicher Grüntöne wie Meeresgischt durch das Gewächshaus. Satt und kräftig zeigten sich Blüten in Farbtönen, die Vulgax bei Pflanzen unter Umständen nie für möglich halten würden. Die Luft war warm und feucht. Marius hörte Aurelia ein paarmal tief einatmen, aber sie verlor kein Wort darüber, sondern machte stattdessen ohne zusätzliche Aufforderung fasziniert mehrere Schritte an Marius vorbei in das Gewächshaus hinein.

Aus dem Dickicht in einer der Ecken löste sich eine Gestalt und stolperte mit ekstatischen Bewegungen auf sie zu.

Aurelia starrte stocksteif auf das menschenhohe Ding, das mit dickblättrigen Rankenpflanzen überwucherte Arme nach ihr ausstreckte. Ihre Augen waren so weit, dass man das Weiße darin erkennen konnte.

Die knochigen Fingerspitzen streiften ihre Schulter. Das reichte anscheinend, um sie aus ihrer Schockstarre zu holen, und Marius beobachtete, wie sie mit einem spitzen Schrei einen Satz nach hinten machte, um sich hinter ihm zu verstecken. Er schob sie, recht unbeeindruckt von ihrem drohenden Herzinfarkt in so jungen Jahren, sogleich wieder nach vorne, wobei ihm Gustav mit seinen kleinen Vorderpfoten hochmotiviert zu Hilfe kam.

»Das ist Bob«, sagte er und nahm dann so rasch wie möglich die Hände wieder von ihr, stillschweigend dankbar dafür, dass das meiste von Aurelias Haut mit Stoff bedeckt war und eine Berührung ihm daher keine Schmerzen verursachte. Das Skelett, das Marius so mühselig über Jahre hinweg ohne nennenswerten Erfolg mit mehr Eleganz auszustatten versucht hatte, stolperte an der schreckerstarrten Aurelia vorbei und versuchte, Marius zu umarmen, der diesen Versuch mit einem tiefen Seufzer über sich ergehen ließ. »Er hilft mir hier. Nur zu, schau ihn an! Er tut dir nichts, außer dass er vielleicht noch einmal versuchen wird, dich zu umarmen. Das will er einfach nicht lernen.«

Bobs leere Augenhöhlen waren erleuchtet von winzigen weißen Blüten, die sich darin festgesetzt hatten. Marius konnte den exakten Moment erkennen, in dem Aurelia verstand, dass es sich bei ihm um ein humanoides Skelett handelte, welches von festen Pflanzensträngen zwischen den

Knochen in der sorgfältigen Imitation von Muskeln zusammengehalten wurde.

»Grundsätzlich hat Bob durch sein, nun, Pflanzenstrangsystem mehr Kontrolle über seine Bewegungen als so manch anderer Untoter«, merkte Marius an. »Vor einer Weile habe ich zu forschen begonnen, ob auch eine Reproduktion des Stimmapparates durch pflanzliche Bausteine wie bei seinem Muskelsystem möglich wäre. Die hierzulande wachsenden Pflanzen sind dafür wesentlich besser geeignet als jene in meiner Heimat.« Was für eine großartige Ausrede für seinen Aufenthalt in diesen unwirtlichen Gefilden. Marius war zufrieden mit sich selbst.

»Könnte man die nicht einfach importieren? Da muss man doch nicht gleich so einen langen Weg auf sich nehmen«, merkte Aurelia matt an, ohne Bob aus den Augen zu lassen.

Manchmal konnte Marius intelligente Leute nicht ausstehen. »Das stimmt, aber ich wollte mich vor Ort von der geeigneten Sorte überzeugen, um keine unnötigen Ressourcen zu verschwenden.« Er hielt einen Moment inne, dann fügte er hinzu: »Und ich konnte einen kleinen Urlaub vertragen, schätze ich.«

Aurelia hob eine Augenbraue, kommentierte diese Aussage aber nicht weiter. Stattdessen ließ sie sich auf einen Stuhl fallen und begutachtete mit stiller Faszination die Blumenreihen. Marius beobachtete aufmerksam ihre Reaktion, aber es dauerte eine ganze Weile, bis sie ihm schließlich den Kopf zuwandte.

»Das ist jetzt nicht unbedingt das, was ich mir erwartet habe«, sagte sie. »Ich hatte mehr … na ja …«

»Geruchsintensive Leichen erwartet? Klappernde Knochen und halb aufgefressene, herumstolpernde Tote?«, half Marius aus und schmunzelte, als Aurelias Wangen sich ein wenig röteten und sie nickte. »Ich gebe zu, dass es mich nach wie vor erstaunt, dass die hiesige Schule der Herrin so stark von diesen Dingen Gebrauch macht. In Mistras konzentriert man sich auf andere Dinge, womit ich mehr oder weniger alles meine, was nicht akuter Verwesungsgefahr ausgesetzt ist.«

»Aber all diese Blumen«, wandte Aurelia ein, »das ist doch eher etwas, das ich bei Ihrem Nachbarn erwarten würde.«

»Das nimmst du sofort zurück«, sagte Marius empört. »Meine Kunst hat nichts, absolut gar nichts mit diesem reizlosen, geradezu ordinären Pflanzendickicht in Kilians Garten zu tun. Trotzdem muss ich – wenn auch ungern – zugeben, dass er sein Metier beherrscht.«

Aurelia wirkte so, als ob sie sich eine beschwichtigende Bemerkung von jener Art, mit der man einen wütenden Senioren beruhigte, gerade noch so verkniff. »Nun gut, Meister Marius, aber dennoch. Inwiefern ist das hier in irgendeiner Form relevant für Ihre Kunst?«

»Das sind keine gewöhnlichen Blumen. Ich zeige dir, was ich meine.« Er befreite sich sachte aus Bobs Fingern und zupfte sich den Kaftan zurecht. »Bob, bring mir den Topf mit dem Rittersporn.«

Nun, da sein Umarmungsbedürfnis gestillt worden war, ging Bob, gestützt durch das Pflanzenfasersystem, aufrecht und fast schon beschwingt, was Marius mit einem gewissen Stolz erfüllte. Von einem der Tische holte er einen blauen Topf, dessen Farbe zu den Blüten der darin befindlichen Blume passte. Das Gewicht des Gefäßes schien Bob nichts auszumachen. Er kehrte zügig wieder zurück und stellte den Topf vor Marius ab, der dafür flüchtig seinen Kopf tätschelte.

»Jetzt pass gut auf«, mahnte Marius und holte tief Luft, um sich dann zu dem Gewächs zu beugen und zu säuseln: »Solch wunderschöne Blüten habe ich wirklich noch nie gesehen, sieh dir diese satten Farben an! Und diese kräftigen, starken Blätter, ich bin verzückt!«

Aurelia presste sich eine Hand vor den Mund, als die Blüten prompt anzuschwellen begannen und sich noch blauer färbten, während der Rittersporn sich in Marius' Richtung neigte. »Er reagiert auf Komplimente?«

»Rittersporn ist oberflächlich«, erklärte Marius, woraufhin die Blüten wieder ein wenig in sich zusammenschrumpften. »Alle Blumen hier reagieren auf andere Dinge. Sie haben aber nicht wirklich ein Bewusstsein. Ähnlich wie Bob und Gustav sind sie Hybriden. Ihr Substrat besteht aus sorgfältig ausgewählten, gemahlenen Knochen und meinem Blut, vermischt mit einer großzügigen Portion Magie, aber das versteht sich von selbst. Dementsprechend nehmen sie gewisse emotionale Komponenten aus meinem Blut an, je nachdem, worauf sie ihrer Art entsprechend am meisten reagieren.«

Aurelia starrte ihn einen langen Moment an. »Heißt das … leben diese Blumen oder sind sie tot?«

»Ihr Leben ist nur geborgt«, sagte Marius. »Sie werden keine Schachregeln erlernen oder die fünfte Symphonie von Baron Basilius Barnabas Balthasar von Blumenfeld nachgeigen können, aber sie reagieren eben auf gewisse Stimuli mehr, als normale Pflanzen es vermögen. Sie sind auch wesentlich schneller in ihren Bewegungen als normale Pflanzen, was sie zu exzellenten Sicherheitssystemen macht, wenn man sie in der Hinsicht immer ein wenig hungriger lässt als nötig. Ich experimentiere in dem Bereich ganz gern. Außerdem welken Knochenblumen nicht.«

»Sie welken nicht?«

»In der Tat. Sie existieren für eine gewisse Dauer, und dann sterben sie einfach von heute auf morgen ohne langsames Dahinsiechen. Irgendwann ist ihre Energie am Ende – zack, und sie zerfallen zu dem Staub, aus dem sie entstanden sind. Kilian beißt sich seit Jahren die Zähne daran aus, wie ich es anstelle.« Er lächelte befriedigt über diese Tatsache.

»Das ist fantastisch«, entfuhr es Aurelia, dann blickte sie ihn mit großen Augen an. »Und genial. Ein bisschen irre vielleicht, aber genial.«

Marius grinste angetan. »Ich finde es vor allem unterhaltsam. Eine andere Idee von mir sind fleischfressende Pflanzen, die sich durch die Aufnahme von totem Gewebe von selbst fortbewegen können. In einem schnellen Tempo, meine ich. Aber so schön das alles ist …« Er wanderte in eine Ecke, schob armdicke Wurzelranken beiseite und öffnete mit leisem Ächzen die Falltür, die darunter lag. Gustav klapperte mit den Kiefern und wand den Schwanz um Marius' Hals, als er versuchte, ihn herunterzunehmen.

»Gustav«, sagte Marius schließlich entschieden, »Ich brauche hier deine Kooperation. Wir waren uns einig, dass wir Bob nach dem letzten Vorfall nicht mehr alleine im Bunker lassen, hm?« Der Knochenaffe wiegte gedankenvoll seinen Kopf. »Eben. Und wir haben auch darüber gesprochen, wie unangenehm es ist, zerlegt zu werden, oder?« Gustav rang die Hände. »Na siehst du. Wenn ich also bitten darf …«

Nach einem Moment sprang Gustav von seiner Schulter auf die Treppen, die von der geöffneten Falltür ins Dunkel führten, und zeigte ihm den Finger, ehe er die Stufen hinunter verschwand. Marius schüttelte den Kopf und wanderte zu Aurelia, die von Bob versonnen den Kopf getätschelt bekam, wie Marius es zuvor bei ihm getan hatte. Er kam willig mit, als Marius ihn an einer Hand fasste wie ein Kind und zur Falltür brachte.

»Ich hole euch so bald wie möglich wieder heraus«, versprach Marius ihm, als Bob dann doch versuchte, nach seinem Kaftan zu fassen und sich daran festzuhalten. »Nicht lange.« Bob gab nach und stieg hinter Gustav die Stiege hinunter, seine Bewegungen eckig und klappernd. Marius stellte sicher, dass beide ganz unten waren, dann schloss er die Falltür wieder und bedeckte sie ordentlich mit den Wurzelranken, um sie vor ungebetenen Blicken zu verdecken.

»Gustav und Bob«, murmelte Aurelia gedankenvoll vor sich hin. »Das sind keine besonders limischen Namen. Die kommen doch eher hierzulande vor.«

Marius nickte. »Da ich beide hier schuf, erschien es mir passend, ihnen einen landesüblichen Namen zu geben. Außerdem ließ ich Jakob mitentscheiden, und diese beiden Optionen gefielen ihm aus irgendeinem Grund am besten.«

»Jakob?«

Ah. Marius hatte ihr den Geist unterschlagen. Er klärte sich die Kehle, dann sagte er rundheraus: »In meinem Schlafzimmer lebt ein Geist.«

»Wie bitte?!« Aurelia wurde bleich und sah sich um, als ob besagter Geist jeden Augenblick aus einem der Blumentöpfe springen könnte.

»Er tut nichts und verlässt nie das Schlafzimmer«, beschwichtigte Marius sie augenblicklich. »Es bestehen gute Chancen, dass du niemals mit ihm in Kontakt kommen wirst, und es gibt keinen Grund zur Sorge.«

Aurelia seufzte sehr, sehr tief. »Gibt es noch irgendetwas, das ich wissen sollte?«

»Ich kann dir versichern, dass ich sonst keine Leichen mehr im Keller habe«, sagte Marius.

Aurelia beäugte ihn. »Ich schwöre Ihnen, Meister, wenn im Abfluss irgendein verfluchtes, totes Ding lebt, das Ihrer Erinnerung entfallen ist und mich eines Tages unter der

Dusche anspringt, dann hole ich Ihnen zehn Tauben ins Haus.«

Marius schnappte nach Luft. »Diese Dreistigkeit!«

Seine Schülerin schien sich nur mit Mühe ein Lachen zu verbeißen, dann fragte sie: »Geben Sie all Ihren untoten Kreaturen einen Namen?«

Er überlegte einen Moment. »Nur, wenn ich damit rechne, sie länger zu behalten und öfter mit ihnen zu arbeiten. Bei einer größeren Gruppe schlägt zugegebenermaßen öfters einmal die Faulheit bei mir zu.«

Aurelia schmunzelte ein wenig. »Irgendwie ist es beruhigend zu hören, dass auch Sie manchmal so etwas wie Faulheit verspüren, Meister.«

»So?«

»Nun«, sagte Aurelia, »das nimmt mir ein bisschen die Versagensangst, und das wiederum wirkt sich beruhigend auf meine Nerven aus.«

Marius zog eine Augenbraue in die Höhe. »Gab ich dir bisher Anlass zur Nervosität?«

Nun zog ihrerseits Aurelia beide Augenbrauen hoch und verschränkte die Arme vor der Brust. »Oh, ich wüsste auch nicht, was mich unter diesen Umständen nervös machen könnte, das stimmt schon. Die Tatsache vielleicht, dass ich erst unlängst einen toten Menschen gesehen habe, dann zu einem Verhör geschleppt wurde und jetzt im Haus eines Fremden ausgebildet werde in etwas, das mich potenziell zusammen mit diesem Haus in die Luft sprengen könnte? Und dazu kommt, dass ich währenddessen noch auf eine Hausdurchsuchung warte. Alles vollkommen normal und überhaupt nicht beunruhigend.«

»Hm.« Marius räusperte sich erneut. »Tja. Ich sagte dir doch, dass ich dich unterstütze.«

»Das weiß ich auch zu schätzen«, sagte Aurelia weiterhin

mit hochgezogenen Augenbrauen, »aber davon wird nicht innerhalb von fünf Minuten alles gut.«

»Jeder Schritt zu seiner Zeit«, befand Marius, verbesserte sich dann: »Falsch, ich glaube, hier heißt es ein Schritt nach dem anderen. Wie dem auch sei. Unser nächster Schritt ist, diese lästige Durchsuchung hinter uns zu bringen, und dafür sind wir jetzt hoffentlich gewappnet. Du musst dir nicht so viele Sorgen machen, es wird alles gut.«

KAPITEL 10

Die beiden Beamten, die früh am nächsten Morgen an seiner Tür klingelten, waren Marius nicht unbekannt. Das war an sich wenig überraschend: mittlerweile kannte er geradezu jedes Gesicht, das vom Magiestrat beschäftigt wurde.

Einer der Ritter, Sieur Parcis von Agelstern, war einer von Johanns Männern und nickte ihm kaum merklich zu. Er wurde von einem weiteren Ritter begleitet, der ihn mit arrogantem Gesichtsausdruck musterte. Marius hatte bereits Geschichten über Sieur Callento vom Flüstersee gehört, dem aufgrund seiner unfassbaren Schönheit nachgesagt wurde, dass seine Mutter eine Dryade aus dem Schlafenden Wald gewesen sein musste. In der Tat war er objektiv gesehen attraktiv genug dafür, aber ihm fehlte der leichte Hauch von wilder Magie, den man allen Kindern aus derlei Verbindungen nicht immer ansah, aber als Quellenkind auf jeden Fall immer bei ihnen spüren konnte.

Aurelia knickste formvollendet vor den beiden Beamten, hielt sich aber ansonsten an Marius' Seite.

»Ihre neue Schülerin?«, fragte Sieur Callento. Marius entging nicht, dass seine Augen sich Zeit damit ließen, an Aurelias Körper herabzugleiten, was sie mit einem unverhohlen empörten Blick quittierte. Es dauerte einen Moment, bis der Mann seinen Blick von Aurelias Brüsten löste und sich an seine eigenliche Aufgabe erinnerte. »Papiere?«

Aurelia zog wortlos die Papiere aus den Falten ihres Kleides und reichte sie ihm, nachdem auch Marius seine Papiere zur Kontrolle abgegeben hatte. Marius reflektierte darüber, dass diese lächerlichen Dokumente ein gutes Beispiel für alles waren, was mit dem vhindonischen System falsch lief.

Darauf befanden sich lediglich ihre Namen und Staatszugehörigkeiten, in Aurelias Fall auch Geburtsdatum und Herkunftsfamilie sowie ihr Lehrmeister. Darunter prangte in geschwungenen Lettern eine Bestätigung, dass sie zurechnungsfähig war und sich damit gütigerweise in den rechtlich geregelten Parametern innerhalb der Stadt bewegen durfte, ehe ein großes Wachssiegel den Rest des Blattes einnahm. Marius' Dokumente waren überhaupt eine Farce, der er sich bei Betreten der Stadt nur gefügt hatte, weil die Leute genügend Angst vor ihm und seiner Stellung hatten, dass es schnell gegangen und durch viele Entschuldigungen begleitet worden war. Manchmal war es einfacher, aus dem Ausland zu kommen. Anders als Aurelia konnte Marius nämlich jederzeit die Stadt verlassen, wie es ihm beliebte, da Vhindona darauf bedacht war, keinen diplomatischen Eklat mit Mistras zu riskieren. Dies war auch auf seinen Dokumenten vermerkt, zusammen mit seinem Status als vollwertiges Quellenkind – in dem Sinne, dass er nicht mehr unter der Führung eines Lehrenden stand wie Aurelia – und seiner magischen Ausrichtung im Dienst der Herrin. Fragte man Marius nach seiner Meinung, so dienten diese Dokumente nur dazu, die Quellenkinder weiter von der nichtmagischen Bevölkerung zu separieren und darüber hinaus zu verunsichern. In seinem Land wurde alles über Blut geregelt, was eine so viel bessere Option war. Aber das stammte daher, dass Mistras magisch ausgerichtet war und man längst erkannt hatte, dass magische Leute eine Verantwortung gegenüber der benachteiligten Bevölkerung trugen – und dass Magie nun einmal im Blut lag. Auch dieses System hatte seine Lücken, aber in Marius' Augen war ein gelegentlicher Stich in den Daumen zur Ausweisung so viel einfacher als unnötige Papiere wie diese.

Sieur Callento studierte besagte Dokumente, dann reichte

er sie ihnen mit einem Nicken wieder zurück und raffte dramatisch seinen mit Pfauenfedern besetzten weißen Mantel, um ihn hinter sich herwehen zu lassen, als er das Vorzimmer durchschritt und die Küche kontrollierte. Marius konnte sich ein Augenrollen nicht verkneifen. Er kannte Leute wie Sieur Callento, und er konnte sie nicht ausstehen, aber er war dazu bereit, gute Miene zum bösen Spiel zu machen. In den letzten Jahren hatte er das schon öfters machen müssen, und jetzt, so kurz vor dem Ziel, lohnte es sich nicht, einen Streit vom Zaun zu brechen und unerwünschte Aufmerksamkeit von der Obrigkeit auf sich zu lenken, die selbst Johann nicht aus dem Weg räumen konnte.

»Wir kennen uns schon«, sagte Sieur Parcis indessen zu Aurelia. »Wie geht es Ihnen, Fräulein Frank?«

»Danke, gut«, erwiderte Aurelia in überraschtem Tonfall und strich sich über das Korsett.

Sieur Parcis nickte, ehe er ohne eine weitere Bemerkung im Tanzsaal verschwand. Marius blickte ihm einen Moment lang hinterher, dann entschloss er sich, Sieur Callento zu folgen, und bedeutete Aurelia, dafür Sieur Parcis zu übernehmen. Johann setzte den Mann, der in seiner Jugend ein rechter Hitzkopf gewesen zu sein schien und sich nun zu einem angesehenen Teil der Ritterschaft gemausert hatte, gerne für diverse Aufgaben ein, sodass Marius schon öfter mit ihm zu tun gehabt hatte. Aurelia würde mit ihm sicherer sein als mit dem anderen Teil des Beamtenduos.

»Ganz schön viel Grünzeug hier«, kommentierte Sieur Callento, während er ohne Zurückhaltung sämtliche Schränke aufriss und darin herumwühlte. Marius presste die Kiefer aufeinander, als Glas aneinanderstieß, und grub die Fingernägel in den hölzernen Türrahmen. Das Geräusch von klirrendem Glas war etwas, das er seit seinem dritten Tod überhaupt nicht mehr vertrug und von dem er sofort Kopfschmerzen bekam. »Dachte, Sie sind einer von diesen Totentänzern und nicht so ein Grüner wie Ihr Nachbar.«

»Ich schätze Pflanzen«, sagte Marius so diplomatisch wie möglich.

»Aha«, sagte Sieur Callento dann plötzlich und hielt eine Schachtel mit einer duftenden, dunkelgrünen Kräutermischung in die Höhe. »Und was haben wir hier, Meister?«

»Medizin«, sagte Marius mit Unschuldsmiene. »Ich pflege sie gegen meine Kopfschmerzen zu nehmen. Fürwahr empfehlenswert, Meister Grünwald stellt sie aus garteneigenen Zutaten her.«

»Aha«, sagte Sieur Callento skeptisch und steckte nach einem Moment der Überlegung die Schachtel ein. »Werden wir überprüfen, werden wir sehr genau überprüfen.«

»Tun Sie sich keinen Zwang an«, erwiderte Marius mit gepresster Höflichkeit und folgte ihm aus der Küche den Gang entlang. Dort wurde von ihm verlangt, die Tür zum Gewächshaus zu öffnen, die Marius bewusst gar nicht erst verschlossen hatte, um nicht das Blutsiegel vor den Augen eines Ritters öffnen zu müssen.

»Aha!«, rief Sieur Callento aus und warf seine langen blonden Locken in einer fließenden Bewegung über seine Schulter, während Sieur Parcis und Aurelia zu ihnen aufschlossen. Marius warf Aurelia einen fragenden Blick zu, um herauszufinden, ob etwas vorgefallen war. Sie antwortete mit einem kaum merklichen Kopfschütteln, sodass Marius seine Aufmerksamkeit wohl oder übel wieder Sieur Callento zuwenden musste.

»Was haben wir denn hier, Meister?«, fragte der auch prompt mit unangemessenem Triumph in der Stimme.

»Ein Gewächshaus«, sagte Marius. »Ihrem Kollegen dürfte das von der letzten Durchsuchung schon bekannt sein. Und denen davor. Bitte, treten Sie ein.«

Die beiden Ritter taten wie geheißen und wischten sich augenblicklich den Schweiß von der Stirn, dann gingen sie systematisch alle Reihen durch, während Sieur Callento einen Runenstein zur Magiefindung vor sich hertrug und immer wieder stirnrunzelnd einen Blick darauf warf.

»Das Scheißding muss kaputt sein«, hörte er ihn schließlich zu Sieur Parcis sagen. »Das schlägt hier bei jeder einzelnen Pflanze aus. Was sagt deiner?«

»Ich sehe nichts, was aus der Ordnung fällt«, sagte Sieur Parcis sachlich, und ohne die Miene zu verziehen. »Komm, schauen wir weiter, hier ist nichts.«

»Würd mir lieber das Mädel ansehen«, sagte Sieur Callento und starrte Aurelia über die Blumenreihen hinweg an, die daraufhin das Kinn reckte. Er machte sich nicht einmal die Mühe, leise zu sprechen. »Ich war noch nie mit einer Mörderin im Bett. Ich sag's dir, verrückte Frauen gehen ab wie Sau.«

Marius biss die Zähne zusammen, legte aber Aurelia eine Hand auf die Schulter, als diese die Fäuste ballte. Das Letzte, was sie brauchen konnten, war eine magische Explosion, die zwei ermittelnde Beamte in Stücke riss.

»Cal«, sagte Sieur Parcis etwas schärfer als zuvor, »das Mädchen ist nicht verurteilt worden und außerdem erst achtzehn. Nimm dich zusammen und lass uns einfach unsere Arbeit machen.«

»Mit achtzehn ist sie volljährig«, sagte Sieur Callento achselzuckend, »und sind wir doch mal ehrlich, 'ne Funkensprüherin wie die kann froh sein, wenn sie Aufmerksamkeit von 'nem ehrlichen Bürger bekommt. Da kann sie mir gleich auf Händen und Knien danken, wenn du weißt, was ich mein.«

»Ich hau dir jetzt gleich eine rein, wenn du nicht sofort die Klappe hältst«, erwiderte Sieur Parcis etwas lauter.

»Ah, stimmt«, sagte Sieur Callento wie einer plötzlichen Eingebung folgend, »Deine Alte ist 'ne Funkensprüherin aus

Fero, oder?« Er hob beschwichtigend die Hände, als sein Kollege ihn mit mörderischem Glitzern in den Augen anstarrte. »Ist ja gut, ist ja gut. Meine Güte, musst nicht gleich so empfindlich sein. Gehen wir weiter.«

Marius stellte sicher, dass Aurelia an seiner Seite blieb und sich immer mindestens eine andere Person zwischen ihr und Sieur Callento befand, als sie den Rittern aus dem Gewächshaus die Treppen hinauf folgten.

»Aha«, sagte Sieur Callento nach einer kleinen Pause. Vermutlich war dies eine nachvollziehbare Reaktion, denn das Zimmer war gefüllt mit offenen Kisten voller Knochen aller Art, die sich auch in Regalen und auf blank geputzten Kommoden stapelten. Teilweise waren vollständige Skelette verschiedener Spezies zu erahnen, deren leere Augenhöhlen durch das dämmrige Halbdunkel starrten. »Und was soll das hier bitte sein, mein lieber, bester Meister?«

»Meine Bastelstube«, sagte Marius, ohne die Miene zu verziehen. »Ich präpariere Skelette für das örtliche Museum. Die sollten alle registriert sein.«

Es war nicht einmal wirklich gelogen. Das Museum war sich nur nicht ganz im Klaren über die Methoden, die er zur Präparation anwandte, auch wenn es stets darum bemüht war, die lebensechte Rekonstruktion zu loben. Diese Tätigkeit war ein Nebenjob, den er sich bei seiner Ankunft in Vhindona durchaus nicht gewünscht hatte, aber von irgendetwas musste man ja leben. Die finanziellen Mittel, die er aus Mistras mitgebracht hatte, hatten nicht länger als drei Jahre gereicht, was aber immerhin ausreichend gewesen war, um ihm eine passende Unterkunft zu sichern und den Aufbau anderer Einkommensquellen zu ermöglichen. Außerdem war es zugegebenermaßen eine interessante Abwechslung, nach über vier Jahrhunderten der finanziellen Absicherung selbst Hand anlegen zu müssen, um Essen auf den Tisch zu bekommen.

»Das sieht mir hier aber nicht alles nach tierischen Skeletten aus.«

Marius konnte den Mann nicht ernst nehmen, und noch weniger konnte er es lassen, sich auf seine Kosten zu amüsieren. Also riss er hochdramatisch die Augen auf. »Was? Das … also … das kann ich mir nicht erklären. Manchmal schummeln sich ein paar Sachen in Lieferungen, die ich bekomme, aber … bei der Herrin, also das sollte nicht passieren. Das muss ich eindeutig mit dem Museum abklären. Ich …« Er fasste sich an die Brust und sank auf den nächsten Stuhl. Sieur Parcis reichte ihm mit zuckenden Mundwinkeln ein Taschentuch, mit dem er sich die Stirn abzuwischen begann. Zugleich versuchte er, den Eindruck zu erwecken, den Tränen nah zu sein. »Sieur, ich zähle auf Ihre Milde und Güte, auf Ihre außerordentliche Charakterkenntnis, dass Sie mir diesen Fauxpas nicht zulasten legen. Ich bin ein armer alter Narr, dessen Augen auch nicht mehr das sind, was sie einmal waren.«

Sieur Callento warf beschwichtigt die goldene Mähne nach hinten. Sein Blick saugte sich erneut an Aurelia fest. »Na ja, wir können nicht alle so ein scharfes Auge haben wie ich«, sagte er tröstend, »ich denk mal, mit ein paar Knochen kann man niemandem wehtun, das können wir untern Tisch fallen lassen. Ich bin ja kein Unmensch, und Sie haben mich an einem guten Tag erwischt.« Er lachte donnernd. »Solange es kein Blut ist, was?«

Gesegnet waren jene, deren Arroganz zu seiner friedlichen Existenz beitrug.

Marius fasste sich erneut überdramatisch an die Brust. »Sie machen mir eine große Freude, Sieur, eine außerordentliche Freude, ich wusste, dass ich ein mitleidiges Herz vor mir habe.«

Er konnte sehen, wie Sieur Parcis hinter dem Rücken seines Kollegen mit den Mundwinkeln zuckte, als ob er nur mit Mühe ein Lachen unterdrückte.

»Na, na«, sagte Sieur Callento geschmeichelt, »sehen wir einfach weiter.«

Sieur Parcis wanderte vor ins Badezimmer und das ebenfalls offene Arbeitszimmer, dann stieg er die Treppen zu Marius' Schlafzimmer hinauf, während Sieur Callento im ersten Stock verblieb. Eine Öllampe explodierte, als der Ritter sich besonders viel Zeit bei der Kontrolle von Aurelias Zimmer ließ und ihren Schrank durchwühlte. Aurelias Gesicht war weiß vor Zorn, und sie bebte unter Marius' Fingern, als er sie eisern festhielt, auch wenn seine Hände schmerzhaft zu prickeln begannen. Sieur Callento fluchte, als die Fensterscheibe einen Riss bekam und schließlich eines der Kopfkissen aufplatzte, woraufhin sich überall Federn verteilten. Er wirbelte herum und starrte Aurelia mit zusammengekniffenen blauen Augen an.

»Ich würde Ihnen raten, sich wieder einzukriegen«, sagte er zu ihr. »Sogar ein so hübsches Gesicht wie Ihres hält mich nicht davon ab, Ihnen Arrest zu verordnen, sollte ich hier durch Ihre kleinen Ausrutscher verletzt werden.«

»Die Situation ist sehr stressig für sie«, sagte Marius und grub die Finger noch tiefer in Aurelias Schultern. Der Schmerz, der die Berührung ihm verursachte, als sie sich gegen seinen Griff wehrte und dabei ihre Bluse ein Stück weit verrutschte, war in diesem Fall ein notwendiges Übel, und er versuchte, ihn sich nicht anmerken zu lassen.

»Ja, für mich auch, wenn hier ungehemmt Glas herumfliegt«, schnappte Sieur Callento. »Also sollte sie … Moment.« Er zog ein rotes Buch mit kleinem Schloss unter Aurelias halb zerfetztem Kissen hervor. »Was ist das?«

»Ein Tagebuch«, sagte Aurelia mit mühsam kontrollierter Wut.

»Das ist für Funkensprüher verboten«, sagte Sieur Callento gedehnt. »Keine verschließbaren oder anderweitig abgesicherten Schriften – magisches Sicherheitsgesetz Paragraf vierzehn, Absatz eins, falls Sie nachlesen wollen. Müssen wir wohl konfiszieren.« Er grinste auf sie hinab. »Außer Sie sind ein bisschen nett zu mir, Fräulein Frank.« Sein Blick glitt von ihren Brüsten zu ihren Hüften hinab. »Dann bin ich auch nett zu Ihnen.«

Aurelia wirkte, als ob sie kurz davor war, ihm ein Stück Fleisch aus dem Unterarm zu beißen. »Was haben Sie gerade gesagt?«

Marius starrte ihn nur an. »Wie können Sie es wagen«, sagte er langsam, aber mit wachsendem Zorn. »Wir machen von mir aus das verdammte Schloss ab, aber dann kann sie das Buch behalten. Und Sie sollten ein wenig mehr auf Ihren Tonfall achten.«

Sieur Callentos strahlend blaue Augen wurden kalt. »Sie haben hier gar nichts zu sagen, *Meister*«, sagte er. »Wenn sich hier einer zusammenreißen sollte, dann Sie. Ist mir egal, wie gefällig Sie dem Oberspäher sind und was Sie in Ihrer Heimat darstellen. Ich rede mit der kleinen Schlampe, wie es mir gefällt. Sie können sich ja gern beim Magiestrat beschweren oder zurück nach Hause gehen.« Sein schönes Gesicht wurde durch das gehässige Grinsen zu einer Fratze verzerrt. »Viel Glück. Vielleicht hat Meisterin Lave'el ja ein offenes Ohr für Sie.«

Marius biss die Zähne aufeinander und grub die Fingernägel in Aurelias bedeckte Schulter. Die junge Frau zitterte vor Wut so heftig, dass er überrascht war, dass ihr nicht die Haare zu Berge standen. »Lehnen Sie sich nicht zu weit aus dem Fenster, mein Junge. Eine glänzende Uniform macht noch lange keine Person von Rang.«

»Was ist hier los?«, erklang Sieur Parcis' Stimme vom Türrahmen her.

Sieur Callento starrte Marius noch einen langen Moment kampflustig an, dann jedoch winkte er ab und warf Aurelia achtlos das Tagebuch zu. Als er sich umwandte, ging er so nahe an ihr vorbei zur Tür, dass sie einander streiften. »Gar nichts. Was gefunden?«

Sieur Parcis schüttelte den Kopf. »Alles gut«, sagte er, während sein Blick skeptisch zwischen Marius, Aurelia und seinem Kollegen hin und her wanderte. »Wir können gehen.«

Sobald er konnte, ließ Marius Aurelia so blitzartig los wie andere Leute ein heißes Eisen und rieb sich die schmerzenden Hände. Seine Schülerin bedachte ihn mit einem seltsamen Blick, den er stillschweigend hinnahm.

»Du bleibst hier«, teilte er ihr stattdessen mit und brachte die Ritter zur Tür, wo Sieur Parcis ihm auf Durchschlagpapier einen Bescheid über das unauffällige Ergebnis der Durchsuchung ausstellte und übergab. Während Sieur Callento bereits zu Kilian hinübermarschierte, drückte Sieur Parcis Marius blitzschnell und geschickt ein zusammengeschnürtes Päckchen in die Hand.

»Von Oberspäher Beilschmidt«, murmelte er ihm dabei zu. »Mit schönem Gruß an Fräulein Frank.«

Marius sah ihm hinterher und wog einen Moment lang die winzig zusammengepresste Zeitung in der Hand, dann schloss er die Tür und stieg die Treppen hinauf, wo er Aurelia rastlos im Flur herumlaufend vorfand.

»Ich bringe ihn um«, stieß sie hervor.

»Es gibt wesentlich elegantere Arten als Mord, um einer widerlichen Made wie diesem Kerl zu schaden«, sagte Marius, lehnte sich vor und zupfte behutsam ein langes, blondes Haar von ihrer Schulter. »Folge mir und lerne.«

Aurelia blickte ein wenig skeptisch drein. Einen Moment lang wirkte es, als ob sie seiner Aufforderung nicht folgen und stattdessen hinauslaufen wollte, um Sieur Callento mit ihrem Schuh zu verprügeln. Letztendlich jedoch sagte sie nichts, sondern folgte ihm ins Arbeitszimmer.

Mit einem schweren Seufzer ließ Marius sich in seinen Lehnstuhl fallen, dann zog er eine der Schreibtischschubladen auf und entnahm ihr einige Stofffetzen und Bänder, um die Gegenstände sodann vor sich auszubreiten.

»Ich habe diese Techniken von einer Moritura der Maegax gelernt. Die Maegax sagen dir etwas? Sie sind das Volk, das die Rugnora-Inseln zwischen Mistras und Rhi bevölkert. Unsere Nationen sind seit Jahrhunderten in regem Austausch miteinander, und von den Maegax-Delegationen habe ich immer viel Wissenswertes mitgenommen. Auch wenn sich wohl von selbst versteht, dass ich immer sorgfältig darauf bedacht war, ihnen nicht einmal eine Hautschuppe von mir oder Leon zuzuspielen.« Während er sprach, bündelte er die Fetzen und band sie dann so zusammen, dass sich eine humanoide Form erkennen ließ. Mit einem Stück Kohle zeichnete er ein Gesicht auf den Kopf, dann band er sorgfältig das goldene Haar um den Hals des Püppchens. Schließlich stach er sich mit einer Nadel in den Finger und ließ einige Tropfen auf Haar und Stoff fallen.

»Die Maegax beherrschen diese Seelenpuppen auf wesentlich feinere Art als ich, aber ich habe mir genug für Gelegenheiten wie diese abgeschaut. Ich möchte nicht sagen, dass es mir in meiner Position als Parakoi des Öfteren entgegengekommen ist, aber Gegenteiliges zu behaupten wäre eine Lüge.« Er lächelte flüchtig, während die Kohleaugen des Püppchens zu leuchten begannen.

Mit glitzernder Faszination in den Augen beugte Aurelia sich vor. »Wie funktioniert das?«

»Das Haar bildet in diesem Fall das Schlüsselelement. Es könnten auch Finger- und Fußnägel oder Blut sein, wichtig ist, dass es ein Teil der Person ist, an die man die Puppe binden möchte. Das Blut der ausführenden Person aktiviert die Verbindung. Was auch immer man der Puppe zufügt, geschieht auch dem Besitzer und umgekehrt. Stirbt die Person beispielsweise, so zerstört sich auch die Puppe von selbst. Wird hingegen die Puppe zerstört, stirbt auch die daran gebundene Person.« Marius blickte sie streng an. »Es gibt schlimmere Dinge als den Tod, mein Kind, und eine solche Art von Magie kommt immer mit viel Verantwortung – nicht nur über das Leben einer anderen Person, sondern auch über sich selbst, weshalb man die Grenzen erkennen und einhalten muss. Es ist leichter, sich von Macht leiten zu lassen, anstatt sie zu leiten.«

Vielleicht hielt sein Zögling sich ja mehr an seine Lektionen als er selbst. Die Hoffnung starb bekanntlich zuletzt.

Aurelia nickte und starrte gedankenvoll auf das Püppchen, das Marius behutsam zwischen seinen Fingern hielt, dann machte sie einen tiefen Atemzug. »Vielleicht macht es mich zu einer schlechten Person, aber ich möchte ihm zeigen, wie es ist, sich nicht sicher zu fühlen, weder im eigenen Kopf noch im eigenen Haus. Es wäre nur gerecht.«

Das konnte Marius schwer leugnen, also dachte er einen Moment lang nach.

»Ich denke, ich habe etwas, das Halluzinationen hervorruft«, schlug er dann vor. »Damit erreichen wir zumindest Punkt eins und vermutlich in weiterer Folge auch Punkt zwei. Wahrscheinlich gäbe es raffiniertere Methoden, aber dafür bin ich wiederum nicht bewandert genug.«

»Das ist ausreichend«, erwiderte Aurelia nach einem Moment. »Seinem eigenen Verstand nicht vertrauen zu können ist manchmal die schlimmste Strafe von allen.«

Marius betrachtete das Mädchen einen Moment lang, dann nickte er und erhob sich. »Warte hier und sei vorsichtig.«

Als er zurückkehrte, drehte Aurelia gedankenvoll die Puppe zwischen ihren Händen. Sie blickte auf, als Marius sich erneut in seinen Lehnstuhl sinken ließ. »Wie lange genau wird die Wirkung davon andauern?«

»Meistens klingt sie nach ein paar Tagen ab, es sei denn, man legt noch nach. Das können wir uns dann aber immer noch überlegen.«

Aurelia biss sich auf die Lippen, dann nickte sie zu dem Tiegel. »Was genau ist das?«

»Atropia belladonna«, erwiderte Marius seelenruhig. »Man kennt es hierzulande als Tollkirsche. Das hier ist eine Paste, von der ich gelegentlich etwas in meine Gesichtscreme mische. Ab einem gewissen Alter und mit einem Schuss Magie von kundigen Inarix ist es eine wirksame Methode, um die Faltenbildung zumindest ein bisschen aufzuhalten. Für Vulgax ist das übrigens in solch hohen Dosen nicht besonders zu empfehlen.«

»Ich verstehe.« Sie sah zu, wie Marius mit einem kleinen Spachtel einen Teil der Paste sorgfältig auf dem Püppchen verteilte und dieses dann in einem Glasbehälter mit Löchern im Deckel versenkte. »Und was passiert jetzt?«

Marius zuckte mit den Achseln. »Wir können uns von mir aus gerne in den Garten begeben und beobachten, wie es ihm geht, wenn er aus Kilians Haus kommt. Da sollte man schon Effekte beobachten können.«

»Das wäre mir durchaus ein Anliegen«, seufzte Aurelia und erhob sich mit ihm, um ihm aus dem Arbeitszimmer zu folgen. Auf der Hausschwelle zögerte sie und schien einen Moment mit sich zu kämpfen, die Wände des Hauses hinter sich zu lassen. Dann jedoch gab sie sich einen Ruck und betrat den wild wuchernden Rasen, auch wenn sie dabei einen Gesichtsausdruck des blanken Unwohlseins trug. Seltsames Geschöpf, stellte Marius fest und beschloss, dass es ihr guttun würde, ein paar Besorgungen auf dem Markt zu erledigen. Dann kam er selbst wenigstens darum herum, sich damit herumschlagen zu müssen.

Er richtete seine Aufmerksamkeit wieder auf die gegenwärtige Situation. Insgeheim nicht undankbar, dass er die Dornenhecke mittlerweile wieder entfernt hatte, zupfte er seine Schülerin in eine passende Sichtposition vor Kilians üppigen Buschreihen. Eine Weile starrten sie durch das löchrige Grün hinüber in Kilians Garten, der trotz des kalten Wetters immer noch in voller Blüte stand und seine Kraft scheinbar nicht dem Winter überlassen wollte, und standen schweigend nebeneinander.

»Warum fassen Sie eigentlich nie jemanden an?«, fragte Aurelia vollkommen unvermittelt. »Nicht direkt, zumindest.«

»Fasst *du* Leute einfach so an?«, fragte Marius zurück.

»Das nicht, aber es wirkt teilweise so, als würden Sie besonders darauf achten, niemanden auch nur zu streifen, wenn nicht mindestens eine Lage Stoff dazwischen ist. Und wenn es doch mal passiert …« Sie zögerte einen Moment. »Es wirkt dann immer, als wäre es Ihnen richtig unangenehm.«

»Es geht nicht gut, wenn Moritux etwas Lebendiges berühren«, erwiderte Marius, der beeindruckt von ihrer Beobachtungsgabe war, nach einer kleinen Pause. »Haut-an-Haut-Kontakt tut mir mittlerweile weh. Alles hat seinen Preis, fürchte ich.« Aurelia öffnete den Mund, um weitere Fragen zu stellen, aber Marius kam ihr zuvor und nickte hinüber auf das andere Grundstück. »Apropos, da kommen sie.«

Vor ihnen traten die beiden Beamten aus der Tür von Kilians Haus, dicht gefolgt von dem roten Riesen selbst sowie dem Geschöpf, das er gerade unterrichtete. Marius war sich recht sicher, irgendwann einmal aufgeschnappt zu haben, dass Gale in der Stadt nicht einmal registriert war. Dennoch war es ein leichtes für Gale, sich vor den Hausdurchsuchungen zu verbergen – heute offensichtlich wieder in Gestalt einer rot-schwarzen Katze mit unnatürlich hellen blauen Augen, die schnurrend um Kilians Beine herumstrich.

Sieur Callento schien die Katze absolut egal zu sein, denn er wankte vor sich hin und gab sein Bestes, sich möglichst unauffällig an Sieur Parcis abzustützen. Das Gesicht des Schönlings war so aschfahl, dass selbst Marius und Aurelia es von ihrem entfernten Standort aus gut wahrnehmen konnten. Nach einer kurzen Unterhaltung zwischen Sieur Parcis und Kilian, dessen roter Bart vor Empörung zitterte, wandten die beiden Beamten sich ab und gingen den Weg durch Kilians Garten zu der wartenden Kutsche. Sieur Callento stolperte dabei zweimal und sah beim zweiten Mal aus, als ob er ohnmächtig werden wollte.

»Zwei Taler, dass er sich heute noch seines Mageninhalts entledigt«, kommentierte Marius und blickte zu Aurelia. »Dann wäre das wohl auch erledigt.« Es war fraglich, ob eine spontane Besserung ihres emotionalen Zustandes eintreten würde, aber zu dem gegebenen Zeitpunkt war es alles, was er für sie tun konnte. »Nimm dir den Rest des Tages frei. Ich muss später noch einmal weg und jetzt noch einiges vorbereiten, wofür ich ohnehin Ruhe benötige, aber ...« Er zögerte einen Moment. »Nun, das war jetzt kein besonders angenehmer Besuch.«

Aurelia schnaubte.

Marius hielt sich gerade noch davon ab, ihren Kopf zu tätscheln, und berührte stattdessen behutsam ihre Schulter. »Ruh dich aus, lies das Buch weiter und geh früh schlafen. Was das Essen betrifft ... ich denke, es gibt noch genügend Reste, um dich durchzubringen.«

»Es wäre noch mehr da, wenn Sie regelmäßiger einkaufen gehen würden«, sagte Aurelia. Offensichtlich kam sie langsam wieder in Fahrt.

Immerhin gab ihm das die Gelegenheit, seine vorgefasste Idee auch gleich in die Tat umzusetzen, weshalb er prompt erwiderte: »Mitnichten, *du* gehst morgen einkaufen. Und für heute sollten die Reste reichen, ich benötige ohnehin nicht so viel.«

»Was?«, entfuhr es Aurelia, dann verbesserte sie sich rasch: »Ich meine, wie bitte? Ich war zuletzt mit zwölf Jahren auf dem Markt, ich kann unmöglich –«

»Das schaffst du schon«, unterbrach Marius sie, »es wird dir guttun. Ein kleiner Ausflug und dergleichen. Einen Stadtplan findest du im Arbeitszimmer auf dem Schreibtisch, du hast meine Erlaubnis, ihn zu holen und mitzunehmen. In der Küche ist ein Korb, den du zum Tragen verwenden kannst. In Ordnung?«

»Nein«, sagte Aurelia. Ihr Gesicht war sehr bleich.

Marius seufzte, wollte hart bleiben, brachte es aber nicht über sich. Er holte tief Luft, dann brüllte er auf Limisch über die Gartenhecke: »He, Baumkuschler!«

Kilians massiger Körper drehte sich um, und der Inarist kniff die Augen zusammen, als ob er versuchte, allein mit der Kraft seines Geistes durch die Hecke zu sehen. »Marius? Bist du das?«

Marius seufzte tief, dann rief er: »Nimm morgen Aurelia zum Markt mit und brüll mit ihr ein paar Marktleute an, ja?«

»Ich brülle nicht!«, brüllte Kilian. Einen Moment lang wirkte es, als ob er noch etwas sagen wollte, dann schüttelte er nur den Kopf. »Kein Problem, mache ich!«

»Dann wäre das auch erledigt«, sagte Marius zufrieden zu Aurelia, die dreinblickte, als ob für sie überhaupt nichts erledigt wäre, was er jedoch geflissentlich ignorierte. »Vergiss deine Papiere nicht, wenn du gehst. Kilian wird dich abholen, sonst wirf ein paar schwere Steine durch sein Fenster. Das mag er. Versprochen. Geld ist in dem roten Beutel in der Kommode, die im Flur gleich beim Eingang steht, die mit den vertrockneten Blumen drauf. Und jetzt würde ich an deiner Stelle erst einmal ein langes, heißes Bad nehmen.« Er lächelte matt. »Das ist manchmal leider das Beste, was man tun kann.«

Aurelia atmete sichtbar tief durch. »Ich dachte immer, Magiebegabte sind so machtvoll«, sagte sie schließlich. »Aber das war alles nur eine Lüge, oder?«

Marius wiegte ein wenig den Kopf. »Das Problem ist, dass wir genauso leiden und sterben können wie alle anderen, und wir haben nicht weniger Angst davor.«

»Hört das irgendwann auf?«, fragte Aurelia leise. »Die Angst, meine ich.«

Ah, was darauf sagen? Was sagen, das einer solchen Frage angemessen war?

»Das muss jeder für sich selbst herausfinden«, sagte er schließlich und berührte einen flüchtigen Moment lang ihren Ärmel. »Auch wenn es vielleicht so wirkt, Gewalt ist keine Lösung.« Heuchler, dachte er, bitter und resigniert. Das Mädchen verdiente eine bessere Lehrperson, aber alles, was er unter den gegebenen Umständen tun konnte, war, sein Bestes zu geben.

Also fuhr er fort: »Ich werde die entsprechenden Stellen wegen Callentos Verhalten informieren, und dann sehen wir weiter. Noch ist nicht alles verloren in dieser Stadt.«

Aurelia biss die Zähne zusammen, zwang sich aber zu einem Nicken. Marius beobachtete sie noch einen Moment lang, dann wandte er sich ab und verschwand in sein Arbeitszimmer, wo er sich verschanzte, einige Dinge nachschlug und Messer schliff. Erst als die Nacht sich schon längst über die Stadt gesenkt hatte und Aurelia hoffentlich bereits schlief, griff er nach seinem Schleiermantel und verschwand zur Tür hinaus.

Die Toten warteten hohlwangig und trostlos in den Schatten Vhindonas, doch er mied ihre Blicke, indem er die Kapuze des Mantels tief über die Augen zog. Mit der ermüdenden Sicherheit der Gewohnheit lenkten seine Schritte ihn zu Meriwas Haus.

Es war Zeit für einen kleinen Besuch, bevor er das Mortuarium aufsuchte.

KAPITEL 11

Johann versank bis zur Nasenspitze in Akten, die sich auf seinem Schreibtisch stapelten, als die Tür aufschwang. Sieur Parcis kam herein und deutete eine Verbeugung an, ehe er ein Tablett auf einem der wenigen freien Flecken vor Johann abstellte. Seine sonst meist so stille Miene ließ Missbilligung erkennen.

»Es ist sieben Uhr abends«, sagte er. »Wenn Sie darauf bestehen, schon wieder eine Nachtschicht einzulegen, dann sollten Sie wenigstens etwas essen, Herr Oberspäher.«

»Danke.« Johann ignorierte die belegten Brote und das Glas Orangensaft auf dem Tablett und griff stattdessen nach den zwei Seiten fein säuberlich gedruckten Berichtes, die ebenfalls gebracht worden waren. »Die Ergebnisse der Hausdurchsuchung?«

Parcis nickte. »Ausgeführt wie immer, Herr Oberspäher. Ich muss melden, dass Sieur Callento sich bis auf Weiteres krankschreiben hat lassen.«

Johann zog die Augenbrauen in die Höhe. »So plötzlich?«

Sieur Parcis zögerte einen Moment, dann schloss er die Tür hinter sich. »Erlaubnis, freiheraus meine Meinung zu sagen, Herr Oberspäher?«

»Erteilt. Heraus damit.«

»Er hat sich unangemessen verhalten und Fräulein Frank belästigt«, berichtete Sieur Parcis ohne Umschweife. »Beweisen lässt sich nichts, aber ich würde darauf wetten, dass Meister Cinna nachgeholfen hat. Nicht, dass ich es ihm verübeln könnte, aber man sollte da vielleicht intervenieren. Auch er kann nicht einfach zu magischen Mitteln außerhalb der legalen Methoden greifen, um ungute Situationen zu lösen. Im Endeffekt ist ein derartiges Vorgehen auch für seine Gemeinschaft schädlich, wenn es herauskommen sollte.«

Johann tippte gedankenvoll die Fingerspitzen aneinander und dachte nach. »Sie haben recht, ich werde mit ihm reden müssen. Wir sind hier immer noch in einem Rechtsstaat, wo man nicht einfach irgendwelche Vergeltungsaktionen starten kann.«

Parcis' Gesichtsausdruck ließ keinen Schluss auf seine Gedanken zu. Johann wusste, dass er in seiner Jugend bekannt dafür gewesen war, ein Hitzkopf von unglaublichen Ausmaßen zu sein, ein närrischer Tor voll kindischer Grausamkeit. Aber prägende Erlebnisse hatten ihn erwachsen werden lassen, und der Mann vor ihm konnte sich nun sehen lassen. Johann hatte Sieur Parcis auf dem Schlachtfeld gesehen und wusste, dass er mit Schwert und Pistole umgehen konnte. Er wusste auch, dass er einen ausgeprägten moralischen Kompass besaß. All das waren Gründe gewesen, warum er sich dafür eingesetzt hatte, dass man Parcis in die Ritterschaft aufnahm. In diesen Breitengraden kannte man für Leute, deren Geschlechtsidentität von der abwich, die ihnen gemeinhin zugeschrieben wurde, nicht viel Toleranz, auch wenn es vielleicht in der Theorie gewisse Rechte für sie geben mochte. Parcis hatte es besonders schwer gehabt: Die Tatsache, dass ihm bei Geburt fälschlicherweise das weibliche Geschlecht zugeschrieben wurde, und eine fremdländische Magiebegabte aus Fero als Lebensgefährtin verschlossen ihm lange Zeit ungerechterweise so manche Tür. Aber Johann war sicher gewesen, dass er Potenzial hatte, und so hatte er sich vehement dafür eingesetzt, dass Parcis' Fähigkeiten genauso beurteilt wurden wie die aller anderen, was schließlich zu seiner Aufnahme geführt hatte. Bisher hatte Parcis ihn nicht enttäuscht, sowohl in seiner Kampfkraft als auch in seinem Beurteilungsvermögen. Wenn er meinte, dass Sieur

Callento sich falsch verhalten hatte, traf dies ziemlich sicher auch tatsächlich zu. Ganz zu schweigen davon, dass dies nicht der erste Zwischenfall dieser Art war, in den Callento involviert gewesen war.

»Danke«, sagte Johann nach einer kleinen Pause. »Gehen Sie nach Hause, ich bin mir sicher, dass Meisterin Mur nicht undankbar ist, wenn Sie zum Abendessen erscheinen.«

Parcis lächelte ein klein wenig und deutete erneut eine Verbeugung an. »Essen Sie die Brote, Herr Oberspäher. Meine Frau hat sie heute Morgen mit Liebe gemacht und mir extra eingeschärft, sie Ihnen zu übermitteln.«

»Richten Sie ihr meinen Dank aus«, erwiderte Johann und nahm einen Schluck Orangensaft, stellte das Glas jedoch wieder ab, als die Tür hinter Parcis leise ins Schloss gefallen war.

Während er arbeitete, wurde das Magiestrat um ihn herum immer stiller und dunkler, als die Letzten heimgingen und nur noch die harten Knochen, die üblichen Verdächtigen, für letzte Arbeiten zurückblieben. Es war acht Uhr abends.

Johann dachte noch nicht daran, heimzugehen. Stattdessen beschäftigte er sich damit, sich noch einmal den allerersten Mord der Serie anzusehen, der am alten Festtag der Göttin Inar begangen worden war. Es hatte Marius' Hilfe bedurft, überhaupt erst einmal herauszufinden, dass die Morde sich offenbar nach den Festtagen der Alten Gottheiten richteten. Natürlich, viele der alten Festtage waren für die Neuen Gottheiten übernommen worden, aber bei einigen davon gab es Abweichungen – möglicherweise auch aus dem Grund, dass es nicht so viele Neue Gottheiten gab, wie es Alte gegeben hatte. Es ergab Sinn, dachte Johann nicht zum ersten Mal, dass der erste Mord zum Festtag der Alten Göttin Inar – Göttin des Lebens und der Natur – begangen worden war, die als eine der wenigen Alten Gottheiten den Zweiten Sternenfall und das daraufhin folgende Gottheitssterben überlebt hatte. Er konnte nur noch nicht mit aller Klarheit sagen, *welchen* Sinn es ergab. Der erste Mord, begangen an der ältlichen, paranoiden Senatorin Theresia Meerstein, war in seiner Ausführung noch eher stümperhaft gewesen. Jemand hatte mehrmals auf das Opfer eingestochen, ehe man es wie ein Schlachtschwein der Länge nach aufgeschnitten hatte. Dadurch hatte sich das Blut der Senatorin über das ganze Feld verteilt, auf dem man sie schließlich auffand. Und dennoch war schon hier zu erkennen gewesen, dass es sich nicht um einen Mord im Affekt handeln konnte, denn dafür waren die Stiche und die Ausblutung zu kalkuliert platziert gewesen. Senatorin Meerstein hatte ihr Herz mehr oder weniger noch besessen. Es hatte neben ihr gelegen, blutleer und vertrocknet wie eine rote Blase.

Anders die folgenden Morde, die immer effektiver geworden waren und dabei eindeutig alle die gleiche Handschrift trugen. Die Tatperson näherte sich ihrem Ziel stets von hinten, sodass die Toten keine Aussage zum Aussehen machen konnten. Jemand verwundete sie mit einem sehr präzisen Stich tödlich, um sie dann aufzuhängen und ausbluten zu lassen. Die Herzen wurden allen Opfern aus der Brust entnommen, und Johanns Abteilung hatte bisher keines davon lokalisieren können. Es gab keine Spuren am Tatort und keine hilfreichen Totenberichte. Man wusste, dass die Morde vermutlich irgendeinem magischen Ritual dienten, da verstärkte Magiedichte an den Tatorten zu messen war. Dass Magie so etwas wie Rückstände hinterließ, einem Fingerabdruck nicht unähnlich, war eine neue Erkenntnis, die erst vor ein paar Jahren die Kriminalistik revolutioniert hatte. Die Technik, diese Magiedichte zu messen, war dementsprechend neu und unausgereift. Bei einem Verbrechen wie diesem war sie offenbar bei Weitem noch nicht gut genug, um hilfreiche Ergebnisse zu liefern.

Die Recherche über die Art und den Zweck des möglichen Rituals gestaltete sich ebenfalls schwierig. Viele Schriften, die Aufschluss hätten geben können, waren in den letzten Jahren bei Vernichtungsaktionen verbrannt worden. Diejenigen, die existierten, beinhalteten keine Rituale, die ein solches Muster bei der Vorbereitung benötigten. Ältere Magiebegabte wussten nichts oder gaben selbst bei intensiver Befragung vor, nichts zu wissen. Selbst Marius hatte nicht herausfinden können, worum es sich handelte. Es war eine der frustrierendsten Ermittlungen, die Johann jemals durchgeführt hatte, denn normalerweise erzielte er schnellere Ergebnisse. Dies war der einzige Fall, dessen Lösung sich ihm seit Jahren entzog. Jedes Mal, wenn er Fortschritte zu machen schien, glitten sie ihm wenig später wieder durch die Finger. Irgendjemand war sehr interessiert daran, seine Arbeit zu behindern, und diese Person war schlau genug, um selbst ältere Magiebegabte wie Marius hinters Licht zu führen.

Natürlich konnte auch die politische Komponente nicht außer Acht gelassen werden.

Die Opfer waren ausnahmslos nichtmagische Personen, die sich für strengere Gesetze zum Nachteil der magischen Bevölkerung einsetzten oder aber Interesse an von Magiebegabten getragener Kriegsführung mit strenger magischer Kontrolle unter der Dunklen Königin zeigten. Tatsächlich hatte Radbod sich in den letzten Jahren um mehrere Hundert Hektar Land vergrößert, seit der Senat die Dunkle Königin zur Haupt- und Landesschutzgöttin ausgerufen und unter ihrem Banner zahlreiche Magiebegabte zu ihrer Unterstützung an die Front geschickt hatte. Dass die Dunkle Königin nur an einer sinnlosen Vernichtung aller anderen

Gottheiten und sich ihr entgegenstellender Lebewesen interessiert war, ging in der gigantischen Maschinerie der Kriegspropaganda unter. Normalsterbliche an der Front hatten sich zumeist freiwillig gemeldet und konnten damit rechnen, in der Regel unbeschadet zurückzukehren, wenn sie sich nicht für irgendwelche Spezialeinheiten meldeten. Die Truppen des Senats räumten das hinterlassene Chaos der Dunklen Königin auf, während sie weiterzog, und stellten die zerstörten Landstriche sogleich unter radbonische Schutzherrschaft. So hatten im Land alle etwas davon: Der Senat zunehmende Macht, die Vermögenden Profit, das Volk ein geschützt betrachtetes Spektakel und bestätigte patriotische Gefühle.

Nur die Magiebegabten, die vielleicht gerade einmal zehn Prozent der radbonischen Bevölkerung ausmachten, ließen in Scharen an der Front ihr Leben.

Es war nicht gerecht. Dann wiederum waren die wenigsten Dinge im Leben gerecht, was Johann bereits schmerzhaft am eigenen Leib erfahren hatte.

Das hieß aber nicht, dass er nicht versuchen konnte, gegen diese Ungerechtigkeit anzukämpfen, so gut es ihm möglich war.

Johann konnte spüren, dass das Wetter sich änderte. Der stumpfe Schmerz in seinem Bein war dafür ein mehr als deutliches Zeichen, und er merkte, wie seine Konzentration langsam einem Pochen hinter den Schläfen wich. Mit einem tiefen Seufzer stapelte er die Akten, die er mit nach Hause nehmen wollte, und steckte sie in seine Aktentasche, dann räumte er den Rest der Unterlagen an ihren Platz zurück. Er schrieb eine Notiz an die Sekretärin, damit diese ihm am nächsten Morgen Callento ins Büro beorderte, wo Johann ihm gehörig den Kopf waschen und ihn dann für den Rest der Woche ohne Lohn suspendieren würde. Die vergessenen

Brote wurden rasch aufgegessen, dann knöpfte er sich seinen Mantel zu, setzte seinen Hut auf, griff nach Stock und Aktentasche und löschte das Licht hinter sich, ehe er das Büro absperrte.

Seine Schritte klangen dumpf in den verlassenen Gängen des Magiestrats, in denen das elektrische Licht bereits größtenteils abgedreht worden war, sodass nur noch einige wenige, dampfbetriebene Lichtquellen gerade so weit seinen Weg erhellten, dass er nicht über seine Füße fiel. Er dachte immer noch über die Festtagsmorde nach, als er in die Empfangshalle kam und Meisterin Meriwa Lave'el seinen Weg kreuzte, sodass er überrascht stehen blieb.

Meisterin Lave'el war eine der wenigen Frostelfen, die aus ihrem schützenden Kokon des Lichterwaldes im Norden in südlichere Gefilde gezogen waren. Sie mochte bereits an die dreihundert Jahre alt sein und hatte bereits viele, viele Dekaden in Vhindona verbracht, weshalb sie eines der Gründungsmitglieder des Senats war. Vor allem dies – sowie einige wohlgesetzte Klauseln in den senatorischen Verträgen – verhinderte wohl, dass die zunehmend magiefeindliche Haltung zu einem Ausschluss ihrer Person aus dem Senat führte. Darüber hinaus war sie eine der ältesten verbliebenen Magiebegabten in Vhindona und besaß nicht zu unterschätzenden Einfluss auf Personen aller Art, was sie zu einer bedeutenden Oppositionellen für den Rest des Senats machte. Johann war nie ganz warm mit ihr geworden.

»Ah, Herr Oberspäher«, grüßte sie ihn mit sanftem Lächeln, das ihm einen kurzen Blick auf ihre nadelspitzen Zähne ermöglichte. Sie war eine imposante Erscheinung mit dem für Frostelfen üblichen hohen, schlanken Körperbau und den sehnigen Armen, über deren bloße, milchweiße Haut sie achtlos ein Cape geworfen hatte, das auf ihr pastellfarbenes Kleid abgestimmt war. Das lange weiße Haar hatte sie in eine komplizierte Steckfrisur mit vielen goldenen Nadeln gebannt, und lediglich eine einzige kleine Strähne fiel ihr ins Gesicht. Meisterin Lave'el war immer nach der neuesten Mode gekleidet und bewegte sich mit der achtlosen Eleganz eines Raubtiers, jeder ihrer Schritte vollkommen lautlos in den flachen Schuhen, die sie zu tragen pflegte. Sie besaß eine Schönheit wie der Winter, der sie als Frostelfe geformt hatte: schön nur aus sicherer Distanz, ein unheilbringendes Inferno, wenn man zu nahe kam. Wie ironisch, dass ihr favorisiertes Element angeblich Feuer war. »So spät noch im Büro? Man merkt, dass Sie in keiner Beziehung sind.«

Johann zwang sich, die Lippen zu einem Lächeln zu verziehen und den Kopf zu neigen. »Ähnliches könnte ich von Ihnen sagen, Meisterin Lave'el.«

Meisterin Lave'els Augen glitzerten wie Rubine, als sie eine Hand hob und ihm einen Schirm zeigte. »Ich habe nur das hier vergessen. Es wird regnen. Nicht viel, aber dieses Kleid war teuer, und ich würde es vorziehen, noch länger etwas davon zu haben.«

»Das ist sehr ökonomisch von Ihnen«, sagte Johann diplomatisch und hielt ihr die Tür auf.

»Sie wissen, dass Sie das Mädchen im Auge behalten sollten?«, fragte sie anstatt eines Dankeswortes, glitt aber lautlos durch die Tür. Ihre spitz zulaufenden Ohren zuckten, als sie den Kopf drehte und ein Pferd beobachtete, das vor dem Magiestrat angebunden worden war und ruhig vor sich hin graste. Natürlich wusste sie, was passiert war. Sie hatte es mit Sicherheit sogar vor allen anderen gewusst, denn Meisterin Lave'el war die beste Hellseherin, die es seit Dekaden in Vhindona gegeben hatte. Nicht umsonst war sie die oberste Hellseherin von Radbod, die Kybela, der jede andere Hellseherin im Land unterstand. Nicht, dass es noch so viele davon

in Radbod gegeben hätte; die meisten hatten den magiefeindlichen Umschwung kommen sehen und waren in andere Gefilde abgewandert.

Johann unterdrückte die scharfe Bemerkung, die ihm auf
der Zunge lag, und nickte stattdessen. »Sie ist noch jung,
aber ich habe größtes Vertrauen in Meister Cinnas Fähigkeiten.«

»Ja, das ist uns allen bewusst«, summte Meisterin Lave'el
und wandte sich ihm zu. »Vielleicht sollten Sie öfter darüber
nachdenken, dass die Antwort nicht in der Vergangenheit
liegt, sondern immer nur in der Zukunft. Ein Totentänzer ist
da möglicherweise die falsche Hilfe. Besonders, wenn das
Mädchen nun eindeutig keine Totentänzerin ist. Und ich
kann sie jetzt nicht mehr sehen – er dürfte sie vor mir geschützt haben.«

Johann neigte ein wenig den Kopf und lächelte, so milde
er konnte. Marius hatte vermutlich recht daran getan, Aurelia unter seinen Schutz zu stellen, auf welche Art auch immer
er das getan hatte. Dafür, dass sie schon so lange zusammen-
arbeiteten, wusste Johann immer noch erstaunlich wenig darüber, wozu Marius fähig war. Der Mann redete viel, wenn
man ihn ließ, aber über seine Praktiken bewahrte er zumindest Johann gegenüber meist Stillschweigen, wenn es nicht
direkt die Ermittlungen betraf. »Sobald Sie mir den Namen
des Mörders oder Uhrzeit und Datum des nächsten Mordes
aus den Karten lesen können, werde ich vollkommen auf
Ihre Hilfe allein vertrauen, Meisterin Lave'el. Bisher waren
Ihre Angaben immer so unpräzise, dass wir jedes Mal zu spät
gekommen sind.«

»Ah, es sind nur Nichtmagische gestorben«, erwiderte
Meisterin Lave'el mit gleichgültiger Freundlichkeit und winkte ein wenig ab. »Es gibt wichtigere Dinge, die mich in An-
spruch nehmen.«

Johann konnte nicht einmal mehr das blasse Lächeln auf seinen Lippen behalten. »Wichtigere Dinge als tote Leute?«

Meisterin Lave'el starrte ihn sehr lange reglos an, dann lächelte sie erneut so sachte wie jemand, der mit einem kleinen Kind sprach. »Für Nichtmagische gibt es auch wichtigere Dinge als den Tod einer Handvoll Hunde. Ihre Leute sind nun wirklich nicht die, die Schutz und Rettung benötigen, Herr Oberspäher. Die ganze Stadt wimmelt vor Nichtmagischen. Sehen Sie sich die Goldene Stadt Bycaea an, aus der Ihr Freund stammt. Dort herrschen Ordnung und Frieden, selbst mit einem trauernden Herrscher auf dem Thron. Und warum? Weil die Dinge im Gleichgewicht sind. In Radbod liegt schon lange einiges im Argen, und ich bin eindeutig nicht die Einzige, die so denkt.« Sie wandte sich ab und machte eine entlassende Handgeste. »Kommen Sie gut nach Hause. Passen Sie auf sich auf, wenn Sie dem Tod nachjagen.«

Johann sagte lieber nichts, bevor er Dinge von sich gab, die er nur bereuen würde. Ihr scharfes Lächeln in einem Gesicht so weiß wie Schnee begleitete ihn nach Hause und in unruhigen Schlaf, während draußen der Regen gegen die Scheiben zu klopfen begann.

Johann träumte vom Fliegen.

Er war zurück in der Luft und sah die Welt unter sich klein und immer kleiner werden. Einen Moment lang vergaß er alles andere: Das Feuer, die Schreie, das Blut, das Sterben. Er konnte nichts hören außer dem Schlagen der gigantischen Flügel und Janixh'tijas schweren, ruhigen Atem, als sie durch die Luft glitt. Sie waren auf dem Weg in die Freiheit, wie es sich gehörte. Drachen wie Janixh'tija waren zu groß in jeder Hinsicht, und auch zu mächtig, um langfristig von Sterblichen gebändigt zu werden. Es war ein Sakrileg, es überhaupt zu versuchen, und Johann hatte viel zu lange bei diesem Sakrileg zugesehen. Aber nun, nun konnten sie der Tragik einer göttlichen Mission, in der sie alle nur Schachfiguren waren, entkommen und ein neues Leben beginnen. Johann war so lange nicht mehr daheim gewesen, dass er nur noch diese Heimat kannte, in der er Janixhs Gefährte war. Er würde mit ihr und ihrer Brut wandern, bis sie genug von ihm hatte oder er starb, und der Gedanke erfüllte ihn mit purem Glück.

Dann drehte Janixh'tija ihm ihren edlen Kopf zu. Ein großes, blutiges Loch klaffte an der Stelle, wo sich ein goldenes Auge hätte befinden müssen. Aus den Augenwinkeln konnte Johann erkennen, dass ihre braunen Flügel zu brennen begannen.

»Spring«, sagte sie, und Johann stürzte in die Dunkelheit.

Das schrille Klingeln seines Weckers ließ ihn aufschrecken, und er tastete blind nach dem Gerät, um es zum Verstummen zu bringen.

Es brannte noch eine Weile hinter seinen Augenlidern, nachdem er aufgewacht war. Kleine Regentropfen schlugen lustlos gegen die Scheiben seines Fensters. Ohne das Licht aufzudrehen, starrte er eine Weile an die Decke und dachte an die unverzeihliche Sünde, einen Drachen zu brechen und für einen unnötigen Krieg in den Tod zu schicken. Die Dunkle Königin hatte nie darum gebeten. Sie hatte überhaupt noch nie etwas gesagt, was wohl nicht verwunderlich war, denn sie war die wahnsinnigste Göttin, von der Johann jemals gehört hatte. Der Tag, an dem sie sich aus der Erde erhoben hatte wie ein wahr gewordener Albtraum, war ein schlimmer Tag für sie alle gewesen. Die Dunkle Königin verschlang alles, was sich ihr in den Weg stellte, und hatte keine höheren Ziele. Die Propaganda war rein von der radbonischen Regierung entworfen worden, die aus sinnlosem Töten ein glorifiziertes Sterben machte, um sich daran zu bereichern. Es hatte eine Zeit gegeben, in der er aus vollem Herzen an diese Propaganda geglaubt und sich zum Frontdienst gemeldet hatte, um sein Land zu verteidigen. Als er die Realität gesehen hatte – das Sterben und Drachen, die mit magischen Fesseln und grausamen Zähmungsmethoden gezwungen wurden, in der Vernichtungsschneise der Dunklen Königin mitzufliegen und kilometerweit Land für Radbod zu sichern –, war er nach und nach ernüchtert.

Er hatte immer Gutes tun wollen. Gelegentlich jedoch fragte er sich, ob die Arbeit für genau diese Regierung wirklich der beste Weg dafür war, auch wenn es sich oft als sinnvoll herausstellte, den Feind von innen zu bekämpfen. Aber wirklich, was hatte er denn bisher eigentlich vollbracht?

Johann drehte den Kopf zu der Uhr auf seinem Nachttisch, die ein alchymistisch-handwerkliches Meisterwerk darstellte, das er vor einigen Jahren für viel zu viel Geld von Meisterin Funkenschmied erworben hatte. Die Uhr besaß die Form einer kleinen, goldenen Eule und blinzelte ihm aus leuchtend grünen Augen die Uhrzeit zu. Elf Uhr. Er fröstelte, als er sich aus den Laken schälte, die er erst vor etwas mehr als einer Stunde um sich geschlungen hatte.

Das wulstige Narbengeflecht am unschön verheilten Stumpf seines rechten Beins, das knapp unterhalb des Kniegelenks in Luft endete, pulsierte unangenehm durch das heraufziehende Schlechtwetter. Einen Moment lang massierte er die Stelle behutsam, dann griff er nach der Prothese, die neben dem Bett lehnte, und schnallte die drei Riemen daran um sein Fleisch, um sich schließlich auf zwei Füße erheben zu können. Sicherheitshalber nahm er eines seiner Pulver gegen Schmerzen und löste es in einem Glas Wasser auf, das er in wenigen Schlucken leerte. Seine Lippe zuckte, als draußen auf der Straße eine Dampfkutsche vorbeiratterte und Metall gegen Stein schlug. Nachts war er empfindlicher für solche Geräusche. Die Kutsche brachte Erinnerungsfetzen von Klinge an Klinge und vorbeizischender Kampfmagie zurück, die er nur mit reiner Willenskraft wieder verdrängen konnte. In was für seltsamen Zeiten sie lebten, dass er das Geräusch von Dampfmaschinen besorgniserregender fand als das Schnauben eines Pferdes mit Reiter. Vielleicht wurde er langsam auch einfach nur zu alt für Vhindona.

Nachdem er sich passend für den Anlass angezogen hatte – schwarze Hose, schwarzes Hemd, schwarzes Gilet und sein üblicher Mantel darüber, zusammen mit den Handschuhen, die ihn vor einem permanenten Frösteln bewahrten, und einem festen Paar Schuhe –, verließ er mit dem Stock in der Hand die Wohnung, die aus dem untersten Stockwerk von Frau Katzenbeißers Mietshaus bestand. Dass sie im Erdgeschoss lag und daher barrierefrei war, war einer der Gründe, warum er sie damals nach seiner Rückkehr von der Front angemietet hatte; nun ersparte es ihm einiges an Schmerzen. Außerdem war das Frühstück, das von Frau Katzenbeißer zumeist mit einem missbilligenden Blick hinsichtlich seiner Arbeitszeiten und seines langfristig unverheirateten Status serviert wurde, auch nicht zu verachten. Er schlug den Mantelkragen gegen den Sprühnebel auf und suchte mit dem Blick das freudlose graue Gebäude in der Ferne, das nun mitten in der Nacht kaum auszumachen war.

Der Schauer, der ihm dabei über den Rücken kroch, war ein alter Freund, den er begrüßte.

Zu Fuß zu gehen war ihm mitten in der Nacht ohne ausreichenden Schlaf höchst unliebsam. Der Weg zum Leichenschauhaus war außerdem zu weit, als dass er es auf diese Art pünktlich hinschaffen würde. Dampfkutschen waren zu laut und auffällig, auch wenn sie schnell waren. Die Lösung für sein Problem bestand in einem für Vhindona typischen Fiaker, der nach seiner vorsorglichen Bestellung trotz später

Stunde bereits vor dem Haus auf ihn wartete: Ein überdachter Zweispänner, gelenkt von einer der wenigen Mitarbeitenden des Magiestrats, denen Johann uneingeschränkt vertraute. Doris nickte ihm zu, den runden, schwarzen Filzhut tief ins breite Gesicht gezogen, um sich vor dem Nieselregen zu schützen. Er erwiderte den stummen Gruß in gleicher Manier und kletterte auf den Rücksitz des Fiakers, um sich unter dem aufgespannten Dach in die roten Kissen zu lehnen und einen Moment lang die Augen zu schließen. Mittlerweile war diese Fahrt routinemäßig genug, dass Doris gar keine Anweisungen mehr brauchte, wohin sie fahren sollte. Gerade zu dieser späten Stunde gab es nur einen Ort, den er zu besuchen pflegte.

Als er die Augen wieder öffnete, hielt der Fiaker rumpelnd vor dem grauen, tristen Leichenschauhaus der Stadt. Er setzte sich auf und rieb sich die Augen, dann die Wange, um schließlich tief durchzuatmen. Die Schmerzmittel machten ihn träger, als ihm lieb war. Sie abzusetzen war allerdings keine Option, wenn er an diesem Fall arbeiten wollte. Und vor Marius Schwäche zu zeigen …

Nun. Marius war an sich nicht grausam. Aber neben ihm zu stehen und dabei nichtmagisch zu sein, war an sich schon tragisch genug. Auch wenn es sonst deutlich besser war, in diesen Breitengraden keine Magie zu besitzen, hatte Johann sich dennoch eine gewisse kindliche Sehnsucht danach bewahrt, die sich gelegentlich nach oben kämpfte. Es waren diese Sehnsucht und das Bewusstsein, dass Magie nicht nur böse war, die ihn das Gleichgewicht zwischen Nichtmagischen und Quellenkindern hatten suchen lassen.

Johann biss die Zähne zusammen und stieg aus, dann suchte er Doris' Blick. »Stellen Sie sich irgendwo unter, Fräulein Turnherr. Es sollte nicht länger als üblich dauern.«

Doris zuckte mit den Achseln, schlug ein Bein über das andere und holte eine Pfeife heraus, um sie zu stopfen und zwischen die rot geschminkten Lippen zu klemmen. Johann wusste gar nicht mehr, wann sie begonnen hatte, für ihn zu arbeiten. Es musste Jahre her sein, und trotzdem hatte er kaum eine Ahnung von ihrem privaten Leben. »Des is nur a bissl Wåssa. Die Gäule und i woartn då auf Sie, Herr Oberspäher. Ka Stress.«

»Danke. Ich bin bald wieder zurück«, sagte Johann, umfasste den Knauf seines Gehstocks ein wenig fester und griff nach dem Schlüsselbund in den Falten seines Mantels, an dem auch ein Schlüssel für das Leichenschauhaus befestigt war. Er wanderte den Gang entlang, der von trüb flackerndem Licht – elektrischem Licht, wenn auch nicht sonderlich ausgefeiltem – erhellt wurde und von dem mehrere Türen abzweigten, die Johann beinahe alle ignorierte. Vor der letzten Tür auf der rechten Seite hielt er inne, atmete tief durch, strich sich über den Anzug und klopfte an.

»Komm herein«, klang Marius' Stimme gedämpft und amüsiert durch die Tür. »Hier herrscht eine Mordsstimmung. Die solltest du nicht verpassen.«

Johann biss sich auf die Innenseiten seiner Wangen, um ein Lächeln zu unterdrücken, ehe er eintrat. Der Raum, der sich ihm offenbarte, war voller kalter, nackter Betonwände und metallener Untersuchungstische, die bis auf einen davon leer waren. Das kalte, elektrische Licht verlieh Marius in seinem schwarzen Umhang einen geradezu wächsernen Teint, und Johann fühlte erneut einen Schauer über seinen Rücken rinnen, als der Totentänzer aufblickte und ihn mit seinen leuchtend grünen Augen fixierte. Wie passend, dass Marius nichts Lebendiges berühren konnte, ohne Schmerzen zu empfinden. Über die Leiche von Senator Rupert Hohenlohe gebeugt, wirkte er wie etwas, das vollkommen unberührbar war, ein Relikt aus alter Zeit, ein Götterbote mit drohend ausgebreiteten Rabenschwingen.

171

Johann widerstand dem Drang, vor ihm niederzusinken, und schloss die Tür hinter sich.

»Guten Abend«, sagte er. In naher Ferne schlug die Uhr des vhindonischen Palastes Mitternacht.

Marius beobachtete ihn einen Moment lang, dann verzog er die Lippen zu einem trockenen Lächeln. Auch zwei Jahrzehnte nach ihrer ersten Begegnung war es schwer, seine Gedanken zu deuten. Vielleicht war es für jemanden wie Johann sogar unmöglich. »Setz dich«, sagte er schließlich statt einer angemessenen Begrüßung. »Ich beginne in einer Minute. Du kannst die Kerzen anzünden und dieses grauenhafte Licht löschen. Hier in Stimmung zu kommen ist fürwahr eine Herausforderung.«

»Hast du den Bericht gelesen?«, fragte Johann mit einem Blick auf das Klemmbrett, das mehr oder weniger vergessen auf dem einzigen Stuhl im Raum lag. Ergeben zog er dabei ein Feuerzeug aus der Manteltasche und begann, die Kerzen zu entfachen, die auf den leeren Pritschen sowie allen vier Ecken der Pritsche vor Marius platziert worden waren. Erst dann drehte er das Deckenlicht ab. Wie ein scharfer Schmerz fraß sich der Anblick von Marius' in Wärme gebadeten Gesichtszügen in seine Brust, und er atmete langsam aus. Dann hob er das Klemmbrett hoch und ließ sich auf den Stuhl sinken in der sicheren Annahme, dass er in wenigen Momenten genauso vergessen sein würde.

Marius zuckte mit den Achseln und schlug die Kapuze zurück, um tief durchzuatmen. Der goldene Draht in seinen geflochtenen Haaren glänzte im flackernden Licht der Kerzen. Johann grub die Finger in seine Oberschenkel und ließ langsam seinen Atem entweichen. »In der Tat. Nicht sehr zielführend, der gute Bericht.«

»Vielleicht bekommen wir ja jetzt etwas Brauchbares heraus.«

Marius sah ihn einen Moment lang mit undeutbarem Blick an, dann senkte er den Kopf und strich über die nackte Brust vor sich, die man Y-förmig aufgeschnitten hatte. Erst jetzt sah Johann die aufgeschlagene Tasche auf einem kleinen Tisch neben Marius, in der feine Klingen, Nadeln und Scheren glitzerten. »Nichts Neues. Ausgeblutet, Herz herausgerissen – nun, zugegeben, ›herausgeschnitten‹ ist wohl der bessere Ausdruck dafür. Semantik, Semantik.« Er knackte mit den Knöcheln und grinste jungenhaft, als Johann wegen des unangenehmen Geräusches gepeinigt das Gesicht verzog. »Wir werden sehen, was der Gute uns erzählen kann. Allerdings müssen wir uns schon ein wenig beeilen, sonst ist er fort.«

Johann verkrampfte die Hände um seinen Gehstock, als Marius erneut, diesmal jedoch unbewusst mit den Knöcheln knackte und summte. Da waren sie, seine Hände: keine jungen Hände mehr und versehen mit einer Flusslandschaft aus hervortretenden Adern, aber auch lange, elegante Finger, die sich nun bewegten wie die eines Pianisten, der sich auf ein Konzert vorbereitete. *Ah, zu sterben,* dachte Johann erschöpft mit Schmerz in der Brust und Schmerz im Bein, *zu sterben und gehalten zu werden von diesen Händen.*

Marius summte und löste das Ritenmesser vom Gürtel seines Mantels, um mit einer raschen Bewegung eine Linie entlang seines Daumens zu schneiden, dann machte er einen weiteren Schnitt entlang seiner Herzlinie. Die Hand zur Faust gepresst, ließ er das Blut über Augen und Mund der Leiche tropfen und wisperte dabei in einem langen, kühlen Strom fremde, kehlige Worte auf Altlimisch, die Johann nicht verstand. Wie hatte Vhindona ausgesehen, damals, als Leute wie Marius die Stadt und das Land darum geleitet hatten? Wie hätte er sich damals gefühlt, als Nichtmagischer unter Halbgottheiten zu wandeln?

Nun. Zumindest Letzteres konnte er immer noch beantworten.

Er wusste bereits, was auf ihn zukam, und dennoch biss er die Zähne zusammen, als Senator Hohenlohe die milchigen Augen aufriss und schrie. Er schrie mit der Angst von jemandem, der gerade ermordet wurde, schrie für eine lange Zeit, bis er unter Marius' Händen verstummte.

»Komm zurück zu mir und sprich«, sagte Marius bereits wieder auf Radbonisch, aber seine Erstsprache war ihm gefolgt und äußerte sich in einem Akzent, der noch stärker hervortrat als sonst. »Wie bist du gestorben?«

»Kalt«, ächzte der Tote unter seinen Händen mit tauben Lippen und verrottenden Stimmbändern, »kalt – bitte nicht – ich gebe Ihnen, was Sie wollen, ich unterzeichne – unterzeichne alles!«

»Was sollst du unterzeichnen?«

»Papiere – Papiere über den Tod –« Marius machte eine Bewegung, die Johann nur aus dem Augenwinkel sah. Etwas daran kam ihm seltsam vor, aber er konnte nicht mit Gewissheit sagen, was es war. Der Tote stöhnte qualvoll auf. Seine Finger zuckten, als ob er noch einmal versuchte, den tödlichen Schlag abzuwehren. Johann zwang sich, den Blick nicht abzuwenden, als er versuchte, die verrottenden Stimmbänder noch einmal zum Arbeiten zu bringen, und sich dann in seine Todesqualen ergab, ohne auf Marius' forscher werdende Fragen noch etwas Produktives antworten zu können.

»Ich verliere ihn«, murmelte Marius schließlich, blickte auf und wartete, bis Johann genickt hatte, um über die Augen des Toten zu streichen. Erneutes sanftes Murmeln auf Altlimisch, das wie ein Gebet durch den Raum kroch.

Senator Hohenlohe gab ein letztes Röcheln von sich, das geradezu dankbar klang. Dann war es still, und Johann fröstelte. Marius breitete das Leichentuch über dem Toten aus und lehnte sich gegen den Untersuchungstisch, ehe er die Arme vor der Brust verschränkte und Johann ansah. »Ich fürchte, dass uns das nicht unbedingt weiterbringt.«

Aber Johann dachte bereits nach. Papiere? Papiere über den Tod? Darin musste eine gewisse Signifikanz liegen, die es zu erforschen galt.

»Ich schätze mal, ich werde mich durch die momentanen Gesetzesentwürfe graben und sehen, ob ich über diesen Weg weiterkomme«, seufzte Johann und rieb sich erschöpft die Nasenwurzel. »Dann werde ich mich wohl in der magischen Szene nach aktiven Unruhestiftenden umhören müssen, so leid mir das auch tut.«

Als er aufblickte, stellte er fest, dass Marius ihn mit seinen unnatürlich glühenden Augen beobachtete. Er schenkte ihm ein kleines Lächeln, das an den Falten um seine Augenwinkel zog. »Wann hast du das letzte Mal so richtig geschlafen?«

»Definiere richtig«, sagte Johann diplomatisch.

Die Falten wurden noch tiefer. »Mehr als drei Stunden, bevor du wieder aufgesprungen bist, um Leichen zu begutachten oder administrativ tätig zu sein und Leute zu befragen.«

»Ich bevorzuge Qualität statt Quantität«, erwiderte Johann nach einer kleinen Pause.

Marius schnaubte. Seine Schultern knackten, als er sie kreisen ließ, dann wanderte er an Johann vorbei zur Tür, um sie ihm aufzuhalten. Johann blickte erneut auf den goldenen Draht, der seine Haare durchzog und zusammenhielt, dann nickte er ihm dankend zu und durchschritt die Tür. Seine Gedanken wanderten von Gold zu Rot, während Marius hinter ihm das Licht ausschaltete und ihm dann schweigend durch den Korridor folgte. Es gab ein Muster; er spürte, dass es ein Muster gab, geben musste, spürte es in jeder Faser seiner Finger. Aber etwas fehlte noch, etwas, das ihm das große Ganze aufschlüsseln konnte.

Er blinzelte überrascht, als Marius hinter ihm in den Fiaker kletterte und sich neben ihm niederließ, so nahe, dass Johanns Handschuhe seine bloßen Finger streifen konnten. Der Sprühnebel hatte aufgehört, sodass Doris das Dach nach hinten geklappt hatte und die kühle Nachtbrise ihre Haare zerzauste. Ihre Blicke trafen sich für einen Moment; da war ein harter Zug um Marius' ohnehin schon harten Mund, der keinen Widerspruch duldete und Johann wegsehen ließ. Über vierzig Jahre alt, und dennoch fühlte er sich in Marius' Gegenwart viel zu oft wie ein kleiner Schuljunge. Kein Wunder, dass viele Nichtmagische die Quellenkinder hassten – wie konnte man das auch nicht tun, angesichts von Leuten, die einem die eigenen Unzulänglichkeiten so eindrucksvoll und permanent vor Augen führten?

»Ich brauche deine Hilfe nicht«, sagte Johann, wie um seine eigenen Gedanken zu beweisen.

»Du bekommst sie dennoch«, erwiderte Marius. Der harte Zug um seinen Mund wurde weich, und er senkte beinahe scheu die Augenlider, dann wandte er den Blick ab und sah über die nächtlichen Straßen Vhindonas, die sie passierten.

Johann hob die Augenbrauen. »So wie du Leuten auch Gerechtigkeit zukommen lässt, obwohl sie nicht unter deiner Befehlsgewalt stehen?«

Marius sah ehrlich verwirrt aus. »Wovon sprichst du?«

»Sieur Callento.«

»Ah«, sagte Marius. »Nun, er hat es verdient. Er hat sich scheußlich benommen.«

Kein Zeichen von Reue. Johann biss sich auf die Lippen, wusste, dass er schwach war, weil er keine Widerworte in sich fand und Marius nicht deutlicher zu verstehen gab, dass er sich aus dem internen Konfliktmanagement der Behörden herauszuhalten hatte.

Kein weiteres Wort wurde gesprochen, weder von ihnen

noch von Doris, deren aufrechte Gestalt den Fiaker über das ratternde Kopfsteinpflaster der Stadt führte, höchstens unterbrochen von gelegentlichen lautlichen Befehlen an die Pferde. Johann schloss die Augen, dann griff seine bedeckte Hand nach Marius' Fingern. Er hielt sie zwischen den eigenen und lauschte auf das rot glühende Pulsieren von Schmerz in seinem Stumpf. Ein Halbding, dachte er unwillkürlich, er war zu lange schon ein Halbding. Was wollte Marius mit ihm?

Doris hielt vor Johanns Wohnung an, und er gab ihr ein großzügiges Trinkgeld, ehe er und Marius aus dem Fiaker kletterten. Marius folgte ihm durch den Vorgarten in seine Wohnung und steuerte schnurstracks die Küche an. Johann nutzte die Zeit, um sich im Badezimmer einzusperren und in einem raren Anflug von Unsicherheit über sein Äußeres einen Moment lang seine Reflexion in dem Spiegel über dem Waschbecken zu betrachten. Die Augen des Mannes, der ihm entgegenblickte, waren gerötet und seine Wangen bedeckt von hellen, goldenen Stoppeln, die über seine nackte Handfläche kratzten, als er die Handschuhe auszog und darüberfuhr. Vor einigen Monaten waren die ersten silbernen Haare auf seinem Kopf aufgetaucht. Die Zeit machte keinen Halt vor ihm. Er senkte den Blick und tauchte sein Gesicht in Wasser, putzte sich die Zähne und schlüpfte dann ins Schlafzimmer, wo Marius bereits in dem Lehnstuhl saß, den er bei seinen Besuchen immer besetzte: Ein blau-beige gestreiftes Ungetüm, das Johann nach dem Tod seiner Mutter aus einem viel zu stillen Haus mitgenommen hatte. Er rührte mit sorgfältigen, exakt bemessenen Bewegungen in einer von Johanns Teetassen und blickte nicht auf, als Johann sich am Bettrand niederließ und den Gehstock an die Wand lehnte, ehe er sich mit raschen Bewegungen das Gilet aufknöpfte.

»Mich wundert nicht, dass du nicht schlafen kannst, wenn

du das für geeignete Wanddekoration hältst«, meinte er dann und nickte zu der Wand gegenüber von Johanns Bett, wo dieser Kopien von Fotos und Skizzen der Festtagsmorde befestigt hatte, zusammen mit Zetteln, vollgeschrieben mit seinen eigenen Anmerkungen in unterschiedlichen Farben in seiner engen, gepressten Schrift, die bisweilen ärgerlich in die Höhe fuhr und versuchte, aus den Papierrahmen zu drängen. Er machte diese Anmerkung jedes Mal, wenn er in Johanns Schlafzimmer stand, sodass es mittlerweile beinahe schon zu einem Ritual geworden war.

Johann zuckte mit den Achseln und sparte sich wie immer die Bemerkung, dass die Gewohnheit einen dazu bringen konnte, sich selbst in einem Schauerkabinett heimelig zu fühlen. Marius beobachtete ihn reglos, als er sich das Hemd aufknöpfte und es mit dem Gilet zusammen- und auf die Seite legte. Er erhob sich und wirkte einen Moment lang fast unsicher, ehe sein Gesicht sich zu dem üblichen, immer etwas griesgrämigen Ausdruck glättete und er herüberkam, um die Tasse auf Johanns Nachttisch abzustellen.

»Ich bin mir sicher, dass das bei potenziellen Liebhabern gut ankommt«, setzte Marius mit leichter Ironie hinterher und legte seine Hand auf Johanns Knie, sodass die Kälte seiner Haut durch den Hosenstoff spürbar war.

Johann atmete langsam aus, sein Herz gefüllt mit Eissplittern, die durch seine Lunge zu dringen schienen, und sagte nichts. Was gab es für ein Halbding wie ihn auch zu sagen? Potenzielle Liebhaber. Allein der Gedanke war lächerlich, solange Marius so nahe bei ihm war und seine Arbeit ihn so forderte.

Marius sah ihn einen Moment lang an, dann nahm er die Hand von ihm. Er blieb sitzen, wo er war, und als er aus seinen Schuhen schlüpfte, dachte Johann an das Blut auf dem Holzboden der Frank'schen Bibliothek. Während er seine

Hose öffnete und sich herauswand, dachte er an die Erleichterung in Senator Hohenlohes gebrochenen Augen, als Marius ihn aus der Welt entlassen und weitergeschickt hatte. Als er die Prothese abschnallte und gegen die Wand lehnte, dachte er daran, wie seine Mutter gestorben war, mit einem Buch zwischen ihren kränklich-gelben Fingern und einem ahnungslosen Sohn in der Küche. Einige Momente lang massierte er mit den Fingerspitzen den Stumpf. Funken aus Schmerz schossen durch seine zerfransten Nervenenden. Wie mochte es sein, einer Person ins Gesicht zu sehen und zu wissen, dass man in wenigen Sekunden durch ihre Hand sterben würde? Johann hatte bisher immer nur am anderen Ende dieser Erfahrung gestanden.

Marius rückte ein wenig zur Seite, gerade so weit, dass Johann unter die Decke schlüpfen konnte, ohne ihn dabei zu berühren, dann reichte er Johann die Tasse. »Trink. Nichts, was ich dir nicht schon einmal gegeben habe – es wird dich schlafen lassen.« Er schüttelte den Kopf, als Johann den Mund öffnete, und wirkte mit einem Mal ebenfalls müde. »Nicht. Bitte. Keine Diskussionen mehr, es wird in den nächsten Stunden kein akuter Notfall eintreten, und selbst wenn, dann bist du nicht der einzige fähige Mann im ganzen Magiestrat.« Er machte eine kleine Pause. »Nun, sagen wir, dass immerhin genug halbwegs fähige Leute eine Nacht lang auf die Stadt aufpassen können.« Seine Hand strich die Decke über Johanns Brust glatt, und er seufzte. »Du kannst nichts für andere tun, wenn du nicht auch auf dich selbst achtest.«

Einmal hatte Johann Marius gefragt, wie es war, wenn alle um einen herum früher oder später sterben mussten, während man selbst lebte und lebte und lebte und alles andere weiterging. Die Antwort, die Marius ihm gegeben hatte, brannte als fernes Echo der Erinnerung auf seinen Lippen, als er sie zu einem kleinen Lächeln verzog und sich etwas bequemer hinsetzte.

Ohne zu antworten, griff er zu und trank ergeben, bis die Tasse leer war. Der Geschmack war an der Grenze des Erträglichen, aber er war dennoch insgeheim dankbar, als er die Tasse beiseitestellen konnte. Erst dann ließ er sich tiefer in die Kissen sinken und schloss die Augen. Schon jetzt begann Marius' Gemisch langsam seine Wirkung zu entfalten: Er konnte knochentiefe Müdigkeit spüren, die den Schmerz aufweichte und erträglich machte. Ein Halbding, dachte er erneut, ausgewaschen wie von dem leisen Nebelregen, der Vhindona heute Nacht eingehüllt hatte.

Das Licht neben dem Bett ging aus. Zwei tiefe Atemzüge, dann konnte er Marius' Hand auf seinen Haaren spüren, sanft und kaum vorhanden, der Geist einer Berührung. Auch Marius war ein Halbding, noch viel mehr als er, mit einem Fuß immer schon in der nächsten Welt, ob er wollte oder nicht.

»Schlaf«, murmelte Marius. »Ich kann dir in diesem Leben nicht viel geben außer Schlaf.«

Nun, dachte Johann, Augenlider und Zunge bereits zu schwer für eine verbal geäußerte Antwort, *das muss wohl reichen.*

Manchmal konnte er sich sogar erfolgreich einreden, dass es der Wahrheit entsprach.

KAPITEL 12

Aurelia fand abends lange keinen Schlaf, weshalb sie noch mitbekam, wie Meister Marius das Haus verließ. Sie kümmerte sich allerdings nicht weiter darum. Zu viele Dinge gingen ihr dafür im Kopf herum, bis sie schließlich doch unruhig eindämmerte.

Das Aufstehen am nächsten Morgen fiel ihr schwer, aber immerhin war sie trotz wirrer Träume in der Nacht zuvor etwas ruhiger geworden. Mittlerweile war ihr etwas klarer geworden, warum der Zwischenfall mit Sieur Callento sie so mitgenommen hatte. Es war die erste Gewalterfahrung gewesen, die sich direkt gegen sie selbst gerichtet hatte, und es hatte ihr bewusst gemacht, wie hilflos und schlichtweg allein sie eigentlich war.

Natürlich, Meister Marius hatte sein Bestes getan, sie zu schützen und ihr einen Weg zur Rache zu zeigen, mit dem sie leben konnte. Aber er war ihr Lehrmeister, womit er sich in einer anderen Position befand als beispielsweise ihre Familie. Noch dazu waren da Jahrhunderte an Erfahrungen, die Meister Marius gesammelt hatte, und sie hatte gerade einmal an der Oberfläche davon gekratzt. Unter diesen Umständen war es erstaunlich genug, dass sie jetzt schon eine Verbundenheit zu ihm fühlte, die sie sich nicht ganz erklären konnte. Eindeutig waren sie einander sympathisch, und Aurelia war dankbar darum, aber das machte nicht ganz wett, was ihr sonst fehlte. So fühlte sie knochentief, dass sie keine Eltern und niemanden zum Reden hatte, wo sie sich emotionale Unterstützung holen konnte.

Sie wusste, dass ihre Eltern sie liebten, aber sie wusste auch, dass ihre eigene Tochter ihnen Angst machte. Und jetzt, nachdem sie klar im Kopf war und das ganze Ausmaß dessen, was sie ihr angetan hatten, begreifen konnte, waren sie ihr seltsam fremd. Sie war nicht undankbar dafür, dass es ihr gut gelang, eine emotionale Distanz zu ihren Eltern aufzubauen. Etwas sagte ihr, dass diese Sieur Callentos Verhalten heruntergespielt und vielleicht sogar Entschuldigungen dafür gefunden hätten. Aurelia galt nicht mehr als bürgerliche Tochter des viel gefeierten städtischen Architekten, der man Respekt entgegenbringen musste. Wer wusste schon, ob ihre Eltern nicht insgeheim zumindest ein wenig der Meinung waren, dass sie es verdient hatte?

Und Freundschaften? Die hatte sie nicht mehr gehabt, seit das Ausgangsverbot sie an direkten Treffen gehindert und die Medikamente sie in der Folgezeit so schläfrig gemacht hatten, dass regelmäßiger Briefwechsel sie geradezu überfordert hatte. In der magischen Gemeinschaft kannte sie bisher nur Meister Marius so richtig, und der war so weit weg von Gleichaltrigen, wie man es nur sein konnte.

Noch dazu kam, dass Aurelia sich entschieden davor fürchtete, das Haus zu verlassen.

Sie wusste nicht einmal genau, warum. Fast kam es ihr vor, als ob eine Stimme ihr einflüsterte, dass sie nicht durfte, dass es verboten und schädlich war, dass sie alle in Gefahr bringen würde. Es war in Ordnung gewesen, solange sie durch Mord und Befragung abgelenkt und vor allem in geschlossenen Kutschen gefahren war. Die Vorstellung, allein hinaus in die Stadt und auf den belebten Marktplatz zu gehen, stellte ihr die Haare im Nacken auf.

Mit bleischweren Armen zog sie sich an – ein schwarzes Kleid mit kaum sichtbaren goldenen Blumen, zu dem sie ein passendes Korsett trug – und steckte ihre dunklen Haare auf dem Kopf zu einer simplen Frisur auf, ehe sie sich mit geschürzten Lippen im Spiegel begutachtete.

»Das muss reichen«, murmelte sie sich zu und griff nach ihren Papieren, um sie so klein wie möglich zusammenzufalten und in ihren Ausschnitt zu stecken, wo sie nicht verloren gehen konnten. Erst dann atmete sie tief durch und wanderte die Treppe hinunter. Gustav sprang ihr über den Weg, blickte sie einen Moment lang aus leeren Augenhöhlen an und kratzte dann geradezu anklagend an der Küchentür. Meister Marius musste ihn und Bob nach seiner Rückkehr herausgelassen haben, und Gustav schien nicht besonders erfreut über die lange Zeit unter der Falltür zu sein.

»Du kannst nicht einmal was essen, du musst dich hier am wenigsten beschweren«, teilte sie ihm empört mit.

Gustav rührte sich nicht von der Stelle und klapperte mit den Kiefern. Aurelia ließ ihn nicht aus den Augen, als sie in ihre rutschfesten schwarzen Stiefel schlüpfte und diese zuschnürte. Dann richtete sie sich wieder auf und griff nach ihrem Mantel. Nach kurzem Herumstöbern fand sie auch den roten Geldbeutel in der Kommode, den Meister Marius erwähnt hatte, und wog ihn erstaunt in der Hand. Er war schwerer, als sie erwartet hatte. Als sie auch den Korb aus der Küche geholt und sich noch einmal versichert hatte, dass alle wichtigen Dinge bereit waren, blieb ihr nichts anderes übrig, als die Tür zu öffnen und vorsichtig einen Schritt nach draußen zu wagen. Die Hände, die sich schmerzhaft fest um den Griff des Korbes geschlossen hatten, waren klamm vor Schweiß. Das waren sie schon am Vortag im Garten mit Meister Marius gewesen, aber da hatte sie immerhin gewusst, dass sie den abgeschlossenen Raum der eingezäunten Fläche nicht verlassen würde.

Warum war die Welt, die sie immer aus ihrem Fenster beobachtet hatte, plötzlich so erschreckend?

Mitten im Garten blieb sie stehen und starrte das Tor an, das sie von der Außenwelt trennte. Sie hatte den Schlüssel.

Sie hatte ihre Papiere. Sie hatte Geld. Nichts sprach dagegen, einfach hinauszugehen und Einkäufe auf dem Markt zu erledigen.

»Aurelia!«

Sie blickte auf. Meister Grünwald war auf der anderen Seite des Tors aufgetaucht und musterte sie ein wenig besorgt. Neben ihm trabte eine massige Hündin mit schwarzrotem, langem Fell und erstaunlich hellen Augen, die Aurelia ein wenig verdutzt anstarrte.

»Guten Morgen!«, grüßte er munter. »Geht es dir gut?«

Aurelia nickte. »Guten Morgen. Diese, ähm, Entgiftung hat Wunder gewirkt. Ich fühle mich wie ein neuer Mensch.«

Meister Grünwald strahlte. »Es freut mich wirklich sehr, das zu hören. Solltest du merken, dass sich Gliederschmerzen oder andere Probleme einstellen, dann gib mir Bescheid, und ich schieße noch eine Behandlung nach.« Er warf einen Blick auf den Korb an ihrem Arm und lächelte sie an. »Bereit für den Markt? Das wird sicher eine nette Erfahrung für dich!«

Ah, richtig. Jetzt fiel Aurelias panikvernebeltem Gehirn wieder ein, dass Meister Marius mit Meister Grünwald gesprochen hatte, und sie konnte förmlich spüren, wie sie etwas leichter atmete. Dann stellte sie fest, dass in Meister Grünwalds Bart ein kleiner blauer Vogel hockte wie in einem gemütlichen Nest. Sie lächelte unwillkürlich, entspannte sich noch ein wenig mehr und nickte. »Danke, dass Sie sich die Mühe machen.«

»Aber nicht doch, ich wäre sowieso gegangen! Darf ich dir übrigens meinen Schützling vorstellen?«, fragte Meister Grünwald, als sie auf die Straße getreten war und das Tor hinter sich geschlossen hatte, und deutete auf die Hündin an seiner Seite. »Das ist Gale, ursprünglich aus den Bergen im Westen.«

»Gale?«, wiederholte Aurelia ein wenig verwirrt und starrte das Tier an, das mit ihren hellen Augen unbeeindruckt zurückstarrte. Meister Grünwald unterrichtete einen Hund? Aurelia wusste, dass manchen Tierarten Magie inhärent war, aber man hatte ihr immer gesagt, dass diese Magie wild war und von den Tieren rein intuitiv angewendet wurde.

Meister Grünwald seufzte ein wenig und sagte dann an die Hündin gewandt: »Bitte sei so lieb und nimm eine Gestalt an, in der wir uns besser unterhalten können.«

Eine Weile lang schien nichts zu geschehen, dann weitete Aurelia die Augen und trat einen Schritt zurück, als die Grenzen der Hündin in bunte Schleierschatten zu zerfließen schienen wie Wasserfarben auf Papier, um schließlich neue Linien zu formen, so mühelos, so elegant, dass es nicht von dieser Welt zu sein schien und Aurelias Augen kaum hinterherkamen. Als sich die Wogen wieder glätteten, stand eine junge menschliche Frau vor ihr. Ihr Aussehen war durchaus aufregend: Augen so hellblau, dass sie fast weiß zu sein schienen, bis auf den schreiend roten Außenrand der Iris. Rebellische schwarze Streifen waren um ihre Augen gemalt und führten bis zu einem scharf geschwungenen Mund. Das Haar um ihr raubvogelartiges Gesicht war nicht nur kurz und fedrig, sondern besaß auch einen seltsamen orangefarbenen Schimmer. Um ihre Schultern lag ein bodenlanger, schwarzer Mantel aus Federn, der vorne komplett geschlossen war und so den Anschein erweckte, mit ihrem Körper zu verschmelzen. Sie wirkte nicht wie ein Mensch. Etwas in Aurelia summte sofort mit dem unterbewussten Wissen, dass Gale diese Erscheinung genauso bewusst gewählt hatte wie zuvor die einer Hündin. Aber sie war schön. Es war eine Schönheit, die mehr auf Charisma als auf klassischen Schönheitsmerkmalen beruhte. Und dann fiel es ihr wie Schuppen von den Augen: Gale zeigte dieselbe Färbung wie die Katze, die sie nun schon zweimal gesehen hatte.

Das Blut schoss ihr in die Wangen, als sie sich daran erinnerte, dass sie besagte Katze nicht nur gesehen, sondern auch einmal schon sehr innig gestreichelt hatte. Die Gottheiten mochten ihr helfen. Wo war ein Erdloch, wenn man sich darin vergraben wollte?

»Sei gegrüßt«, sagte Gale. Die Stimme war überraschend tief, rau und besaß eine eigenartige Melodik, die für Aurelia recht fremd klang. Es wirkte mehr, als ob die Worte gesungen statt gesprochen wurden.

»Du liebe Güte, es tut mir so leid«, platzte Aurelia heraus, bevor sie sich selbst davon abhalten konnte. Ihre Wangen wurden noch heißer, als Gale sie ein wenig verdattert anblinzelte. »Ich wusste nicht – ich meine – ich dachte, du bist eine Katze, sonst hätte ich dich nicht ge–«

»Du bist entzückend«, stellte Gale fest und senkte ein wenig die Augenlider, um sie mit neuem Interesse zu betrachten. Aurelia war sich recht sicher, dass man auf ihrem Gesicht mittlerweile Spiegeleier hätte braten können. »Glaub mir – wenn mir das unangenehm gewesen wäre, hättest du es gemerkt.« Gale warf Aurelia ein Lächeln zu, das sie mit der vollen Breitseite traf. »Du bist Marius' Zögling?«

Aurelia versuchte, wieder Haltung anzunehmen, richtete sich ein wenig mehr auf und lächelte. »Ja, ich … ich bin seine Schülerin.« Sie räusperte sich und fühlte sich seltsam unbeholfen. »Du, äh, bist also nicht immer ein Mensch oder eine Katze?«

Bei den Gottheiten, war das eine dämliche Frage. Sie hätte sich am liebsten auf die Zunge gebissen.

»Nicht immer ein Mensch, nicht einmal immer weiblich«, sagte Gale, offensichtlich nicht daran interessiert, sie weiterhin in Verlegenheit zu bringen. »Ich bin viele, und es gibt kein Geschlecht, das ich bevorzuge, ich bin mal das und mal das, je nachdem, worauf ich mehr Lust habe. Die meisten benutzen für mich Sie-Pronomen, und das ist in Ordnung. Aber männliche Pronomen sind auch in Ordnung. Du kannst verwenden, was du willst.«

»Oh, gut«, sagte Aurelia ein wenig überfordert. Sie hatte das Gefühl, unhöflich zu sein, auch wenn das nicht in ihrem Ermessen lag. »Ich muss zugeben, das habe ich noch nie von jemandem gehört.«

Gale zuckte mit den Achseln. »Ich glaube, da bist du nicht allein. Unter uns Quellenkindern hat man eine weiter gefasste Vorstellung von Geschlecht, aber ich komme selbst aus einer Kultur, wo man entweder nur Mann oder nur Frau sein kann und sonst nichts. Im Gegensatz zu anderen kann ich meinen Körper auch so formen, wie es gerade am günstigsten für mich ist. Die Möglichkeit haben viele andere nicht.«

Ein kleines, halb spöttisches Lächeln, das nur auf den ersten Blick grausam wirkte, umspielte die scharf geschwungenen Lippen. Gale sah trotzdem aus wie jemand, der andere zum Frühstück fraß, sie mit Haut und Haaren verschlang und nur sauber abgenagte Knochen übrig ließ. Aurelia atmete langsam aus, ehe sie Meister Grünwald und Gale folgte, die sich bereits in Bewegung gesetzt hatten.

Es war ein schöner, sonniger Morgen mit einem blauen Himmel, an dem kaum eine Wolke zu sehen war. Die gelben und braunen Blätter der herbstlichen Bäume entlang des Weges raschelten in einer kühlen Brise und taumelten durch die kalte Luft wie müde Tänzer. Der Geruch von Schnee lag in der Atmosphäre, aber noch waren die Wege nur nass. In Vhindona blieb Schnee sowieso selten lange liegen. Auch heute patrouillierten Mitglieder der Garde in ihren dunklen Gewandungen auf den Straßen, aber Aurelia sah sie nur vereinzelt.

»Abends gibt es mehr von ihnen«, teilte Gale ihr unaufgefordert mit. »Dann bekommen sie auch noch Unterstützung von einigen aus dem Ritterorden.«

Aurelia runzelte ein wenig die Stirn. »Kannst du Gedanken lesen?«

»Nur gut beobachten«, sagte Gale und lächelte amüsiert. »Wenn ich Gedanken lesen könnte, würde ich eher bei Meisterin Lave'el in die Lehre gehen.«

»Also bist du auch ein, ähm …« Baumkuschler, hatte Aurelia automatisch sagen wollen und verfluchte Meister Marius insgeheim ein wenig dafür.

»Jemand, der Inar folgt?«, half Gale aus und schüttelte den Kopf, als Aurelia nickte. »Nicht so wirklich. Zumindest nicht im Sinne der meisten, die Inar folgen und sich mit Heilung beschäftigen. Ich bin eine Wechselhaut, aber etwas über die Kreisläufe der Natur und ihre Beherrschung zu lernen, ist ziemlich nützlich für mich. Ich interessiere mich aber schon auch für Medizin, und Meister Kilian ist eine Koryphäe, was Operationen angeht.«

»Wechselhaut«, murmelte Aurelia mit aufkeimender Einsicht und nickte sich selbst zu. Darum wirkte etwas an Gales Erscheinung falsch.

»Nicht zu verwechseln mit dem Volk der Gestaltwandelnden«, mischte Meister Grünwald sich munter ein und wackelte dabei gespielt mahnend mit dem Finger. »Im Gegensatz zu ihnen haben Wechselhäute immer nur eine bestimmte Form in jeder Spezies, die sie annehmen, und diese Form hängt eng mit ihrer tatsächlichen Gestalt, ihrer äußeren Erscheinung zusammen. Gestaltwandelnde –«

»– können alles sein«, fiel Gale ihm ins Wort. Die hellen Augen blitzten Aurelia dabei geradezu herausfordernd an. »Sie können jede individuelle Person nachahmen, jedes individuelle Tier, alles, was lebt und einen Puls hat. Wenn ich einen Menschen verkörpere, sehe ich immer so aus wie jetzt. Wenn Gestaltwandelnde einen Menschen verkörpern, können sie jede existierende Person sein, die sie schon einmal gesehen haben.«

»Ich verstehe«, sagte Aurelia langsam und rieb sich die Nase. »Aber dann könnte ja potenziell jede Person zu dieser Gruppe gehören und die Fähigkeit haben, die Gestalt zu verändern ... oder merkt man es bei ihnen wie bei dir? Gibt es immer so ein Detail, das ... nun ... das geborgt wirkt, ich meine das nicht beleidigend –«

»Nein«, sagte Gale und wirkte immerhin auch nicht beleidigt, »weil es nicht *geborgt* ist. Gestaltwandelnde haben keine Kernform. Sie sind reine Energie, zumindest ist das die Spekulation. Es gibt auch Spekulationen, dass, nun, sie so etwas wie niedere Gottheiten sind, ohne deren Macht, aber mit deren Fähigkeit, alles zu sein, was sie sein wollen. Dann wiederum können sie nur eine Gestalt annehmen, die sie schon einmal gesehen haben, genau wie wir Wechselhäute, also wer weiß?«

»Was genau ist deine, ähm, Kernform?«

Gale verengte kaum merklich die Augen, womit Aurelia immerhin recht schnell wusste, dass diese Frage tatsächlich unerwünscht gewesen war. »Das ist nicht so wichtig. Mensch ist für den Moment in Ordnung. Es ist grundsätzlich nicht sehr höflich, Wechselhäute nach der Kernform zu fragen, auch wenn manche damit sicher offener sind als ich.«

»Danke für die Erklärung«, sagte Aurelia rasch. »Ich wollte dich nicht beleidigen.«

Gales Gesichtsausdruck wurde ein wenig weicher. »Schon in Ordnung. Du hast es ja nicht besser gewusst.«

Aurelia ließ sich die neuen Informationen noch einmal durch den Kopf gehen. Ja, Details an Gales Erscheinung stimmten nicht – aber sie stimmten nur nicht, wenn man einen perfekten Menschen darstellen wollte, und Aurelia störte sich nicht an diesen kleinen Imperfektionen. Es war aufregend. Gale schien von innen heraus zu leuchten … Aurelia lächelte unwillkürlich und neigte den Kopf. »Ich fürchte, ich habe noch eine dumme Frage.«

»Bisher waren all deine Fragen sehr gerechtfertigt für jemanden, dem all das ganz neu ist«, sagte Gale.

Aurelia lächelte, erleichtert darüber, dass Kilians Schützling unter Umständen doch weniger genervt von ihr war, als sie angenommen hatte. »Du bist also wechselhäutig. Deswegen kannst du auch zwischen Mann und Frau springen?«

Gale wiegte ein wenig den Kopf. »Nicht alle Wechselhäute springen zwischen den Geschlechtern. Viele haben nur ein Geschlecht in unterschiedlichen Spezies. Ich nicht, ich habe grundsätzlich mehr als eines. Meine Kernform ist weiblich, deswegen besitze ich in jeder Spezies eine weibliche Form, aber bei einigen Spezies habe ich mittlerweile auch heraus, wie ich eine männliche Form annehmen kann. Oder, noch besser, eine Form, die nichts von beidem ist, was mir eigentlich das Liebste ist. Es ist ein Lernprozess, wie bei jeder anderen magischen Spezialisierung auch.«

»Kann ich das auch lernen?«, fragte Aurelia nach einer kleinen Pause.

Gale nickte. »Sicher, wenn du ein gewisses Händchen dafür hast und Zeit investierst, kannst du es genauso lernen wie ich. Aber ich würde das erst mal auf einen späteren Zeitpunkt verschieben, wenn du die Grundlagen besser gemeistert hast. Es ist nämlich nicht ganz ungefährlich. Du könntest stecken bleiben oder sonstiges, also würde ich das an deiner Stelle erst später versuchen. Ich hatte immer schon eine natürliche Neigung dazu, aber die eigene Gestalt zu ändern, ist gar nicht so einfach. Oft ist es irgendwie leichter, andere Dinge zu verwandeln, als sich selbst.«

»Können Sie auch andere Formen annehmen, Meister Grünwald?«, erkundigte Aurelia sich neugierig bei dem Inaristen.

Dieser nickte. »Ich mache es aber nicht oft, und Gale hat jetzt schon mehr Expertise darin als ich. Meine Interessen liegen auf anderen Gebieten, die ein Gestaltwandeln nicht unbedingt nötig machen.«

Aurelia befand, dass das vernünftig klang, und nickte zur Antwort. Die abgestellten Wachposten der Garde waren ihr unangenehm, also versuchte sie, sie soweit wie möglich auszublenden, und konzentrierte sich stattdessen auf die Viertel, die sie durchmaßen. Sie hatte eine ungefähre Ahnung, wo der magische Markt sich befand – auf einer mehr als breiten Brücke, die über den kleinen Fluss Veno führte –, aber Einkäufe zu machen, war immer Aufgabe der Bediensteten gewesen, und die waren sehr sicher zu einem der anderen, kleineren Märkte in der Stadt gegangen, die näher am Wohnviertel von Aurelias Familie lagen. Dabei war der Markt einer der wenigen Orte, wo Magiebegabte und Vulgax gleichermaßen ver- und einkauften, weshalb er auch besonders stark unter dem Schutz der Exekutive stand und immer schon einen gewissen Reiz auf die Jugendlichen ausgeübt hatte, mit denen Aurelia früher verkehrt hatte. Es war der Reiz des Verbotenen, die Möglichkeit, mit den sonst so berüchtigten Magiebegabten in Kontakt zu kommen – und Aurelia realisierte erst kurz vor Erreichen des Marktes, dass dieser Reiz für sie nicht mehr relevant war, auch wenn sich ihr Magen dennoch vor Aufregung senkte.

Schon von Weitem war das geschäftige Treiben nicht nur zu hören, sondern auch zu sehen. Mehrere Reihen an dicht zusammengedrängten Ständen füllten den Marktplatz, der überquoll von Leuten aller Art, die scheinbar ziellos herumschlenderten, wild durcheinanderriefen oder angestrengt

Preise verhandelten. Aurelia konnte vor allem Menschen ausmachen, aber einige Elfen ließen sich ebenfalls sehen, und sie war erstaunt zu entdecken, dass sich auch eine vierköpfige Gruppe von Äolix mit eng an den Rücken gelegten Flügeln vorsichtig ihren Weg durch die Menge bahnte. Alles war in Bewegung, alles war in Kommunikation miteinander, und es war überwältigend genug, dass ihr Herz immer schneller und schneller gegen ihre Rippen donnerte. Die Brust wurde ihr eng, das Atmen schwer. Es war zu viel, viel zu viel. Sie lenkte sich so gut wie möglich davon ab, indem sie weiter umherschaute: Ein Mann mit den Hörnern eines Steinbocks schob eine menschliche Frau im Rollstuhl durch die Menge, eine mürrisch dreinblickende und heftig mit ihrem Schweif wedelnde Zentaurin verhandelte lauthals mit einem der Händler, sogar eine der bis zur Unkenntlichkeit verschleierten Salighen aus den Bergen ließ sich blicken. Noch niemals zuvor hatte Aurelia so viele unterschiedliche Spezies in der Realität gesehen. Einige von ihnen kannte sie nur aus Büchern, und erst jetzt realisierte sie, wie verrückt diese Tatsache eigentlich war.

Und es war laut. Es war unglaublich laut.

Sie merkte nicht, dass sie stehen geblieben war und die Hände gegen ihre Ohren gepresst hatte, bis Gale sachte ihren Arm berührte und fragte: »Ist alles in Ordnung?«

Einen Moment lang war Aurelias Kehle zu trocken, um zu antworten. Nichts war in Ordnung, überhaupt nichts, am liebsten wollte sie kehrtmachen und wieder heimgehen. Aber etwas in ihr war auch zu stolz, um diesem Impuls nachzugeben. Schwäche zu zeigen hatte noch nie zu ihren Stärken gehört, und sie hasste es, dass sie sich nicht besser unter Kontrolle hatte, dass der Lärm und die Leute und die Weite der Stadt sie so verrückt machten, dass sie selbst hier unter anderen Magiebegabten nicht normal sein konnte.

Mit einem tiefen Einatmen zwang sie sich, die Arme zu senken und zu nicken. »Ja, alles gut. Ich war nur … überwältigt.«

Gale beobachtete sie mit wachem Blick, dann streckte sie die behandschuhten Finger aus und hielt sie Aurelia wortlos entgegen. Meister Grünwalds Blick war warm und mitfühlend, als er ihr zunickte. Aus irgendeinem Grund half genau das, um Aurelia die Schultern straffen und Haltung annehmen zu lassen. Sie strich sich über das Korsett und nahm dankend Gales Hand an.

»Pass auf dein Geld auf«, informierte Meister Grünwald sie mit einem kleinen Lächeln. »Und bleib am besten nah bei uns, wenn es geht, man verliert sich hier leicht. Brauchst du etwas Bestimmtes?«

»Äh, alles?«, entgegnete Aurelia. »Meister Marius ist nicht unbedingt großartig, was Einkaufen angeht, es ist kaum noch etwas im Haus.«

Meister Grünwald lachte laut und herzlich. »Das war er noch nie«, erwiderte er munter, während sie zwischen den ersten Ständen in das Getümmel eintauchten. »Seine Essgewohnheiten sind recht speziell, und würde ich ihm nicht regelmäßig einen Korb mit Lebensmitteln vor die Tür stellen, würde er wahrscheinlich bis auf die Knochen abmagern. Er geht nicht gern unter Leute.«

»Das ist mir auch schon aufgefallen«, murmelte Aurelia. Je länger sie auf dem Markt war, umso weniger konnte sie es ihm verübeln. Er war weiterhin laut und hektisch und überflutete jeden ihrer Sinne, sodass sie bereits merkte, wie sich Kopfschmerzen anbahnten. Das Licht der Sonne brannte in ihren Augen, bis sie den Blick senkte und sich mit der freien Hand abschirmte, als sie fortfuhr: »Aber da er mir einfach seinen Geldbeutel gegeben und keine klaren Anweisungen erteilt hat, werde ich alles kaufen, was ich auch nur ansatzweise reizvoll finde.«

Meister Grünwald zwinkerte ihr zu. »Ich bin gern dein Assistent für dieses Unterfangen.«

Das Erste, was sie besorgten, war Brot. Sie fanden einen Stand, von dem der herrliche Duft frischer Backwaren aufstieg und Aurelia das Wasser im Mund zusammenlaufen ließ. Nach reiflicher Überlegung entschied sie sich für einen Laib schwarzen Wiesenbrots mit harter, knuspriger Kruste und nahm auf Anraten Meister Grünwalds auch einige Fladen mit, die mit etwas gewürzt waren, von dem Aurelia noch nie gehört hatte.

»Coronin«, sagte Meister Grünwald, »eines der wichtigsten Gewürze in Mistras. Sie verwenden es für fast jede Speise, aber hierzulande ist es eine Seltenheit, weil nur geringe Mengen davon exportiert werden dürfen und Schmuggel schwer bestraft wird. Marius wird sich darüber freuen, vertrau mir, selbst wenn er nicht gerne Festes isst.«

»Wie lange sind Sie schon sein Nachbar?«, erkundigte Aurelia sich und bezahlte die Backwaren, um nach kurzem Überlegen auch zwei Stück Honigkuchen mitzunehmen. Wenn Meister Marius seines verschmähte, hatte sie umso mehr davon.

»Seit er hierhergezogen ist, also etwa, hmmm, zwanzig Jahre«, erwiderte Meister Grünwald nachdenklich und wanderte mit ihr zum nächsten Stand, während Gale sich von Aurelia löste, bei einem Schmuckhändler stehen blieb und dessen Edelsteine begutachtete. »Damals wusste ich, wer *er* war, aber er hat zumindest so getan, als könnte er sich nicht mehr daran erinnern, wer *ich* bin. Dabei fällt es Moritux recht schwer zu vergessen. Zugegeben, unsere Begegnung davor war recht kurz – ich habe vor etwa hundert Jahren in Bycaea um eine Audienz bei Leonidas Dynatos angesucht, weil ich den Einfluss von Musik auf Steppenwölfe untersuchen wollte und seine Unterstützung dafür benötigt habe.

Vielleicht war er einfach überrascht, mich hier unter solch veränderten Umständen zu treffen, ich weiß es nicht.«

Aurelia blinzelte und wusste nicht, auf welchen Teil dieser Enthüllungen sie zuerst reagieren sollte. »Äh. Haben Sie die Audienz bekommen?«

»Tatsächlich ja. Hat sich herausgestellt, dass Steppenwölfe absolut keine Lauten mögen, aber dadurch bin ich immerhin in den Genuss gekommen, den Goldenen Kaiser persönlich mit einem Rudel von ihnen ringen zu sehen. Ich glaube, er wollte Marius einen Mantel aus den Fellen machen, nur war der zutiefst angewidert von der Idee, also ist es dann ein Teppich geworden.«

Aurelia starrte ihn an und wusste jetzt erst recht nicht, was sie sagen sollte.

Meister Grünwald zuckte die Schulter auf eine Art, als ob er ihr bedeuten wollte, dass er auch nicht wusste, was er davon halten sollte. Dann merkte er auf und strahlte unter einem plötzlichen Einfall. »Oh, wie wäre es mit Reis und Maismehl? Alles, was breiig ist, isst Marius normalerweise recht anstandslos. Eier sind auch nie schlecht. Und ihr braucht unbedingt mehr Gemüse!«

Aurelia nickte, nicht undankbar für den Themenwechsel, und ließ sich mit zu einem Stand ziehen, der viel zu viele unterschiedliche Reissorten anbot und sie damit ein wenig überforderte. Erstaunlicherweise war Gale hier wieder zur Stelle und begann, sie zu beraten. Aurelia lauschte der rauen, melodischen Stimme, als Gale mit der Händlerin über den Preis zu feilschen begann, und lächelte in sich hinein.

»Danke«, sagte sie, als sie den kleinen Leinensack Reis erfolgreich in ihrem Korb untergebracht hatte. »Ich bin nicht besonders gut im Feilschen.«

Gales Augen blitzten. »Alles eine Frage der Übung«, war die milde Antwort, gefolgt von einem Lächeln, das Gales

Züge ein wenig weicher machte. »Ich hab schon auf so einigen Märkten gefeilscht, man lernt überall ein bisschen was dazu.«

»Oh? Bist du schon weit herumgekommen?« Wie alt *war* Gale überhaupt?

»So weit nun auch wieder nicht, ich hab erst vor zehn Jahren meine Magie entdeckt«, sagte Gale, was Aurelia immerhin eine grobe Altersvorstellung gab. »Aber ich bin in Radbod schon ziemlich weit herumgekommen, fast bis zur Front.« Helle Augen blickten einen Moment lang gedankenvoll in den Himmel. »Ich möchte das Meer sehen. Eines, das ich noch nicht kenne. Das Südmeer vielleicht, wer weiß.«

»Das Südmeer?«, fragte Aurelia und drehte dann erstaunt den Kopf herum, als eine Stimme hinter ihr überrascht fragte: »Aurelia?«

Es war Mona Wertner. Aurelia hatte sie seit drei Jahren nicht mehr gesehen, und ihr Anblick war nach all dieser Zeit fast surreal. Vielleicht lag das auch daran, dass sie sich äußerlich kaum verändert zu haben schien: Das gleiche helle Haar, das gleiche verschmitzte Grübchen, die gleichen puppenhaften Züge und Glieder. In ihrer Kindheit und frühen Jugend hatten sie viel Zeit miteinander verbracht – damals, als Aurelias Leben noch bedeutend war und sie wie jede andere Tochter aus gutem Hause zur Schule ging, um irgendwann in die Fußstapfen ihrer Eltern zu treten und den Betrieb zu übernehmen. Mona, ebenfalls Erbin eines Familienunternehmens, war oft an ihrer Seite. Sie teilten die ersten Schwärmereien miteinander und schmiedeten Pläne für die Zukunft, in denen sie einander Aufträge übermittelten. Aurelia hielt Mona, wenn diese unter dem Druck zusammenbrach, und Mona umarmte sie, wenn Aurelia sich seltsam abgeschnitten von der Welt fühlte.

Jetzt fiel Monas Blick auf Meister Grünwald und Gale, die

beide so unversöhnlich anders waren, dann auf Aurelia, und sie machte einen Schritt zurück. Es mochte eine unbewusste Geste sein, aber sie war deutlich genug, um es Aurelia unmöglich zu machen, den unsichtbaren Graben zwischen ihnen zu übersehen.

Sie biss sich auf die Innenseite der Wangen, bis sie Blut schmeckte, dann verzog sie die Lippen zu einem Lächeln. »Mona. Lang nicht mehr gesehen.«

»Na ja, es hieß, dass du krank seist und deswegen nicht besucht werden könntest, und als keine Briefe mehr kamen, dachte ich, dass …« Mona zuckte unbehaglich mit den Schultern. »Na ja, ich dachte eben, dass es einen Grund dafür geben würde … ich wusste nur nicht, dass der Grund … *das* ist.«

Aurelia schüttelte den Kopf und stellte fest, dass sie nicht wusste, was sie sagen sollte. Meister Grünwald sprang ein, indem er einen Schritt vorwärts machte und mit freundlichem Lächeln die Hand ausstreckte.

»Die Gottheiten zum Gruße«, sagte er fröhlich. »Sie müssen eine Freundin von Aurelia sein?«

Mona biss sich auf die Unterlippe und knickste, anstatt seine Hand zu ergreifen. Aurelia biss die Zähne aufeinander, fest, fester, bis ihr von Gale eine Hand auf die Schulter gelegt wurde.

»Äh, ja … ich …« Sie sah zu Aurelia und lächelte matt. »Wir sollten unbedingt mal auf einen Kaffee gehen, so zwischen Tür und Angel kann man sich ja gar nicht alles erzählen, und jetzt gerade bin ich … mit anderen Leuten hier.«

Sie musste nicht extra dazusagen, dass diese Leute besser nicht sehen sollten, dass sie mit einer Magiebegabten bekannt war.

Aurelia lächelte dünn zurück. »Sicher, gern.« Und sie konnte nicht widerstehen hinzuzufügen: »Lass deine Eltern schön von mir grüßen.«

Ah, Monas Eltern. Monas Eltern, die sie immer für so ein tugendhaftes Vorbild für ihre Tochter gehalten hatten, die sie unzählige Male bei sich aufgenommen und bewirtet hatten. Sie hatten Feiertage miteinander verbracht und Tempel miteinander besucht, Hausaufgaben zusammen gemacht und Spiele erfunden. Und jetzt … Aurelia wusste, was Monas Eltern nun wohl über sie sagen würden. Sie hatten sich immer offen gegen den magischen Teil der Bevölkerung ausgesprochen und waren begeisterte Befürwortende der strengeren Regelungen gewesen.

Mona nickte vorsichtig und konnte ihr nicht in die Augen sehen. »Ich meld mich bei dir«, sagte sie rasch und wandte sich zum Gehen.

»Sie hat dir noch nicht ihre Adresse gegeben«, sagte Gale mit einer Stimme scharf wie Glas.

Mona fuhr kaum merklich zusammen und drehte sich rasch wieder um. »Oh, natürlich! Ich, äh, ich hab nur nichts zu schreiben.«

Gale musterte Monas bleiches Gesicht und zog dann eine Feder aus dem Mantel. Eine Prise Magie ließ den Kiel anschwellen, bis er schreibtauglich war und Gale ihn, ohne den Blick von Mona zu nehmen, Aurelia reichen konnte. Meister Grünwald indes zog Papier und Tinte aus den Falten seines Umhangs, um beides Aurelia auszuhändigen. Diese schrieb rasch Meister Marius' Adresse auf und übergab das Papier dann Mona. Mona nahm es entgegen, vorsichtig darauf bedacht, dabei nicht Aurelia zu berühren. Es brannte. Etwas in Aurelia brannte und zog an derselben Stelle wie zuvor unter Sieur Callentos unerwünschten Avancen, vielleicht sogar noch schlimmer.

»Ich meld mich«, wiederholte Mona nervös und ließ das Blatt achtlos in der Falte ihres Mantels verschwinden. »Ähm … wünsch euch noch einen schönen Tag.«

»Die Kybela hat recht«, sagte Gale, als alle drei schweigend zusahen, wie Mona im Gewühl verschwand. »Manche Geschwüre kann man nur mit Feuer ausbrennen.«

»Gale«, fuhr Meister Grünwald seinen Zögling mit wütend verzogenem Gesicht an, für einen Moment Furcht einflößend in seiner massigen Größe. »Du weißt, was ich von diesem Gerede halte. Das ist nicht der richtige Weg. Man muss es mit –«

»– Dialogen versuchen, jaja«, beendete Gale seinen Satz und sah Aurelia an. »Aber was ist, wenn sich eine Seite dem Dialog verschließt? Was ist, wenn man es satt hat, sich als Unterding zu fühlen? Was ist dann?«

»Sie haben unser Mitleid verdient«, sagte Meister Grünwald mit einem Kopfschütteln. »Ihre Leben sind nur begrenzt und ihre Möglichkeiten auch. Ein gemeinsames Zusammenleben in Frieden kann nie durch Feuer und Unterdrückung erreicht werden, man muss miteinander kommunizieren. Und auch Kybela Lave'el weiß das, oder denkst du, dass sie ihre Arbeit im Senat zum Spaß macht? Nein, genug.« Er hob die Hand, als Gale harsch zum Sprechen ansetzte. »Ich will nichts mehr davon hören, dafür ist der Tag viel zu schön. Wir sind hier zum Einkaufen, und das sollten wir auch tun. Glücklicherweise bist du noch zu jung, um den Preis von offenem Konflikt zu kennen, wo sich beide Seiten verstockt gegenseitig die Schuld für alles zuschieben. Offen gestanden ist es in meinen Augen eine Schande, in welchen Zeiten wir leben und wer alles diese radikalen Meinungen nach außen trägt. Meriwa ist nicht mehr im Recht als die Nichtmagischen, nur dass sie es auf ihre alten Tage besser wissen müsste.«

»Sie sieht die Dinge, die kommen werden«, wandte Gale aufgebracht ein. »Aywyn geht es nicht anders! Alle Futurix im Land sind in größter Besorgnis! Wir können nicht einfach untätig herumsitzen – ich mag hier nicht zu Hause sein, aber von Radbod geht ein nichtmagischer Trend aus, den man nicht unterschätzen sollte. Was sollen wir tun, stillhalten und uns abschlachten lassen? Tun wir das nicht schon hinreichend, wenn wir uns diesen sinnlosen Fronteinsatz ansehen? Die Leute meiden einen und verbreiten Lügen, beschuldigen einen für alles, was im Land schiefgeht, bis man keine Person mehr ist, sondern nur eine Leinwand für ihren Hass!«

Aurelia erwischte sich dabei, wie sie gedankenvoll nickte.

»Ich sage nicht, dass man nicht kämpfen soll, aber Gewalt ist keine Lösung«, erwiderte Meister Grünwald mit warnend blitzenden Augen. Der Vogel in seinem Bart steckte aufgescheucht den Kopf heraus. »Und solange du diesen Unterschied nicht begriffen hast, betrachte ich diese Unterhaltung als beendet. Ich brauche noch Äpfel.«

Und damit wandte Meister Grünwald sich ab und stapfte zum nächsten Stand.

Aurelia versank in Gedanken, während sie ihm für die restlichen Besorgungen folgte. Es war ihr nicht ganz klar gewesen, wie sehr die momentane politische Lage zu den Morden, in die sie unwillentlich irgendwie verstrickt war, beigetragen haben mochte. Die Gedankenkette beschäftigte sie so sehr, dass sie erst wieder ihrer Umgebung gewahr wurde, als Gale an ihrem Ärmel zupfte.

»Willst du einen Spaziergang mit mir machen?«, wurde sie gefragt. »Hab das Gefühl, es würde dir guttun, Teile der Stadt etwas mehr zu erkunden, ohne es allein tun zu müssen. Ich kann dir mehr vom magischen Viertel zeigen.«

Aurelia zögerte. Auf der einen Seite reizte es sie, mehr Zeit mit Gale zu verbringen. Auf der anderen Seite wollte sie so rasch wie möglich wieder in die schützenden Wände von Meister Marius' Heim.

»Die Einkäufe dabei mitzuschleppen stelle ich mir sehr umständlich vor«, erwiderte sie daher ausweichend.

»Nonsens!«, rief Meister Grünwald munter aus. Er hatte mittlerweile wieder zu seiner üblichen guten Laune gefunden. »Die nehme ich selbstverständlich für dich mit und lasse sie bei euch im Garten stehen, keine Sorge. Geht ruhig, es ist gut, wenn junge Leute sich miteinander austauschen!«

Aurelia sah zwischen Meister Grünwald und Gale hin und her, dann gab sie sich einen Ruck. »Ja, vielleicht wäre das wirklich nicht schlecht. Danke.«

Sie übergaben Meister Grünwald die Einkäufe und verabschiedeten sich. Es stellte sich heraus, dass Gale sich nicht nur gut in der Stadt auskannte, sondern auch instinktiv zumindest einen Teil von Aurelias Problem begriffen zu haben schien. Umsichtig wurden Wege gewählt, von denen Aurelia recht sicher war, dass sie nicht unbedingt die schnellsten oder vorzeigbarsten waren, die jedoch nicht sehr stark frequentiert waren, was es ihr leichter machte. Der näher am Stadtzentrum liegende Teil des magischen Viertels war weniger heruntergekommen, als Aurelia nach den Eindrücken von Meister Marius' unmittelbarer Nachbarschaft befürchtet hatte. Er war gepflegter und bewohnter als der Außenteil des Viertels, in denen Meister Marius' und Meister Grünwalds Domizile lagen. Dennoch konnte man spüren, dass – legal oder nicht – viele Missstände einfach mit Magie behoben worden waren. Es war eine Art von Energie in der Luft, die Aurelia weder in den bürgerlichen Bezirken noch im Stadtzentrum jemals wahrgenommen hatte.

Je mehr sie sich dem Veno-Fluss näherten, desto älter und beschädigter wurden die Gebäude, und doch konnte man in ihnen auch noch die verwelkende Schönheit von Jahrhunderten, in denen Magie offener praktiziert worden war, erkennen. Zwischen den Bauten des Zopfstils konnte Aurelia ein Gebäude sehen, über dessen Fassade gelegentlich bunte Bänder wie Schlangen über heißen Stein glitten und dann wieder verschwanden. Ein anderes schien beinahe zu atmen, und die Jalousien seiner Fenster wirkten wie Augenlider, die sich mit der untergehenden Sonne von selbst immer mehr senkten. Wie hatte man Magie in diese Steine einfließen lassen? Aurelia nahm sich vor, Meister Marius später danach zu fragen, auch wenn es vielleicht nicht sein Spezialgebiet sein mochte.

Gale dirigierte sie unter leichtem Geplauder über ihrer beider Lehrmeister bis zu einem kleinen Park, der mehr verwilderte und vergessene Wiesenfläche als Gartenanlage war.

»Es ist irgendwie traurig, dass ich die Stadt, in der ich geboren und aufgewachsen bin, besser von Plänen und Modellen kenne, als dass ich sie selbst erkundet hätte«, murmelte Aurelia und ließ sich mit Gale am Stamm einer kahlen Linde nieder. Die Erde war kalt und gefroren, aber Aurelia sah fasziniert zu, wie Gale den Frost an der Stelle, wo sie sich niederlassen wollten, aus ihr herausholte und als großen Eiszapfen beiseitewarf.

Gale warf ihr einen Blick zu, suchte eine Packung Streichhölzer aus dem Federmantel und entzündete eines der Hölzchen.

»Du bist kein Einzelfall, weißt du«, sagte Meister Grünwalds Zögling dann und ließ die Flamme zu kleinen, milde wärmenden Kugeln werden, die um die Fingerspitzen herumkreisten. »So einige von den jungen Quellenkindern hier sind von ihren Eltern eingesperrt worden, damit man sie nicht findet. Ich finde es einfach komplett verrückt, dass Eltern sich dazu gezwungen fühlen. Aywyn – Meisterin Laveels Schülerin – versucht den Jüngeren öfters zu helfen. Die sind meistens noch jünger als du, wenn man sie findet.«

»Ah, ja«, sagte Aurelia sinnierend. »Die Kybela von Vhindona. Ich wusste gar nicht, dass sie eine Schülerin hat, aber es ergibt irgendwie Sinn. Ich dachte, die meisten Futurix haben vor Jahren die Stadt verlassen.«

Gale nickte. »Ich bin nicht sicher, wie sie an Aywyn gekommen ist, aber Aywyn hat nun einmal ein besonderes Talent als Futurica, und es gibt niemanden außer Meisterin Lave'el, der sie darin schulen könnte.«

»Sie scheint viel zu sagen zu haben«, bemerkte Aurelia.

Gale lächelte grimmig. »Jeder hat Angst vor der Zukunft und vor denen, die sie sehen und früher als andere beeinflussen können. Nun, jeder außer deinem Meister vielleicht. Moriturus und so, für die gelten angeblich andere Regeln.« Gale fuhr sich durch die Haare, und Aurelia beobachtete fasziniert, wie die Gesichtszüge länger und schärfer wurden, die Ohren spitzer und die Augen größer, bis die Wandlung von menschlich zu elfisch vollzogen war. »Ich mag sie. Sie scheut sich nicht davor, sich die Hände schmutzig zu machen, und sie kämpft wenigstens wirklich für unsere Rechte. Leute wie sie sind sicher der Grund, wieso der Festtagsmörder bisher nur Magielose umgebracht hat.«

»So?«

»Ist jedenfalls meine Theorie. Das muss jemand sein, der sich vor unserer Gemeinschaft ziemlich in die Hosen macht.«

Oder eine Person, die selbst zu dieser Gemeinschaft gehörte. Aurelia äußerte diesen Gedanken nicht, sondern blickte nur zu den Häusern, die das andere Ufer des träge durch Vhindona gleitenden Veno-Flusses säumten. Die meisten waren noch im zurückhaltenden Zopfstil des alten Jahrhunderts gebaut worden: Gerade, einfache Formen ohne viel Zier, sehr viel anders als die zarten Visionen mit Vergoldungen und Blumenzierden, die ihr Vater maßgeblich in die Stadt eingebracht hatte.

»Dieser Krieg«, murmelte sie dann schließlich. »Ist es

wirklich so, wie Meister Marius sagt? Dass die Dunkle Königin Quellenkinder dafür aufbraucht?«

»Ist es nicht offensichtlich?«, fragte Gale zurück. »Irgendein Opfer muss gebracht werden, und jeder mit nur einem Tropfen Quellenzugang in sich ist ein unendlich viel gehaltvollerer Rohstoff als irgendeine magielose Person, weil wir ohne Hilfsmittel mehr bewirken können. Außerdem kräht in den Führungskreisen kaum ein Hahn danach, wenn wir verschwinden.«

»Aber die Gottheiten sollten doch auf unserer Seite stehen«, sagte Aurelia zweifelnd. »Oder nicht?«

Gale sagte einen Moment lang nichts. Dann streckte Gale sich mit zuckenden Ohrspitzen und flatterndem Haar. »Ich hab sie mal gesehen, weißt du.«

Aurelia weitete die Augen und setzte sich auf. »Was? Echt?«

Gale nickte. »Nur aus der Ferne. Ich bin einmal recht nahe an einer Zone mit offenen Konflikten vorbeigekommen.« Gale blickte über den Veno, die hellen Augen gedankenvoll zusammengekniffen. »Das kann man sich hier gar nicht vorstellen, Aurelia. Vhindona ist das verfettete Herz eines hungrigen Reiches. Hier hat man so etwas mindestens seit einem Jahrhundert nicht mehr gesehen – verbrannte Dörfer, Hunderte Tote. Und diese Toten ...« Gale erschauerte ein wenig. »Sie benutzen sie, weißt du. Die Totentänzer. Die haben mit solchen wie deinem Meister nur noch wenig zu tun, die sind, wie soll ich sagen ...« Gale bewegte vage die Hand. »Unnatürlich. Und hungrig, sie scheinen immer hungrig zu sein, wie die Göttin selbst. Sie laufen im Auftrag der Regierung im Schatten der Dunklen Königin, aber glaub mir – sie gibt keinen Deut darauf, wer lebt und wer stirbt. Es ist ein Witz, ein Propagandatrick des Senats, diese Göttin eine Königin zu nennen. Ihr einziges Ziel ist die Vernichtung, das hat mit Herrschen nichts zu tun.«

»Wie sieht sie aus?«, wisperte Aurelia nach einem langen Moment der Pause.

Gale atmete tief ein, verknotete dann mit steifen Schultern die Finger im Schoß. »Gewaltig.« Ein Flüstern, als ob jedes zu laute Wort die Dunkle Königin nach Vhindona beordern konnte. »Das war das erste Mal, dass ich eine Gottheit gesehen habe. Sie war rot. Ich weiß es noch genau. Sie war groß und löwenhaft und rot, und sie war unaufhaltsam. Man sollte so etwas nicht sehen, nicht, wenn man sterblich ist. Unser Verstand ist nicht dafür gemacht. Es ging mir danach eine ganze Weile lang sehr schlecht.« Gale lachte auf. »Wer weiß, ob ich mich überhaupt jemals davon erholt habe?«

Aurelia konnte fühlen, wie sich die Haare auf ihren Armen aufstellten. »Sollten wir … sollten wir nicht etwas tun?«

Gale lächelte grimmig. »Was sollen wir tun gegen die Gottheiten? Nur eine Gottheit kann eine Gottheit töten. Oder willst du etwa dein Glück versuchen und gegen eine davon antreten, noch dazu gegen die Dunkle Königin? Ich persönlich finde, dass wir erst einmal vor unserer eigenen Haustür kehren und die politische Gesamtsituation in Vhindona verbessern sollten. Wenn es hier besser wird, wird der Rest des Landes schon mitziehen.«

Aurelia öffnete den Mund zu einer Antwort, dann fiel ein langer Schatten über sie und zwang sie dazu, rasch aufzublicken.

Eine junge Frau stand vor ihnen, dem Aussehen nach nicht viel älter als Aurelia oder Gale, und lächelte auf sie hinab. Aurelia wunderte sich, wie sie nicht frieren konnte angesichts ihrer Aufmachung, die geschmackvoll, aber eindeutig zu leicht für die Temperaturen war. Sie trug nämlich ein Kleid nach der neuesten Mode in einem zarten, hellen Rosa, das ihre Arme freiließ und an jeder anderen Haut fast farblos gewirkt hätte. Ihre jedoch ließ das Kleid fast leuchten, denn sie war weiß wie Schnee – genau wie ihr Haar, durch das sich lediglich ein paar wenige graue Strähnen zogen. Sie war ein schmales Ding mit dünnen Schultern und bleichen Lippen, auf denen nur eine Spur rosa Lippenstift aufgetragen worden war, offensichtlich halb weggebissen durch nervöse Gewohnheit. Ihre Augen besaßen eine eigentümlich rostrote Farbe, die stark ins Braune ging – und ihre Ohren liefen spitz zu.

Aber sie waren nicht spitz genug, um vollkommen elfisch zu sein, genau wie ihre Augen nicht groß genug und ihre Wangenknochen nicht hoch genug waren. Vermutlich war einer ihrer Elternteile ein Mensch, überlegte Aurelia, was in Vhindona an sich nicht wirklich ungewöhnlich war; in einer Großstadt kamen viele Völker zusammen. Aber es war durchaus ungewöhnlich, jemanden mit Frostelfenblut zu sehen.

Die junge Frau deutete eine Verbeugung an, dann hob sie die Hände und begann damit zu gestikulieren, während ihre Lippen Worte formten. In diesem Moment erinnerte Aurelia sich wieder daran, was man über die Frostelfen sagte: dass sie nicht mit ihrer Stimme sprachen, die im Lichterwald für immer stumm bleiben musste. Dass viele von ihnen nicht einmal hören konnten und statt Hör- und Sprechvermögen einen einzigartig feinen Sinn für Magie und ihre Umgebung besaßen, der ihnen das Leben im Lichterwald ermöglichte. Bisher hatte Aurelia diese Geschichten immer für Unsinn gehalten. Sie erkannte jetzt, dass das sehr kurzsichtig von ihr gewesen war.

»Das ist Aywyn. Sie ist sehr erfreut, deine Bekanntschaft zu machen«, schaltete Gale sich neben Aurelia ein, die Augen auf Aywyns Gesten konzentriert. »Und – oh. Wir sollten gehen, ein paar recht ungemütliche Gardisten sind auf dem Weg hierher. Danke, Wyn.«

Aywyn winkte ab, ohne mit Lächeln aufzuhören. Anscheinend war sie stumm, aber nicht taub. Sie richtete ihren Blick wieder auf Aurelia und gebärdete erneut.

»Sie meint, dass Meisterin Lave'el bald mal vorbeisehen wird«, sagte Gale nach einer kurzen Pause. »Dann werdet ihr euch wohl bald mal beim Unterricht sehen. Denke, das wird dir gefallen, Meisterin Lave'el ist sehr direkt, aber sie geizt wenigstens nicht mit der Zurschaustellung ihrer Kräfte wie manch andere. Ein bisschen Wumm ist da immer dabei, und ich liebe Feuerwerke.« Mit einem Grinsen kam Gale auf die Füße. »Dann sollten wir mal wieder los. Kommst du mit, Wyn?«

Aywyn schüttelte den Kopf, machte eine Geste des Abschieds und wandte sich um. Genauso lautlos, wie sie gekommen war, wanderte sie davon. Ihre helle Gestalt war noch lange zu sehen, und Aurelia beobachtete, wie Gale ihr immer wieder nachsah.

Auf ihrem Heimweg konnte Aurelia nicht anders, als an die Dunkle Königin zu denken, rot und löwenhaft und größer als das Leben selbst, und sie dachte an Städte, die der Krieg nicht berührte, und an Leben, aufgebaut auf Blut.

Ja, alles hatte seinen Preis. Aber was war, wenn man nicht gefragt wurde, ob man ihn zahlen wollte?

KAPITEL 13

Einige Tage vergingen. Johann nahm sich den wiedergekehrten Sieur Callento vor der versammelten Belegschaft zur Brust und stellte sicher, dass weder er noch irgendjemand anderes in seinem Einflussbereich so schnell wieder auf die Idee kommen würde, die eigene Position zu missbrauchen.

Viele Stunden wurden damit gefüllt, dass Johann aufmerksam die Anträge studierte, die von Mitgliedern des Senats gestellt wurden und von dem Rest diskutiert und bewilligt werden mussten. Er war dabei so gewissenhaft, wie es die Sache verlangte, und sah alles durch, auch wenn ihm schon sehr rasch klar wurde, auf welche Papiere Hohenlohe wohl angespielt hatte. Senatorin Leitgeb hatte einen Antrag auf die Abänderung des Frontdienstes für Magiebegabte gestellt, was überraschend war, da die Senatorin weder selbst magiebegabt war noch bisher stark auf der Seite der Magiebegabten gestanden hatte. Zugegeben, sie war immer sehr neutral in diesen Fragen gewesen und hatte nach einem gesunden Mittelweg gesucht, aber dieser Antrag war in gewissen Punkten provokant genug formuliert, dass er Reaktionen von anderen Senatsmitgliedern geradezu herausforderte. Unter anderem forderte er eine Abschaffung des Frontdienstzwangs, der durch einen auf Freiwilligkeit basierenden Dienst ersetzt werden konnte. Eine solche freiwillige Verpflichtung konnte wohl nur durch entsprechende Vergütung gewonnen werden, wenn überhaupt, was die ganze Sache so oder so mehr als fragwürdig machte. Johann kam nicht umhin, sich zu fragen, ob Senatorin Laveʼel hier die Finger im Spiel hatte. Sie kannte das Spiel gut genug, um zu wissen, dass derartige Anträge von Nichtmagischen momentan mehr Einfluss hatten, als wenn sie von ihr kamen. Und Deals unter der Hand waren in der Politik immerhin keine Seltenheit. Leider waren sie auch nicht besonders einfach zu beweisen, wenn sich die daran Beteiligten als halbwegs umsichtig erwiesen, was in diesem Fall durchaus zutraf.

Johann sah sich erneut in einer Sackgasse.

Aber er konnte und wollte sich keine Sackgassen mehr leisten. Und wenn es auf dem Weg der Bürokratie nicht mehr weiterging, dann musste er eben andere Maßnahmen ergreifen, auch wenn diese ihm eigentlich widerstrebten. Dennoch, was blieb ihm mittlerweile anderes übrig? Auch seine Position war nicht für alle Zeiten sicher, und wenn er seinen Beruf verlor, was blieb dann noch übrig von seinem Leben? Er hatte hart dafür gekämpft, dort zu sein, wo er nun war. Sicher, es war nicht ideal, aber es war immerhin etwas, und er würde diesen kümmerlichen Abklatsch von dem, was hätte sein können, verteidigen.

Also gab er seinen Leuten den Befehl, auszurücken und die magische Gemeinde aufzuscheuchen.

Ihm war nicht wohl bei der Sache. Es war ein schmutziger Trick, Leute mit Verhören und scheinbar willkürlichen Durchsuchungen ihrer Häuser und Geschäfte unter Druck zu setzen, bis sie die Namen unruhestiftender Personen herausrückten. Aber die Aufklärung dieses Falls ließ schon so lange auf sich warten, dass er mittlerweile beinahe alle anderen Mittel ausgeschöpft hatte. Und vielleicht fand sich ohnehin niemand, denn die magische Gemeinde tendierte an sich dazu, eng zusammenzustehen.

Dennoch war Johann nicht gerne ein Teil des Systems, das er eigentlich verteufelte.

In der folgenden Woche filzten Johanns Leute die magische Gemeinde, so gründlich sie konnten. Die Ergebnisse fielen nicht ansatzweise so ergiebig aus, wie er gehofft hatte, was die Obrigkeit dazu bewegte, ihm sachte auf die Finger zu klopfen, damit er nicht weiter wertvolle Abteilungsressourcen verschwendete. Johann konnte es besagter Obrigkeit nicht einmal verübeln. Was die Aktion brachte, war vielleicht eine Handvoll Namen von Verdächtigen, die besonders laut ihren Unmut über die gegenwärtigen Gesetze für Magiebegabte geäußert hatten. Wenn er irgendetwas daraus gewinnen und nicht komplett ergebnislos dastehen wollte, benötigte Johann eine zweite Meinung, und es gab nur eine magische Person, der er genug vertraute, um sie danach zu befragen.

Es war schon spät, als Johann sich schließlich mit unter den Arm geklemmter Ledertasche auf den Weg zu Marius und seiner Schülerin machen konnte. In den frühen Stunden des Tages war Schnee gefallen, aber davon zurückgeblieben war nur eine dünne Schicht, die sich wie Zuckerguss über alles gelegt hatte und unter Johanns Stiefeln knirschte, als er durch Marius' Garten hinkte und an der Haustür klopfte.

Etwas krachte im Inneren des Hauses. Nach einigen Minuten, in denen Johann geduldig gewartet und die Kälte in seinen Fingern ignoriert hatte, wurde die Tür geöffnet, und Marius blickte ihm entgegen. Der Kajalstrich über seinem linken Auge war ein wenig verschmiert, und Johann fragte sich, ob er ihn darauf hinweisen sollte.

»Setz dich in die Küche«, wies Marius ihn ohne Begrüßung an. »Ich bin gerade dabei, Aurelia zu unterrichten. Du musst dich ein wenig gedulden, wenn du schon ungebeten hereinplatzt.«

Johann hob eine Augenbraue, nickte jedoch und trat ein. Marius öffnete ihm die Küchentür, dann zwinkerte er ihm zu und rauschte mit wehendem Kaftan die Treppe hinauf. Einen Moment lang lauschte er seinen Schritten über das knarzende Parkett; eine Tür wurde geöffnet, Marius sagte etwas, dann schloss die Tür sich wieder, und Stille trat ein. Johann atmete aus und setzte sich auf die Küchenbank, wo er sich die Handschuhe von den Fingern zupfte und den Gehstock neben sich lehnte, um die Mappe mit den Fotografien der Verdächtigen vor sich hinzulegen. Magiebegabte, zumindest die älteren, hatten eine gewisse Furcht vor Fotografien und ließen sie nur ungern zu, weil sie der Ansicht waren, dass ein Teil ihrer Seele darin gebannt würde. Es war schwierig gewesen, von allen eine Fotografie zu erhalten, aber Johann war hartnäckig geblieben. Aus den Augenwinkeln bemerkte er, dass Gustav von einem der Regale herabsprang, um auf die Bank neben ihn zu klettern und sich dort einzurollen. Johann lächelte und kraulte seinen knochigen Kopf, dann wandte er sich einem Bericht zu, der noch einer Evaluation bedurfte.

Es dauerte eine Weile, dann hörte er die Tür wieder aufgehen. Die alten Treppen knarrten unter zwei Paar Füßen, dann stieß Marius die Tür zur Küche auf. Fräulein Frank kam hinter ihm herein, lächelnd und mit geröteten Wangen. Sie sah Johann, und ihr Gesicht wurde sofort wachsamer; dennoch nickte sie ihm zu und knickste leicht. Er bemerkte, dass sie an diesem Tag kein Korsett trug, sondern nur einen knöchellangen Rock und eine Bluse, die lose mit einem Gürtel umschlossen wurde.

Johann erhob sich halb, um eine leichte Verbeugung anzudeuten, dann machte er Platz und schob dafür den Affen ein wenig zur Seite, damit sich Marius und Fräulein Frank ebenfalls auf der Bank niederlassen konnten. Fräulein Frank folgte der subtilen Aufforderung und setzte sich ihm gegenüber, wo sie ihre Bluse ein wenig zurechtzupfte. Marius hingegen wanderte zur Küchentheke und begann, Kaffee zu mahlen.

»Sie sehen gut aus, Fräulein Frank«, sagte er, und es war

keine reine Floskel der Höflichkeit. Die junge Frau sah tatsächlich munterer und gesünder aus als zu Beginn. Ganz eindeutig war ihre Aufmerksamkeit sehr viel schärfer als die Male, bei denen er sie zuvor gesehen hatte. Sie war präsenter, wacher, eindeutig mehr im Moment.

»Und sieh, was sie schon kann«, sagte Marius, der sich alle Mühe gab, seinen Stolz zu verbergen und glorreich daran scheiterte. Er winkte Fräulein Frank zu. »Zeig ihm, was du gelernt hast, Kind.«

»Oh! In Ordnung, Moment …« Marius' Schülerin blickte sich hektisch um, dann fand sie eine kleine Schüssel, mit der sie zum Waschbecken eilte, um sie aufzufüllen. Vorsichtig setzte sie die Schüssel am Tisch ab, dann konzentrierte sie sich so sehr, dass ihre Wangen sich röteten.

Es war immer fantastisch, aktivem Wirken von Magie beizuwohnen. Johann sah zu, wie die Wasseroberfläche wie unter einem Kraftansturm zitterte, ehe sie von einer Sekunde auf die andere zu Eis gefror. Zwei Sekunden später bildeten sich Risse im Eis, das knackend auseinanderbrach und Fräulein Frank damit einen sehr undamenhaften Fluch entlockte, der Marius hellauf begeistert dreinblicken ließ. Es war nicht auszuschließen, dass die junge Frau den Ausdruck von ihrem Lehrmeister aufgeschnappt hatte. Johann verkniff sich hinter vorgehaltener Hand ein Schmunzeln.

»Es gibt noch Verbesserungspotenzial«, sagte Fräulein Frank und kniff kritisch die Augen zusammen, als sie das Eis begutachtete. »Ich verwende noch immer zu viel Kraft für manche Sachen.«

»Das geht schon in die richtige Richtung«, versicherte Marius ihr. Ehe Johann sich dazu äußern konnte – auch wenn er ohnehin nicht gewusst hätte, wie er sich sinnvoll in die Konversation über Magie einbringen sollte –, fuhr Marius schon fort: »Ich vermute aber, es ist nicht dein Interesse an Aurelias

Fortschritten und auch nicht die Sehnsucht, die dich hierhertreibt?«

Johann war zu alt, um noch schamvoll zu erröten, also ärgerte er sich lieber im Stillen und holte sein silbernes Etui hervor, um ihm eine Zigarette zu entnehmen.

»Du vermutest richtig.« An Fräulein Frank gewandt fragte er höflich: »Stört es Sie?«

Fräulein Frank schüttelte den Kopf und erhob sich, um einen Aschenbecher für ihn zu holen, den sie vor ihm abstellte. »Gibt es Neuigkeiten bezüglich des Falls?«, fragte sie dabei.

Johann zog mit leisem Dank den Aschenbecher heran und nickte, ehe er sich die Zigarette anzündete, einen tiefen Zug davon nahm und dann die Hand auf die mitgebrachte Mappe legte. »Ich weiß nicht, wie weit Sie bereits informiert sind, aber gegenwärtig gehen wir … gewissen Vermutungen über politisch aktive Elemente nach, die vielleicht ihre Finger im Spiel haben könnten.«

»Politisch aktive Elemente«, wiederholte Marius. Etwas in seinem Gesicht zuckte, aber er glättete seine Züge rasch wieder zu einem Ausdruck passiven Interesses, als Johann ihn fragend anblickte.

»Es ist der Ermittlungsweg, für den ich mich entschieden habe, nachdem du mir mit Senator Hohenlohe geholfen hast«, gab Johann zu und holte die Fotografien heraus. »Ich möchte dich bitten, einen Blick auf diese Fotografien zu werfen. Ich hätte gern deine Meinung dazu.«

Marius sah die Fotografien nicht an, sondern behielt den Blick auf Johann gerichtet. »Meine Meinung? Wozu genau?«

»Nun, ob diese Individuen gefährlich sind und genügend radikalisiert, um Veränderung mit Gewalt herbeizuführen.«

Ein feines Lächeln umspielte Marius' Mundwinkel, das Johann nicht unbedingt gefiel. »Gefährlich sind wir alle. Aber gut, ich sehe es mir an, sobald der Kaffee fertig ist.«

»Fräulein Frank darf natürlich ebenfalls gern behilflich sein«, fügte er rasch hinzu. »Vielleicht möchten Sie sogar beginnen?«

Fräulein Frank warf ihm ein höfliches Lächeln zu, dann vertiefte sie sich in die Betrachtung der ersten Fotografie. Sie versuchte sich immer an eine gewisse Grundhöflichkeit zu halten, stellte Johann insgeheim fest, ganz anders als ihr Lehrmeister, der selten ein Blatt vor den Mund nahm und die soziale Etikette in Vhindona nicht immer ganz ernst nahm.

Nun schüttelte Fräulein Frank den Kopf und legte die Fotografie beiseite, um sich der nächsten zuzuwenden.

Marius kam heran und stellte eine Tasse vor ihm ab. »Die übliche Mischung«, meinte er, dann ließ er sich neben Johann nieder – ohne ihn zu berühren, aber nahe genug, dass Johann meinte, ihn dennoch spüren zu können. Sein Handrücken kribbelte; er legte die Zigarette im Aschenbecher ab. Dann umfasste er die Tasse dort, wo gerade noch Marius' Finger sie gehalten hatten, und führte sie an die Lippen. Als er aufblickte, sah er, dass Marius' leuchtende Augen auf ihm ruhten. Er wandte auch dann nicht den Blick ab, als er Johanns Aufmerksamkeit bemerkte. Etwas zog in Johanns Bauchgegend, ohne dass er spezifizieren wollte, was es war. Er senkte die Augen und nahm noch einen Schluck, fühlte überdeutlich die Wärme, die seine Kehle hinabbrann.

Fräulein Frank schüttelte den Kopf und legte die Fotografie beiseite, um sich der nächsten zuzuwenden. Marius griff danach, studierte sie eine Sekunde und legte sie dann achtlos beiseite.

»Unnötig, die weiterzuverfolgen«, meinte er mit einem Nicken auf das Sepiagesicht einer Magiebegabten, die sich auf elementare Magie spezialisiert hatte. »Sie schreit laut, aber sie würde sich niemals an einen Mord heranwagen.«

»In Ordnung.« Johann nahm die Fotografie wieder an sich und fühlte sich ermüdet. Er erinnerte sich nur noch undeutlich an die Zeit, in der er genauso alt wie Fräulein Frank gewesen war. Damals hatte er die Hoffnung, doch noch magisch zu sein, endgültig begraben, denn es gab zwar immer wieder Spätzünder, wenn auch selten. War er verliebt gewesen? Er wusste es nicht mehr. Später an der Militärakademie, ja, daran konnte er sich noch mehr als deutlich erinnern. Dort hatte er auch in Liebesdingen seine ersten Erfahrungen gemacht, aber davor hatte er seine Zeit in der Schule einfach abgesessen, immer mit durchschnittlichen oder guten Noten. Jemand wie Marius war ihm in diesen abgeschirmten, nichtmagischen Kreisen nie untergekommen. Seine Gedanken flatterten um ihre erste Begegnung, als er frische zwanzig Jahre alt gewesen war, jung genug, um tatsächlich noch unter Marius' Blick und Worten zu erröten.

Fräulein Frank schüttelte den Kopf und legte die Fotografie beiseite, um sich der nächsten zuzuwenden. Auch auf diese warf Marius einen Blick, schnaubte und schien sie nicht einmal eines Kommentars wert zu befinden.

»Ich bin übrigens wirklich sehr zufrieden mit ihren Fortschritten«, sagte er schließlich und nickte zu Fräulein Frank, die flüchtig aufblickte und sich dann erneut auf die Fotografie besann. »Wir haben die Explosionen so gut wie unter Kontrolle, und sie meistert die Grundlagen bisher recht gut, wie du gesehen hast. Das Kind ist jedenfalls keine wandelnde Katastrophe mehr.«

»Danke für Ihre ermutigenden Worte, Meister«, murmelte Fräulein Frank trocken und legte auch die vierte Fotografie beiseite.

Dann fiel ihr Blick auf die fünfte und letzte Fotografie, und sie gab einen Laut des Erstaunens von sich, der Marius von der Fotografie aufsehen ließ, die er gelangweilt studiert hatte.

»Was soll das?«, verlangte sie empört zu wissen. Es war ihr anzusehen, dass sie nur mühsam nicht unhöflich wurde. »Wieso ist hier ein Bild von Gale dabei?«

»Sie kennen sich gut?«

»Wir wohnen nebeneinander und verbringen recht viel Zeit miteinander, weshalb es mich wirklich interessieren würde, wieso Gale unter Mordverdacht steht«, sagte Fräulein Frank mit gehobenen Augenbrauen.

»Wir können noch niemanden ausschließen, deswegen bin ich immerhin hier«, sagte Johann möglichst ruhig und neutral. »Gale ist schon mehrfach aufgefallen. Erstens ist sie ein oder zwei Mal nur knapp der Verhaftung aufgrund von Unruhestiftung entgangen, zweitens macht sie keinen Hehl daraus, dass sie eine stärkere magische Lobby in der Stadt befürworten würde –«

»Die würden wir alle befürworten«, murmelte Marius.

»– drittens«, sagte Johann, der beschloss, den Einwurf einfach zu ignorieren, »ist sie nicht einmal richtig registriert, und viertens ist sie ein bekanntes Mitglied der radikaleren Gruppen in der Stadt.«

Fräulein Frank schüttelte den Kopf. »Gale ist sehr … intensiv in gewissen Ansichten, ja, aber deswegen doch nicht gleich kriminell! Noch ist es kein Verbrechen hierzulande, frei die eigene Meinung zu äußern, und das ist alles, was Gale getan hat.«

Johann zog eine Augenbraue in die Höhe. »Dann erzählt Ihnen Ihre Bekanntschaft nicht alles. Gale stand schon mehrmals unter dem Verdacht des Vandalismus in nichtmagischen Bezirken.«

Fräulein Franks Augen blitzten, und sie erhob sich halb von ihrem Sitz, eine unbewusste Geste, die ihr selbst gar nicht aufzufallen schien. »Vandalismus, besonders unbestätigter Vandalismus, ist aber nicht das Gleiche wie Mord,

Herr Oberspäher.« Sie ballte die Hände zu Fäusten. »Gale hatte recht. In dieser Stadt ist jeder, der eine lautere Stimme besitzt, automatisch der Feind. Dabei wollen wir alle nur leben. Wieso ist das ein Verbrechen?«

Johann öffnete den Mund zu einer Antwort, aber sein Kopf war wie leer gefegt. Was sollte er ihm sagen, diesem jungen Menschen, der schon einiges erlebt hatte und dem noch einiges bevorstand? Er atmete tief durch.

»Das Leben ist nicht gerecht, und ich kann Ihren Unmut verstehen«, sagte er dann. »Aber jeder von uns ist gezwungen, Prioritäten zu setzen und Kompromisse zu machen. Und meine Priorität ist es gerade, die Person, die hinter diesen Serienmorden steckt, zu finden und Leben zu retten.«

»Auf Kosten anderer Leben?«, fragte Fräulein Frank harsch zurück. Sie schüttelte den Kopf und verschränkte die Arme vor der Brust. »Sind Sie dann so viel besser als diese mordende Person?«

»Es besteht doch wohl ein Unterschied zwischen dem Tod und einem Gefängnisaufenthalt –«

»Sprach der Mann in Freiheit«, fiel ihm Fräulein Frank kalt ins Wort. »Nur, dass wir uns hier richtig verstehen: Ich teile Gales harte Ansicht nicht, dass der Tod besser ist als Freiheitsentzug, aber ich weiß, dass auch ein goldener Käfig jemandem das Rückgrat brechen kann.«

Johann lachte hohl. »Ich verstehe, dass Sie schlechte Erfahrungen gemacht haben, aber Sie wissen noch nicht das Geringste davon, dass es auch für die persönliche Freiheit Grenzen geben muss – nämlich dann, wenn sie die Freiheit eines anderen massiv beschneidet. Und wenn man jemanden davon durch das Gefängnis abhalten kann, dann, so denke ich, ist das immer noch milder, als Gleiches mit Gleichem zu vergelten.«

»Genug«, sagte Marius in einem gebieterischen Tonfall,

den er selten nutzte und der sie beide verstummen ließ, ohne das Feuer aus dem Blick seiner Schülerin zu nehmen. Wann war sie so wütend geworden? Oder war sie es immer schon gewesen, und die Angst hatte es nur überlagert? »Ich bin dieser Diskussion überdrüssig. Und auch ich bezweifle, dass Gale etwas mit diesen Vorfällen zu tun hat. Das Kind ist zwar schon lange genug in der Stadt, dass es zeitlich möglich wäre, und es ist heißblütig, aber diese Morde sprechen nicht von Heißblütigkeit, sondern von kalter Kalkulation, und diese besitzt Gale sicher nicht.« Etwas flackerte in seinen Augen, dann sammelte er die Fotografien zusammen und reichte sie Johann. »Ich glaube nicht, dass es eine von diesen Personen war.«

»Danke für deine Hilfe«, erwiderte Johann, steif vor zurückgehaltenem Ärger, aber er nickte auch Fräulein Frank zu. »Mein Dank auch an Sie, Fräulein Frank.«

Sie nickte nur, dann sah sie Marius an. »Ist es in Ordnung, wenn ich mich zurückziehe?«

Marius machte nur eine abwinkende Geste des Einverständnisses, woraufhin Fräulein Frank vor Johann knickste und dann ohne ein Wort aus der Küche rauschte.

Nachdenklich sah Johann ihr hinterher, dann wandte er Marius den Kopf zu und sprach mit gedämpfter Stimme: »Wir würden uns alle leichter tun, wenn du einfach ihre Erinnerungen untersuchen würdest. Vielleicht hat sie jemanden gesehen in der Mordnacht, und wir könnten –«

»Einfach?« Marius schnaubte und machte sich nicht die Mühe, seine Stimme zu senken. »Oh, ja, ich bin mir sicher, dass es aus der Sicht eines Vulgarus so simpel wirkt. Ich streiche dem Kind einfach über die Augen, gebe mich einer kleinen Ruhepause hin, und schon ist die Sache erledigt, wirklich ganz einfach!« Er schnaubte erneut. Als er fortfuhr, klang seine Stimme alt und bitter. »Ich mache dir keinen

Vorwurf, dass du die Bedeutung dessen, worum du mich damit bittest, nicht verstehst. Du kannst es nicht verstehen. Ich weiß, dass du dir eine simple Lösung erträumt hast, als du mir Aurelia zugespielt hast, aber ich weigere mich. Ganz rundheraus weigere ich mich. Du hast mich gegen meinen ausdrücklichen Willen für sie verantwortlich gemacht, und das hast du jetzt davon. Ich habe dir aus Sympathie schon genug dabei geholfen, einen Verantwortlichen unter meinesgleichen zu finden und zu verurteilen. Solange es noch andere Möglichkeiten gibt, werde ich ihre geistige Gesundheit nicht so sehr in Gefahr bringen. Diese Stadt hat schon genug ihrer magischen Kinder auf dem Gewissen, ich will nichts damit zu tun haben.«

Johann fühlte sich wie vor den Kopf gestoßen. »Aber du wusstest von Anfang an, dass diese Fähigkeit, die du hast, einer der Gründe ist, warum ich sie zu dir gegeben habe.«

»Ja, ich wusste es«, erwiderte Marius ruhig. Jedes seiner Worte fühlte sich wie eine Ohrfeige an. »Dennoch hatte ich nie die Absicht, deinem Wunsch in dieser Hinsicht nachzukommen. Der einzige Grund, warum ich dir überhaupt zur Hand gehe, ist, dass ich dich und dein Anliegen schätze. Damit aber verlangst du zu viel von mir. Bitte mich nicht noch einmal darum.«

Ein ungutes Gefühl in Johanns Brust drohte ihm die Luft abzuschnüren, aber dennoch schaffte er es nach einem Moment, zu nicken.

»Oh, keine Sorge«, brachte er heraus und erhob sich. »Ich werde dich nicht weiter belästigen. Entschuldige, falls es dir unangenehm war, dass ich versuche, noch mehr Leute davor zu bewahren, dass ihnen die Herzen herausgerissen werden und ihr Blut am Erdboden verteilt wird.«

»Du bist ungerecht wie ein trotziges Kind, dem man beim fünften Mal die Hand aus dem Keksglas zieht«, sagte Marius barsch. »Es hätte dir bewusst sein müssen, dass auch ich meine Grenzen habe. Auch dir gegenüber.«

»Oh, glaub mir«, erwiderte Johann rau, »das werde ich in Zukunft nicht mehr vergessen. Schönen Tag noch.«

Er versuchte, trotz des beginnenden Pochens in seinem Stumpf so würdevoll wie möglich das Haus zu verlassen. Er sah nicht noch einmal zu Marius, der seinerseits kein Wort mehr sagte.

Nun, immerhin bekam Johann ein bisher unausgesprochenes Gefühl davon, woran er eigentlich war, nun sehr klar bestätigt.

Der Gedanke brannte bitter in seiner Brust. Man hatte ihn mehr als deutlich auf seinen Platz verwiesen, und es tat weh. Vielleicht tat es doppelt weh, weil es Marius gewesen war, von dem er eine solche Abfuhr nicht erwartet hatte. Vielleicht tat es auch deshalb weh, weil Marius durchaus in einem Punkt recht hatte: Johann wusste tatsächlich nicht, was genau er damit von Marius verlangte. Derartige Magie hatte es seines Wissens nach schon lange nicht mehr in Vhindona gegeben, und er hatte überhaupt nur erfahren, dass dergleichen möglich war, weil es Marius einmal herausgerutscht war und er es daraufhin unwillig erlautert hatte.

Verdammter Stolz, der ihn nicht nüchtern darauf reagieren ließ. Aber was konnte er tun? Er war – wie man ihn nicht vergessen ließ – eben auch nur ein Mensch.

Wenigstens konnte er sich in den Fall vertiefen, bis er sich wieder beruhigt hatte. Dann wiederum half es nicht, dass die positiven Ereignisse auch weiterhin auszubleiben schienen, denn bei aller Infiltration der magischen Gemeinde ergab sich auch in den nächsten Tagen kein brauchbarer Hinweis, sodass Johann die Aktion abbrechen ließ. Er widerstand dem Drang, den unschuldigen Sieur Parcis anzubrüllen, als dieser ihm den Endbericht überbrachte, sondern riss sich am Riemen und dachte dann einen Moment lang mit gegeneinandergepressten Fingerspitzen über seine nächsten Schritte nach.

Es half nichts. Er hasste es, aber er musste sie um Hilfe bitten, auch wenn es ein letzter Strohhalm war, an den er sich zu klammern versuchte.

»Lassen Sie mir den Fiaker herrichten, bitte.«

Parcis nickte und verneigte sich, ehe er den Raum verließ. Es dauerte nicht lange, bis er Johanns Befehl ausgeführt hatte – womit dieser sich bald wieder im Fiaker befand und sein Bein massierte, durch das ein stumpfer Schmerz schoss. Dieser Tage schien der Schmerz ihn nicht verlassen zu wollen, egal was er tat. Vielleicht war ein Urlaub angebracht, irgendwo, wo es schön warm war. Rhy vielleicht, oder Irhi, irgendetwas an der Küste, wo er auf das Meer schauen konnte. Er hatte gehört, dass Salzluft bei diversen seelischen und körperlichen Beschwerden lindernd wirkte.

Zuerst jedoch hatte er eine unangenehme Aufgabe zu erledigen.

Doris hielt den Fiaker vor einem Haus mit gepflegten Beeten und einem weiß gestrichenen Zaun. Über die rissige Fassade des zweistöckigen Gebäudes zogen sich langsam, aber durchaus geschmeidig in regelmäßigen Abständen zwei Drachen, deren Farben schon beinahe verblasst waren. Einen Moment lang sah Johann ihnen zu, wie sie sich umeinanderwanden, an einer Seitenwand verschwanden und dann bei einem Fenster wiederauftauchten. Das steinerne Gesicht über der Haustür blinzelte ihm aus schwarzen Obsidianaugen zu, ohne zu lächeln. Man konnte sehen, dass die Besitzerin sich bemühte, Magie in die Wände zu versenken, um die magische Architektur weiter am Leben zu erhalten. Aus diesem Grund war Meisterin Lave'els Domizil eines der magoarchitektonisch interessantesten Häuser der Stadt.

Johann besann sich und wollte die Klingel drücken, als unvermittelt die Haustür aufschwang und Aywyn heraustrat. Er hatte mit Meisterin Lave'els Schülerin nie besonders viel zu tun gehabt, wusste aus ihren im Magiestrat hinterlegten Daten jedoch immerhin, dass sie mütterlicherseits eine entfernte Verwandte von Meisterin Lave'el war, die man offensichtlich aus dem Norden zu ihr gesandt hatte. Bei den wenigen Gelegenheiten, bei denen Johann mit ihr zu tun gehabt hatte, hatte sie auf ihn wie eine ruhige, heitere junge Frau gewirkt, ohne einen bleibenden Eindruck zu hinterlassen. Es war schwer vorstellbar, dass ihre telepathischen und hellseherischen Kräfte laut Lave'els eigener Aussage die ihren bereits jetzt fast schon übertrafen.

Jetzt allerdings war ihr Gesicht kummervoll, und sie lächelte nicht. Stattdessen sah sie ihn mit einem intensiven Blick an, und er wusste, dass ihr klar war, warum er hier war. Sie atmete lautlos aus, dann knickste sie und ließ ihn herein.

Das Innere des Hauses war licht und sauber. Wie Marius verzichtete auch Meisterin Lave'el auf elektrisches Licht und hatte die Räume mit magischen Lichtquellen und Kerzen erhellt. Seine Schritte wurden von weichen, dicken Teppichen geschluckt, die von guter Qualität waren, aber schon reich an Jahren zu sein schienen. Johann hängte seinen Mantel an einen der Haken in der Diele, dann blickte er auf, als Meisterin Lave'el aus einer der Türen trat und lächelnd auf ihn zukam.

»Da sind Sie ja endlich«, sagte sie freundlich und wies auf das Salonzimmer, aus dem sie eben gekommen war. »Bitte, treten Sie ein.« Sie berührte Aywyns Schulter, als diese an ihr vorbeigleiten wollte. »Liebes, würdest du uns einen Krug Wasser bringen?«

Aywyn nickte und verschwand hinter einer anderen Tür, von der Johann annahm, dass sie in die Küche führte – er selbst war bei den beiden einzigen Malen, die er Meisterin

Lave'el notgedrungen einen Besuch abgestattet hatte, nur in dem Salon gewesen, in den sie ihn auch jetzt wies. Als er eintrat, fiel sein Blick sogleich auf den schwarzen, runden Tisch in der Mitte des Raumes, der von einem Tuch aus spinnwebenfeiner, weißer Spitze bedeckt wurde. Eine glatt polierte Kugel stand darauf, in der sich nebelhafte Schlieren bewegten. Daneben lagen ein Stapel goldener und dunkelblauer Karten mit leichten Abnutzungserscheinungen an den Rändern sowie ein Stadtplan, auf dem mehrere ungeschliffene Edelsteine verschiedener Sorten lagen, daneben ein metallenes Pendel. Irgendwann hatte Meisterin Lave'el einmal beiläufig erwähnt, dass die Edelsteine dort auf der Karte verteilt waren, wo magische Energieknoten unter der Stadt lagen, oder irgendetwas in der Richtung. Johann hatte damals nicht nachgefragt, und nun hütete er sich davor, den Gegenständen zu nahe zu kommen, also setzte er sich möglichst weit weg davon.

»Da Sie meinen Besuch ja offensichtlich vorhergesehen haben, wissen Sie wohl auch, worum ich Sie bitten möchte«, sagte er.

Meisterin Lave'el summte und ließ sich auf ihren Stammplatz sinken.

»Ja, ich weiß es gut«, murmelte sie. Ihr Blick glitt zu der Kugel und verweilte einen Augenblick gedankenverloren darauf, dann schien sie sich einen Ruck zu geben. »Aber ich kann Ihnen nicht helfen. Wäre es mir möglich, auf gut Glück jemanden auszupendeln, dann hätte ich es schon längst getan. Und momentan sind alle Stränge der Zukunft offen – es ist noch nicht vorherzusehen, wie diese Sache enden wird.«

»Sie lügen«, sagte Johann leise.

Meisterin Lave'el musterte ihn und schenkte ihm dann eines ihrer rasiermesserscharfen Lächeln. »Und wenn es so wäre, was wollen Sie dagegen tun? Die Kraft des Drachen, der Sie in Ihren Jugendjahren begleitete, hat Sie schon längst verlassen. Ohne ihn sind Sie nichts, nur ein Mann auf der Suche nach einer Wahrheit, die Sie gar nicht finden wollen.« Sie lehnte sich ein wenig zurück. »Wissen Sie, Sie sind einer der wenigen Magielosen, die noch ein Gefühl dafür haben, wie wundervoll Magie ist – wie bezaubernd und fantastisch und wie bereichernd für das Leben aller. Ich kann Ihnen nicht verübeln, dass Sie sich danach sehnen, auch wenn es ein hartes Leben in dieser Stadt garantiert. Aber manche Dinge liegen nicht in unserer Macht, genauso wie man manche schlafenden Drachen nicht wecken sollte.«

»Sie wissen nichts von mir«, sagte Johann ruhig, »und es interessiert mich nicht, ob Sie mich gut leiden können oder nicht. Alles, was für mich von Bedeutung ist, ist die Erkenntnis, dass Sie mir nicht helfen wollen – und vermutlich nie helfen wollten. Nun, jetzt weiß ich, woran ich bin, und auch das ist etwas wert. Einen guten Abend noch.«

»Passen Sie auf sich auf, Oberspäher«, rief Meisterin Lave'el ihm noch mit samtiger Stimme hinterher, »und überlegen Sie sich, was Ihnen die Aufdeckung aller Dinge überhaupt wert ist. Denn das Leben ist für manche so unendlich kurz.«

Er erwiderte nichts. Stattdessen humpelte er mit einem Zwischenstopp bei seinem Mantel zurück zur Haustür und riss sie auf, nur um zu pausieren, als eine kalte Hand sich schraubstockartig um sein Handgelenk schloss. Als er einen Blick zur Seite warf, traf er den Aywyns, deren rote Augen ihn fixierten. Sie hielt einen Zettel in ihrer freien Hand, den sie hochhielt, bis er ihn lesen konnte.

Die Knochen der Stadt hüten alte Geheimnisse, und nichts ist, wie es scheint. Graben Sie nicht tiefer. Es wird nicht nur Sie ins Unglück stürzen. Manche Dinge müssen geschehen, auch wenn sie schrecklich sind.

Johann blickte in ihr Gesicht. »Danke für die Warnung«, sagte er leise, »aber leider kann ich ihr nicht folgen.«

Aywyn nickte, aber ihr Gesichtsausdruck war weiterhin tief bekümmert. Sie ließ ihn los und warf ihm noch einen letzten Blick zu. Dann schloss sie die Tür hinter ihm. Er atmete aus und stapfte durch den nunmehr wieder fallenden Schnee zurück zum Fiaker, der ihn durch die spärlich von Straßenlaternen erhellte Winternacht nach Hause brachte.

Beim Ausstieg schmerzte sein Bein, wo es in die Prothese überging, aber für den Moment bemerkte er es kaum. Das Gespräch mit Meisterin Lave'el, die Worte Fräulein Franks nach dem Zeigen der Fotografien und schließlich Marius' Abweisung rollten in seinem Kopf hin und her wie schwere Steine, bis er schließlich zu einem Entschluss kam. Es war kein Entschluss, den er in jungen Jahren gefasst hätte, als die Magie ihn noch begleitet und er viele Dinge über die Mechaniken der Welt gelernt hatte. Aber die Jahrzehnte, die nach seinem Sturz von Janixh'tijas Rücken gekommen waren, hatten ihm andere Mechaniken beigebracht, und die Welt war kein guter Ort. Sie war grausam, und sie war kalt. Wenn man einen Teil von ihr retten und ein wenig ihres Zaubers bewahren wollte, dann musste man ab und zu Opfer bringen.

Er hatte es mit der Bitte um freiwillige Hilfe versucht. Wenn man ihm diese nicht geben wollte – nun, dann musste eine Reaktion vielleicht einfach erzwungen werden.

KAPITEL 14

Am Tag nach Oberspäher Beilschmidts Besuch brachte Meister Marius Aurelia hinüber zu Meister Grünwald, damit sie von ihm unterrichtet wurde. Das war ihr allerdings ganz recht, weil sie ohnehin mit Gale sprechen wollte.

»Sind Sie nicht eigentlich auch gut mit Erdmagie, Meister Marius?«, fragte Aurelia, als sie durch das Gartentor traten. »Ich meine, Sie arbeiten schließlich auch mit Blumen.«

Meister Marius zögerte einen Moment, dann fuhr er sich über das Gesicht. »Es ist nicht ganz das Gleiche«, gab er dann fast widerwillig zu. »Es – ich bin in der Hinsicht mehr wie ein Imitator, die Blumen, die ich kreiere, entstammen nicht der Erdmagie, sondern der meines Blutes. Es ist ein anderer Zugang dazu. So ungern ich es zugebe, der Pflanzentopframmler kann dir ein paar recht wissenswerte Dinge in der Hinsicht zeigen. Ich meine, damit erfüllt er wenigstens irgendeinen Nutzen in seinem erbärmlichen Dasein, also tue ich ihm damit nur einen Gefallen.«

»In Ordnung, Meister Marius«, sagte Aurelia geradezu beschwichtigend. »Werden Sie sich ohne mich auch bestimmt nicht langweilen?«

»Freche Kröte«, schnaubte Meister Marius, aber Aurelia sah, wie er sich ein Schmunzeln verbiss. »Ich habe auch ohne deine Seitenkommentare genug zu tun. Die Stille wird mir wohl bekommen.«

Aurelia hatte mittlerweile gelernt, diese Aussagen nur bedingt ernst zu nehmen, und lächelte dementsprechend milde. Meister Grünwalds Vorgarten, so erkannte Aurelia durch die dünnen Stäbe seines Gartentors, hatte sich seit ihrem letzten Besuch nicht sehr stark verändert. Das Gras der Wiese raschelte unbeschnitten in der leichten Brise, die auch die um das Haus gepflanzten Sonnenblumen umspielte. In dem mächtigen Apfelbaum, der in einer Ecke des Vorgartens stand, zwitscherte eine Vielzahl an bunt gefiederten Vögeln, und Aurelia konnte ein Eichhörnchen am Baumstamm entlanghuschen sehen. Die winterliche Kälte, die den Rest der Welt gefangen hielt, schien dem Garten absolut nichts anhaben zu können.

Und hinter dem Haus kam ein Hirsch mit unnatürlich hellen Augen und rotem Fell hervorgestakt und blieb im Schatten der Äste stehen, um sie reglos anzustarren.

»Gale!«, rief Aurelia erfreut, öffnete die Gartentür und lief hinein, um den Hirsch enthusiastisch zu umarmen. Nach dem gestrigen Tag hatte ein Teil von ihr wahrhaftig befürchtet, dass es schon zu spät sein und Gale in der Nacht geholt worden sein könnte. Dass dem nicht so war, erleichterte sie mehr, als sie gedacht hatte.

Einen Moment lang wirkte es, als ob Gale sich zurückziehen wollte, dann jedoch wurde der Hirsch von jenem Nebel umhüllt, den Aurelia schon einmal bezeugt hatte. In ihm veränderten sich Gliedmaßen und Körperform in einer fließenden Bewegung, bis ein Gehörnter mit schwarzem Hirschgeweih und hellen Augen vor ihr stand. Gale war in denselben schwarz-rostroten Federumhang wie bei den letzten Malen gehüllt und breitete die Arme aus, in die Aurelia sich ungestümer als sonst für sie üblich fallen ließ. Gales Brust war breit und warm.

»Das nenne ich mal eine Begrüßung.«

Aurelia lächelte nur in den Mantel hinein.

Meister Grünwald kam aus dem Haus heraus und strahlte, als er Meister Marius sah. »Marius, altes Haus! Das ist ja eine nette Überraschung, dass du persönlich rüberkommst!«

»Hier«, sagte Meister Marius höflich wie immer und deutete auf Aurelia, die sich wieder von Gale gelöst hatte. »Nimm sie und unterrichte sie möglichst sinnvoll.«

Meister Grünwald lächelte warm und ohne im Geringsten von Meister Marius' schroffen Worten beeindruckt zu sein.

»Aber natürlich«, sagte er so milde und beschwichtigend wie eine Amme zu ihrem aufmüpfigen Zögling und lächelte in Aurelias Richtung. »Wir werden sicher ein Stück vorankommen, nicht wahr, Aurelia? Schön, dass wir endlich die Gelegenheit dazu haben.«

»Finde ich auch«, sagte Aurelia artig.

»Wunderbar«, sagte Meister Grünwald mit einem noch breiteren Lächeln. Aus seinem Bart streckte ein Salamander seinen dunklen Kopf und tauchte sofort wieder in die roten Locken hinab. »Marius, du siehst übrigens scheiße aus«, sagte er dann auf Limisch. »Brauchst du Nachschub von meiner Spezialmischung?«

Meister Marius verzog das Gesicht, rieb sich mit einem tiefen Seufzer das stoppelige Kinn und schüttelte dann den Kopf. »Danke, Kilian, du schaust auch scheiße aus, aber im Gegensatz zu mir bist du so geboren worden«, erwiderte er ebenfalls auf Limisch, und Aurelia wunderte sich einen Moment, ob sie falsch verstanden hatte, nachdem ihr Meister sich auf Radbonisch wesentlich gewählter auszudrücken pflegte. »Steck deine Nase in deine eigenen Angelegenheiten, schönen Tag auch.«

Meister Grünwald und Aurelia sahen zu, wie Meister Marius auf dem Absatz kehrtmachte und die Straße hinunterrauschte. Nach einem Moment sagte Meister Grünwald: »Ich gebe dir heute noch etwas von der Spezialmischung mit. Er hat sicher seit mindestens zwei Tagen nicht mehr ordentlich geschlafen, da wird er immer ungemütlich.«

»Ähm … in Ordnung?«

Meister Grünwald lächelte milde und strich sich gewichtig

über den wallenden Bart. »Nun, dann beginnen wir einmal mit meinen Atemübungen, die kennst du ja schon von deinen letzten Besuchen.«

Diese waren in der Tat bisher immer recht erfreulich gewesen. Meister Grünwald war nicht nur sehr umgänglich, sondern hatte sich noch dazu als jemand herausgestellt, der beim Kochen tatsächlich Salz verwendete und zu backen begann, wenn er gestresst war, wovon Aurelia und Gale mehr als profitierten. Es half Aurelia mit ihrer Angst vor der Außenwelt, sich regelmäßig zu überwinden und die paar Schritte hinüber zu machen. Wenn ihr Herzschlag sich dann beruhigt hatte und sie auf Meister Grünwalds Schwelle stand, wartete immer irgendetwas Gutes auf sie. Er hatte bei diesen Gelegenheiten auch schon begonnen, ihr das ein oder andere zu zeigen, besonders was Atemübungen und Beruhigungsmethoden anging. Mit beidem hatte Aurelia durchaus etwas anfangen können. Und es schadete nicht, dass sie sich sehr gut mit Gale verstand. Sicher, gelegentlich kokettierte Gale mit ihr auf eine Weise, die sie verlegen machte, weil sie nicht wusste, wie sie damit umgehen sollte, doch Gale trieb das Ganze nie auf die Spitze. Es war schön, fast schon heilsam, wieder so etwas wie eine Freundschaft zu pflegen – ohne Angst, und ohne etwas von sich verbergen zu müssen.

»In Ordnung«, sagte Aurelia und schaute zu Gale, um ihren Blick erwidert zu finden. »Machst du auch mit?«

Gale schien einen Moment zu zögern, dann folgte lediglich ein Achselzucken. Der Federmantel veränderte sich in derselben seltsam nebelhaften Weise wie bei der Verwandlung zuvor und wurde zu einem eng anliegenden schwarzen Kleidungsstück, das den Körper darunter nahtlos vom Hals bis zu den Zehen einschloss. Es wirkte unvorstellbar weich. Aurelia riss die Augen davon los und ließ sie stattdessen forschend über den restlichen Garten wandern, in dem Gale jedoch konkurrenzlos das Interessanteste blieb.

Meister Grünwald leitete sie durch die verschiedenen Figuren seines Sonnengrußes, wobei er sich ausgiebig Zeit nahm. Zeit, so erklärte er nicht zum ersten und wohl auch nicht zum letzten Mal zwischen den Figuren, spielte dabei keine Rolle, jede Figur konnte so lange brauchen, wie sie eben brauchte. Wichtig war dabei, dass die Atmung stimmte und in einem beständigen, richtigen Rhythmus von Ein- und Ausatmen zirkulierte. Was die Schwierigkeit des Sonnengrußes anging, so hatte er eindeutig gelogen, denn selbst neben Meister Grünwalds wuchtigen Ausmaßen geriet Aurelia wesentlich deutlicher ins Schwitzen als der Inarist, der sich voller Anmut bewegte. Gales Körper schien von unendlicher Biegsamkeit zu sein, während er die Abfolge absolvierte, ohne auch nur ansatzweise von Müdigkeit betroffen zu sein.

»Mach dir nichts draus«, beruhigte Meister Grünwald sie begütigend, nachdem die Aufwärmung ihr Ende gefunden hatte und Aurelia einige angespannte Worte vor sich hin murmelte, »das ging schon viel besser als letztes Mal, und es wird jedes Mal ein bisschen besser werden. Wenn man es jeden Tag macht, ist es irgendwann wie Zähneputzen.« Nach dieser kleinen Ansprache, mit der er vor allem sich selbst motiviert zu haben schien, klatschte er enthusiastisch in die Hände. »Lass uns lieber mit dem Training beginnen! Du bist hier, um endlich etwas über meine Spezialitäten zu lernen, nicht wahr? Wie viel weißt du über meine Arbeit? Vermutlich nicht sehr viel, ich kann mir nicht vorstellen, dass Marius etwas Bedeutenderes als unflätige Flüche darüber verloren hat.«

»Nun …« Es war schwer, etwas dagegen zu sagen, ohne gleich zu lügen. Gale warf ihr einen mehr als amüsierten Blick zu und kratzte sich am Ansatz des linken Geweihs.

»Meister Marius hat erwähnt, dass die Inarix sich um das Gleichgewicht zwischen allen Elementen bemühen?«

Meister Grünwald nickte zustimmend. »Ja, wir glauben daran, dass Gleichgewicht auch in der direkten Ausübung unserer Magie herrschen muss. Balance ist die Voraussetzung zur Schaffung des höchsten Gutes auf Erden.«

»Und das wäre?«

»Leben«, sagte Meister Grünwald und lächelte. »Dein Meister beschäftigt sich zwar ausschließlich mit dem Ende dieses Prozesses, aber er versteht mehr davon, als er zugeben möchte. Am besten ist es wohl, wenn … ja. Was wir machen, ist Folgendes.«

Rasch lief er um das Haus herum und verschwand für mehrere Minuten. Aurelia blickte ihm ein wenig verdattert hinterher, dann wurde sie von Gales kühlen Händen abgelenkt, die sich auf ihre Schultern senkten. Als sie aufblickte, fand sie Gales unergründlichen Blick auf sich, dann wurde ihr ein kleines, warmes Lächeln geschenkt, das Aurelia unwillkürlich erwiderte.

Wenig später kam Meister Grünwald behände zu ihnen zurückgestapft und trug dabei mehrere kleine Leinensäckchen in seiner Hand. Auf seiner Schulter hatte sich inzwischen ein kleines Eichhörnchen eingefunden, das sie mit neugierigen dunklen Augen und zuckender Nase beobachtete.

»Hand auf«, forderte er, nachdem er die beiden erreicht hatte. Als Aurelia ihm verdutzt die Hand entgegenstreckte, schüttete er ein paar Blumensamen darauf und lächelte zufrieden. »So. Die sollst du jetzt zum Wachsen bringen.«

»Auf meiner Hand?«, fragte Aurelia überfordert und beäugte die Samen, die für sie wie Vogelfutter aussahen.

Meister Grünwald neigte den Kopf. »Theoretisch gesehen könntest du das, denn Magie selbst ist Leben, und es gibt die

Möglichkeit, etwas von deiner eigenen Energie an andere abzugeben«, sagte er nach einer Weile. »Daraus entsteht beispielsweise die Heilmagie. Aber für den Einstieg würde ich doch eine etwas simplere Methode wählen und mit dem arbeiten, was du hast. Du weißt bereits, dass wir die Elemente nicht selbst herstellen können, sondern mit bereits vorhandenen Möglichkeiten arbeiten müssen, nicht wahr?« Aurelia nickte zustimmend. Meister Grünwald zwinkerte ihr zu und reichte dem Eichhörnchen einen Sonnenblumenkern, ehe er das passende Säckchen an Gale weiterreichte. Sein Zögling begann, ohne mit der Wimper zu zucken, die Körner in den Mund zu stecken. Das Eichhörnchen musterte die unvermutete Konkurrenz angriffslustig. »Gut, sehr gut. Was brauchen Pflanzen, um zu wachsen?«

Ein wenig erinnerte Aurelia die Frage an Meister Marius' erste Vorführung. Sie dachte ein wenig nach, während Gale und das Eichhörnchen sie kauend anstarrten. »Licht, nehme ich an … Wasser, Erde? Ein bisschen was von allem, irgendwie.«

Meister Grünwald nickte zufrieden. »Ein bisschen was von allem, ganz genau. Schau dich um – du hast die besten Voraussetzungen dafür, diese Samen zum Wachsen zu bringen. Die Kunst dabei ist, diesen Wachstumsprozess innerhalb von Momenten durchzuführen, anstatt über mehrere Wochen gehen zu lassen. Die Natur ist eine fantastische Sache. Sie vermag vieles von selbst zu schaffen, aber Magie kann sie dabei signifikant unterstützen.«

»Potenzial«, sagte Aurelia weise. Gale nickte ihr ebenso weise mit einer Spur von Amüsement zu, ehe dem Eichhörnchen noch ein Samen zugesteckt wurde. »Nun, dann wäre mein erster Schritt wohl, diese Samen in die Erde zu stecken.«

»Nur zu«, ermunterte Meister Grünwald sie unverdrossen anlächelnd.

Aurelia zögerte einen Moment lang, dann bückte sie sich und sprenkelte die Samen ins Gras vor sich. Glücklicherweise gab die Sonne noch genug Licht von sich, dass sie sich darum keine Gedanken machen musste. Woher nun aber Wasser nehmen? Mit den Fingern befühlte sie, wie feucht der Boden war, konnte aber unmöglich sagen, ob es genügte. Nicht zum ersten Mal verfluchte sie die Tatsache, dass Botanik sie nie wirklich interessiert hatte, weder im Umgang mit dem väterlichen Wintergarten noch anderweitig. Die Knochenblumen ihres Meisters fand sie sehr sympathisch, eben weil sie nicht den gleichen Bedürfnissen wie tatsächlichen Blumen zu unterliegen schienen.

»Du bist schon auf dem richtigen Weg«, merkte Meister Grünwald an. »Entweder du nutzt die Regentonne als direkte Quelle – dann möchte ich aber, dass du von deinem Standort das Wasser herbeiziehst –, oder du überlegst dir, worin überall Wasser stecken könnte. Du wirst sehen, es ist eine Menge.«

Aurelia studierte ihre Umgebung und befand, dass es für den Moment wohl am einfachsten war, die Regentonne zu nutzen. Mit einem kleinen Seufzer streckte sie die Hand danach aus und schloss die Augen, um sich zu konzentrieren. Ihr Atem wurde langsamer, als sie die Energien um sich herum zu ertasten begann. Da waren Gales und Meister Grünwalds lodernde Knotenpunkte, der winzig kleine des Eichhörnchens. Da war das langsame Summen, das durch die Erde ging und zu bestimmten Stellen zu strömen begann, da waren die Punkte der Vögel, Käfer, Insekten um sie herum. Und da war das Wasser. Sie atmete tief ein und zuckte mit den Fingern. *Komm her,* dachte sie entschlossen. *Komm zu mir.*

Ein wenig zu gewaltsam, aber dafür zielgerichtet schoss das Wasser aus der Tonne, folgte ihrer Lenkung und prasselte auf den Boden ein. Wenig elegant, aber immerhin erfolgreich verteilte Aurelia das überschüssige Wasser in einem breiten Fächer über den Rest der Wiese, wobei sie unabsichtlich auch sich selbst und alle anderen Anwesenden durchnässte. »Verdammt noch mal – Entschuldigung!«

»Oh, das macht doch nichts, es hat ja funktioniert«, sagte Meister Grünwald munter und wischte sich die Tropfen aus dem Gesicht, während Gale das Wasser abschüttelte wie ein Hund, der aus einer Pfütze gestiegen war. »Dann können wir uns jetzt ans Wachsenlassen machen.«

»Ich denke, ich bekomme das hin«, murmelte Aurelia. Nach kurzer Überlegung kniete sie sich auf den Boden direkt neben den vergrabenen Samen und konzentrierte sich. Sie dachte an das, was Meister Marius ihr beigebracht hatte, und sie dachte an Meister Grünwalds Worte. Mittlerweile wusste sie aber auch, dass weder der Weg des einen noch des anderen vollkommen für sie geeignet war. Ihre Magie schien nämlich wie ein fester magischer Knoten in ihr zu sitzen und nicht zu fließen, sondern zu explodieren. Meister Marius hatte ihr erklärt, dass das kein Problem war. Sie musste nur lernen, die Explosionen zu dosieren und zu lenken.

»Lebe«, murmelte sie den Samen zu, presste unwillkürlich die Hände gegen ihre Brust und zog einen kleinen Teil der Magie in sich heraus, um ihn den Pflanzen zu schenken.

Sie hatte sich ein wenig verschätzt. Nur aus einem der Samen brach ein faustdicker Spross aus der Erde und entfaltete augenblicklich grüne Blätter, woraufhin Meister Grünwald einen kleinen Laut des Erstaunens von sich gab. Gleichzeitig konnte Aurelia fühlen, dass es zu viel gewesen war, denn ihr schwindelte. Sie sah blitzende Punkte vor sich und war dankbar, als Gale sie mit einem Ruck wieder auf die Beine zog, um sie dann mit einem Arm um die Taille zu stützen.

»Wundervoll, Aurelia«, sagte Meister Grünwald sanft,

»aber wir werden an deiner Kontrolle arbeiten müssen. Keine Sorge, das sind Kleinigkeiten. Du bist auf einem wunderbaren Weg. Ich würde vorschlagen, du ruhst dich erst einmal aus. Gale, nimmst du sie mit auf dein Zimmer? Ich bringe euch etwas zu essen, es gibt Lasagne.«

»Ich kann Beilschmidt nicht leiden«, murmelte Gale.

Nachdem sie gegessen und getrunken hatte, ging es Aurelia wieder etwas besser. Nun saßen sie zusammen auf Gales Bett und leckten sich Marmelade von den Fingern, während Aurelia Gale von dem Vorfall mit Oberspäher Beilschmidt am vergangenen Tag erzählte. Meister Grünwald hatte sie nach der Hauptmahlzeit mit gebackenen Plätzchen versorgt, die einfach zu unwiderstehlich waren, um nicht ausgiebig zuzugreifen.

»Mein Problem mit ihm ist, dass er, glaube ich, besser sein will, als er sein kann«, erwiderte Aurelia und griff nach einem weiteren Plätzchen. Sie ließ dabei die Augen durch Gales Zimmer wandern, das direkt unter dem Dach lag. Es war kleiner als ihres, aber das machte es in gewisser Weise auch gemütlicher, und es hatte dafür einen eigenen Balkon, der zum hinteren Garten hinausging. Gales Bett, ein wuchtiges Ding mit eisernem Gitter, befand sich unter einer Dachschräge, sodass Gale leicht geduckt sitzen musste. Durch die verglaste Balkontür, die gleichermaßen als Fenster fungierte, fiel einiges an Licht herein. Ein zweites Fenster direkt gegenüber machte den direkt darunter stehenden, sehr in die Jahre gekommenen und zerkratzten Schreibtisch zu einem guten Arbeitsplatz. Der Teller mit den Plätzchen, der darauf abgestellt worden war, stand neben einem Stapel medizinischer Bücher, den Gale rasch zusammengeschoben hatte, um etwas Ordnung in das Chaos zu bringen, von dem beteuert wurde, dass es Methode hatte. Entlang der Wände waren Regalbretter angebracht, auf denen ein Blumentopf neben dem anderen stand. Präparierte Tierskelette standen in einem offenen Schrank neben der Zimmertür und mussten sich ihren Platz mit Körben voller Bandagen und anderen medizinischen Hilfsmitteln teilen. Den größten Platz nahm sicher ein Kleiderschrank ein, der wenig würdevoll in die letzte freie Ecke zwischen Wand und Bett gequetscht worden war, sodass Aurelia hätte schwören mögen, dass das Öffnen der Schranktüren jeden Morgen ein Abenteuer für sich war.

Gale runzelte die Stirn. »Jeder ist immer nur so gut, wie er sein will.«

»Ist das nicht ein bisschen einfach?«, fragte Aurelia so neutral wie möglich. Sie hob abwehrend die Hände, als Gale die prominenten Augenbrauen zusammenzog und zum Sprechen ansetzte. »Bitte versteh mich nicht falsch. Ich halte das Vorgehen Beilschmidts für einen Rundumschlag, der absolut nichts bringt, außer das Misstrauen zu schüren und Leute aufzuregen. Aber allgemein gesprochen – ich weiß nicht, ob das nicht zu einfach ist. Manchmal … manchmal zwingen äußere Umstände einen dazu, Dinge zu tun, die man eigentlich nicht tun will.«

Gale musterte sie einen Moment lang. »Du vergibst in der Hinsicht mehr als ich.« Die Worte hätten hart sein können, aber Gales Stimme war sanft, fast entschuldigend. »Es ist vielleicht hart, aber ich bin der Meinung, dass der erste Schritt zum Untergang darin besteht, die eigenen Prinzipien zu verraten. Wenn man sich von der Welt unter Druck setzen lässt und einem fehlerhaften System ohne Protest nachgibt, was bleibt dann noch von einem übrig?«

»Und wenn die Familie bedroht wird?«, fragte Aurelia, »Leute, die man liebt? Wenn man sich zwischen Pest und Cholera entscheiden muss? Beziehungsweise ein kleineres

Übel in Kauf nehmen muss, um ein größeres zu verhindern?«

»Und wo hört dieses Argument auf?«, fragte Gale angespannt. »Das ist das gleiche Argument, das der Senat für seinen Krieg benutzt. Opfert ein paar wenige eurer magiebegabten Kinder und ein paar mehr eurer nichtmagischen, gewinnt dafür mehr Land und mehr Einkommen – zumindest, wenn das Land sich von der ganzen Zerstörung erholt hat und ihr aufgehört habt, um die Toten zu trauern! Kompromisse, die die eigene Integrität und die Würde aller vernunftbegabten Wesen untergraben, sind keine Kompromisse, die es wert sind, eingegangen zu werden.«

Aurelia summte nur zur Antwort, denn sie hatte entschieden, diese Diskussion für den Moment nicht weiterführen zu wollen. Eine Weile war es still. Gale lehnte sich herüber und nahm ein Plätzchen vom Teller, lächelte ihr dabei versöhnlich zu. Aurelia blickte in die ungewöhnlichen hellen Augen und lächelte zurück. Es fiel ihr schwer, lange wütend auf Gale zu sein.

»Du wirkst grundsätzlich so, als würde es dir besser gehen«, brach Gale schließlich das Schweigen.

Aurelia zuckte mit den Achseln. »Ich denke schon. Ich habe mich halbwegs daran gewöhnt, wie absurd alles ist, glaube ich. Jetzt bin ich nur noch davon überfordert, wie unglaublich viel es zu wissen gibt. Aber Meister Marius scheint es nicht eilig zu haben.«

»Ich glaube, er hat einen anderen Begriff von Zeit als wir«, sagte Gale nachdenklich und wischte Reste von Staubzucker achtlos am Hemd ab. Aurelia verbiss sich einen instinktiven Tadel. »Zeit beginnt irgendwann ein bisschen egal zu werden. Sogar ich merke das schon, und ich bin noch nicht annähernd so alt wie Meister Kilian oder Meister Cinna. Wirst du mit ihm mitgehen?«

Aurelia blinzelte verwirrt. »Mitgehen? Wohin?«

»Na, nach Bycaea«, sagte Gale, als ob es das Selbstverständlichste der Welt wäre. »Ich glaube nicht, dass er für immer hierbleiben wird. Wenn es ihn nicht mehr freut oder er erledigt hat, wofür er gekommen ist, wird er wohl zurückkehren. Er hat schließlich seinen Partner dort, oder nicht? Und soweit ich weiß, erfreut sich Leonidas Dynatos bester Gesundheit. Auch wenn man hier zum Kotzen wenig Information über Mistras bekommt, damit die Quellenkinder hier ja nicht von einem magiebestimmten Regierungssystem auch in diesen Regionen träumen.«

»Ich …« Aurelia hüstelte verunsichert. »Ich fühle mich dämlich, das zuzugeben, aber ich habe bisher nicht darüber nachgedacht.«

»Könnte deine einzige Chance sein, hier rauszukommen, deswegen würde ich darüber nachdenken«, sagte Gale. »Meister Cinna hat sicher kein Problem damit, dir die richtigen Papiere zu besorgen. Und die Erfahrungen, die du in Bycaea machen könntest – es ist nicht einfach, da hinzukommen, weißt du, selbst wenn man magisch ist.«

»Nicht?«

Gale schüttelte den Kopf. »Man braucht eine offizielle Genehmigung von der bycaenischen Verwaltung, damit man einreisen kann. Magiebegabte Leute bekommen sie einfacher als nichtmagische, und es gibt eigene Regelungen für Verwandte. Wenn man nur zu Besuch kommt und sich nicht dort niederlassen will, ist es auch ein bisschen einfacher, aber die meisten Quellenkinder wollen die Goldene Stadt dann gar nicht mehr verlassen. Ich war selbst noch nie dort, aber ich war schon mal in Mistras generell – ist ein schönes Land, auch wenn man Hitze aushalten können muss. Ich glaube, es würde dir gefallen, die Magoarchitektur ist sogar in den Dörfern der Wahnsinn.«

Fortgehen? Die Stadt, in der sie geboren war, hinter sich lassen? Die Familie, die sie aufgezogen hatte, zurücklassen? Wer konnte schon sagen, ob sie je wiederkommen würde, wenn sie einmal ginge? Bisher war es Aurelia gar nicht in den Sinn gekommen, dass dies eine Option für sie sein konnte, nicht zuletzt aufgrund der strengen Ausreisevorschriften für Magiebegabte aus Vhindona. Aber Gale hatte natürlich recht. Sie musste es sich durch den Kopf gehen lassen und sich mit dieser Möglichkeit beschäftigen. Und wirklich, was hielt sie denn eigentlich hier, außer einem irrationalen Gefühl der Sentimentalität? Ihre Familie hatte sich weniger und weniger gemeldet und schickte inzwischen auch keine Briefe mehr. Und die Stadt hatte bisher sehr wenig für sie getan, wenn sie ganz ehrlich zu sich war.

In solche und andere Gedanken versunken kehrte Aurelia heim und hielt inne, als sie Stimmen in der Küche hörte. Eine davon gehörte zu Meister Marius, die andere war eine weibliche Stimme, die Aurelia unbekannt war. Das Haus schien ihr wie so oft in diesen Momenten zu Hilfe zu kommen und ließ alle normalerweise knarzenden Parkettbretter vollkommen still sein, als sie mit angehaltenem Atem zur Küchentür schlich, die einen Spaltbreit offen stand. Sie konnte Meister Marius erkennen, dessen Gesicht angespannt wirkte. Eine Frau mit hochgestecktem weißem Haar saß auf der Küchenbank und hatte ihr den Rücken zugedreht.

»– gutes Ablenkungsmanöver ist«, sagte Meister Marius gerade angespannt. Er unterhielt sich auf Limisch mit der Unbekannten, aber Aurelia, die von ihm viel Unterricht in limischer Schrift und Aussprache erhielt, kam inzwischen ganz gut mit der Sprache zurecht, solange es sich nicht um reines Altlimisch handelte. »Aber damit verschachern wir das Kind. Es hat eigentlich nichts damit zu tun.«

»Nichts damit zu tun?«, fragte die Frau milde mit einem

kaum hörbaren lachenden Unterton in ihrer Stimme. »Besagtes Kind ist kein Unschuldslamm. Und ein paar Nächte im Gefängnis werden zu überleben sein. Wir haben es hier mit einem starken Charakter zu tun.«

Aurelia presste eine Hand vor den Mund. Von wem sprachen die beiden? Wer war diese Unbekannte? Angespannt beobachtete sie Meister Marius' Gesicht, der weiterhin nicht glücklich über die Sache wirkte.

»Ich habe dir die zweite Option bereits vor einiger Zeit mitgeteilt«, sagte die Unbekannte schließlich.

»Und ich habe dir gesagt, dass sie nicht infrage kommt«, schnappte Meister Marius, verschränkte die Arme vor der Brust und sah zum Fenster hinaus.

Die Unbekannte zuckte mit den Achseln. »Wir brauchen noch Zeit. Entweder wir nutzen die Gunst der Stunde und lassen uns ein wenig vom Fluss dessen, was ohnehin passieren wird, mittreiben, oder wir packen das Übel gleich an der Wurzel. Aber wenn du unbedingt willst, dass er lebt, dann wird es wohl Option eins werden.«

Meister Marius seufzte und rieb sich die Nasenwurzel.

»Meine Güte, Marius, zier dich nicht so«, sagte die Unbekannte und seufzte ebenfalls. »Nach allem, was wir in den letzten Jahren veranstaltet haben, machst du ausgerechnet aus diesem Punkt ein Drama?«

»Das war alles notwendig«, erwiderte Meister Marius angespannt. »Bei dieser Sache hier bin ich mir nicht sicher, ob sie wirklich so notwendig ist.«

»Ich bin offen für Gegenvorschläge. Du könntest etwa das Bett mit dem Oberspäher teilen und das Problem so lösen. Oh, aber warte.« Ein Lachen. »Schade, dass das nicht geht, hm?«

Mehrere Emotionen wechselten sich auf Meister Marius' Gesicht ab, bis er schließlich einen Moment lang die Lippen aufeinanderpresste. »Mir gefällt das nicht, aber gut. Machen wir es so.«

»Na siehst du«, sagte die Unbekannte befriedigt. Als sie sich erhob, erwachte Aurelia aus ihrer Starre und zog sich hastig zurück, den dunklen Korridor hinab zum Gewächshaus, dessen Tür wie üblich verschlossen war. Sie versuchte gar nicht erst, das Blutsiegel zu öffnen, sondern verharrte in den Schatten, während die Unbekannte aus der Küche heraustrat. Von ihrem Standpunkt konnte Aurelia schneeweiße Haut, nackte Arme und die Falten eines modisch geschnittenen purpurnen Kleides erkennen, dessen Falten raschelten, als die Frau nach ein paar undeutlichen Worten das Haus verließ. Die Tür fiel hinter ihr ins Schloss, und nicht nur Meister Marius, sondern auch das Haus um ihn herum schien aufzuatmen. Einen Moment lang fürchtete sie, dass er sie gesehen hatte, denn er blieb mehrere Herzschläge lang reglos im Vorzimmer stehen. Dann jedoch gab Meister Marius nur einen knochentiefen Seufzer von sich und wandte sich ab, um mit schweren Schritten die Stiege hinaufzusteigen. Sie konnte hören, wie die Tür des Arbeitszimmers sich öffnete und wieder schloss.

Aurelia holte bebend Atem, bis die Anspannung sich aus ihren Gliedern gelöst hatte. Dann schlich sie zur Eingangstür, die sie geräuschvoll öffnete und schloss, ehe sie mit genauso viel Lärm ihren Mantel aufhängte und die Treppe hinaufstieg, um ihre Ankunft zu betonen. Jetzt war nicht die Zeit, um darüber zu rätseln, was der seltsame Austausch zwischen Meister Marius und der Unbekannten zu bedeuten hatte. Das hieß aber nicht, dass sie ihn vergessen würde.

Sie klopfte an die Tür des Arbeitszimmers, die ihr wenige Augenblicke später geöffnet wurde. Meister Marius sah müde aus, aber er musterte sie aufmerksam und ließ sie herein.

»Und, hat Kilian dir etwas Wertvolles beigebracht?«, fragte er, während er zurück in seinen Schreibtischstuhl sank.

»Schon. Aber ich denke, auf die Dauer ist mir die inaristische Tätigkeit zu anstrengend. Es gibt so unglaublich viel, was da schiefgehen kann, und dann ist immer gleich auf die ein oder andere Art Leben im Spiel«, erwiderte Aurelia und setzte sich ihm gegenüber, um dann etwas umständlich die Falten ihres Rocks zu sortieren.

»Leben ist immer im Spiel«, sagte Meister Marius.

Als sie aufblickte, stellte sie fest, dass er mit unfokussiertem Blick zum Fenster hinaussah.

Einen Moment lang betrachtete sie ihn, dann räusperte sie sich, um seine Aufmerksamkeit wieder auf sich zu ziehen. »Haben Sie vor, nach Bycaea zurückzukehren?«

»Wenn alles hier erledigt ist und die Herrin es für mich vorgesehen hat, dann ja«, erwiderte Meister Marius und wirkte ein wenig überrascht. »Wie kommst du darauf?«

»Gale hat mich darauf aufmerksam gemacht, dass es recht wahrscheinlich sein könnte«, sagte Aurelia wahrheitsgemäß.

»Ah, Gale«, murmelte Meister Marius und rieb sich über das Gesicht. »Nun, Gale ist ein kluger Kopf. Ich beabsichtige in der Tat nicht hierzubleiben, wenn die Herrin mir eine andere Möglichkeit vergönnt.«

»Werden Sie mich mitnehmen?«

»Würdest du das wollen?«

Aurelia zögerte einen Moment, dann zuckte sie ein wenig hilflos mit den Achseln. »Was passiert mit mir, wenn Sie gehen?«

»Man wird dich wohl einer neuen Lehrperson zuteilen.«

Aurelia biss sich auf die Lippen und schwieg.

Meister Marius sah sie aufmerksam an, dann senkte er den Blick auf die Tischplatte. Wechselnde Emotionen zeichneten sich auf seinem Gesicht ab, ehe er schließlich wieder zu sprechen begann. »Ich habe dir gesagt, dass ich die Verantwortung für dich übernehme, und das habe ich auch so gemeint. Egal, ob du mitkommen möchtest oder nicht, ich werde mich darum kümmern, dass du versorgt bist.« Er atmete tief ein. »Es gibt Gründe, warum ich nie wieder einen Zögling haben wollte, und jeder davon ist berechtigt. Einer davon ...« Er schwieg einen Moment. »Einer davon ist, dass ich bei meiner letzten Schülerin als Lehrer versagt habe, und es hatte furchtbare Konsequenzen.«

»Sie haben Angst«, stellte Aurelia leise und verwundert fest.

Er lächelte flüchtig. »Nur ein Ignorant hat nie Angst, Aurelia, und weise ist der, der seine Grenzen kennt. Lehrende haben viel Verantwortung, nicht nur in magischer, sondern auch in Herzensbildung. Für das, was damals durch meine Verantwortungslosigkeit und mangelnde Führung passiert ist, büßen heute noch viele Leute. Aber es gibt ... Unterschiede zu der damaligen Situation, die mich darüber nachdenken lassen, dich mitzunehmen.«

»Welche Unterschiede?«

Meister Marius war einen Moment lang ruhig. Dann faltete er die Hände vor sich und sagte leise: »Sofja – meine Ziehtochter, meine Schülerin – war schwach und voller Wut, von der sie sich zerstören ließ, ohne dass ich es gemerkt habe. Aber du bist stark. Man kann es jetzt schon sehen, auch wenn du vielleicht glaubst, dass es nicht der Fall ist. Bei dir ist es noch nicht zu spät. Und bei der Herrin, Vhindona ist keine Stadt für dich. Bycaea hingegen würde dich mit offenen Armen empfangen.«

Aurelia biss sich auf die Lippen, dann flüsterte sie: »Ich glaube, ich würde gerne mit Ihnen gehen. Aber ich bin mir noch nicht sicher.«

Meister Marius machte Anstalten, als ob er seine Hand auf

ihre legen wollte, dann besann er sich rechtzeitig. »Das Jahr neigt sich langsam seinem Ende zu, aber uns stehen noch viele Dinge bevor.« Einen Moment lang zögerte er, als ob er etwas hinzufügen wollte, dann senkte er nur den Blick. »Ich wäre geehrt, wenn du mich begleitest und mich dein Potenzial fördern lässt. Aber urteile erst, wenn du meine schlimmsten Seiten gesehen hast. Davor werde ich dich nicht auf eine Entscheidung festnageln.«

Aurelia runzelte die Stirn. »Ich kenne Ihren Charakter«, sagte sie dann fest. »Sie sind manchmal übel gelaunt, aber Sie sind kein schlechter Mensch. Was könnte es geben, das mich so sehr verschrecken könnte? Oder waren Ihre Lehren bisher Heucheleien?«

Das Gesicht ihres Meisters wirkte müde. »Ich hoffe es nicht.«

»Aber?« Aurelia musterte ihn mit großen Augen. Sie wusste nicht, warum die Reaktion ihres Meisters sie so überraschte. Aber es wirkte, als ob er Dinge vor ihr verborgen hielte. Sie runzelte die Stirn. »Gibt es etwas, was Sie mir sagen wollen?«

Ihr Lehrmeister schwieg einen langen Moment. Dann seufzte er und sagte: »Das Leben verlangt manchmal schmerzhafte Handlungen von uns, bei denen Dinge geopfert werden müssen.«

»Das ist doch in Ordnung, solange es nicht anders geht«, sagte Aurelia.

Meister Marius blickte sie mit zusammengezogenen Augenbrauen an, dann schüttelte er den Kopf. »Nein, Aurelia, in Ordnung ist es nicht, besonders wenn es um Leben geht.« Er atmete tief durch. »Aber wenn man ein Land regiert, bleibt einem manchmal nur die Überlegung, wie man die Opferzahl möglichst gering halten kann, weil es keine Vermeidung des Opfers gibt. Nichts daran ist in Ordnung, auch wenn es vielleicht keine andere Möglichkeit gibt. Und manchmal sind die Gottheiten uns einfach nicht gnädig.«

»Wir sind alle nicht perfekt und machen Fehler«, gestand Aurelia ein. »Es kommt immer auf die Sache an, denke ich. Aber man kann ja trotzdem eine Grundhaltung entwickeln, nach der man sich orientiert.«

Sie deutete auf sich. »Sehen Sie mich an. Ich bin jetzt auch schon eine bessere Version von mir selbst. Dass wir uns entwickeln und aus Fehlern lernen, ist doch irgendwie das Schöne am Leben, oder?«

Meister Marius sah sie einen langen Moment schweigend an. Dann nickte er langsam. »Ja ... vielleicht hast du recht. Deine Sicht aufs Leben ist unendlich wertvoll.«

Erneut blickte er zum Fenster hinaus, dann wandte er wieder ihr den Kopf zu. »Gehen wir schlafen. Es war ein langer Tag, und ich rede nur noch Unsinn. Am Ende bin ich wohl doch ein tattriger alter Mann geworden, und es gibt nichts Schlimmeres als tattrige alte Männer.«

KAPITEL 15

Entgegen Meister Marius' ominösen Worten verging die nächste Woche ohne sonderlich große Veränderungen. Aurelia erledigte zusammen mit Meister Grünwald und Gale die Einkäufe für sich und Meister Marius. Daneben traf sie sich immer wieder mit Gale. Manchmal war bei diesen Treffen auch Aywyn dabei, die Aurelia ein paar Möglichkeiten der Kommunikation außerhalb von verbaler Sprache zeigte: Gebärden, wie Aurelia sie bei manchen nichtmagischen Personen ebenfalls schon gesehen hatte, aber auch Kommunikation über eine telepathische Verbindung. Es war ein sehr seltsames Gefühl, eine andere Stimme im Kopf zu hören, ungewöhnlich und nicht unbedingt etwas, das Aurelia auf breiter Basis ausführen wollte. Daher war sie wesentlich interessierter daran, ihre Kenntnisse in Gebärdensprache zu vertiefen, auch wenn sie zugeben musste, dass telepathische Kommunikation schneller und einfacher war.

So oder so war es ein nettes Gefühl, so etwas wie freundschaftliche Beziehungen zu haben, besonders, da die beiden vergleichsweise in ihrem Alter waren – zumindest wenn man es mit den anderen Quellenkindern verglich, mit denen Aurelia ansonsten zu tun hatte und die alle schon die Hundert-Jahre-Marke überschritten hatten. Außerdem mochte sie sowohl Gale als auch Aywyn. Gale war spröde mit einem trockenen, oftmals bissigen Humor, der Aurelia immer wieder zum Lachen brachte. Aywyn war in sich gekehrt und hatte eine Tendenz zur Schwermut, aber gleichzeitig war sie eine sanfte, verständnisvolle Person. Beide nahmen es ihr nicht übel, dass sie nicht allein von Haus zu Haus gehen wollte, sondern abgeholt oder besucht werden musste. Im Gegenteil: Aywyn erzählte ihr davon, dass sie unter Angst vor zu engen Plätzen litt, und Gale gab nach einer Weile zu, dass es zu Beginn schwer gewesen war, sich auf die magischen Kräfte einzulassen und sich selbst zu vertrauen. Es war beruhigend zu hören, dass auch andere Schwierigkeiten hatten.

Ansonsten setzte Aurelia vor allem ihren Unterricht fort. Meister Marius schien sich dafür entschieden zu haben, vor allem ihre Kenntnisse in Schriftkunde zu vertiefen, obwohl er mit ihrem bisherigen Wissensstand nicht unzufrieden war.

So zogen sie sich nach den üblichen Atemübungen regelmäßig ins Arbeitszimmer zurück, wo Meister Marius bei der ersten Unterrichtseinheit nach ein paar Minuten Geschimpfe in drei verschiedenen Sprachen mehrere leere Wachstafeln und einen Griffel aus einem Haufen obskurer, verstaubter Schreibwerkzeuge ausgrub und vor sie auf den Tisch legte.

»Ich bin mit der Keilschrift aufgewachsen«, erklärte er ihr und ließ sich schwer in seinen Lehnstuhl fallen, ehe er die Hände auf dem Schreibtisch faltete. »Mittlerweile ist sie überwiegend aus dem Alltagsgebrauch verschwunden, auch wenn sie immer noch von ein paar mistrischen Völkern benutzt wird – zumindest war das vor ein paar Dekaden noch der Fall, wer weiß, was sich seitdem getan hat. Sie ist jedenfalls dafür optimiert, mit einem Keil eingetrieben zu werden – eigentlich in Ton oder Stein, aber Wachs sollte den Dienst weitgehend auch tun.« Er nahm den Keil und eine der Tafeln, um sorgfältig einige Schriftzeichen hineinzutreiben, dann drehte er sie ihr zur Begutachtung zu. »Siehst du die vielen geraden Linien, aus denen die Schriftzeichen bestehen? Genau deswegen. Versuch das mal nachzumachen.«

Das Schreiben stellte sich als schwieriger als gedacht heraus, jedoch vor allem deshalb, weil es so ungewohnt war. Aurelia mühte sich mehrere Tage lang mit Keil und Wachstafel ab, ehe sie halbwegs herausbekam, wie sie arbeiten musste – dann jedoch ergab alles gleich sehr viel mehr Sinn, und sie kam leichter voran. Unter Meister Marius' wachsamen Augen übte sie geduldig alle Zeichen, die er ihr zeigte, sowohl Buchstaben als auch Symbole. Sie erstellte nach seinen Angaben Listen in Keilschrift, die ihrer Meinung nach wenig Sinn machten, und versuchte, das festzuhalten, was er ihr diktierte. Es stellte sich heraus, dass die Keilschrift, die Meister Marius ihr beibrachte, in frühem Altlimisch verwendet worden war, ehe sich nach und nach die Schrift verbreitet hatte, die Aurelia von bereits übersetzten Texten kannte. Nun war Altlimisch als gesprochene Sprache genau wie die Keilschrift im alltäglichen Gebrauch mehr oder weniger ausgestorben, sah man von Überbleibseln aus alten Tagen wie Meister Marius und Spuren in den modernen Sprachen und Sprachvarianten ab. Aurelia war ein wenig erleichtert zu hören, dass auch in Meister Marius' Jugend die Keilschrift bereits als Relikt gegolten hatte, das vor allem noch für religiöse Texte und Riten verwendet worden war und kaum noch Alltagsgebrauch gefunden hatte. Dennoch, so erklärte Meister Marius, war die Keilschrift durchaus nützlich für Quellenkinder.

»Der Grund ist folgender«, erläuterte er, »alte Schriftsysteme gewinnen ihre magische Bedeutung mit zunehmendem Alter. Je weniger sie noch aktiv im Alltag verwendet werden, umso eher kann man sie beispielsweise magisch aufladen. Frag mich nicht, wie die Fabramagix das machen. Das kannst du Thressa fragen – Meisterin Funkenschmied, die du heute kennenlernen wirst.«

»Eine neue Lehrmeisterin?«

»Eine, die dir gut gefallen wird, denke ich, so wie ich denke, dass die Alchymie, wie man es hier nennt, dir generell zusagen wird«, erwiderte Meister Marius. »Kehren wir jedoch zu unserem eigentlichen Thema zurück, wenn es dir recht ist. Ich denke, für die Fabramagix funktioniert es ähnlich wie Sprucharbeit für kompliziertere Projekte – Bob zum Beispiel, es ist dir vielleicht aufgefallen, hat auf seinen Knochen den Spruch eingeritzt, mit dem ich ihn erschaffen habe. Ein Skelett, das sich verteidigen und weglaufen kann, lässt sich schwerer stehlen als ein Buch.« Er lächelte zufrieden.

Es machte auf eine Art und Weise für Aurelia Sinn wie weniges zuvor, aber es war auch schwerer als gedacht. »Es sind also nicht unbedingt Buchstaben im herkömmlichen Sinn?«

»Nicht mehr. Sie waren es einmal, aber die Zeit hat sie mit anderer Bedeutung aufgeladen.« Er bewegte ein wenig unbestimmt die Hand. »Es ist so. Buchstaben sind Zeichen, mit denen wir Bedeutung ausdrücken. Der Zusammenhang zwischen Zeichen und Bedeutung verändert sich – besonders durch die Vulgax und ihre Schnelllebigkeit, aber das ist auch der Grund, warum das Konzept eines Baums in unterschiedlichen Sprachen unterschiedlich heißt, ohne aufzuhören, Baum zu sein.« Er musterte sie aufmerksam. »Verstehst du, was ich dir sagen möchte?«

»Durchaus«, meinte Aurelia und runzelte dennoch die Stirn. »Sollte das aber dann nicht auch der Fall mit diesen Schriftsystemen sein?«

»Nein. Der Unterschied ist, dass sie tot sind.« Meister Marius kratzte sich angelegentlich am Handrücken. »Wenn etwas tot ist, verändert es sich nicht mehr. Das gilt für alles, was lebt, und damit auch für Sprachen.« Er lächelte matt. »Das ist einer der Gründe, wieso manche sich nach dem Tod noch so sehr an diese Welt klammern. Wie dem auch sei. Dementsprechend setzt sich eine gewisse Bedeutung fest. Die Zeichen werden zu Symbolen – besonderen Zeichen, sozusagen. Verstehst du, auch hier geht es wieder um Potenzial, wie bei allem, was mit Magie zusammenhängt. Die Alchymie setzt sich damit enger auseinander, du solltest unbedingt Thressa fragen, wenn du sie heute siehst. Es war auch eine mit mir befreundete Fabramagica, die diese Theorie aufgestellt hat.« Er blickte nachdenklich auf die Wachstafel in Aurelias Händen. »Ich werde vor allem die technischen Voraussetzungen mit dir üben – diese Schrift zu beherrschen wie das System, das du in der Schule gelernt hast. Vieles davon ist für mich noch nicht Symbol genug, um magisch zu wirken, ich bin zeitlich deutlich näher dran als du oder Thressa. Hausaufgabe bis morgen: Nimm eine von den unbenutzten Tafeln und den Griffel, dann schreibst du das, was wir heute gemacht haben, zehnmal ab.«

»Zehnmal?!«

Meister Marius grinste ein wenig. »Das schaffst du schon.«

Aurelia grollte, ehe ihr noch eine Frage einfiel. »Hat dann aber nicht jede Sprache das Potenzial, magisch verwendet zu werden?«

»Natürlich«, stimmte Meister Marius zu. »Kommt drauf an, wer sie verwenden will und in welchem Kontext. Mit toten Sprachen ist es – sagen wir mal, es ist einfacher, eben weil es keine aktiv Sprechenden mehr gibt, die ihre Bedeutung noch mal verändern könnten.« Er lächelte schwach. »Mit Leuten wie mir auf der Welt, die ihren Aufenthalt schon längst überstrapaziert haben, gibt es davon nicht so viele. Aber selbst dieses Gehirn vergisst, und dabei bewahren wir Moritux das, was war. Wir vergessen nur sehr schwer.«

»Ein Segen«, sagte Aurelia.

»Nicht immer«, sagte Meister Marius. Seine langen, dünnen Finger streichelten gedankenvoll Gustavs Kopf, als dieser auf seine Schulter sprang und seinen knochigen Schwanz um Meister Marius' Hals wand wie eine Umarmung. Überhaupt war er in letzter Zeit in schrecklich gedankenvoller, fast schon melancholischer Stimmung, als ob sich nicht nur das alte Jahr, sondern die ganze Welt dem Ende zuneigte. Aurelia wusste nicht genau, was sie tun konnte, um ihn aufzuheitern. Immer wenn sie fragte, erklärte er ihr lediglich, dass er alt war und die Heilung allein in den Händen der Herrin lag.

Das hielt ihn aber immerhin nicht davon ab, gewissenhaft seinen Dienst als ihr Lehrmeister auszuüben, und so brachte er sie an diesem Nachmittag auch zum ersten Mal in die Schmiede von Meisterin Thressa Funkenschmied.

»Was ist das eigentlich für ein Mantel, den Sie da immer tragen, Meister?«, erkundigte Aurelia sich, als sie ihm aus dem Haus folgte. In der Tat war ihr schon früher das seltsame Material von Meister Marius' schwarzem Kapuzenmantel aufgefallen, das schimmerte wie gesponnenes Wasser.

»Schleiermantel«, sagte Meister Marius. »Ein Geschenk zu meiner Priesterweihe vor viel zu langer Zeit, womit er fast so alt ist wie ich. Ich hatte auch mal eine passende Brille, aber die ist kaputtgegangen, was ich bis heute bitter bereue. Gibt heutzutage nicht mehr viele Fabramagix, die wissen, wie man diese Gegenstände herstellt – ich denke, man kann sie an einer Hand abzählen, und die Herstellung kostet eine Unsumme.«

»Was kann ein Schleiermantel?«

»Er verbirgt mich vor den Toten«, sagte Meister Marius. »Die meisten nehmen Sterbliche nicht wahr, weder Vulgax noch Quellenkinder, außer Leute wie mich. Und wenn du wie ein Leuchtfeuer bist, das einen Ausweg aus einem endlosen Kreislauf bietet, nun, dann versuchen viele, deine Aufmerksamkeit zu bekommen, oft mit nicht sehr höflichen Mitteln.« Er seufzte ein wenig. »Die Brille hätte bewirkt, dass ich sie auch nicht sehe, was manchmal ein Segen sein kann, aber … na ja. Der Mantel ist wichtiger.«

Aurelia musterte das Kleidungsstück mit neuer Wertschätzung. »Haben Sie nur den einen?«

Meister Marius zögerte ein wenig. »Streng genommen besitze ich noch einen zweiten«, sagte er langsam, »aber der gehörte jemand anderem, und er befindet sich nach wie vor in Bycaea.«

Aurelia hob den Blick und richtete ihn auf Meister Marius' Gesicht, doch dieser hatte ihr stur das Profil zugewandt. »Wem?«

»Sofja«, sagte Meister Marius nach einer langen Pause mit einem Tonfall, als ob ihm unter Gewalt jedes Wort herausgezogen würde.

Aurelia presste einen Moment lang die Lippen aufeinander. Seit Meister Marius seine ehemalige Schülerin erwähnt hatte, hatte sie immer wieder darüber nachgedacht. Sie wusste gar nicht genau, warum die Sache sie so beschäftigte. Aber Aurelia fühlte deutlich, dass Schmerz hinter der Sache steckte, wie eine alte Wunde, die man zu verbergen suchte, und sie wollte gleichermaßen mehr darüber wissen, wie sie davor zurückscheute, Meister Marius zu verletzen.

Letzten Endes gewann die Neugier. »Werden Sie mir jemals davon erzählen, was genau passiert ist?«

Eine Weile schien Meister Marius mit sich zu ringen. Sie ließ ihm Zeit, während sie durch die Bezirke schritten und gelegentlich bei Kontrollen zwischen den Bezirken ihre Dokumente herzeigten, um passieren zu können.

»Sie war eine Falsa«, sagte Meister Marius schließlich kurz vor ihrem Ziel so unvermittelt, dass Aurelia sich beinahe erschreckte. »Es war von Anfang an eine dumme Idee, aber sie war sehr charismatisch und verzweifelt und so jung – wir wollten es versuchen, wollten ihr eine zweite Chance geben und schauen, ob man sie nicht doch wieder auf den richtigen Weg bringen kann.« Er schüttelte den Kopf. »Manchmal kann man jemanden nicht retten. Ich wünschte nur, wir hätten das früher erkannt, aber … wir haben sie geliebt. Und Liebe macht blind.«

Aurelia schüttelte den Kopf und blieb stehen. »Ich verstehe

nicht. Was hat sie getan?« Als ihr Meister nicht antwortete, hakte sie hartnäckig nach: »Es muss einen Grund geben, warum Sie hierhergekommen sind. Von all den Städten und Ländern auf der Welt sind Sie ausgerechnet hierhergekommen. Es hat mit ihr zu tun, nicht wahr? Mit etwas, das sie getan hat und das Sie hierher hat fliehen lassen?«

Meister Marius blieb stehen und zog die Kapuze tiefer in sein Gesicht, dann blickte er die Brücke über den Veno-Fluss entlang, der vor ihnen lag.

»Ist es das, was man sich erzählt – dass ich geflohen bin?«, fragte er schließlich leise, dann sah er sie an. »Mag sein, vielleicht war auch ein wenig Flucht dabei. Aber der Grund ist überwiegend ein anderer, du hast nicht unrecht. Mehr kann ich dir für den Moment aber nicht sagen. Gib mir noch ein wenig Zeit.«

Aurelia biss sich auf die Innenseite der Wangen und schwieg. Sie sah ihren Meister an, der seltsam traurig und müde wirkte, fast verloren, wie er in seinem Schleiermantel am Ende der Brücke neben dem mintgrünen, verschnörkelten Gelände stand und auf die Stadt vor ihnen starrte. Ein halbes Jahrtausend Leben. Sie war manchmal schon nach einem Tag unermesslich erschöpft, wie hielt ihr Meister sich noch auf den Beinen?

»Das sind eigentlich keine Dinge, die ich gerne auf offener Straße bespreche«, sagte Meister Marius schließlich und setzte sich wieder in Bewegung. »Du hättest mich nach meinen Stiefeln fragen sollen, das ist eine wesentlich bessere Geschichte. Die habe ich nämlich beim Kartenspiel mit einer einbeinigen Zwergin und einer Äolin nach der Schlichtung einer Bandenstreitigkeit gewonnen.«

Aurelia blinzelte, war aber nicht unfroh über den Versuch ihres Meisters, das Thema zu wechseln. »Wie bitte? Jetzt nehmen Sie mich doch auf den Arm.«

»Zu spät, jetzt wirst du es nie erfahren«, erwiderte Meister Marius geradezu verschmitzt und ließ sich trotz Aurelias Bitten und Betteln nicht erweichen. Sie versuchte es dennoch geraume Zeit weiter – bis sie ihr Ziel erreichten, das sofort ihre ganze Aufmerksamkeit auf sich zog.

Die Schmiede befand sich in dem dünnen, grauen Gürtel zwischen den Bezirken der Vulgax und jenem der Quellenkinder. Schon von Weitem konnten sie den Lärm von Hammer und Stahl, kochenden Flüssigkeiten und kreischenden Mechaniken hören, und sie erblickten trotz der frühen Stunde viel Kundschaft, die von einer etwas zerrupften Zwergin mit einem geradezu majestätischen, sorgfältig geflochtenen Bart hinter einem ölverschmierten Tresen abgefertigt wurde. Sie blickte auf, als Meister Marius und Aurelia sich näherten, beschäftigte sich bald jedoch wieder mit einer rotgesichtigen Menschenfrau vor sich, die unbedingt Schadenersatz für angeblich beschädigte Hufeisen verlangte. Ein Mann wartete in einer Ecke des Verkaufsraumes, nervös seine graue Kappe zwischen den Händen haltend und aus allen Poren schwitzend. Auf einer Bank saß eine Magiebegabte, die Aurelia an dem entsprechenden Zeichen auf ihrer Brust erkannte, und blätterte in sorgfältiger Inspektion ein Buch durch, dessen Seiten zu leuchten schienen. Meister Marius ignorierte sie beide vollkommen. Er winkte Aurelia zu, ihm zu folgen, und schob sich durch die wuchtige Tür hinein ins Innere der Schmiede.

Ihr Meister schien vollkommen unbeeindruckt von der ihnen entgegenschlagenden Hitze zu sein. Aurelia hingegen spürte, wie sich ihre Haut erwärmte und rötete, aber es war eine Hitze, die sie tief einatmen und auf ihren Armen prickeln spüren konnte. Meister Marius steuerte ohne Umwege die stattliche Gestalt an, die in der Mitte der Schmiede mit ungehemmter Kraft wiederholt einen Hammer auf glühenden Stahl niederfahren ließ. Neben dem Amboss, der vor ihr stand, brannte ein gewaltiger Schmelzofen.

Die Person, die selbst Meister Marius um einen Kopf oder mehr überragte, hatte ihnen den Rücken zugewandt und schien sie noch nicht bemerkt zu haben. Es war unmöglich, ihr Aussehen weiter zu bestimmen, da sie auf dem Kopf einen Lederhut trug und auch der Rest von ihr in Hemd, Hose und eine dicke Lederschürze eingekleidet war. Meister Marius schob sich ungerührt seitlich in ihr Blickfeld; der Hammer hörte auf, auf den Stahl hinabzusausen, und die Person wandte ihm ihren Kopf zu, die Augen hinter einer Brille mit getönten Gläsern verborgen, um mit einer in einem Lederhandschuh steckenden Hand zu winken.

»Zwei Minuten!«, brüllte sie mit kräftiger Stimme. Meister Marius nickte und schob sich zusammen mit Aurelia aus der Funkenzone, um zu warten, während das Hämmern wieder losging. Aurelia stand wie zur Salzsäule erstarrt neben Meister Marius und ließ die Augen pfeilschnell durch die Schmiede und wieder zurück zu der hämmernden Schmiedin gleiten. Etwas an ihrer ganzen Umgebung fühlte sich seltsam richtig an – als ob sie dazu bestimmt war, hier zu sein. Sie schnappte nach Luft, als die Schmiedin begann, routiniert gleißende Magie in den glühenden Stahl einzuarbeiten, ehe sie nach einer Zange griff und das Stück mit einer geübten Bewegung zischend in einem großen Wasserbecken versenkte. Erst dann ließ sie den Hammer auf der Werkbank ruhen und kam zu ihnen.

Noch im Gehen riss die Schmiedin sich die getönte Brille aus dem Gesicht und den Hut von ihrem Kopf, unter dem schulterlanges, zerzaustes schwarzes Haar zum Vorschein kam, das nur halb in einem Pferdeschwanz gebändigt worden war und teilweise in ihre schweißfeuchte Stirn hing. Nachdem sie sich die Lederschürze abgenommen und die

Ärmel ihres vollkommen verrußten Hemdes bis zu den Schultern aufgerollt hatte, zeigten sich Arme stark wie Baumstämme. Mit einem strahlenden Lächeln entblößte sie mehrere Goldzähne, die im flackernden Licht der Schmiede glänzten.

»Die Gottheiten zum Gruße!«, warf sie ihnen entgegen und stemmte die Hände in die Hüften, um sie aufmerksam zu mustern, dann röteten sich ihre Wangen in offensichtlicher Begeisterung, und sie begann zu strahlen.

»Meister Cinna!«, platzte sie heraus, kreuzte die Arme über der Brust und verneigte sich tief, ehe sie sich mit leuchtenden Augen der Begeisterung wieder aufrichtete. »Ihr Besuch in meiner bescheidenen Werkstätte ehrt mich wirklich sehr. Und du musst dann wohl Aurelia sein? Sei gegrüßt, ich bin Thressa, Thressa Funkenschmied.«

Sie schüttelte enthusiastisch Aurelias Hand, die zwischen ihren schwieligen Fingern beinahe verschwand. Meister Marius schien ein Schmunzeln unterdrücken zu müssen, zog jedoch die Mundwinkel hinab und die Augenbrauen zusammen.

»Das ist sie«, sagte er, und dann: »Sie hat heute die ersten Grundlagen zur Keilschrift gelernt, und ich beabsichtige, die technische Seite weiter mit ihr auszufeilen. Den Rest überlasse ich Ihnen. Aurelia hat ein besonderes Interesse für Magoarchitektur, vielleicht können Sie ihr da ein wenig weiterhelfen.«

»Aber natürlich! Sehr gern!« Meisterin Funkenschmied strahlte sie an. »Meine ehemalige Meisterin hat einige magisch verstärkte Gebäude in dieser Stadt überwacht und errichtet, ich zeige dir gern ihre Aufzeichnungen dazu. Ich gestehe, ich hatte bisher noch keine eigenen Auszubildenden, aber ich werde mein Bestes tun, dir mein Wissen zu vermitteln!« Sie lächelte und ließ ihre Hand so kraftvoll auf Aurelias

Schulter niedersausen, dass diese beinahe in die Knie ging. Meister Marius wirkte milde amüsiert.

»Du bist in guten Händen«, meinte er. »Findest du den Weg heim?«

Aurelia zögerte, wollte keine Probleme machen und fühlte doch, wie ihr beim Gedanken an einen Heimweg ohne Begleitung der Angstschweiß ausbrach. »Allein?«

Meister Marius öffnete den Mund, hielt inne und musterte sie einen Moment lang aufmerksam. Dann sah er zu Meisterin Funkenschmied. »Können Sie das Mädchen heimbringen, wenn Sie fertig sind?«

Meisterin Funkenschmied wirkte ein wenig verwundert, nickte aber. Aurelia fühlte Erleichterung in sich aufsteigen – und Dankbarkeit, dass Meister Marius ihr Problem nicht allzu offensichtlich breitgetreten hatte. Ein Teil von ihr schämte sich immer noch dafür, dass es ihr nicht möglich war, draußen allein unterwegs zu sein. Irgendwie wurde es zwar langsam ein bisschen besser, aber sie war noch weit davon entfernt, längere Strecken allein zurückzulegen.

Meister Marius schien sie deswegen nicht zu verurteilen, zumindest sah man ihm nichts dergleichen an. Stattdessen schenkte er ihr nur ein flüchtiges Lächeln. »Gut. Ich werde Oberspäher Beilschmidt einen kurzen Besuch abstatten. Bis später.«

Er nickte Meisterin Funkenschmied zu, die sich daraufhin wieder tief verneigte. Meister Marius' Mundwinkel zuckten einen Moment, dann wandte er sich ab und verließ mit wehendem Umhang die Schmiede. Aurelia konnte noch sehen, wie die Leute ihm hastig aus dem Weg sprangen, dann war er schon ihrem Sichtfeld entschwunden.

Meisterin Funkenschmied stemmte die Hände in die Hüften und legte gedankenvoll die Stirn in Falten. »Womit fangen wir nur am besten an … Oh! Ich weiß.«

Einige Minuten, nachdem Meister Marius sich verabschiedet hatte, zog sie einen Feuerschutz aus dem hinteren Bereich der Schmiede und stellte ihn vor Aurelia hin. Der dreiteilige Feuerschutz mit aufklappbaren Flügeln bestand aus einem zart gehämmerten, dünnmaschigen Gitter, an dem sich eiserne Rosen emporrankten. Voller Faszination ließ Aurelia die Fingerspitzen über eine davon gleiten und blickte dann zu Meisterin Funkenschmied, die erwartungsvoll wie ein junger Hund auf sie hinuntersah.

»Na?«, fragte sie. »Fällt dir etwas an seiner Beschaffenheit auf? Und damit meine ich nicht die – na ja, die physische Beschaffenheit.«

Aurelia runzelte die Stirn und neigte sich tiefer darüber. Ja, da war etwas – ihre Finger ertasteten Stellen im Eisen, die sich auf ihre Berührung hin rasch aufzuwärmen schienen. Einer plötzlichen Eingebung folgend atmete Aurelia langsam aus. Sie legte beide Hände über das Gitter und lehnte sich darüber. Ja, da war es: Mehrere Linien an winzigen Runen, die mit dem freien Auge kaum zu sehen waren, fast nur leichte Kratzer im Eisen. Ein Spruch zum Aufsaugen von übermütigem Feuer, aber nicht gehorsamem – das machte Sinn. Niemand wollte Funken auf seinem Teppich, aber ein Feuerschutz, der das Kaminfeuer im Übereifer erstickte, war genauso unbrauchbar. Und die Rosen …

»Ich verstehe nicht – was ist das für eine Kombination aus Runen?«, sprach Aurelia laut aus und schüttelte den Kopf. »Ich kann keinen praktischen Nutzen für eine Farbrune erkennen. Aber ich kenne bisher auch nur ein paar einzelne Runen.«

Thressa lachte so dröhnend, dass das Gitter in Aurelias Händen zu zittern schien. »Eine Wachstumsrune in Kombination mit einer Feuer- und Farbrune ergibt ein wunderbar ästhetisches Ergebnis. Ab und zu möchte ich einfach Schönheit produzieren. Diese Rosen schwellen an und färben sich rot, wenn Feuer im Kamin brennt. Es hat einen wunderbaren Effekt, die Edeldame, die ihn in Auftrag gegeben hat, ist begeistert von der Idee. Erschaffst du nicht auch manchmal Dinge, einfach weil du kannst oder willst?«

Aurelia zögerte. »Ich habe meinem Vater gelegentlich bei Architekturprojekten assistiert und Modelle angefertigt«, erwiderte sie. »Aber da wurde mir nicht viel freie Hand gegeben.«

»Und mochtest du es?« Thressas Augen bohrten sich in ihre, aber alles in ihrem Gesicht war sanft. »Mochtest du es, Dinge zu bauen?«

»Ich liebe es«, erwiderte Aurelia mit einer Vehemenz, die sie selbst überraschte. »Ich wäre gerne Architektin geworden – ich kann mir nichts Besseres vorstellen, als Leuten dabei zu helfen, in einem schönen Heim zu leben. Auch wenn ...«

»Ja?«

Aurelia ließ den Blick durch die Schmiede gleiten. »Ich frage mich, was man noch machen könnte. Ich habe gesehen, dass im vorderen Bereich der Schmiede elektrische Lampen verwendet werden. Lehnen Sie nichtmagische Errungenschaften also nicht ab?«

»Oh, ganz im Gegenteil!«, rief Thressa aus. »Wir experimentieren hier viel damit. Die Alchymie ist eine Art Schnittstelle der Welten – ein einsames, neues Spielfeld und von vielen schräg beäugt, aber Leute wie wir, wir haben nicht vergessen, dass wir alle nicht so unterschiedlich voneinander sind, nicht wahr?« Sie zwinkerte Aurelia für einen Moment zu. »Du kannst die Schriftkonstruktionen sehen, das ist schon einmal eine sehr gute Voraussetzung.«

»Oh? Ist das nicht Standard?«

Thressa lächelte verschmitzt und schüttelte den Kopf, um

sich dann über die Stirn zu wischen. »Zugegeben, das hier war noch eher zu schaffen, weil die Schrift in Ansätzen in die Oberfläche eingearbeitet wurde, aber bei einem Stück wie diesem hier … einen Moment.« Sie verschwand in einem anderen Teil der Schmiede und kam mit einem handgroßen Spiegel zurück, den sie Aurelia in die Hand drückte. »Hier. Was siehst du hier?«

Aurelia untersuchte den Spiegel sehr vorsichtig von allen Seiten, aber anders als bei dem Feuerschutz gab es hier nicht einmal den geringsten Kratzer, der auf eine Rune hindeuten konnte. Trotzdem konnte sie es fühlen: eine Energie, die von ihm ausging, und unterschwellig auf dem Stück vibrierte komprimierter Dampf, der durch Rohre floss. Ohne nachzudenken, sandte Aurelia einen magischen Impuls aus, nur um die Augen zu weiten, als ein dichtes, kunstvolles Geflecht aus Runen auf der Rückseite des Spiegels in gleißender Schrift aufflammte. Die Komplexität des Spruches ließ sie schwindeln; nur mit Mühe konnte sie einige Teile davon entziffern, ohne eine Idee davon zu bekommen, was es im Ganzen bedeutete.

»Ich kann es sehen«, sagte sie nach einer Weile, »aber ich kann es nicht verstehen.«

»Das hätte mich auch sehr gewundert«, erwiderte Meisterin Funkenschmied milde. »Es ist sehr schwierig, die eigene Spruchkonstruktionsweise herauszufinden, und noch wesentlich schwieriger, die von anderen Kundigen der Alchymie zu deuten. Aber du siehst sie! Und dabei habe ich diese Konstruktion tief in das Material eingearbeitet.«

»So wie bei dem – was auch immer Sie vorher bearbeitet haben, als wir hereingekommen sind?«

»Ganz genau«, bestätigte Meisterin Funkenschmied mit einem breiten Lächeln.

Aurelia schüttelte den Kopf. »Ich habe keine Ahnung, wie

das hier funktioniert«, gab sie dann zu, »mir wurde beigebracht, dass Magie immer einen äquivalenten Austausch benötigt – Energie gegen Magie, sozusagen. Aber das hier?«

»Ist genauso ein Austausch«, sagte Meisterin Funkenschmied und legte den Spiegel beiseite, um die Arme vor ihrer Brust zu verschränken. »Der einzige Unterschied ist, dass in der Alchymie Energie in einem Stoß abgegeben wird anstatt gleichmäßig, wie es die meisten Quellenkinder machen.« Aurelia horchte auf. »Wir geben eine große Portion Energie ab, wenn wir die Runen schmieden, welche diese dann in sich speichern und funktionieren, solange Energie zum Aufbrauchen vorhanden ist.« Sie lächelte.

»Oh«, stieß Aurelia mit großen Augen hervor. »So geht es mir – ich komme am besten mit meiner Magie zurecht, wenn ich mir vorstelle, dass ich sie aus mir heraus in irgendetwas hineinstoße!«

»Dann könnte es sein, dass du eine gute Alchymistin abgeben wirst«, sagte Meisterin Funkenschmied, während ihr Lächeln noch breiter wurde. »Du bist hier genau richtig. Wir werden üben, wie du Magie speichern und in den richtigen Dosen wieder abgeben und wie du dieses Talent einsetzen kannst. Es gibt ganz viele unterschiedliche Möglichkeiten, die Auswahl ist groß. Spannend ist dann immer auch, sich zu überlegen, wie eigene Energie eingespart werden kann. Ich mache beispielsweise gelegentlich Experimente mit Strom und Dampf, um zu sehen, ob man sie für Alchymie verwenden kann, aber bisher fehlen mir noch einige Werte in der Gleichung.«

»Ich will das lernen«, platzte Aurelia heraus und fühlte ekstatisches Kribbeln in sich aufsteigen. »Bitte unterrichten Sie mich!«

»Natürlich, das habe ich deinem Meister sowieso versprochen, und ein Versprechen gegenüber Leuten wie Meister

Cinna bricht man nicht.« Ihre Augen leuchteten auf. »Hast du den Mantel gesehen, den er trägt? Schleiermäntel sind wahnsinnig selten geworden, und dieser war von höchster Qualität, ich würde mich bei seinem Alter sogar zu wetten trauen, dass er von Eirene Basilea persönlich angefertigt worden ist!«

»Eirene Basilea?«

Meisterin Funkenschmied seufzte verträumt. »Eine Fabramagix von Mistras, die vor ungefähr zweihundert Jahren starb. Ihre Errungenschaften sind – unbeschreiblich. Sie hat wahnsinnig wichtige Vorstöße auf dem Gebiet der magischen Waffenherstellung geliefert, und die heutigen Diskurse über Sprucharbeit basieren immer noch stark auf ihren Theorien. Ein absolutes Vorbild. Wie dem auch sei – was ich mache, ist harte, körperliche Arbeit. Du praktizierst sicher bereits Atemübungen und dergleichen?« Aurelia nickte. »Damit wird es nicht getan sein. Alchymie ist mehr Handwerk als irgendetwas anderes, das ist auch physisch anstrengend.«

»Davor habe ich keine Angst«, sagte Aurelia unumwunden. »Auch wenn ich mich in der ersten Zeit wahrscheinlich dämlich anstellen werde.«

Meisterin Funkenschmied entblößte mit einem weiteren strahlenden Lächeln ihre Goldzähne. »Das ist die richtige Einstellung. Ich verlange nur Disziplin und Freundlichkeit, außerdem Bemühen, sonst sehr wenig. Ist das machbar?« Aurelia nickte und versuchte, nicht zusammenzuzucken, als erneut eine von Meisterin Funkenschmieds großen Händen auf ihre Schulter niedersauste, um sie euphorisch zu klopfen. »Architektur ist dein Interessengebiet, ja? Dann beschäftigen wir uns damit doch ein bisschen mehr, das gibt eine gute Einführung.«

Während sie sprach, lief sie auch schon in der Schmiede umher und breitete auf einem großen Tisch in der Ecke mehrere Pläne aus. Einer davon war ein ganz normaler Stadtplan von Vhindona, wie Aurelia ihn schon von Arbeiten mit ihrem Vater kannte. Ein zweiter jedoch wies Einkreisungen an bestimmten Stellen der Stadt auf, die miteinander eine Schere zu bilden schienen. Der dritte Bauplan wiederum hatte kleine, blinkende Lichter wie Punkte über die ganze Stadt hinweg verstreut.

»Ich kenne den normalen Plan«, sagte Aurelia nach eingehender Sichtung. »Aber was zeigen die beiden anderen?«

Meisterin Funkenschmied zeigte erneut ihr blitzendes Lächeln. »Die wenigsten Vulgax wissen, dass fast alle großen Städte unter dem Mitwirken von Quellenkindern erbaut wurden. Macht aber Sinn, nicht? Oft sind diese Städte auf magischen Knotenpunkten gebaut worden. Gerade bei alten Städten wie Vhindona gibt es Orte, die durchtränkt sind von Magie, wo das Netz besonders stark ist, weil alle magischen Gründungsmitglieder ein bisschen von ihrer Magie darin versenkt haben. Oftmals sind diese Punkte in einem bestimmten Muster zu Ehren der Gottheiten angelegt. Vhindona wurde einst der Herrin gewidmet.« Sie glitt mit einer halbwegs rußfreien Fingerspitze über die scherenförmige Anordnung. »Hierzulande hat man, denke ich, geglaubt, dass sie den Lebensfaden durchtrennt, daher die Schere. Diese Orte sind sehr mächtig – wenn man sie aktiviert, kann sogar eine Verbindung zur Herrin selbst aufgenommen werden, was nicht sehr empfehlenswert ist. Wer sich mit magischer Architektur beschäftigt, sollte aber auf jeden Fall wissen, wo sie liegen.«

»Ich glaube, das Haus meiner Eltern liegt auf dieser Linie«, stellte Aurelia fest, dann kniff sie die Augen zusammen. Konnte es sein, dass Meister Marius' Haus direkt an jenem Punkt lag, wo die beiden Linien der Schere sich kreuzten?

Und noch etwas anderes kribbelte in ihrem Hinterkopf.

Sie wusste, dass es etwas gab, mit dem sie diese Karte in Verbindung bringen musste, aber sie kam einfach nicht darauf, was es war.

»Würde mich nicht wundern, wenn er genau deswegen das Haus gekauft hat«, meinte Meisterin Funkenschmied auf eine entsprechende Frage hin. »Ist sicher auch kein Zufall, dass er von allen Städten der Welt ausgerechnet nach Vhindona gekommen ist.«

Aurelia war sich sehr sicher, dass ihr Meister keinen Gefallen daran finden würde, wenn sie aus dem Nähkästchen plauderte, also nickte sie nur und strich sich gedankenvoll über das Gesicht. »Müsste Vhindona für die Gefolgschaft von Inar dann nicht eher abstoßend sein?«

»Da fragst du die Falsche«, lachte Meisterin Funkenschmied. »Meine Arbeit könnte ich fast überall durchführen, aber hier war eben eine passende Meisterin für mich. Das war mein Antrieb, hierherzukommen. Kannst die Karte ruhig behalten, wenn du willst, ich hab noch eine.«

»Danke sehr!« Aurelia deutete auf die dritte Karte. »Und das hier?«

»Die Punkte signalisieren alle magisch verstärkten Gebäude der Stadt. Das Geniale daran ist, dass sie automatisch einen Punkt hinzufügt, wenn ein neues magisch verstärktes Gebäude erschaffen wird. War allerdings schon eine ganze Weile nicht der Fall.« Meisterin Funkenschmied seufzte. »Früher war es irgendwie lustiger, hier zu arbeiten, das muss ich schon ganz offen und ehrlich sagen. Aber die Zeiten werden sich sicher auch wieder ändern.«

»Ihr seht die Entwicklungen sehr positiv«, stellte Aurelia fest.

Meisterin Funkenschmied zuckte mit den Achseln. »Was soll ich denn tun? Ich bin keine Politikerin und habe auch keinen besonderen Einfluss. Alles, was ich machen kann, ist, die Entwicklungen im Auge zu behalten und meine Arbeit zu verrichten. Außerdem bin ich nicht gerne unglücklich.«

»Das kann man einfach so entscheiden?«, entschlüpfte es Aurelia trockener als beabsichtigt.

Die Alchymistin zwinkerte ihr zu. »Du würdest dich wundern, was alles eigentlich reine Kopfsache ist, Mädchen. Glücklich sein kann man mit der richtigen Einstellung überall, auch wenn die Umstände eigentlich gegen einen zu sein scheinen.«

Das war eine Einstellung, der Aurelia sich eigentlich gern anschließen wollte, aber irgendwie fand sie das nicht so einfach wie von der Alchymistin behauptet. Da sie dieses Problem so schnell nicht lösen können würde, beugte sie sich lieber über den Plan und wechselte das Thema. »Wie wird eine solche Karte hergestellt?«

»Gut, dass du fragst.«

Meisterin Funkenschmied verbrachte den restlichen Nachmittag damit, ihr verschiedene Vorgangsweisen bei unterschiedlichen Materialien zu erläutern. Kundige der Alchymie, so erklärte sie, arbeiteten enger an den Ausgangsmaterialien, mit denen sie umgehen wollten. Das war von Bedeutung, da jenes Material nicht Mittel zum Zweck, sondern der Zweck selbst war. Sie ermöglichten, dass auch andere Leute magisch verstärkte Gegenstände nutzen konnten, selbst Vulgax.

»Normalerweise ist Magie egoistisch«, sagte Meisterin Funkenschmied. »Man kann zwar mit anderen zusammenarbeiten und gemeinsam etwas erschaffen, aber es ist schwierig und erfordert eine gewisse Harmonie zwischen den Partizipierenden. Leute, die gut in magischer Kooperation sind, haben meistens auch einen Hang zur Alchymie. Sie sind besser darin, Energie abzugeben, als für sich zu behalten. Ich persönlich hab es beispielsweise nie fertiggebracht, irgendwas in Richtung Gestaltwandel zu schaffen, weil das sehr selbstbezogene Magie ist. Vollkommen wertfrei gemeint!« Sie lächelte. »Alchymie-Kundige kennen sich oft auf vielen Gebieten gut aus, weil sie Zusammenhänge erkennen müssen. Es ist ein bisschen wie das Gleichgewicht der Elemente, das Inars Gefolgschaft beachten und bewerkstelligen muss, aber nicht ganz das Gleiche. Es geht nicht nur um Elemente, sondern auch um Disziplinen, die von den Magielosen aufgestellt wurden. Mit Mathematik kommt man gerade bei magischer Architektur sehr weit!«

»Macht Sinn.«

Auch die Bedeutung von toten Schriftsystemen führte Meisterin Funkenschmied weiter aus. Sie wurden als Mittel eingesetzt, um die Magie an Gegenstände zu binden, die diese eigentlich nicht aufwiesen.

»Es erfordert ein bisschen Übung, bis man heraushat, wie man während des Anbringens der Sprüche oder Schriftsymbole Magie hinzufügen kann«, erklärte sie. »Jeder macht es ein bisschen anders, aber ich werde dir die Grundtechniken beibringen. Kannst mal mit einfachen Werkstücken beginnen und dich dann hocharbeiten, durchs Machen lernt man es meistens schneller als durch verbale Erklärungen.«

»Kann ich damit heute schon anfangen?«

Meisterin Funkenschmied lachte. »Warum nicht? Hast du irgendeine handwerkliche Ausbildung? Wahrscheinlich nicht, oder?«

Aurelia schüttelte den Kopf. »Ich habe ein bisschen Handarbeit gelernt, aber wirkliche körperliche Arbeit ist eben … nicht vorgesehen für eine Frau von meinem gesellschaftlichen Stand.«

Die Alchymistin schüttelte den Kopf. »Das werde ich nie ganz verstehen, aber ich bin auch in sehr einfachen Verhältnissen groß geworden – ein Dorf im radbonischen Nirgendwo. Da hat jeder anpacken müssen, der was getaugt hat, damit die ganze Familie durchkommt.«

»Es wird eben damit gerechtfertigt, dass Frauen körperlich zu schwach für bestimmte Arbeiten seien.«

Daraufhin spannte Meisterin Funkenschmied umgehend den beachtlichen Bizeps an. »Sieht das für dich aus, als könnte ich nicht meinen Beitrag leisten? Außerdem gibt es so viele verschiedene Handwerke, dass körperliche Kraft allein in meinen Augen kein ausreichender Grund ist, und man kann ja alles lernen und aufbauen. Na ja, schade. Ich fürchte, dann werden wir mit den nichtmagischen Techniken beginnen müssen, um dich mit der Herstellung vertraut zu machen. Fangen wir mit Papier an.«

Das schien irgendwie ein beliebter Handgriff bei magischen Ausbildenden zu sein. Bei Meisterin Funkenschmied lernte sie allerdings die Herstellung von Papier selbst, nicht, wie sie daraus eine Pflanze wachsen lassen konnte.

»In vielen Städten sind solche Sachen auf mehrere Zuständigkeiten aufgeteilt«, erklärte Meisterin Funkenschmied, während sie Papier schöpften – nur eine kleine Menge, damit Aurelia üben konnte. »Aber ich bin hier die einzige richtige Alchymistin, deswegen mache ich irgendwie ein bisschen was von allem. Meine große Leidenschaft ist aber Metall, mit Papier komme ich eigentlich nicht so gut zurecht. Aber es reicht für den Einstieg, schätze ich. Als Alchymistin empfiehlt es sich einfach, die Dinge von Grund auf selbst zu erschaffen, das macht die Magiefusion einfacher. Geht natürlich nicht immer und überall, aber es variiert dementsprechend eben auch, was die Ergebnisse anbelangt.«

»Ich mochte Stein eigentlich immer sehr«, sagte Aurelia nach einer Weile nachdenklich. »Also – Gestein und Mineralien, schätze ich. Ich hatte auch so eine Sammlung mit verschiedenen Mineralien von den verschiedensten Fundorten.« Und sie liebte Marmor. Gab es etwas Besseres als das Gefühl von glattem Marmor unter den Fingern?

»Das ist gut!«, rief Meisterin Funkenschmied enthusiastisch aus. »An deiner Stelle würde ich zusehen, dass ich mich mehr damit beschäftige. Ich werde dir Bücher und Übungsmaterial mitgeben, und wir können auch hier damit arbeiten.« Sie klatschte donnernd die Hände zusammen und strahlte Aurelia an. »Ich muss zugeben, ich freu mich, wieder mal magische Arbeit mit jemandem gemeinsam zu machen und ein neues Gesicht anzulernen. Hoffentlich wird's für dich genauso produktiv wie für mich.«

Aurelia konnte nicht anders, als Meisterin Funkenschmieds Lächeln zu erwidern. »Wissen Sie«, sagte sie, »ich habe ein gutes Gefühl bei der Sache.«

Zwei Wochen vergingen, in denen Aurelia fast jeden Tag die Schmiede besuchte. Nachdem offensichtlich wurde, dass sie sich mit Alchymie gut anstellte, zwang Meisterin Funkenschmied sie für weitere Arbeit in der Schmiede zu einem körperlichen Training, das Aurelia bisher eher mit Männern assoziiert hatte und von dem sie beinahe durchgehend Muskelkater verspürte. Die harte körperliche Arbeit war wohl auch der Grund, warum sie jeden Abend ins Bett fiel und schlief wie ein Stein. Aber sie hatte absolut nichts dagegen. Wie Meisterin Funkenschmied bei ihrer ersten Begegnung verkündet hatte, konnte man alles aufbauen, und Aurelia bekam einen angemessenen Sportplan von ihrer Lehrmeisterin, der sie allerdings gehörig ins Schwitzen brachte. Viermal die Woche eine Stunde pro Tag Sport für Arme, Rücken und Beine zu machen war etwas, das sie zuvor nie getan hatte und an das sich ihr Körper erst einmal gewöhnen musste. Gegen den Muskelkater an den Ruhetagen zwischen den Einheiten half nur eine gehörige Portion von Meister Kilians

eigens kreiertem Muskelmuntermacher – ein magisch ange-
reichertes Öl, das bestialisch stank, aber unfassbar lindernd
war, wenn man es auf die Haut auftrug.

Es war spannend, herauszufinden, wozu sie fähig war.

Bis zum Beginn ihrer Ausbildung in der Schmiede hatte
Aurelia sich nie damit beschäftigt, was sie eigentlich körperlich zu leisten vermochte. Je mehr sie es tat, umso mehr hatte
sie das Gefühl, dass man ihr etwas genommen hatte, indem
man ihr ihre ganze Jugend lang gesagt hatte, dass sie darauf
achten musste, jemand Stärkeren zu haben, der sie beschütz-
te. Aurelia wollte mit Hammer, Stein und Stahl umgehen. Sie
wollte lernen, und das Streben nach Verbesserung motivierte
sie selbst dann, wenn das Training besonders anstrengend
war.

Normalerweise konnte sie sich danach auch gut erholen,
aber eines frühen Morgens wurde sie sehr unsanft aus dem
Schlaf geschreckt, als jemand mit voller Kraft gegen die
Haustür hämmerte, sodass das ganze Haus darunter zu beben schien.

Einen Moment lang blickte sie sich desorientiert um. Mittlerweile hatte sie gelernt, auf das Haus zu hören; jedes Haus
hatte eine Stimme, aber magische Häuser waren noch einmal
etwas anderes, zumindest dieses hier. Sie konnte spüren, dass
als Reaktion auf die hämmernden Schläge ein Zittern durch
die Wände ging, wie bei einem empörten Tier, das zu müde
war, um wirklich aggressiv zu werden. Vielleicht bedeutete es
aber auch, dass das Haus keine große Gefahr von der Unruhe
ausgehen sah, was ein Gedanke war, den Aurelia durchaus
beruhigend fand. Wenig später hörte sie etwas im oberen
Stockwerk krachen, dann war es einen Moment lang still,
ehe Meister Marius fluchend seine Schlafzimmertür aufzureißen schien und dann ebenso fluchend die Treppen hinun-
terpolterte. Rasch schwang Aurelia sich aus dem Bett, warf

sich einen Morgenmantel um die Schultern und lief ebenfalls aus ihrem Zimmer.

Sie kam am untersten Treppenabsatz an, als Meister Marius, der sich aufgrund seines unsanften Erwachens statt seiner üblichen Zopffrisur lediglich einen blickdichten Schleier über den Kopf geworfen hatte und noch in einem schillernden, schwarzblauen, für diese Jahreszeit viel zu dünn wirkenden Morgenmantel steckte, die Haustür aufriss, um den Störenfried verbal herunterzuputzen. Stattdessen fand er sich Auge in Auge mit einem höchst aufgelösten Meister Grünwald, der im letzten Moment seine erneut zum Klopfen bereite Armbewegung umlenkte und dadurch um ein Haar verhinderte, dass er Meister Marius seine Faust ins Gesicht rammte.

»Was zum –«, begann Meister Marius in einem schneidenden Tonfall, wurde jedoch sehr schnell unterbrochen.

»Sie holen Gale!«, rief Meister Grünwald erregt und deutete mit heftiger Geste hinter sich. »Ich habe ja versucht, mit ihnen zu reden, mich ihnen entgegenzustellen, aber keine Chance – du musst mir helfen, Marius, sofort!«

KAPITEL 16

Aurelia fühlte, wie etwas in ihrer Brust kalt vor Schock wurde. Ohne auf Meister Marius zu achten, drängte sie sich an beiden Männern vorbei an die Türschwelle, um besser sehen zu können, was vor sich ging. Meister Grünwalds tadellose Hecke ließ allerdings keinen richtigen Blick auf sein Grundstück zu, also fuhr Aurelia rasch in ihre Stiefel und ging bis zur Gartentür.

Zwei Mitglieder der Garde kamen soeben aus Meister Grünwalds Garten. Zwischen sich führten sie Gale – um Hals und Handgelenke die gleichen runenbewehrten Eisenketten, an die sich Aurelia mit sinkendem Magen von ihrer eigenen Verhaftung erinnerte. Gale selbst wirkte seltsam verzerrt; für den Moment ähnelte der Körper dem einer Menschenfrau, aber die Umrisse schienen zu flimmern, als ob der Körper sich nicht entscheiden konnte, wirklich fest zu werden. Über die Haut flackerten fortwährend schwarze und rotbraune Flecken, und Aurelia konnte nicht mehr sagen, ob Gales Haare wirklich noch Haare oder schon Federn waren. So oder so ging Gale nicht freiwillig mit. Mit jedem Schritt stemmten die Füße sich in den Boden, und die Griffe der Gardemitglieder wurden erbittert bekämpft, bis Aurelia zum ersten Mal Zeugin der Magie wurde, die von den Gardemitgliedern beherrscht wurde: Eines der Gardemitglieder öffnete den Mund und entließ eine Melodie, die Aurelias Knie schwach machte. Gale schien es nicht anders zu gehen; der Widerstand bröckelte, und Gale sackte wie von einem Knüppel getroffen zwischen den Gardemitgliedern zusammen, sodass diese Meister Grünwalds Zögling halb ziehen, halb schleifen mussten, bis sie die Kutsche erreichten, die vor dem Garten stand. Aurelia wurde bewusst, was gerade passierte: die Gardemitglieder waren die Einzigen, die befugt waren, Kannot-Magie einzusetzen, Musikmagie, die ansonsten in Vhindona streng verboten war. Es schwindelte sie vor Erleichterung, als der Gesang wieder verstummte. Ihr Kopf begann, sich zu klären.

»Aurelia! Misch dich ja nicht ein!«

Aurelia achtete nicht auf Meister Marius' Aufruf. Stattdessen öffnete sie, ohne darüber nachzudenken, das Gartentor. Gefährlich an der Schwelle balancierend, rief sie mit schneidender Stimme: »Sie können Gale doch nicht einfach mitnehmen!«

Der Gardist, der nicht gesungen, aber eine Laute auf seinen Rücken geschnallt hatte, drehte sich zu ihr um. Er hatte ein junges, frisches Gesicht, das fast schon bedauernd aussah. »Wir haben Befehle, Fräulein.«

»Nicht mit den Leuten in der Nachbarschaft reden«, brummte das andere Gardemitglied.

Aurelia warf ihm nur einen kühlen Blick zu, dann verschränkte sie die Arme über der Brust und sah den Gardisten mit der Laute an. »Gale hat nichts getan, das hier entbehrt jeglicher Logik.«

Der Gardist mit der Laute zuckte mit den Achseln und mühte sich damit ab, Gales halb bewusstlose Gestalt, der von seinem Kollegen weiterhin ins Ohr gesummt wurde, in die Kutsche zu bekommen. »Ich tue selbst nur, was man mir sagt, Fräulein.«

»Ich bin ein unbescholtener Bürger dieser Stadt!«, polterte Meister Grünwald hinter Aurelia und zwängte sich an ihr vorbei, um den Gardisten mit der Laute am Arm zu packen. Es war das Aggressivste, was Aurelia bisher von ihm gesehen hatte. »Und mein Zögling hat sich nichts zuschulden kommen lassen, die vorgebrachten Vorwürfe sind lächerlich! Ich lege Berufung dagegen ein!« Er drehte den Kopf nach hinten und brüllte so laut, dass Aurelia, in nächster Nähe stehend, unangenehm berührt zusammenzuckte. »Marius! Bei allen Gottheiten, nun tu doch etwas!«

Selbst von ihrem Standort aus konnte Aurelia ihren Lehrmeister seufzen hören. Als sie sich umdrehte, schien er ihr mehrere Jahrzehnte gealtert zu sein, so langsam und unwillig legte er den Weg vom Haus zu ihnen zurück. Die Gardisten warfen einen Blick auf ihn und schienen merklich zurückzuweichen. Der singende Gardist hörte nun endgültig zu singen auf, allerdings war Gale bereits in der Kutsche. Wenige Augenblicke später hörte Aurelia, wie sich Gale scheinbar rasend vor Wut immer wieder gegen die Innenseite der Wagentür zu werfen begann.

Meister Marius starrte die heftig wackelnde Kutsche an, ohne eine Miene zu verziehen. Dann verließ er den Garten und trat an die Gardemitglieder heran.

Obwohl er immer noch sein knöchellanges, hochgeschlossenes Nachthemd trug, ein Tuch um seine Haare geschlungen, wichen die Gardemitglieder noch weiter zurück. Da war etwas an seiner hoch aufgerichteten Gestalt, das auch Aurelia in diesem Moment die Nackenhaare aufstellte.

»Sie werden das Kind mit aller Vorsicht und Höflichkeit behandeln, zu der Sie beide fähig sind«, sagte er dann leise, aber mit klirrender Schärfe. »Wenn einer von Ihnen auch nur auf die Idee kommt, das Kind mit Magie in die Unterwerfung zu manipulieren, werde ich Sie finden und Ihnen bei lebendigem Leib das Fleisch von den Knochen ziehen, bevor ich besagte Knochen tanzen lasse. Schauen Sie mir ganz genau in die Augen, dann wissen Sie, dass dies keine leeren Drohungen sind.«

Die Gardisten sagten kein Wort, tauschten jedoch einen raschen Blick aus und salutierten dann fast simultan, ehe sie so rasch wie möglich in die Kutsche kletterten.

»Das war alles?«, donnerte Meister Grünwald, während die Kutsche davonratterte. »Wofür bezirzt du eigentlich den Oberspäher? Fünfhundert Jahre alt, und das ist alles, was du tun kannst, um das Kind zu retten?«

»Halt den Mund«, sagte Meister Marius. Seine Stimme hatte alle Schärfe verloren, und er rieb sich über das Gesicht. Die Erschöpfung war in seine Züge zurückgekehrt. »Alles andere hätte überhaupt nichts gebracht, sie hätten nur Verstärkung geholt.«

»Diese verdammten Festtagsmorde«, sagte Meister Grünwald so verbittert, wie Aurelia ihn noch nie gesehen hatte. Ein Windstoß schien durch die Hecke zu fahren und sie zum Dörren zu bringen. »Sie sind reingestürmt, haben alles durchwühlt wie die Irren und sind dann rauf in Gales Zimmer. Das ist bestimmt diesem verdammten Beilschmidt zu verdanken und keinem anderen.«

Meister Marius sagte nichts.

Aurelia rieb sich über das Gesicht. »Was war der Grund?«, wollte sie dann angespannt wissen. »Irgendwas müssen sie doch gesagt haben?«

Meister Grünwald lachte hohl. »Sie haben mir irgendeinen Wisch mit einem Verhaftungsbefehl unter die Nase gehalten und mir gar keine Zeit zum Lesen gegeben.« Plötzlich richtete er sich auf und sah an ihr vorbei. »Oh, bei den Gottheiten, die hat uns gerade noch gefehlt.«

Er starrte mit zusammengekniffenen Augen die Straße entlang, auf die zwei Gestalten eingebogen waren, die sich ihnen nun zügig näherten. Eine der Personen kannte Aurelia bereits: Es war Aywyn, besorgt unter einem blassblauen Hütchen, das farblich auf ihr einfach geschnittenes Kleid abgestimmt war, hervorblickend. Die andere Person, hoch aufgerichtet und mit stolzem Gesicht, war ihr unbekannt. Es war eine Frostelfe, das Gesicht mit seinen hohen, scharf hervortretenden Wangenknochen und blutroten Augen unter langem, kompliziert aufgestecktem, schneeweißem Haar unverkennbar. Auch ihr Mund war rot und verzog sich zu einem warmen Lächeln, als ihr Blick auf Aurelia fiel. An einem ihrer Ohren funkelten mehrere kupferne Ringe. Kupfer fand sich auch als schmales Band um ihren Hals und eines ihrer Handgelenke. Sie trug ein Kleid in einem satten, dunklen Grün, das ihre weißen Haare noch mehr leuchten ließ.

Aurelia klappte die Kinnlade herunter. Sie war sich sehr sicher, dass dies die Unbekannte war, mit der Meister Marius zwei Wochen zuvor geredet hatte.

»Mein Kind«, sagte sie mit dunkler, samtiger Stimme, als sie sich ihnen bis auf wenige Schritte genähert hatten, und Aurelia bemühte sich, ihre Überraschung zu verbergen. Aywyn indes winkte Aurelia bekümmert lächelnd zu. »Sei herzlich willkommen in unserer Gemeinde der Quelle, auch wenn wir uns unter solch traurigen Umständen kennenlernen müssen. Ich bin gekommen, um dich zu unterrichten, während Marius und Kilian ihre Angelegenheiten im Ministerium erledigen.«

Mit einem Schlag realisierte Aurelia, wer da genau vor ihr stand und nun herzlich ihre Hand drückte.

Meisterin Meriwa Lave'el, Kybela von Vhindona – die älteste Futurix der Stadt – und Mitglied des radbonischen Senats, hatte bemerkenswert kalte Finger.

Und sie hatte eine Stimme.

»Wie kannst du es wagen«, dröhnte Meister Grünwald außer sich und schob seinen massigen Körper so nahe an Meisterin Lave'el heran, dass ihre Nasenspitzen einander fast berührten; die Elfe war bemerkenswert hochgewachsen. »Du hast all das vorausgesehen – oh, gut genug vorausgesehen, dass du wunderbar dramatisch genau im richtigen Augenblick hier aufkreuzen kannst –, und du hast nichts getan, um Gales Verhaftung zu verhindern! Du hast geschworen, die Deinen zu beschützen, eine schöne Kybela bist du!«

Meisterin Lave'el lächelte so begütigend, als ob sie einen wütenden Säugling vor sich hätte. »Du weißt, dass Futurix außer in absoluten Notfällen nicht in die Geschicke der Zukunft eingreifen sollten, Kilian.«

»Was für dich als Notfall gilt und was nicht, ist eine rein subjektive Sache, scheint es mir«, sagte Meister Grünwald erbittert.

»Du bist emotional erschüttert«, beschloss Meisterin Lave'el milde und wandte ihren schönen Kopf einfach Meister Marius zu, während Meister Grünwald bereits wieder empört Luft holte. »Ihr werdet diese Sache schon aufklären können, wenn ihr jetzt geht. Ich nehme Aurelia inzwischen mit mir heim und setze deinen Unterricht fort.«

Meister Marius starrte sie einen Moment lang mit unergründlichem Gesichtsausdruck an, dann sah er zu Aurelia. »Ist dir das recht?«

Aurelia war sich dessen nicht ganz sicher, aber dann wiederum hatte sie auch wenig Lust, allein daheimzubleiben. Und irgendwo war sie gespannt darauf zu sehen, wie Meisterin Lave'el lebte und was sie ihr beibringen konnte, also nickte sie zustimmend. Alles war momentan eine willkommene Ablenkung.

Meister Marius seufzte tief und geradezu geschlagen. »Im Namen der Herrin, nimm sie mit, und ich hole sie später wieder ab, aber wehe, wenn du ihren Verstand mit nutzlosen Taschenspielereien vernebelst. Kilian, ich gehe mich anziehen, und es ist mir egal, ob du denkst, dass wir diese zehn Minuten nicht verschwenden können. Wenn ich schon Leute für dich anschreien muss, dann mache ich es hergerichtet und nach einer Tasse Kaffee.«

Er machte auf dem Absatz kehrt und verschwand mit wehendem Nachthemd im Haus.

Meister Grünwald sah aus wie ein Kugelfisch, dem die Luft ausgegangen war. Aywyn blickte etwas unbehaglich auf ihre Füße, während Meisterin Lave'el weiterhin gelassen lächelte. Aurelia räusperte sich nach einem Augenblick der Stille.

»Ich denke, ich gehe mich auch erst noch anziehen«, sagte sie dann und floh hinter Meister Marius her.

Auf der Treppe holte sie ihn ein. Er warf nur einen flüchtigen Blick auf sie und schien es nicht eilig zu haben, sich die Stufen hinaufzuschleppen.

»Meister, Sie werden doch versuchen, Gale aus dem Gefängnis zu holen, nicht wahr?«, erkundigte Aurelia sich von plötzlicher Furcht befallen.

Meister Marius blieb stehen. Im Halbdunkel des Treppenhauses konnte sie sein Gesicht nur spärlich erkennen, aber der Ausdruck darauf gefiel ihr nicht.

»Es wird dem Kind nichts passieren«, sagte er schließlich. »Ich gebe dir mein Wort.«

Aurelia atmete aus. Sie nickte dankbar, dann lief sie in ihr Zimmer, um sich rasch in ein dunkelblaues Kleid mit gelben Blumen und locker geschnürtem Korsett zu kleiden. Während sie ihre Frisur richtete, konnte sie Meister Marius aus dem Schlafzimmer kommen und die Treppen hinunterpoltern hören, wobei er einen Strom an altlimischen Verwünschungen von sich gab, den Aurelia sogar durch die geschlossene Tür hören konnte. Die Szene war mittlerweile so vertraut, dass ein Lächeln über ihre Lippen huschte und sie einen Moment lang fast vergaß, dass man Gale abgeführt hatte. Doch als sie kurz darauf wieder ins Treppenhaus trat, schoss wie ein Blitz das Bild von runenversehenem Eisen um Gales Handgelenke durch ihren Kopf. Sie musste sich am Treppengeländer festhalten, da ihr plötzlich schwindelig wurde. Es dauerte eine kleine Weile, bis sie weitergehen konnte.

Als sie in Mantel und Stiefeln hinaustrat, nickte Meister Marius ihr zu, nunmehr angezogen und mit allen zehn Fingern fest einen Becher mit Kaffee umklammernd, während Meister Grünwald neben ihm die Hände rang.

»Benimm dich, tu nichts, was ich nicht auch tun würde, bla bla bla«, sagte Meister Marius zu Aurelia, nahm dann einen tiefen Schluck und fügte hinzu: »Das Gleiche gilt für dich, Meriwa.«

Meisterin Lave'el lächelte. »Ich glaube, das kommt ein oder zwei Jahrhunderte zu spät, Marius, aber danke für deine Sorge um meine Sittsamkeit.«

»Welche Sittsamkeit«, murmelte Meister Marius mit mehr Bitterkeit, als es die Aussage verlangte, und zog dann ohne ein weiteres Wort mit Meister Grünwald ab. Aurelia bemerkte, dass Aywyn ihm rasch aus dem Weg sprang, als ob sie sich an ihm hätte verbrennen können.

»Hast du Angst vor ihm?«, erkundigte sie sich dementsprechend überrascht bei ihrer Freundin.

Aywyn lächelte, dann deutete sie langsam und simpel genug, dass Aurelia mitkam: »Ja. Meisterin Meriwa hat auch Angst.«

»Ich habe Respekt vor ihm«, korrigierte Meisterin Lave'el sachte. »Er ist so alt, dass ihm die Magie wortwörtlich aus den Augen scheint. Es gibt Gründe, warum Mistras sich gleichbleibenden Wohlstands erfreut, seit er und Leonidas Dynatos den Thron bestiegen haben.« Sie lächelte. »Er ist von der alten Schule, so wie ich, wir leben danach, dass jeder seinen angestammten Platz im Theaterstück der Weltgeschichte hat.«

Aurelia sagte nichts dazu. Nach und nach hatte sie immer mehr das Gefühl, dass Meister Marius' Beweggründe für seinen Aufenthalt in Vhindona ganz andere waren als die, die er ihr genannt hatte. Aber es war bisher nur ein Gefühl. Sie hatte nichts Konkretes, woran sie es festmachen konnte.

Meisterin Lave'els Haus war gute zwanzig Minuten von Meister Marius' entfernt und in deutlich besserem Zustand. Aurelia konnte die Magie sehen, die hineingesteckt worden war, und sie blieb fasziniert stehen, um die Fassade zu betrachten.

»Als ich noch jung war, waren alle Häuser so«, sagte Meisterin Lave'el und machte keine Anstalten, die Wehmut in ihrer Stimme zu verbergen. »Sicher, die Magielosen waren damals schon auf einem Weg der Abkehrung von der Magie, aber Sachen wie magische Häuser waren einfach schon so in den Alltag integriert, weißt du? Heute gibt es so viel weniger Quellenkinder hier wegen des verdammten Kriegs, und diejenigen, die zurückgeblieben sind, wollen ihre Magie meistens nicht dafür ›verschwenden‹ … dabei können magische Häuser so nützlich sein. Früher sind wir beispielsweise ganz ohne Elektrizität ausgekommen, und ich halte es immer noch so. Das Haus speist die Lichtquellen aus sich selbst.«

»Ich glaube, in unserem Haus ist es ähnlich«, erwiderte Aurelia mit einem Nicken und trat hinter den beiden Elfen ein, wonach sie sogleich in einen Salon geführt wurde. Gemeinsam mit Meisterin Lave'el ließ sie sich an einem einladenden, großen Tisch nieder und beäugte dann voller Interesse das Bündel Karten, das darauf lag – gleich neben einer mysteriösen Kugel, in der sich ständig Schlieren zu bewegen schienen.

Meisterin Lave'el folgte ihrem Blick und lächelte sachte. »Verschiedene Arten von Fokussen für verschiedene Arten von Visionen. Auch wenn es leider nicht bei der Erfassung des Festtagsmörders hilft. Wir werden sehen, was bei Gales Befragung herauskommt.«

Aurelia presste die Lippen aufeinander und sah zu ihr auf. »Wenn Sie in die Zukunft sehen können, müssen Sie doch wissen, dass Gale unschuldig ist.«

Meisterin Lave'el musterte sie einen Moment lang. »Zukunftssicht ist nicht Allsicht. Woher weißt du, dass das Kind unschuldig ist?«

»Gale ist nicht – Gale mordet nicht«, sagte Aurelia fest. »Zugegeben, Gale rebelliert gern und wäre bei Demonstrationen sofort dabei, aber Demonstrationen sind etwas anderes als Mord!«

»Es ist also ein Bauchgefühl«, stellte Meisterin Lave'el fest. Ihr milder Tonfall trieb Aurelia aus irgendeinem Grund die Galle hoch. Sie kam sich bevormundet vor, besonders als Meisterin Lave'el hinzufügte: »Wenn dein Bauchgefühl stimmt, dann wird sich alles finden, und was im Jetzt geschieht, ist für das Danach nötig. Du wirst bald verstehen, was ich meine. Abgesehen davon würde ich sagen, dass es vor allem Beilschmidt war, der den Befehl gegeben hat, nicht ich.«

»Sie wissen mit Sicherheit, dass er dahintersteckt?«

»Wer sonst ist mit dem Fall betraut und weiß, dass Kilian einen Zögling hat, der bei ihm wohnt?«

»Tee?«, gebärdete Aywyn etwas nachdrücklicher als nötig und sah sie beide erwartungsvoll an. Offensichtlich war ihr daran gelegen, das Gespräch in andere Bahnen zu lenken.

»Für mich einen grünen, bitte«, sagte Meisterin Lave'el, um dann nach einer kleinen Pause, in der Aurelia sich ihrem Wunsch hastig anschloss, zu seufzen. Aywyn, die zu merken schien, dass ihre Meisterin nicht gewillt war, das Thema zu wechseln, seufzte ebenfalls lautlos und verließ den Raum.

Meisterin Lave'el nahm den Gesprächsfaden wieder auf. »Wie schade, dass Beilschmidt zu zögerlich ist, sonst wäre alles viel einfacher. Er muss sich entscheiden, was er will, aber da kommt ihm sein wässriges Blut in die Quere – er kann sich nicht vollkommen auf unsere Seite schlagen, immerhin ist er selbst ein Vulgarus. Er will helfen, aber er erwartet dafür eine Belohnung, die man ihm nicht geben kann. Wer ohne Magie geboren wurde, kann keine mehr erlangen. An manchen Wahrheiten ist nicht zu rütteln.«

»Ich glaube, dass er sich mit Gales Verhaftung schon genug entschieden hat«, sagte Aurelia trocken.

Sie hatte ganz vergessen, dass Elfenaugen das Licht reflektierten wie jene von Katzen, doch jetzt im Halbdunkel der Küche wurde sie erneut daran erinnert.

»Vielleicht«, sagte Meisterin Lave'el sanft. »Aber vielleicht ist es auch nur, wie ich gesagt habe, und wir sind alle nur Schauspielende in einem ewig währenden Theaterstück, das man das Weltgeschehen nennt.«

»Sie glauben daran, dass alles vorherbestimmt ist?«

»Ich bin mir sogar sehr sicher. Janum lehrt uns, dass Zeit sich in Kreisen bewegt. Ein Kreis hat keinen Anfang und kein Ende, aber wenn man sich darauf in eine Richtung bewegt, kommt man unweigerlich immer wieder an demselben Punkt vorbei. Es ist immer wieder derselbe Ablauf, egal wo man sich auf der Welt befindet. Du bist noch jung. Wenn du dein erstes Jahrhundert überschritten hast, wirst du vielleicht verstehen, wovon ich spreche.« Meisterin Lave'el spreizte die Finger vor sich und blickte fast nachdenklich darauf. »Soziales Ungleichgewicht führt immer zu Unterdrückung, und Unterdrückung endet immer in einer Revolution.« Sie sah auf und lächelte. »Wir stehen an der Schwelle von der Unterdrückung zur Revolution. Bald wird die Welt neu geboren werden, und wir werden ihre Hebammen sein.«

»Ich weiß nicht, ob eine Neuordnung wirklich wünschenswert ist, wenn sie auf blutigen Revolutionen aufgebaut werden muss«, sagte Aurelia stirnrunzelnd. »Ein Ansatz mit vorsichtigen Reformen und Gesetzesveränderungen erscheint mir wie ein guter Weg, positive Veränderungen ohne gröbere Verluste durchzubringen.«

»Ach, Kind«, sagte Meisterin Lave'el milde. »Das ist eine vulgarische Einstellung. Ohne Opfer kann nichts wahrhaft Großes geschaffen werden. Das ganze System der Magie, wie wir es verstehen, beruht auf einer solchen Opferung – Energie, Blut, Leben im Austausch für Macht. Um die Zukunft zu sehen, muss man seine Vergangenheit opfern. Um die Schwellen überschreiten zu können, muss man seinen Halt in der Realität verlieren. Um Jahrhunderte zu leben, muss man das Zeugen und Empfangen von Nachkommen aufgeben. Das ist der Lauf der Dinge – alles, alles von Wert auf der Welt ist letzten Endes auf Blut, Schweiß und Tränen aufgebaut. Unter den Vulgax bedeutet es etwas Schlechtes, ein Opfer zu bringen, aber für uns ist es nur natürlich. Man muss sich nur aussuchen, was den Preis auch wert ist.«

Aurelia biss sich auf die Innenseite der Wangen und nahm die Tasse entgegen, die Aywyn ihr reichte. »Wie funktioniert das eigentlich genau, die Zukunft sehen?«, fragte sie in einem Versuch, das Thema nicht allzu offensichtlich zu wechseln. »Ich stelle es mir sehr schwierig vor.«

»Man benötigt einen Fokus«, erwiderte Meisterin Lave'el bereitwillig. »Es kommt darauf an, ob man eine allgemeine oder eine individuelle Vision empfangen möchte. Für Personen empfiehlt es sich, sie entweder anzufassen und damit sie selbst als Fokus einzusetzen, oder etwas zu verwenden, das eng mit ihnen verbunden ist. Damit ist gewährleistet, dass man sich auf den Zeitkreis von dieser einzelnen Person konzentriert und nicht zufällig jemand anderen erwischt.« Sie lächelte. »Bei allgemeinen Visionen ist es schwierig. Zum einen gibt es so etwas wie globale Ereignisse nicht wirklich – außer den Sternenfällen vielleicht, wo alle Futurix sicher wissen, dass ein weiterer uns in fünfhundert Jahren wieder bevorsteht. Für alles andere muss man an den Ort reisen, dessen Zukunft man bestimmen möchte, und selbst dann können nur grobe zeitliche Einteilungen gemäß des zuvor erwähnten chronologischen Kreislaufs gemacht werden. Wenn ich mich auf Vhindonas – auf Radbods Schicksal zu fokussieren versuche, träume ich manchmal Tausende verschiedene Ergebnisse in mehreren Nächten hintereinander. Ein genaues Datum kann ich selten nennen. Daten sind etwas, das die Sterblichen sich ausgedacht haben, um sich nicht im Strom der Zeit zu verlieren. Der Strom selbst hat dafür keine Verwendung. Alle, die sich mit ihm beschäftigen, lernen, auf genaue Daten eher zu verzichten und nach anderen Anhaltspunkten zur Einordnung Ausschau zu halten.«

Aurelia seufzte. »Verstehe. Macht wohl Sinn, dass Sie deswegen nicht genau sagen konnten, wann Gale verhaftet wird, sonst hätte man es verhindern können.«

»Selbst wenn ich es gewusst hätte, die Zukunft findet leider meistens einen Weg, dennoch zu geschehen.« Meisterin Lave'el seufzte. »Das arme Kind. Gale hatte immer die richtige Einstellung, aber diese Stadt mag es nicht, wenn man mit Leidenschaft andere Meinungen vertritt und stolz ist auf das, was man ist.«

Aurelia zwang sich zu einem Lächeln und fragte sich, warum sie permanent das Gefühl hatte, dass etwas an Meisterin Lave'els Worten einfach falsch war. »Es scheint so.«

Einen Moment lang war es still. Aurelias und Aywyns Blicke trafen sich, und die Freundin lächelte ihr aufmunternd zu. Aurelia dachte insgeheim, dass sie nicht mit ihr tauschen wollte. Bei all seinen Geheimnissen und Macken hatte sie Meister Marius wesentlich lieber als Meisterin Lave'el, vor der irgendetwas in ihr instinktiv zurückschreckte.

Schließlich durchbrach die Frostelfe das Schweigen und blinzelte sie über ihre Tasse hinweg an. »Hast du manchmal Träume von Dingen, die später tatsächlich eintreten?«

Aurelia überlegte einen Moment. »Eigentlich nicht«, sagte sie dann.

Meisterin Lave'els Ohren zuckten erneut, diesmal nachdenklich. »Was ist mit kalten Schauern, plötzlichen Gefühlen, dass etwas eintreten wird?«

»Ich fürchte nicht.«

»Da ist wenig Talent zur Zukunftssicht in dir«, stellte Meisterin Lave'el fest. »Vielleicht auch, weil du von diesem Haushalt verseucht worden bist. Es ist schwierig, im Haus eines Totentänzers die Zukunft zu sehen.«

»Weil Dienende der Herrin –«

»– unnatürlich sind«, sagte Meisterin Lave'el. »Sie sollten tot sein, und allein durch göttliche Intervention sind sie es nicht. Dementsprechend gibt es an ihnen und für sie auch keine Zukunft, die man lesen kann.«

Oder es gab mehr Zukunft, als man lesen konnte, dachte Aurelia insgeheim, nickte jedoch. »Ich verstehe. Das ergibt Sinn.«

»Ich könnte dir etwas mit den Karten zeigen, aber den Trick heben wir uns dann doch vielleicht besser bis zum nächsten Mal auf«, erklärte Meisterin Lave'el lächelnd. »Aywyn allerdings ist sehr gut im Teeblattlesen, und bisweilen kommen dabei einige sehr interessante Details über die Zukunft der Person, die aus der Tasse getrunken hat, zum Vorschein.«

Aurelia überlegte einen Moment. »Meister Marius meinte, dass man meine Zukunft nicht beobachten kann«, wandte sie dann ein, »weil wir einen Bluteid geschlossen haben.«

»Einen Bluteid sagst du?« Meisterin Lave'els Gesichtsausdruck war undeutbar, aber ihre Ohren zuckten einen Moment lang, während sie nachdachte.

»Nun, das wundert mich eigentlich nicht«, sagte sie schließlich gedankenvoll. »Ich denke, wir können es versuchen. Das Lesen aus Teeblättern ist auf der untersten Stufe des Zukunftsehens. Es benötigt so wenig Energie und ist so ungenau, dass auch Nichtmagische es gerne einmal ausprobieren und gelegentlich einen Treffer landen. Aber es ist ganz unterhaltsam, also wenn du möchtest, können wir ausprobieren, was passiert.«

Aurelia konnte nicht sehen, was dagegensprach. Sie nickte, reichte nach Aufforderung ihre Tasse an Aywyn und sah zu, wie diese sorgfältig die Tasse in der linken Hand im Uhrzeigersinn drehte, sie dann wieder auf dem Tisch absetzte und erneut aufnahm, um die Bewegung weitere sechs Male zu wiederholen. Aurelia beobachtete, wie die junge Frau mit einem langen Fingernagel gedankenvoll ihr Kinn kratzte, während sie aufmerksam in die Tasse blickte.

»Der Ast«, gebärdete Aywyn.

Meisterin Lave'el assistierte dabei, ihre nächsten Gebärden zu übersetzen: »Das bedeutet, dass du Freundschaft schließen wirst mit jemandem, den du kürzlich getroffen hast oder bald treffen wirst – was davon? Oh, beides. Erstaunlich. Noch etwas?«

Aywyn blickte wieder in die Tasse hinein.

»Die Flagge«, übersetzte Meisterin Lave'el nach einer Minute, als Aurelia ein wenig ratlos bei Aywyns Gebärde dreinblickte, und runzelte die Stirn. Ihre Hände ruhten schlank und elegant auf der Tischplatte, die Finger zuckten nur für einen kurzen Moment auf und lagen dann wieder ruhig, dafür begannen ihre Ohren ein wenig zu zucken. »Das bedeutet, dass du dich verteidigen müssen wirst. Können wir etwas über ihr mögliches Talent herausfinden? Siehst du eine Drei?«

»Eine Drei?«, wiederholte Aurelia etwas verwirrt, während Aywyn sachte die Tasse in ihren Händen drehte.

»Die Zahl von Rauch und Zauber«, erklärte Meisterin La-ve'el mit einem Lächeln. »Wenn sie neben einem bestimmten Symbol auftaucht, kann es sein, dass es deine stärkste Diszi-plin voraussagt.«

Aywyn blickte auf und machte mit bedauerndem Ge-sichtsausdruck eine negierende Geste. Meisterin Lave'el zuckte mit den Achseln und warf selbst einen Blick in die Tasse. Dann gab sie Aywyn ein Signal, woraufhin diese die Tasse sachte wieder auf dem Tisch absetzte.

»Tut mir leid«, meinte sie dann in Aurelias Richtung und tätschelte mit kühlen Fingern ihre Hand. »Das wirst du wohl selbst herausfinden müssen.«

»Dennoch ziemlich spannend«, stellte Aurelia fest. »Könnt ihr mir noch mehr zeigen?«

In den nächsten zwei Stunden gaben Meisterin Lave'el und Aywyn ihr Bestes, Aurelia einige Techniken aus dem Hand-werk der Futurix zu demonstrieren. Zwischendurch sorgte Meisterin Lave'el für Essen, und obwohl Aurelia weiterhin nicht richtig warm mit ihr wurde, konnte sie nicht anders, als zuzugeben, dass die Frostelfe eine gute Gastgeberin war. Sie hatte Aywyn noch nie essen sehen und fand jetzt auch he-raus, warum: Frostelfen ernährten sich ausschließlich von rohem Fleisch und Blut, und obwohl Aywyn zum Teil auch menschlich war, hatte sie diese Gewohnheiten überwiegend ebenfalls angenommen. Es war ein durchaus gewöhnungs-bedürftiger Anblick.

Am späten Nachmittag schellte es an der Haustür, und Meister Marius trat ins Haus – allein und mit finsterem Ge-sicht. Aurelias Hoffnungen sanken ein wenig. Er maß die Anwesenden mit einem langen Blick, dann nickte er Meiste-rin Lave'el zu.

»Danke, dass du auf sie aufgepasst hast«, sagte er dann.

»Gern geschehen«, erwiderte Meisterin Lave'el mit einem

feinen Lächeln, das den Anschein hatte, als ob noch mehr dahintersteckte. Auch Meister Marius schien dieses Gefühl zu haben, denn er verengte kaum merklich die Augen. Da war eine greifbare Spannung zwischen ihm und Meisterin Lave'el, die Unbehagen auslöste – außer bei der Frostelfe selbst, die weiterhin ungerührt lächelte. »Hat einen hellen Kopf, deine Schülerin. Es hat Spaß gemacht, du solltest sie mir öfter überlassen. Ich kann ihr viel über den Umgang mit Feuer beibringen.«

»Ich denke, das bekommt auch Meisterin Funkenschmied hin.«

»Nichts für ungut, Meister«, kam Aurelia einer Antwort von Meisterin Lave'el zuvor, als sie es nicht mehr aushielt. »Wie geht es Gale?«

Meister Marius' Gesicht verdüsterte sich augenblicklich. »Nicht ausgesprochen schlecht, aber auch nicht gut. Die Beweise sprechen gegen Gale, daher geht das Verhör erst einmal weiter. Kilian ist dortgeblieben. Immerhin gibt es ab morgen eine Besuchsmöglichkeit.« Er blickte dabei nicht nur zu Aurelia, sondern auch zu Aywyn, die von der Nachricht sehr mitgenommen zu sein schien. Sie nickte mit blassem Gesicht und senkte den Kopf, dann entschuldigte sie sich mit einigen Gesten und verließ den Raum.

Meisterin Lave'el seufzte. »Aywyn und Gale sind recht gut miteinander befreundet. Es war schwer für Aywyn, diese Situation vorherzusehen. Ich werde mich um sie kümmern.«

Meister Marius presste einen Moment lang mit unergründlichem Gesichtsausdruck die Lippen aufeinander und maß Meisterin Lave'el mit einem fast zornigen Blick. Dann jedoch schien er sich wieder zusammenzunehmen und atmete tief durch. »Nun, wir lassen euch mal zur Ruhe kommen.«

»Ach, wir haben Schlimmeres überstanden.« Als ob sie

kein Wässerchen trüben konnte, zwinkerte Meisterin Lave'el Aurelia zu und drückte ihr die Hand. »Bis zum nächsten Mal. Immerhin werden es wohl etwas glücklichere Umstände sein.«

Meister Marius schüttelte den Kopf und verließ das Haus, Aurelia im Schlepptau.

Nachdem sie einige Zeit schweigend durch die Straßen Vhindonas in Richtung Zuhause gewandert waren, räusperte er sich schließlich und setzte zum Sprechen an. »Dem Kind wird nichts passieren. Was in dieser Stadt geschieht, übersteigt die magischen Fähigkeiten eines so jungen Geschöpfs bei Weitem, und das werden auch die Behörden sehen.«

»Mittlerweile glaube ich, dass es darum gar nicht mehr geht«, sagte Aurelia.

Meister Marius blickte sie schräg von der Seite her an. »Was meinst du damit?«

Aurelia zögerte einen Moment, dann gab sie sich einen Ruck. »Ich habe das Gefühl, es geht einfach nur darum, eine Reaktion zu provozieren. Eine Reaktion von jemand anderem, vielleicht der Person, die eigentlich hinter all dem steckt. Der Oberspäher wirkt wie jemand, dem nicht nur die Mittel ausgehen, sondern auch die Hoffnung, und jetzt schlägt er um sich und hofft darauf, dass er Glück hat.«

Meister Marius sagte einen Moment lang nichts. Dann gab er ein zustimmendes Geräusch von sich. »Du magst recht haben. Ich werde versuchen, mit ihm zu reden, aber beinahe fürchte ich, dass ich kein Glück haben werde. Ich habe ihn beim letzten Mal arg vor den Kopf gestoßen.«

Aurelia runzelte die Stirn. »Beim letzten Mal?«

»Da warst du schon fort.« Meister Marius seufzte. »Ich habe ihm sehr deutlich gemacht, dass ich nicht gewillt bin, an dir herumzupfuschen und am Ende vielleicht noch irreparable Schäden zu verursachen, nur um diesen Fall aufzuklären. Vielleicht war ich dabei etwas harscher als nötig. Er hat es jedenfalls nicht besonders gut aufgenommen. Ich wollte das eigentlich noch mit ihm klären.«

Aurelia biss sich auf die Lippen. Es war leicht vorstellbar, dass Oberspäher Beilschmidt in seinem Stolz diese Abfuhr von Meister Marius noch nicht verkraftet hatte. »Also haben Sie ihn seit dem Gespräch bei uns noch einmal gesehen?«

Ihr Meister schüttelte nach einer kurzen Pause den Kopf. »Er hatte keine Zeit für mich – wollte mich wohl nicht sehen.« Er lächelte grimmig. »Mit der Zeit wird er sich schon wieder beruhigen.«

»Haben wir diese Zeit noch?«, rutschte es Aurelia heraus.

»Das weiß ich nicht. Deswegen werde ich ja versuchen, mit ihm zu reden. Aber ich möchte, dass du dir keine Sorgen darum machst, ich kümmere mich darum.«

Aurelia nickte und verschwieg, dass sie das Gefühl nicht loswurde, dass Meister Marius ihr wichtige Informationen vorenthielt. Es wäre am besten gewesen, den Mund zu halten und so zu tun, als ob für sie alles in bester Ordnung war – aber wie konnte sie sich von diesem Mann unterrichten lassen, in seinem Haus leben, wenn sie ihm nicht vertraute? Irgendetwas war im Gange, und es hatte mit den Morden zu tun. Es hätte ihr vielleicht egal sein können, wenn nicht Gale mit hineingezogen worden wäre, aber etwas sagte ihr, dass auch ihr Lehrmeister vielleicht zu tief in etwas steckte, aus dem er nicht mehr herauskam.

Sie blieb stehen. »Meister.«

Meister Marius hatte ebenfalls innegehalten. »Was ist denn?«

Aurelia holte tief Luft. »Ich wünsche mir von Ihnen, dass Sie immer ehrlich mit mir sind. Egal wie schmerzhaft diese Ehrlichkeit sein mag. Es ist mir lieber, die Wahrheit zu hören, als angelogen zu werden – oder wie ein Kind behandelt zu werden, dem man unangenehme Dinge einfach verschweigt. Sie haben gesagt, dass ich stark bin, aber dann vertrauen Sie bitte auch darauf, dass ich mit unangenehmen Informationen zurechtkomme.«

Meister Marius sah sie lange, lange an. Dann lächelte er, und es war wärmer als das Lächeln zuvor. »Ich werde darauf zurückkommen«, sagte er leise, »aber nicht jetzt. Komm heute zu mir ins Gewächshaus, und ich zeige dir den Fortschritt bei meinen Studien. Danach können wir überlegen, ob wir uns hinsetzen und reden wollen.«

Nach dem Essen und einer kurzen Ruhepause versuchte Aurelia, einen Brief an ihre Eltern zu schreiben. Lange saß sie zwischen halb fertigen Baukonstrukten und begonnenen Strickprojekten an ihrem Schreibtisch, über ein Blatt Papier gebeugt, mit dem stumpfen, goldenen Ende der Füllfeder gegen ihre Lippen gedrückt. Die Worte wollten einfach nicht zu ihr kommen. Was sollte sie ihnen sagen, ihren armen Eltern, die vermutlich aus bestem Gewissen heraus versucht hatten, sie von dieser Welt abzuhalten, in der sie sich nun bewegte? Was sollte sie ihnen sagen, ihren Eltern, die aus schierer Angst Jahre ihrer Jugend geraubt hatten und unmöglich verstehen konnten, ja, nicht verstehen wollten, was sie in den letzten Wochen gesehen, erlebt und gelernt hatte? Mit jeder Minute, die sie darüber nachdachte, schien die Kluft zwischen ihnen unüberbrückbarer zu werden. Der Sprung auf die andere Seite schien immer unmöglicher zu werden. Sie hasste es, dass es überhaupt zwei Seiten gab, denn am liebsten wollte sie ihre Hände nach beiden Richtungen ausstrecken. Die Magie steckte in ihr, aber das tat auch die Welt, in der sie groß geworden war, egal ob zum Guten oder zum Schlechten. Sie wusste einfach nicht, was sie tun sollte.

Mutter, schrieb Aurelia schließlich in breiter, geschwungener Schrift, die sich nicht versteckte, *Ich habe seit Wochen nichts mehr von euch gehört, und mittlerweile warte ich auch nicht mehr. Sicherheit ist, wenn man sich nicht vor sich selbst fürchten muss, und das muss ich erst lernen. Aber ich atme frische Luft – wenn ich möchte, gehe ich hinaus, und ich nehme gerne die Garde und Papiere in Kauf, wenn ich dafür in den Straßen Vhindonas spazieren gehen kann. Die Schreckgestalten, vor denen ich immer gewarnt wurde, kann ich hier nicht finden. Die magischen Leute sind genau wie nichtmagische Leute, zumindest in ihrer tiefsten Essenz. Ich wünschte, ihr könntet das erkennen, aber vielleicht sind die Gräben dafür schon längst zu tief. Vielleicht hat sich Vhindona, ja, ganz Radbod damit selbst ein Grab geschaufelt . . .*

»Aurelia!«, brüllte Meister Marius durch das Stiegenhaus und ließ sie beinahe mit der Feder auf dem Papier abrutschen. »Wo bleibst du denn? Dich schicke ich ja um den Tod!«

Aurelia verdrehte die Augen und lächelte, als sie sich vorstellte, wie ihr Meister kichernd über seinen eigenen Witz im Halbdunkel des Flurs stand.

»Ich komme!«, rief sie zurück, stand auf und verließ das Zimmer, ohne den Brief zu Ende zu schreiben.

KAPITEL 17

In der warmen, schweren Luft des Gewächshauses wiegten sich grüne Gräser und bunte Blumen mit nachlässiger Eleganz. Als Aurelia hineintrat, stolperte Bob bereits mit ausgebreiteten Armen auf sie zu und lehnte den Kopf an ihre Schulter, als sie vorsichtig seine Schulterblätter tätschelte. Mittlerweile war sie schon so oft von ihm umarmt worden, dass sie das Gefühl nicht einmal mehr seltsam fand. Nachdem er sich wieder von ihr aufrichten ließ, stellte sie fest, dass die weißen Blüten nicht mehr nur in seinen Augenhöhlen zu finden waren, sondern auch zwischen den Ranken um seine Knochen hervorblinzelten wie Tausende kleine Köpfe.

»Ich muss sagen, Bob, du wirst immer hübscher«, komplimentierte sie ihn und lächelte, als das Skelett bescheiden abwinkte. Es war ihr noch immer nicht ganz klar, wie er zu dieser Persönlichkeit gekommen war. Meister Marius hatte zwar erklärt, dass es um die Persönlichkeit der erschaffenden Person und ihre Gemütslage im Moment der Schöpfung ging, aber irgendwie hatte Aurelia Schwierigkeiten damit, Bobs anhängliches Naturell mit dem üblichen Verhalten ihres Meisters in Einklang zu bringen.

Sie blickte auf, als Meister Marius sie mit einem kleinen Geräusch und einer auffordernden Handbewegung zu sich winkte. Er stand an einem wuchtigen Schreibtisch, der einem kleinen Labor glich und ihr bereits bei ihrem ersten Einblick in das Gewächshaus aufgefallen war. Vor ihm lag ein großer Sack, der verdächtig dunkle Flecken an der Unterseite aufwies.

Sie trat näher, deutete darauf und fragte: »Was ist in dem Sack drin?«

»Menschliche Köpfe«, sagte Meister Marius und dehnte seinen Nacken. »Eine Massage würde mir wirklich guttun«, stellte er fest. »Ich sollte Bob darin ausbilden.«

»Menschliche Köpfe?!«, wiederholte Aurelia und versuchte, dabei nicht zu kreischen.

»Nun, natürlich«, sagte Meister Marius mit einem halben Achselzucken, als ob dies auf der Hand läge. »Bob ist ein menschliches Skelett. Die elfischen Sprechapparate wären zwar ähnlich genug, aber es ist schwieriger, hierzulande an Elfen ranzukommen, nachdem die ihre Toten ja zu Bäumen machen. Gut, dass ich ein Handelsabkommen mit einem Priester der Göttin Garia habe.« Er tätschelte den Sack und lächelte so strahlend wie noch nie. »Ein Halbwüchsiger und zwei Erwachsene in den besten Jahren. Alle drei nichtmagisch. Fette Beute. Der Mann enttäuscht mich nie.«

»Wie kann ein Priester so etwas tun?«, fragte Aurelia und konnte ihr instinktives Entsetzen dabei nicht verbergen, auch wenn dies bewirkte, dass das Lächeln von Meister Marius' Lippen rutschte. »Er hat die Pflicht, für die Toten zu sorgen!«

»Das tut er ja auch«, erwiderte Meister Marius mit einem Stirnrunzeln. »Ihre Seelen sind vorher von mir geläutert worden. Damit sind ihre Körper nichts mehr als Hüllen, die im Erdboden verrotten und sonst höchstens noch den Würmern dienlich sind. Ich weiß, solange man auf Erden wandelt, ist man versucht, den Körper einer Person als ihre Essenz anzusehen, aber das stimmt einfach nicht. Freilich denken wir dennoch in körperlichen Ausmaßen und zollen toten Körpern Respekt, teilweise wohl auch aus einer tiefen Furcht vor der eigenen Sterblichkeit.« Flüchtig berührte er seine eigene Wange und lächelte matt. »Sogar ich bin nicht dagegen gefeit, und dabei sollte ich es besser wissen. Bist du zart besaitet oder sind das moralische Bedenken?«

»Oh, das weiß ich noch nicht. Ich war noch nie in der Situation, mich genauer mit abgeschnittenen Köpfen befassen zu müssen«, sagte Aurelia mit mehr als einer Spur von Sarkasmus, gab dann jedoch einen tiefen Seufzer von sich. »Ich wollte Sie nicht beleidigen, es ist nur ... gewöhnungsbedürftig.«

»Verständlich, aber ich fürchte, du wirst dich an derlei unter meiner Führung gewöhnen müssen«, sagte Meister Marius und grinste ein wenig. »Na komm. Die beißen nicht. Vorerst zumindest.« Er lachte über seinen eigenen Witz und öffnete den Sack.

»Sehr witzig, Meister«, murmelte Aurelia und blinzelte an ihm vorbei auf den Inhalt des Sacks. Da waren die Köpfe, und Aurelia wurde flau im Magen, als sie auf die blutige Knorpel-, Haut- und Muskelmasse am Ende der abgeschnittenen Hälse starrte. Sie war unermesslich froh zu entdecken, dass irgendjemand zumindest ihre Augen geschlossen hatte. Nun fiel ihr auch eine aufgerollte Ledermappe neben dem Sack auf, in der Instrumente lagen, die Aurelia von Besuchen bei ihrem Onkel, einem Arzt, kannte: Skalpelle und Messer, eine Knochensäge und Zangen, Pinzetten und Scheren, Nadel und Faden. Das flaue Gefühl in ihrem Magen verstärkte sich.

»Hol mir das Notizbuch von da drüben. Und die Feder mit dem Tintenfass. Und den Bleistift.«

Aurelia nickte und holte die gewünschten Gegenstände aus einem in der Nähe stehenden Regal. Das Notizbuch war ein großes, schweres Ding mit goldgrünem Einband und dicken Seiten, das mit einem komplizierten Schloss ohne erkennbaren Öffnungsmechanismus versehen war. Als Aurelia alles sorgfältig auf dem Tisch zur anderen Seite der Köpfe, wo keine medizinischen Instrumente lagen, arrangiert hatte, stach Meister Marius sich mit einer Nadel in den Daumen und drückte ihn auf das Schloss des Notizbuches, woraufhin dieses aufsprang.

»Habe ich vor ein paar Jahren extra bei einer Fabramagica in Auftrag gegeben«, erklärte er auf ihren Blick hin. »Das war allerdings noch in Bycaea, die gute Thressa hat ihre spezielle Ausrichtung ein wenig anders gelagert.«

»Ich finde es einfach spannend, dass es so viele alchymistische Richtungen gibt«, sagte Aurelia und wollte die Begeisterung in ihrer Stimme gar nicht unterdrücken. »Es kommt mir vor, als wäre man da viel flexibler als in anderen magischen Ausbildungsrichtungen.«

»Nun ja, die Leute sind erfinderisch, und es gibt viele Arten von Handwerk – viele Möglichkeiten, was man wie mit Magie aufladen kann«, murmelte Meister Marius. Als seine Hand zu der Knochensäge griff, beschloss Aurelia, sich doch lieber ein wenig mehr zur Seite zu drehen, womit sie aber leider nicht verhindern konnte, dass die Geräusche an ihre Ohren drangen. »Verdammt, ich brauche eine Schürze.« Das Sägen wurde für einen Moment unterbrochen, Stoff raschelte und wies darauf hin, dass Meister Marius sich die grüne Schürze, die an einem Eck des Tisches gehangen hatte, umgebunden haben musste. Gerade als Aurelia nachsehen wollte, setzte das Sägen wieder ein, und sie legte stattdessen auch noch die Hände vor das Gesicht. Nur um sicherzugehen. »Wie dem auch sei. Mich interessieren vor allem die fertigen Gegenstände … und die Bücher meiner bycaenischen Fabramagica des Vertrauens haben einfach die beste Qualität, die ich bisher auftreiben konnte. Sie besitzen eine perfekte Balance in ihren Seiten und eine sehr angenehme magische Struktur, stark, aber nicht aufdringlich … Mit denen arbeite ich durchaus gern.« Er rutschte ins Limische, ohne es zu merken. »Scheiße, was für eine Sauerei. Anstrengender geht's gar nicht mehr, und ich bin gerade nicht mal sicher, ob das die richtige Vorgehensweise war ... Was soll's, wir haben im Zweifelsfall noch mehr Köpfe.«

Als Aurelia es doch wagte, über die Schulter zu sehen und durch ihre Finger zu blinzeln, sah sie, dass Meister Marius von oben bis unten mit Blut und sonstigen glitschigen Spritzern, die Aurelia nicht genauer definieren wollte, eingedeckt war und gerade die Säge mit einem Tuch sorgfältig sauber wischte. Sein Atem ging schwer wie nach einem meterlangen Gewaltmarsch, und er drehte Bob die Stirn zu, damit dieser sie abtupfen konnte. Einer der Köpfe war von ihm von Nase bis Hinterkopf auseinandergesägt worden und klaffte nun vor ihm auf wie ein aufgeklapptes Buch. Aurelia konnte in dem verklumpten, fleischig-nassen Innenleben nur wenig außer den Zähnen und den harten, von zähem, totem Blut rosig gefärbten Knochen erkennen. Erneut rollte ein unrundes Gefühl durch ihren Magen, aber sie bezwang sich und versuchte, genauer hinzusehen.

»Da hast du es, Bob«, sagte Meister Marius anklagend in Richtung des Untoten, der sich die Hände in einer geradezu jammervollen Geste an den Kopf legte und sich leicht hin und her wiegte. »Das alles nur, damit du vielleicht irgend wann herumquäken kannst. Siehst du, wie gut ich zu dir bin?« Er tätschelte Bobs Kopf. »Dann lass uns mal sehen, was wir hier haben.«

Erneut stach er sich mit einer Nadel in den Daumen, diesmal etwas tiefer als zuvor, sodass mehrere Tropfen auf den vollständigen Schädel des Jugendlichen neben dem zersägten fielen. Und erneut veränderte er seine Sprache. »Sprich: Wir folgen dir, Herrin, denn Rettung verheißt die Nacht. In den Tiefen der Nacht zeigt die Herrin sich mir, und in den Schatten ihres Mantels hüllt sie mich ein. Sterne fallen auf ihr Kleid, und in ihren Armen schläft der Mond.« Altlimisch, realisierte Aurelia, Meister Marius sprach Altlimisch fließend, fast zärtlich.

Der Schädel begann zu wispern.

Er sprach die Worte, die Meister Marius ihm zuflüsterte, bewegte die Lippen, die Zunge und den Kiefer dazu. Es war das Echo einer Stimme, eine Möglichkeit, ohne Luft zu sprechen, ein Vorgang, getragen von Blut. Meister Marius drehte ihn behutsam wie ein Neugeborenes in den Händen und beobachtete das Vibrieren in seinem Hals, setzte ihn ab und schrieb Notizen in das Buch neben sich, die Aurelia von ihrem Standpunkt aus nicht lesen konnte.

»Durch Asche wandle ich auf meinen Wegen«, murmelte Meister Marius weiterhin auf Altlimisch, um den Kopf am Sprechen zu halten, »und die nächste Welt ist mein Licht. Herrin, deinen Namen wisperte man, nun kennt man ihn nicht, und dieses Leben versinkt im Nichts. In den Tiefen der Nacht zeigt die Herrin sich mir, und in den Schatten ihres Mantels hüllt sie mich ein. Sterne fallen auf ihr Kleid, und in ihren Armen schläft der Mond.«

Die Worte wurden gewispert in einem Rhythmus so weich und ohne Eile wie träge dahingleitendes Wasser in silbernem Schein. Vielleicht war es ein Gedicht, aber etwas in Aurelia sagte ihr, dass es ein Gebet war, vor langer, unvorstellbar langer Zeit entstanden. Sie war wie gebannt, als Meister Marius weitere Tropfen Blut auf die rechte, aufgeschnittene Seite des zweiten Schädels fallen ließ. Etwas Fesselndes lag in seinen Bewegungen, die sicher und bewusst waren, seine Berührungen vorsichtig und aufmerksam.

»Sprich: In meinem Blut liegt dein Geheimnis, Herrin«, wisperte Meister Marius, »und die nächsten Welten rufen nach mir. Herrin, du bist der Schlüssel, und ich bin das Tor, williges Werkzeug in deiner Hand. In den Tiefen der Nacht zeigt die Herrin sich mir, und in den Schatten ihres Mantels hüllt sie mich ein. Sterne fallen auf ihr Kleid, und in ihren Armen schläft der Mond.«

Der zweite Schädel bewegte den Teil an Lippen, Zunge und Zähnen, den er noch besaß, aber nicht einmal ein Wispern war zu vernehmen. Aurelia konnte sehen, wie einige Teile von Gewebe und scheinbaren Knorpeln in seinem Inneren in Bewegung flatterten, und beugte sich ein wenig mehr vor, um besser zu sehen. Meister Marius runzelte die Stirn und notierte sich wieder etwas, ehe er den Bleistift zur Hand nahm und eine rasche Skizze neben seinen Aufzeichnungen anfertigte.

Gerade als der erste Schädel das vorletzte Wort gewispert hatte, hob Meister Marius erneut an: »Sprich: Durch Asche wandle ich auf meinem Weg und sammle Funken dieser Welt für die nächste. Herrin, nimm uns Sterbliche in deine Hand und schenke uns dein Licht. In den Tiefen der Nacht zeigt die Herrin sich mir, und in den Schatten ihres Mantels hüllt sie mich ein. Sterne fallen auf ihr Kleid, und in ihren Armen schläft der Mond.«

Aurelia hatte vor einigen Jahren bereits ähnliche Gebete aus dem mistrischen Raum gelesen und mit viel Mühe in ihrem Altlimisch-Unterricht übersetzt, zwar von anderen Gottheiten, doch unverkennbar in derselben Form und mit einem sehr ähnlichen Vokabular, was wohl der Grund war, dass sie den Inhalt beinahe problemlos verstand. Sie wusste, dass Gebete in jener Form zu den frühesten schriftlichen Aufzeichnungen gehörten, die in Tempeln und Bibliotheken niedergeschrieben und aufbewahrt worden waren. Sie wusste auch, dass diese Form seit etwas mehr als vierhundert Jahren nicht mehr benutzt wurde, nachdem der Zweite Sternenfall neue Götter und neue literarische Formen mit sich gebracht hatte. Meister Marius sprach die Worte nicht wie etwas, das er gelesen und auswendig gelernt hatte. Er sprach sie wie etwas, das er gelebt und praktiziert hatte. Zum ersten Mal bekam Aurelia ein besseres Gefühl dafür, wie unglaublich *alt* ihr Meister schon war, wie unendlich viel er schon gelebt und wie viel er schon mit angesehen haben musste.

»In meinem Blut liegt dein Geheimnis, Herrin«, murmelte Meister Marius, ehe der Schädel wispernd seine Worte wiederholte, »und über die Toten lege ich meine schützende Hand. Herrin, zwischen Dunkelheit und Asche leite ich sie auf den Lichterpfaden in die nächste Welt. In den Tiefen der Nacht zeigt die Herrin sich mir, und in den Schatten ihres Mantels hüllt sie mich ein. Sterne fallen auf ihr Kleid, und in ihren Armen schläft der Mond.«

»Wir folgen dir, Herrin, denn Rettung verheißt die Nacht«, sprach Aurelia leise den letzten, den Anfang wiederholenden Teil der Formel aus und spürte Ehrfurcht vor den ihr unverständlichen Dimensionen eines alten Lebens in sich.

Meister Marius blickte auf und schenkte ihr ein sanftes, angenehm überraschtes Lächeln. Dann wandte er sich wieder dem aufgeschnittenen Schädel zu, in dem er mit der Pinzette und einem dünnen Stäbchen behutsam herumstocherte, während der Schädel noch bei dem Versuch zu sprechen vibrierte. Anschließend notierte er sich noch einige Anmerkungen und skizzierte den aufgeschnittenen Hals, der vor ihm lag. Erst dann legte er den Bleistift beiseite und griff nach einem Tuch, um sich langsam die Hände abzuwischen. Da war ein Leuchten in seinen Augen, das alles bedeuten konnte.

»Ich hoffe, es war wenigstens ein bisschen spannend für dich«, sagte er und wirkte im Licht der Kerzen fast gütig, als er auf sie herabblickte. »Manchmal bin ich nicht sicher, ob ich dir genug praktische Magieanwendung beibringen kann.«

»Ich lerne genug von Ihnen«, versicherte Aurelia ihm und fügte dann hinzu: »Und immerhin haben Sie selbst gesagt, dass alle ihre Spezialgebiete haben, oder nicht?«

»Das ist wahr.« Meister Marius lächelte. »Nun, mach dir Notizen mit Fragen zu diesem Prozedere hier, wenn du welche hast. Und dann geh schlafen, du wirkst müde.«

Am nächsten Tag trat Aurelia mit dem festen Vorhaben, das Gefängnis aufzusuchen, vor die Haustür. Meister Marius hatte ihr ein höchst amtlich aussehendes Dokument übergeben, auf dem das Siegel seines Rings in Wachs eingedrückt war und mit dem sie Gale überhaupt erst besuchen durfte. Er war nicht zu überreden gewesen, sie zu begleiten, aber immerhin hatte er ihr einen Fiaker rufen lassen, der sie hoffentlich an ihr Ziel bringen würde. Mittlerweile schaffte sie es gut, in Meister Marius' Garten herumzugehen und bis an die Haustür zu kommen, sogar der Weg hinüber zu Meister Grünwalds Haus war schon drin. Eine weitere Strecke zu Fuß allein zurückzulegen war allerdings immer noch nicht möglich, weshalb sie dankbar für den Fiaker war.

Und noch erfreuter und überraschter war sie, als sie vor dem Haus Aywyn entdeckte, die ihr sachte zuwinkte. In ihrem mintgrünen Kleid, das einen losen, etwas altmodischen Schnitt hatte, und dem weißen Pelz darüber sah sie aus wie ein Schneeglöckchen, das sich aus der noch gefrorenen Erde gewagt hatte.

»Ich komme mit zu Gale«, gebärdete sie.

Aurelia nickte, dankbar darum, dass ihre Freundin extra simpel kommunizierte, um es ihr leichter zu machen. »Danke. Das wäre toll.«

Als sie in dem Fiaker saßen, der auf die Stadt zuhielt, fragte sie: »Hast du das Gefängnis schon mal gesehen?«

Aywyn zögerte einen Moment, dann lächelte sie matt. »In der Zukunft.«

»Das muss doch Wahnsinn sein, alles zu sehen, was passieren wird«, entfuhr es Aurelia. »Wie kann man das? Wenn man jetzt zum Beispiel ein großes Unglück voraussieht, wie kann man da nichts dagegen tun?«

Einen Moment lang war Aywyn vollkommen still. Dann senkten sich ihre hellen, fast durchscheinenden Wimpern auf ihre Wange wie Schneeflocken, bis sie wieder aufblickte. Ihre rotbraunen Augen waren klar und traurig. Etwas an Aywyn war immer traurig, stellte Aurelia fest, traurig und schwer, als ob ein Gewicht sie zu Boden drückte.

»Manchmal muss man schlimme Dinge tun, damit es besser wird.« Sie atmete tief ein und aus, dann schloss sie die Augen und bedeutete, ohne sie wieder zu öffnen: »Aber es ist schwer. So schwer.« Ihre Finger stockten. Sie öffnete die Augen und blickte hinaus, dann schüttelte sie den Kopf. »Ich weiß nicht, wie Meisterin Meriwa es schafft. Aber die Alten wissen mehr als wir. Sie haben ein längeres Leben.«

Insgeheim hatte Aurelia schön öfter den Gedanken gehegt, dass dies nicht immer von Vorteil sein musste. Und, so dachte sie weiter, während sie sich immer mehr dem Gefängnis näherten, in dem Gale saß und auf die Freiheit wartete, flimmernd und flirrend und an den Rändern auseinanderlaufend wie ein implodierender Stern: Natürlich hatte sie Respekt. Ihr ganzes Leben lang hatte man ihr Respekt vor den Älteren eingeschärft. Aber das bedeutete nicht, dass jüngere Leute deshalb automatisch weniger widerstandsfähig oder brillant oder überlebensfähig oder tapfer waren, und irgendwie ließ sie das Gefühl nicht los, dass besonders die magische Gemeinde das öfter einmal vergaß.

Es dauerte eine Weile, bis die beiden jungen Frauen das Magiestrat erreicht hatten. Grundsätzlich war es falsch, davon zu sprechen, dass Gale im Gefängnis saß, denn es handelte sich bisher eher um eine Untersuchungshaft, weshalb Aurelia und Aywyn das eigentliche Gefängnis der Stadt Vhindona gar nicht zu Gesicht bekamen. Stattdessen führte man sie nach Vorzeigen des Schreibens und Überprüfung ihrer Papiere in jenen Teil des Magiestrats, der noch strenger überwacht wurde als der Rest und wo Magiebegabte nur vorübergehend in Zellen festgehalten wurden. Dennoch war der Eindruck, den Aurelia davon bekam, schon bedrückend genug. Die Wände des Untersuchungshaftblocks waren kahl und benötigten eine Restaurierung. Wie überall im Magiestrat hatte auch hier bereits überwiegend das elektrische Licht über die Dampflampen gesiegt, jedoch mussten einige der Glühbirnen dringend wieder ausgetauscht werden. Es gab nicht viele Fenster, und jene, die vorhanden waren, waren kleine Vierecke hoch oben in den Mauern, die weder Gänge noch Stimmung sonderlich erhellten. Vom Gang aus konnte man durch dicke, runenverstärkte Gitter in die Untersuchungszellen hineinblicken, von denen es etwa ein Dutzend gab. Die Hälfte davon war leer; in der anderen Hälfte saßen einzelne Personen, von denen einige gar nicht aufsahen und der Rest sie mit leeren, wütenden, resignierten oder deprimierten Blicken verfolgte. Es war schwierig, sich nicht unwohl zu fühlen, und Aurelia erleichterte es ein wenig, dass es Aywyn nicht anders zu gehen schien. Der Ritter, der sie hereingeführt hatte, sprach kein Wort mit ihnen und nickte lediglich den anderen Mitgliedern von Garde und ritterlichem Orden zu, die zur Überwachung aufgestellt waren. Aurelia fand das Aufgebot an Verwaltungspersonal etwas lächerlich, nachdem die meisten der inhaftierten Personen nicht so wirkten, als ob sie gerade einen gefinkelten Fluchtversuch ausheckten.

Gale war in der hintersten Zelle untergebracht worden.

Als Aurelia und Aywyn näher kamen, konnte man die immer noch seltsam vibrierende und verlaufende Gestalt unruhig hin und her tigern sehen, von einer Wand zur anderen wie in einem sinnlosen Versuch, die Zelle durch Bewegung größer zu machen. Vor der Zelle war Sieur Parcis, der sich von seinem Stuhl erhob und den beiden jungen Frauen sowie seinem Kollegen zunickte. Der andere Ritter hatte es eilig, so schnell wie möglich wieder den Rückzug anzutreten. Aurelia und Aywyn wechselten einen stummen Blick, dann traten sie an das Gitter.

»Gale«, sagte Aurelia, woraufhin Gale stehen blieb und den Kopf hob, um sogleich ans Gitter zu kommen und sie mit den gleichen ungewöhnlichen Augen wie immer anzusehen.

»All diese Leute, mit denen ich Bekanntschaft geschlossen habe«, sagte Gale rau, ohne den starren Blick von Aurelia zu nehmen, »all die Leute, zu denen ich gesprochen habe, mit denen ich mich vernetzt habe, denen ich eine Anlaufstelle geboten habe – und ihr seid die Ersten, die mich besuchen. Wie kann das nur möglich sein?« Die Stimme war ebenfalls seltsam verzerrt, als ob es mit großen Mühen verbunden wäre, verständliche Laute zu formen.

»Wir … wir wollten wissen, wie es dir geht«, erwiderte Aurelia ein wenig erstaunt. »Und es ist nicht so einfach, Zutritt zu bekommen. Ich habe spezielle Papiere von Meister Marius bekommen, und Aywyn hat welche von Meisterin Laveel.«

Gale schnaubte. Der Blick wanderte weiter zu Aywyn und verweilte auf ihr. Aywyn neigte mit zuckenden Ohrenspitzen den Kopf und erwiderte ihn ebenso starr, das Gesicht verschlossen und undeutbar. Gale sah wieder zu Aurelia und streckte reflexartig die Hand aus, um sie auf ihre Wange zu legen. Als die Fingerspitzen gegen die Luft zwischen den Gittern stießen, gab es einen summenden Laut, und Gale zuckte fluchend zurück.

»Ich hasse Städte«, stieß Aurelias Gegenüber schließlich hervor, dann wurde der Kopf geschüttelt, sodass Aurelia von dem ganzen Geflirre schwindelig wurde. »Diese Fesseln machen mich krank, und das meine ich nicht im übertragenen Sinn. Und wenn du in Schwierigkeiten bist, erkennst du erst die wirklich Loyalen.«

»Du bist sicher bald wieder draußen«, erwiderte Aurelia beschwichtigend. »Meister Marius meinte, dass die Anklage lächerlich ist, und Meister Grünwald gibt sein Bestes, dich hier wieder rauszuholen.«

Gale schnaubte erneut. »Ich bin nicht aus Vhindona oder Radbod, also können sie mich nicht an die Front schicken, das ist der einzige Grund, warum es noch kein Urteil gibt. Beilschmidt will doch nur einen Deckel auf den Fall setzen, und der Senat ist froh, wenn er noch mehr Kanonenfutter in die Hände gespielt bekommt. Da ist es vollkommen egal, ob ich es getan habe oder nicht.«

»Aber das hast du nicht, oder?«, bohrte Aurelia nach. Sie hatte die Stimme gesenkt und war so nahe an das Gitter getreten, wie es möglich war.

»Natürlich nicht, ich würde nie jemanden umbringen, egal um was für ein Arschloch es sich handelt.« Gale spuckte aus. »Aber wie gesagt, das spielt keine Rolle, die sind froh, dass sie mich endlich festnehmen konnten. Das ganze Land kann mich am Arsch lecken. Die meisten Quellenkinder sind Feiglinge, die sich möglichst lang möglichst unauffällig verhalten und keine Ahnung von einem Kampf haben. Wenn man dann die Stimme erhebt und irgendwelche Missstände anklagt, karren sie dich weg, und die Leute, die dich vorher bewundert haben, sind auf einmal spurlos verschwunden.«

Einen Moment lang war es still. Aywyn senkte den Kopf und zupfte an ihren pastellfarbenen Spitzenhandschuhen herum, während Aurelia sich Gales Worte durch den Kopf gehen ließ.

»Behandeln sie dich denn wenigstens anständig hier drin?«, fragte sie schließlich.

Gale zuckte mit den Achseln. »Du meinst, abgesehen davon, dass sie mich eingesperrt halten wie ein Tier und mich daran hindern, meine Magie einzusetzen, was ungefähr so angenehm wie ein heißes Eisen im Arsch ist? Denke schon. Ist nicht das erste Mal, dass ich in einer Zelle sitze.«

»Gale –«

»Man wird mich wahrscheinlich der Stadt verweisen«, sagte Gale, ohne sich unterbrechen zu lassen. »Die haben immerhin mitbekommen, dass ich nicht wirklich gemeldet bin. Selbst wenn nicht, werd ich die Biege von hier machen. Ich hab's endgültig satt. Aywyn –« Die hellen Augen fanden erneut die Angesprochene und bekamen etwas Flehendes. »– komm mit mir mit. Aurelia ist hier geboren und noch zu jung und unausgebildet, die lassen sie nicht gehen, aber du bist wie ich – du bist nicht von hier, du hast Möglichkeiten, hier rauszukommen. Lass uns gehen, solange wir noch können. Wir können uns gemeinsam den Rest der Welt ansehen, den die Dunkle Königin noch nicht zerstört hat. Du hast keine Ahnung, wie unglaublich *weit* alles da draußen ist – ich könnte es dir zeigen, ich könnte dir so viel zeigen. Wir könnten frei sein.«

In Aywyns Augen standen Tränen, als sie langsam den Kopf schüttelte. Ihre Hände und Mimik waren sanft, beinahe liebevoll, als sie ihre Antwort gab, die zu schnell und komplex war, als dass Aurelia hinterherkam, und die ausreichte, um Gale gegen die Wand gegenüber den Gitterstäben sacken zu lassen.

»Sie werden es dir nicht danken, Aywyn. Du bist niemandem etwas schuldig. Auch nicht deiner Meisterin, auch wenn sie die Einzige ist, die hier wirklich etwas tut. Aber sie kämpft auf verlorenem Posten. Vhindona, nein, ganz Radbod hat sich schon vor Jahren aufgegeben. Wir gehören nicht mehr hierher, niemand von uns. Sie wollen uns nicht haben, dann sollen sie doch sehen, wie sie ohne uns zurechtkommen können! Es ist nur eine Frage der Zeit, bis sie auch die Alten aus dem Weg schaffen.«

Aywyn gebärdete nun etwas eindrücklicher und erneut zu schnell, als dass Aurelia verstehen konnte. Gale jedoch erhob sich grollend und begann wieder auf und ab zu laufen.

»Du bist so dämlich – sie werden deine Meisterin loswerden, und dann bist du dran. Was erhoffst du dir – oh, du hast es gesehen!« Gales Stimme triefte vor Hohn und Bitterkeit. Aywyn trat einen Schritt näher an Aurelia, wie um sich zu schützen. Gale heftete einen Moment lang den Blick auf diese Geste und grollte dann erneut. »Ich könnte dir ein Leben bieten.«

Aywyn hob erneut die Hände. Was auch immer sie erwiderte, nahm den Wind aus Gales Segeln, und das Gesicht wurde matt, erschöpft.

»Wie du meinst. Ich habe mein Bestes versucht – aber ich schätze, wir alle müssen unsere Entscheidungen selbst treffen, nicht wahr?« Die hellen Augen sahen erneut zu Aurelia. »Du solltest auch zusehen, dass du deinen Meister dazu bringst, mit dir nach Mistras abzuhauen. Hier wird auf einem Pulverfass getanzt.« Gale atmete aus. »Ich würd's nicht ertragen, wenn du ein Opfer der Explosion würdest, auf die wir unweigerlich zusteuern.«

Aurelia atmete tief durch. Gales Worte füllten sie mit dumpfem Terror, der ihr das Atmen schwer machte. »Gale –«

»Du bist kein kleines Kind mehr, Aurelia. Lass dich nicht

wie eins behandeln, sondern bestehe auf deinem Recht, in Freiheit zu leben.« Gale bohrte noch einmal den Blick in sie, dann wandte Kilians Zögling sich ab. »Bitte geht jetzt. Vielleicht sehen wir uns ja noch einmal in Freiheit wieder, oder was auch immer man darunter in dieser Stadt versteht.«

Gales gekrümmte, resignierte Haltung stand Aurelia noch lange vor Augen, als sie aus dem Gefängnis traten. Sie blinzelte in die Sonne und fragte sich, wieso das Leben nur so schwer sein konnte – so schwer und so kompliziert. Es war wie ein Spiel, dessen Regeln niemand kannte.

KAPITEL 18

Marius schlug die Kapuze des Schleiermantels erst zurück, als er hörte, dass der Schlüssel sich im Schloss der Tür vor ihm drehte.

Nichtmagische Bauten waren grauenvoll uninspiriert, zumindest jene, bei denen sich die Pläne des Architekten Frank entweder aus Zeit- oder aus Geldgründen noch nicht durchgesetzt hatten. Beim Anblick der schmutzig beigefarbenen Außenwände von Johanns Haus sehnte er sich nach Bycaea mit seinen goldenen Türmen und dem überschwänglichen Luxus der Pyramide. Wie oft hatte er auf seinem Balkon gesessen, ein Buch in der einen Hand und eine Feige in der anderen, um dem magischen Flimmern über der Stadt zuzusehen, die sich um ihn herum kreisförmig ausbreitete bis zu der wehrhaften, dreifachen Mauer, die sie umgab? Fast sein ganzes Leben hatte er in der Goldenen Stadt verbracht, in ihr gelebt und über sie gewacht. Vhindona, sosehr es sich auch bemühte und so viel Potenzial es haben mochte, würde in seinen Augen nie mithalten können. Aber Vhindona war eine kraftvolle Stadt, die nach eigenen Wegen suchte und wuchs. Es war keine von ihm bevorzugte Wuchsrichtung, aber das Leben, genau wie der Tod, war chaotisch und wild, und Entwicklungen wie diese lagen außerhalb seines Einflussbereichs. Wenn hierzulande entschieden worden war, Magie zu begraben, dann würden eben auch die Früchte dieser Entscheidung geerntet werden.

Er nickte der Hausdame zu, die ihn missmutig musterte, dann kurz in seine Augen sah, erbleichte und zurücktrat, um ihn einzulassen.

»Ich finde den Weg selbst«, teilte er ihr mit samtiger Stimme mit und ging dann mit bewusst dramatisch wehendem Mantel an ihr vorbei, um an der Tür zu Johanns Wohnung zu klopfen. Während er wartete, dass man ihn einließ, konnte er die Alte brummelnd und knurrend die Treppe hinaufsteigen hören. Was für eine Beißzange.

Johann wirkte überrascht, ihn zu sehen, aber auch so, als ob er seit Tagen nicht mehr geschlafen hatte. Er war nicht mehr jung. Der Funke, der damals in seinen Augen gestanden hatte, als Marius ihn kennengelernt hatte, war zu einem unguten Brennen verkommen, das ihn aufzuzehren drohte. Dabei konnte Marius sich noch daran erinnern, wie golden er einmal gewesen war – wie lächerlich jung und idealistisch. Es war das gewesen, was ihm an Johann so gut gefallen und immer seinen Charme ausgemacht hatte. Jetzt schien diese Ausstrahlung ermattet, wie mit Asche bedeckt. Etwas in Marius' Brust zog sich zusammen. Es war alles so lächerlich, ihrer beider Rollen im Spiel der Gezeiten und die Enden, die sie nehmen würden. Marius konnte nicht wie Meriwa in die Zukunft sehen, aber er wusste, dass sowohl er selbst wie auch Johann Schritte in ihrem bisherigen Leben gesetzt hatten, die ihnen kein friedliches Ende bescheren würden. Marius wollte zumindest Johann davor schützen, denn er wusste um den Unterschied zwischen einem gewaltsamen und einem friedlichen Tod. Und im Gegensatz zu ihm selbst hatte Johann keine Jahrhunderte lang Zeit gehabt, sich mit gewissen Dingen zu arrangieren.

Er bemühte sich um ein Lächeln. »Hast du Zeit für mich?«

Johann musterte ihn, die Augen kalt. Trotz der späteren Stunde war er noch halb in seinem Anzug, hatte nur das Jackett abgelegt und die Hemdsärmel hochgerollt, außerdem trug er keine Schuhe, sondern nur noch Socken. Allerdings hatte er noch die Prothese angeschnallt, was immerhin bedeutete, dass Marius ihn nicht gerade aus wohlverdientem

Schlaf gerissen hatte. Sichtlich hatte er nicht mehr mit Besuch gerechnet, aber schließlich nickte er wortlos und trat beiseite. Marius folgte ihm in einen winzigen Salon, der das Wort gar nicht verdient hatte und eindeutig selten genutzt wurde. Es war mehr ein größerer Alkoven gegenüber der Küche, in dem ein kleiner Tisch mit zwei Lehnstühlen stand. Er konnte die Male nicht mehr zählen, in denen er schon hier gesessen hatte, eine Tasse in der Hand und Johanns leuchtender, verehrender Blick ihm gegenüber. Und er war immer gleich geblieben, während Johann älter und bitterer geworden war, während sich die Falten in sein Gesicht und sein Gemüt gefressen hatten. Oh, Herrin, es hatte gutgetan, von ihm verehrt zu werden. Es hatte gutgetan, und es hatte ein wenig das Heimweh und die Sehnsucht nach Leon gelindert. Natürlich war es egoistisch gewesen, von Anfang an, aber das änderte nichts daran, dass Johann ihm etwas bedeutete. Das machte diese ganze Angelegenheit auch so schmerzvoll, denn es konnte nur das schmerzvoll sein, was wirklich Bedeutung hatte.

»Wenn du Tee möchtest, dann musst du mir, fürchte ich, beim Tragen helfen«, sagte Johann steif.

»Meine Güte, Johann, ich bin hier nicht zum ersten Mal«, sagte Marius mit einem tiefen Seufzer. »Bitte nimm Platz, ich komme gleich.«

Er wanderte in die kleine Küche, die Johann so gut wie nie nutzte – seine Haushälterin kochte für ihn, und diese individuellen Küchen in jeder Wohnung waren ohnehin eine neue Erscheinung in Radbod, hatte er sich sagen lassen. Ihm leuchtete das System dahinter nicht ganz ein, aber es hatte wohl etwas mit gewissen sozialen Verschiebungen zu tun, die ihn in ihren Feinheiten nicht sonderlich interessierten, wenn die magische Bevölkerung nicht involviert war. Hunderte Male hatte Marius bereits hier drin gestanden, und das

Zubereiten einer Kanne Tee ging ihm trotz seiner Präferenz für Kaffee leicht von der Hand, sodass er bald mit einem entsprechend gefüllten Tablett zurückkehrte und es zwischen sie beide auf den Tisch stellte. Er ließ sich in dem freien Stuhl gegenüber von Johann nieder und zupfte seinen Kaftan zurecht.

»Warum bist du hier?«, fragte Johann, der noch nie für seine subtile Herangehensweise bekannt gewesen war, zumindest außerhalb seiner Arbeit.

Marius ließ sich Zeit damit, ihre beiden Tassen zu füllen, dann lehnte er sich zurück, schlug die Beine übereinander und sah ihn an. »Ich habe das Gefühl, dass wir reden sollten.«

Ein bitteres Lächeln kräuselte Johanns Lippen. »Ich dachte, du hast mir nichts zu sagen.«

»Du, wie sagt man … verdrehst mir absichtlich die Worte im Mund«, erwiderte Marius angespannt, dann nahm er einen tiefen Atemzug. »Ich verstehe deine Gefühle.«

»Ich bezweifle es«, sagte Johann humorlos lächelnd.

»Ich habe dich verletzt«, fuhr Marius fort, ohne sich aus dem Konzept bringen zu lassen. »Und ich habe Dinge gesagt, die ich nicht hätte sagen dürfen.«

»Du hättest sie trotzdem gedacht«, sagte Johann trocken und führte die Tasse zu seinen Lippen.

Offenbar wollte er es ihm absichtlich schwierig machen. Auch wenn nicht zu leugnen war, dass er in gewisser Weise recht hatte. Marius atmete nochmals tief durch. Dann hob er ruhig erneut an: »Das ist einerlei. Es stand nicht in meiner Absicht, dir wehzutun, und ich hoffe, dass du dir dessen bewusst bist.«

»Ich bin mir wenig bewusst, was dich angeht«, sagte Johann und klang dabei ausgesprochen bitter. »Selbst nach zwanzig Jahren bist du für mich gefüllt mit Leerstellen. Unser letztes Gespräch hat mir das nur wieder einmal sehr eindrucksvoll bewiesen. Ich – es kommt mir vor, als ob ich immer zehn Schritte hinter dir herlaufen würde, egal, wie schnell ich renne. Ich werde niemals bei dir ankommen.« Er verzog die Lippen zu einem zutiefst selbstironischen Lächeln. »Und trotzdem kann ich nicht verhindern, dass ich dich –«

»Bitte sag es nicht«, sagte Marius leise. Erneut krampfte sein Herz sich in seiner Brust zusammen. Es gab Wünsche, die er nicht erwidern konnte, und es war besser, wenn man sie nicht aussprach, denn Worte hatten Macht.

Johann verstummte. Dann war er es, der tief einatmete. »Was willst du von mir, Marius?«

Marius nahm einen Schluck aus seiner Tasse. Dann erwiderte er: »Ich möchte mit dir über das Kind sprechen.«

Johann runzelte die Stirn. »Fräulein Frank?«

»Das andere. Jenes, das du hinter Gitter gesteckt hast in einem Versuch von … ja, was? Ich denke nicht, dass es dich sonderlich weit gebracht hat.«

Als ob er nicht selbst Interesse daran gehabt hatte. Als ob er es nicht selbst erlaubt hatte, weil es seiner eigenen Sache dienlich war, weil es Zeit verschaffte. Bei der Herrin, wann war er so ein verdammter Heuchler geworden? Ein Brennen stieg von seinem Herzen in seine Kehle, als er daran dachte, wie Aurelia ihn ansehen würde, wenn sie wüsste, wie viel Schande an seinen Händen klebte.

»Nicht?« Johanns Augen brannten erneut mit jenem ungesunden Glitzern, das dieser Tage mehr und mehr von ihm Besitz zu ergreifen schien. »Es hat dich hierhergebracht.«

Aurelia hatte mit ihrer Einschätzung für die Motive des Oberspähers nicht weit danebengelegen. Jung, wie sie war, verfügte sie anscheinend über eine bemerkenswerte Einschätzungsgabe, was Leute anging. Immerhin war diese Reaktion genug, um Marius' Gedanken wieder auf die Sache an sich zu konzentrieren, und er zog die Augenbrauen zusammen. »Du hättest meine Aufmerksamkeit anders erringen können.«

»Gale passiert nichts.«

»Das kommt von jemandem, der unmöglich wissen kann, wie schmerzhaft solche magiebindenden Fesseln gerade für eine Wechselhaut sind. Besonders, wenn man keinen gesteigerten Wert darauf legt, die Kernform anzunehmen. Es ist, wie wenn du dem Kind permanent Nadeln in den ganzen Körper stecken würdest. Vielleicht noch schlimmer als das.«

Heuchler, Heuchler, Heuchler. Er konnte es kaum ertragen, sich selbst sprechen zu hören. Das Einzige, was half, war, sich vor Augen zu halten, dass er hier versuchte, Dinge wieder geradezurücken und zumindest kleine Katastrophen zu verhindern.

Johann biss die Kiefer aufeinander. »Danke für die Erinnerung, dass ich nicht Teil deiner Welt bin.«

»Du *bist* Teil meiner Welt«, sagte Marius sachte. »Aber du bist nicht magisch. Das muss einander nicht widersprechen.«

»Ich bin mir dessen nicht so sicher«, sagte Johann leise. »Früher hätte ich dir Glauben geschenkt. Aber jetzt …«

»Jetzt glaubst du mir nicht mehr?«, fragte Marius und konnte nicht verhindern, dass sich die Traurigkeit, die er darüber empfand, in seine Stimme schlich.

Johann sah ihn an. Da war Schmerz in seinen Augen, aber auch leises Bedauern. »Ich weiß es nicht, Marius.«

Marius nickte. »Das habe ich verdient. Ich möchte dennoch, dass du das Kind freilässt.«

Johann hob eine Augenbraue. Dann setzte er seine Tasse ab und verschränkte die Arme vor der Brust.

»Das kann ich tun«, sagte er, »wenn die Gegenleistung entsprechend ausfällt.«

Marius blinzelte. »Was verlangst du?«

»Ich will den Namen des Mörders.« Johanns Blick schien ihn förmlich zu durchleuchten. »Ich habe mir unsere Zusammenarbeit durch den Kopf gehen lassen, nach unserer letzten Unterhaltung. Seltsam, dass du mich gerade dann gefunden hast, als ich kaum einen Ausweg gesehen habe. Seltsam, dass man gerade mich mit dieser Mordserie betraut hat, und seltsam, dass es einer der wenigen Fälle ist, wo immer noch etwas passiert, das ins Muster fällt und bei dem ich keinen Schritt weiterkomme. ›Geister begehen keine Verbrechen‹, das hast du einmal zu mir gesagt. Erinnerst du dich? Und nur Geister hinterlassen keine Spuren.«

Das war nicht richtig, aber Marius befand, dass nun nicht der geeignete Augenblick war, um Johann über seine Wissenslücken in Geisterkunde aufzuklären. Also nahm er nur einen weiteren Schluck seines Tees und schwieg.

»Wieso also«, fuhr Johann fort, »finde ich seit Jahren keine brauchbaren Anhaltspunkte? Wenn du mir wirklich alles verraten hast, was du weißt und beisteuern kannst, wieso komme ich nicht weiter? All diese Zeit, Marius, all diese Leben, und ich kann nicht umhin, als mir zu denken, dass du sie vielleicht verschwendet hast.«

Marius presste die Kiefer aufeinander. Dann traf er eine Entscheidung. Es war vielleicht die falsche. Aber das Risiko musste er eingehen – und er würde mit den Konsequenzen leben, wie er es immer tat.

»In Ordnung, Johann, du hast gewonnen. Du hast recht, ich habe dir Dinge verschwiegen. Aber wenn deine Bedingung ist, dass du den Namen des Mörders möchtest, ehe du das Kind freilässt, dann werde ich sie dir erfüllen und auf dein Ehrenwort zählen.« Auch wenn das vielleicht ein Fehler war. Der Ausdruck in Johanns Augen gefiel ihm nicht besonders; er war nicht mehr der Mann, der er einmal gewesen war. »Den zweiten Teil deiner Bitte kann ich dir allerdings nicht erfüllen. Er betrifft Dinge, die außerhalb deines Einflussbereiches liegen und unabdinglich sind. Sei dir in dieser Hinsicht nur versichert, dass ich nichts verschwendet habe, weder Zeit noch Leben, und dass ich dennoch das Dahinscheiden von beiden zutiefst bereue.«

Lüge oder Wahrheit? Zumindest die Reue war nicht gelogen. Und bei der Herrin, er hoffte, er betete, dass auch der Teil mit der Nicht-Verschwendung stimmte.

Johann schloss die Augen. »Das muss genügen. Also?«

Marius ließ den Blick über ihn gleiten. »Bist du dir sicher, dass du bereit dafür bist?«

»Ich bin nicht der jugendliche Held in einem dieser gelben Schauerheftchen, die sie neuerdings wie wild produzieren«, sagte Johann angespannt und öffnete die Augen wieder, um seinen Blick eisern zu erwidern. »Wenn ich alles Bisherige überlebt habe, dann werde ich auch diese Enthüllung überleben.«

»Oh, dessen bin ich mir nicht sicher«, sagte Marius sanft, »denn der Mörder bin ich.«

Einen Moment lang war es fürchterlich still.

Marius blickte nicht fort. So bekam er jeden Wechsel der Gefühle auf Johanns Gesicht mit: Unglauben, Schock, Ärger, weiterer Unglauben. Schließlich sank Johann tief in seinen Stuhl und fuhr sich über das Gesicht.

»Wie kannst du dich noch im Spiegel ansehen?«, fragte er heiser, und das war es, was Marius zurückzucken ließ. Es war, als ob Johann seine innersten Gedanken aussprach, und jedes seiner Worte fühlte sich wie ein Peitschenschlag an. »Wer sagt, dass ich das tue?«, fragte er leise.

In diesem Moment fühlte er jeden einzelnen Tag, den er gelebt hatte. Seine Knochen waren noch nie so schwer gewesen. Er dachte an Sofja, die für das, woran sie geglaubt hatte, gestorben war. Er dachte an die Herrin, verwundet und vielleicht sogar schon ausgelöscht, und an die Dunkle Königin, die ihre Schneise der Zerstörung durch den Kontinent zog und aufgehalten werden musste. Das Blut, durch das er watete, war knöcheltief, war ozeanweit, und er konnte nichts anderes tun, als seine müden Knochen hindurchzuschleppen, um die Flut aufzuhalten.

»Du weißt, dass ich dich festnehmen muss?«, fragte Johann nach einem langen Augenblick heiser.

Nun, alles hatte seinen Preis, und das war Teil von Marius' Strafe. Dennoch, er wollte ihn schützen, musste es zumindest versuchen. Keine unnötigen Opfer, nicht, solange er es verhindern konnte.

»Ja«, erwiderte er also, so sanft er konnte. »Aber ich weiß auch, dass du es nicht kannst. Ich bin kein Staatsbürger dieses Landes, sondern ein hochrangiger diplomatischer Besucher. Abgesehen von der rechtlichen Lage kommt noch eine sehr alltagsnahe hinzu, denn ich würde eine Verhaftung meiner Person schlichtweg nicht zulassen. Und weder du noch irgendjemand sonst in dieser Stadt möchte herausfinden, was passiert, wenn man es versucht.«

Johann starrte ihn an. »Drohst du mir?«

»Fern davon. Ich statuiere lediglich Fakten und spreche eine Empfehlung aus.« Er sah Johann eindringlich an und konnte dennoch einen gewissen bittenden Unterton nicht verbergen, als er hinzufügte: »Ich hoffe doch, dass zwischen uns nach wie vor keine Drohungen nötig sind.«

Johanns Gesicht war sehr weiß. Marius hob die Tasse an die Lippen, einzig aus dem Bedürfnis heraus, seine Hände zu beschäftigen. Im Endeffekt hätte er wissen müssen, dass es irgendwann dazu kommen würde. Er hatte nichts anderes verdient.

»Ich verstehe es nicht«, sagte Johann schließlich langsam.

»Ich kenne niemanden, der sich so an die Vorgaben einer Gottheit hält wie du. Du atmest ihren Dienst. Wie konntest du nur?«

Marius seufzte und rieb sich die Stirn. »Du weißt genauso gut wie ich, dass man nicht immer selbst Hand anlegen muss, um jemanden zum Tode zu verurteilen. Das ist ein Schlupfloch in den Vorgaben der Herrin.«

»Und du hast es genutzt«, stellte Johann fest. »Vermutlich nicht zum ersten Mal.«

Marius lächelte matt. »Wer die Verantwortung über Tausende andere Leute hat, muss manchmal kreativ werden.«

»Kreativ werden«, echote Johann und lachte bitter. »Aber das macht einen nicht weniger schuldig daran.«

»Du hast recht.«

»Du willst dich nicht verteidigen?«

Marius schüttelte den Kopf. »Alles, was du mir an den Kopf wirfst, habe ich schon tausendmal gedacht. Du hast recht. Und ich habe dir gesagt, was du hören wolltest, nun bitte ich dich, auch deinen Teil der Abmachung zu erfüllen. Johann – ich bitte dich, lass den Fall einfach ruhen. Es wird nur noch einen Mord geben, einen einzigen, und er wird zu verkraften sein.«

»Zu verkraften!« Johann lachte auf. »Hörst du dir selbst zu? Einen Mord verkraften? Ich werde der Familie des Opfers dann mitteilen, dass es ein notwendiges Übel war und die Sache zu verkraften ist. Du bist kein Mörder, du bist ein Wahnsinniger. Du bist viel zu alt.« Etwas in der Art und Weise, wie Johann ihn bisher angesehen hatte, war nun gebrochen, als er den Blick wieder auf Marius richtete. Es war verdient, aber deswegen tat es nicht weniger weh, besonders, als Johann leise fortfuhr: »Vielleicht hatten sie recht. Niemand sollte so alt sein und so viel Magie für sich selbst haben.«

»Du hast recht«, wiederholte Marius, denn ja, auch hier

musste er Johann zustimmen. Nicht zum ersten Mal dachte er, dass es zumindest für den Abschluss dieses ganzen Dramas eine Lösung geben konnte, die das Risiko minimierte. Aber er hing am Leben oder wollte zumindest nicht hier in der Fremde sterben, wo genau dieses alte, magische Blut in seinen Venen ungenutzt im Erdboden versickern würde. Wie seltsam es war, so alt zu sein und doch noch von Angst getrieben zu werden.

Er zwang sich zu einem matten Lächeln. »Es tut mir leid, dass ich nicht aus einem besseren Grund gekommen bin. Ich wünschte, es wäre anders. Und ich bitte dich noch einmal inständig, die Sache ruhen zu lassen.«

Johann schüttelte den Kopf. »Du weißt, dass ich das nicht kann.«

Marius atmete tief ein. »Auch ich kann nicht anders, und ich verstehe. Wie gesagt: Ich wünschte, es wäre anders. Aber es ist immer so, wie es ist.« Er prägte sich noch einmal gut jede Linie von Johanns Gesicht ein, dann lächelte er erneut leicht. »Was auch immer geschieht, wie auch immer du dich entscheidest, es war gut, dass wir uns getroffen haben.«

»Ich bin nicht sicher«, murmelte Johann und legte eine Hand über seine Augen. »Bisher war ich immer sicher, dass es so ist, aber nun … wenn das, was du da erzählst, wahr ist –« Er rieb sich über die Stirn und sah mit gepeinigtem Gesicht zu Marius auf.

»Hast du dich irgendwann einmal gefragt, ob wir ein anderes Ende hätten nehmen können?«, fragte er leise, aber eindringlich.

Für einen Moment spürte Marius sehr deutlich die Liebe, die Johann ihm trotz allen Schmerzes immer noch entgegenbrachte und die wehtat, so sehr, weil er sie nicht erwidern konnte und weil er sie nicht verdiente.

»Die Vergangenheit kann nicht mehr verändert werden,

Johann, nur die Gegenwart und die Zukunft«, sagte Marius leise. »Die Vergangenheit können wir nur bewahren, um daraus zu lernen. Ich wünschte, ich könnte dir etwas anderes sagen. Aber das Leben hat sich so entwickelt, wie es sich entwickelt hat. Ich habe getan, was ich getan habe, und ich sehe dir an, dass du mir dafür nicht verzeihen kannst. Wir sind, wer wir sind. Wir können nicht verändern, wer wir sind – wir können nicht aus unserer Haut. Es gibt keine anderen Leben für uns, nicht in dieser Welt.«

»Aber ich kann davon träumen«, sagte Johann leise.

Für einen Moment leuchteten seine Augen wieder mit jenem Licht, das er vor vielen Jahren besessen hatte, als er noch jung gewesen war. Ein Geschenk, es noch einmal sehen zu dürfen. Wie müde sie beide geworden waren.

Die Karten waren auf dem Tisch, vielleicht zum ersten Mal seit zwanzig Jahren. Es gab nichts mehr zu sagen. Marius brachte den Daumen an die Spitze des Ritenmessers an seinem Gürtel, dann neigte er sich über Johann und drückte den winzigen Blutstropfen auf sein Haupt. Schmerz zog sich durch seinen Finger aufgrund der Berührung, aber er ignorierte ihn. Sie sahen sich an.

»Ja«, sagte Marius schließlich sanft und entfaltete seine Magie, gegen die Johann machtlos war, auch wenn er einen Moment lang sein Bestes gab, ihr zu widerstehen. »Du kannst davon träumen. Schlaf – träume von uns. Träume von einem Tanz, der nie aufhört und in dem wir glücklich sind.«

Als er die Hand zurückzog, war Johanns Atem bereits ruhig und tief. Es war die einzige Sache, die Marius ihm vielleicht wirklich schenken konnte: ein paar Stunden vollkommene Ruhe. Und hoffentlich würde Johann einsehen, dass sein Streben nach mehr im Fall der Festtagsmorde sinnlos und suizidal war. Aber wer war er, dass er über suizidale Aktionen urteilen konnte? Er hatte sein eigenes Leben bisher darauf aufgebaut, und doch zögerte er jetzt, wo er ohnehin nichts mehr zu verlieren hatte – bis auf Aurelia. Aurelia, die so viel Potenzial besaß und noch viel nicht gesehen und erlebt hatte. Aurelia, die er lieb gewonnen hatte. Das Herz war ein Verräter.

Mit einem tiefen Seufzer verließ er die stille Wohnung, zog fest die Tür hinter sich zu und trat hinaus auf die Straßen Vhindonas, die nunmehr von flackernden Gaslaternen beleuchtet wurden. Diesmal schlug er die Kapuze nicht über den Kopf. Die verlorenen Blicke der Geister, schwach und ohne Selbstbewusstsein, folgten ihm kraftlos, als er durch die Schatten der Gebäude glitt und ein wenig Magie aufwandte, um dabei nicht gesehen zu werden. Das war nicht besonders schwierig; je später die Stunde, desto müder und gelangweilter die Bezirkswache.

Er musste mit Aurelia sprechen. Aber bevor er das tun konnte, musste er Meriwa über sein Gespräch mit Johann informieren.

Schnee begann zu fallen, als er mit raschen Schritten den Weg zu ihrem Haus einschlug. Er versuchte, es nicht als böses Vorzeichen zu sehen.

KAPITEL 19

Meister Marius schien am Abend zuvor erst spät heimgekommen zu sein, denn er tauchte nicht zum Frühstück auf und hatte in der Küche lediglich eine Notiz hinterlassen, dass sein Unterricht heute ausfiele und sie stattdessen von Meister Grünwald unterrichtet werden würde. Also erledigte Aurelia stattdessen die Recherchearbeit, die Meisterin Funkenschmied ihr auferlegt hatte, ehe sie sich am frühen Nachmittag fertig machte und hinüber zu ihrem Nachbarn ging. Meister Marius war immer noch nicht aus seinem Schlafzimmer herausgekommen, aber sie machte sich keine Sorgen. Das war nicht ungewöhnlich für jemanden, der an sich lieber nachts arbeitete und sich gerne einmal im Gewächshaus verschanzte, wenn Aurelia wenig subtil dazu drängte, doch lieber einen etwas vernünftigeren Schlafrhythmus einzuhalten.

Über Nacht war Schnee gefallen und auch tatsächlich liegen geblieben. Sie hauchte ihre Finger an, um sie warm zu halten, während sie sich dem Garten von Meister Grünwald näherte. Teile davon, vor allem die Beete und Obstbäume, standen noch immer in voller Blüte, während andere Teile von Meister Grünwald unter dem Schnee in ihre wohlverdiente Ruhepause geschickt worden waren. Eilig öffnete sie das Gartentor und schlüpfte hinein, dann hielt sie inne.

Auf der Treppe saß ein schwarzer Fuchs mit rotem Kopf und Hals, hellen Augen und einer verwegenen schwarzen Strichmusterung um die Augen. Aurelia kannte nur ein Wesen, das ein solches Muster aufwies.

Sie stürzte los. »Gale!«

Noch ehe sie bei dem Fuchs angekommen war, hatte er sich in einen Menschen verwandelt, und Aurelia flog an Gales Brust. Sie konnte kaum glauben, dass Gales Arme sie da gerade kräftig an sich drückten, aber der Herzschlag war schnell und stark und bewies, dass sie es sich nicht nur einbildete.

»Das gibt es doch nicht!«, stieß Aurelia hervor und löste sich von der lieb gewonnenen Gestalt, um sie aufmerksam anzusehen. Gale wirkte müde und ein wenig hager, aber der Blick aus den hellen Augen war hellwach. »Sie haben dich freigelassen! Wann bist du raus? Wieso jetzt auf einmal?«

Gale schnaubte. »Als ob sie mir irgendeine Antwort auf meine Fragen gegeben hätten. Vor circa vier Stunden hieß es dann plötzlich: ›Raustreten! Persönliche Gegenstände abholen!‹, und ich war draußen. Warum, ist mir ehrlich gesagt auch scheißegal. Hauptsache, ich bin raus.« Ein tiefes Durchatmen, dann strich eine kalte Hand Aurelia über die Haare. »Ich hab nicht gelogen, als ihr mich besucht habt, Auri. Sobald ich mich erholt habe, gehe ich weg von hier. Dein Meister hat gesagt, dass er mir die nötigen Details mitgeben wird, damit man mich nach Bycaea lässt.«

»Oh, das ist wundervoll!«, sagte Aurelia mit ehrlicher Freude, auch wenn sie nicht verbergen konnte, dass sich eine ordentliche Portion Wehmut hineinschlich. »Du wirst dort sicher großartige neue Erfahrungen machen. Besser als hier.«

»Ich denke auch.« Gale sah in ihre Augen, wurde aber nicht fündig nach dem, was gesucht wurde. »Wirst du damit umgehen können?«

Aurelia zuckte mit den Schultern, dann lächelte sie. »Ich werde es müssen, also werde ich es können. Und wenn wir Glück haben, dann sehen wir uns irgendwann wieder! Ich bin immer noch am Überlegen, ob ich Meister Marius begleite, falls – oder eher, *wenn* er die Stadt verlässt. Gesetzt den Fall, sie lassen mich.«

»Das wäre großartig.« Gale sah sie erneut aufmerksam an und erwiderte dann Aurelias Lächeln. Anders als das immer etwas ironische Lächeln, das Meister Grünwalds Zögling sonst so gern zeigte, war dieses hier warm und freundlich. »Weißt du, ich finde, du kannst echt stolz auf dich sein.«

»Stolz?« Aurelia lachte verwirrt. »Wieso auf einmal?«

»Ich finde es wirklich erstaunlich, wie du ans Leben herangehst«, sagte Gale nach einer kurzen Pause ehrlich. »Es ist … sicher nicht so, wie ich die Dinge handhabe, aber ich respektiere dich dafür. Jemand anderes hätte mich vielleicht gebeten zu bleiben.«

Aurelia blinzelte, dann schüttelte sie den Kopf. »Du hältst dich wohl für sehr wichtig«, neckte sie Gale, dann fügte sie etwas sanfter hinzu: »Ich weiß, warum du gehst. Und es ist wahrscheinlich auch die richtige Entscheidung. Ich meine, ich werde dich vermissen, aber ich würde dich niemals von dem Weg abhalten, den du für richtig hältst. Warum sollte ich auch?«

Gale strich ihr über die Haare und zog sie dann noch einmal an sich. Aurelia schloss die Augen und lehnte den Kopf an Gales Schulter. Gemeinsam standen sie einen Moment da, bis Gale leise in ihr Haar murmelte: »Ich werde dich vermissen, Auri. Aber ich werde mich melden, versprochen. Ich glaube fest daran, dass unsere Wege sich wieder kreuzen werden.«

Aurelia lächelte. »Ich freue mich darauf.«

Aus irgendeinem Grund hatte sie – nicht nur durch diese Unterhaltung, aber davon deutlich beeinflusst – das Gefühl, als ob die Zeit ihr unter den Fingern zerrann und sie auf etwas Unausweichliches, Großes zulief, vor dem sie sich nicht retten konnte. Sie hatte gedacht, dass sie endlich angekommen war – dass sie nun einen neuen Kreis gefunden hatte und einen neuen Lebensrhythmus. Nun schien es, als ob alles erneut auseinanderbrach. Etwas wartete auf sie, aber sie wusste nicht, was es war. War es das, was man darunter verstand, an einer wichtigen Gabelung im Leben zu stehen – und wenn ja, welche Wegentscheidung wurde von ihr erwartet? Gab es irgendeine Form von Anleitung, an die sie sich halten konnte?

Sie war zerstreut und unkonzentriert während ihres Unterrichts bei Meister Grünwald, aber gleichzeitig merkte sie, was für große Fortschritte sie gemacht hatte, seit sie zu Meister Marius gekommen war. Schon länger waren ihr keine unkontrollierten Explosionen mehr passiert, und alle ihre Lehrenden lobten die Ausdauer, die sie bei der Anwendung von Magie zeigte. Sie wusste, in welchen Bereichen sie noch mehr lernen musste (Energie aufnehmen und kontrolliert entlassen) und in welchen sie gut unterwegs war (die grundsätzliche Meisterung der Elemente), welche ihr wenig lagen (das Handwerk der Futurix und tiefere Meisterung der Elemente) und welche mehr (Alchymie, an der sie sich nicht sattlernen konnte). Es war eindeutig, dass sie immer jemand sein würde, der seine Magie in kraftvollen Stößen entlud anstatt in langen Strömen. Das alles war in Ordnung. Sie lernte und sie würde weiterlernen, genauso wie sie weiter Fortschritte damit machen würde, ihre Angst vor großen, offenen Plätzen in den Griff zu bekommen. Es war schwer, aber keine Situation war permanent. Nur die Veränderung war konstant, und vielleicht sollte das auch so sein.

Je besser sie allerdings mit sich selbst zurechtkam, desto stärker beschäftigten sie die Vorgänge in der Stadt. Auch während Meister Grünwald ihr beibrachte, wie man eine Ackerfläche adäquat mit Magie für eine bessere Ernte aufwertete, dachte sie darüber nach. Niemand aus ihrem Umfeld schien den Morden so richtig entgehen zu können. Und auch wenn sie in der letzten Zeit abgelenkt gewesen war, so hatte sie doch mitbekommen, dass sich Ausfälle häuften, bei denen Quellenkinder sich weigerten, den herrschenden Gesetzen weiter zu folgen. Die Zeitungen, die Aurelia immer wieder durch Meisterin Funkenschmied und Sieur Parcis zugespielt wurden, berichteten in empörtem Tonfall von Quellenkindern, die sich Frontbefehlen widersetzten und aus der Stadt flohen, Bezirksgrenzen überwanden und in Konflikt mit den Hütenden des Gesetzes kamen. Und Gale hatte nicht ganz recht gehabt: Die Verhaftung von Kilians Zögling hatte einen Aufschrei durch die radikaleren magischen Gruppen gehen lassen und Wellen geschlagen. Noch waren keine gewalttätigen Ausschreitungen zu spüren, aber etwas braute sich in Vhindona zusammen.

Vermutlich waren die Festtagsmorde nur ein Symptom für eine schon lange wühlende Krankheit, aber das machte sie nicht weniger besorgniserregend. Die magische Bevölkerung schien, ging man von den ergebnislosen Durchsuchungen von Oberspäher Beilschmidts Korps aus, entweder die Person hinter den Morden wirklich nicht zu kennen oder fest zusammenzuhalten. Beide Möglichkeiten waren für sich genommen aufschlussreich. Es musste eine Person mit großer magischer Kraft und Beherrschung sein, also jemand, der mindestens hundert Jahre alt war. Davon gab es in Vhindona nicht mehr sehr viele, um genau zu sein eine Handvoll. Und Aurelia kannte drei davon. Meister Grünwald traute sie nicht einmal einen absichtlichen Mord an einem Gänseblümchen zu. Meisterin Lave'el und Meister Marius wiederum … ja, was war eigentlich mit ihnen? Aurelia wollte ihren Meister gern ausschließen. Aber da blieb immer noch die Tatsache, dass sie das Gefühl hatte, dass er ihr etwas Wichtiges verschwieg. Die Frostelfe hingegen hatte zwar teilweise fragwürdige Ansichten, aber machte sie das gleich zu einer Mörderin? Aurelias Gedanken schienen sich im Kreis zu drehen. Oder sie scheute vor einigen davon zurück, weil sie die Antwort vielleicht gar nicht wissen wollte.

Nachdem Meister Grünwald sie schließlich mit einer Box voll Heilkräutern für Marius nach Hause geschickt hatte und dieser trotz der frühen Abendstunde noch immer nicht in Sicht war, zog Aurelia sich mit einem belegten Brot als Abendessen in ihr Zimmer zurück.

Das Haus summte um sie herum und entflammte dienstbeflissen die Kerzen in dem Leuchter über ihrem Kopf. Mittlerweile wusste sie durch das Magoarchitektur-Buch von Meisterin Funkenschmied schon ein wenig besser über Hausmagie Bescheid. Der Vorgang, wie ein magisches Haus besagte Magie nutzte und dabei fast schon so etwas wie eine Persönlichkeit entwickeln konnte, war allerdings hochkomplex. Jene, die in Vhindona Magoarchitektur beherrscht hatten, hatten bisher ein großes Geheimnis daraus gemacht, weshalb es nur wenige konkrete Notizen dazu gab, und Meister Marius konnte ihr nicht viel zu dem Thema sagen. Anscheinend war es in Bycaea selbstverständlich, dass die magischen Mitglieder eines Haushalts regelmäßig Magie an ihre Häuser abgaben, genauso wie es für magische Besuchende Brauch war, als Gastgeschenk einen Teil ihrer möglichst wohlmeinenden Magie an die Domizile ihrer Gastgeber und Gastgeberinnen zu verschenken. Sie träumte davon, in die Goldene Stadt zu reisen und zu dem Thema in der großen Stadtbibliothek zu forschen, von der Meister Marius gern sprach. Für den Moment jedoch war sie einfach zufrieden damit, dieses Wunder genießen zu können, und achtete darauf, jeden Tag einen Batzen ihrer Magie an eine der Hauswände abzugeben. Ob sie das besonders elegant oder praktikabel machte, war vielleicht debattierbar, aber immerhin funktionierte es, und darauf kam es wohl an. Bisher hatte es sich auch gelohnt. Nun, da zwei Quellenkinder das Haus regelmäßig fütterten, schien es deutlich aktiver geworden zu sein. Es hatte sogar begonnen, schadhafte Tapeten langsam, aber sicher wieder zu reparieren und kaputte Holzsprießen in den Treppengeländern zusammenzufügen.

Nachdenklich starrte Aurelia von ihrem Schreibtischstuhl aus die Stadtkarte über ihrem Bett an, während sie kaute. Wie vor einigen Wochen, als sie die Karte mit den magischen Knotenpunkten das erste Mal in der Schmiede gesehen hatte, ließ der Gedanke sie nicht los, dass das Muster ihr seltsam vertraut vorkam. Beinahe, als ob sie es schon einmal gesehen hätte, was nichts damit zu tun hatte, dass es wie eine stilisierte Schere aussah …

Dann fiel es ihr wie Schuppen von den Augen.

Aurelia stellte den Teller mit dem letzten Brotrest auf den Schreibtisch und griff nach einer Serviette, um sich den Mund abzuwischen. Dann öffnete sie eine der Schreibtischschubladen und holte eine der Zeitungen heraus, die sie von Oberspäher Beilschmidt schon vor Wochen erhalten hatte.

Sie musste nicht lange blättern. Der Artikel befand sich auf Seite zwei.

Und mit dem Artikel kam eine Karte der Stadt, auf der die Tatorte der bisherigen Festtagsmorde eingezeichnet worden waren. Aurelia starrte einen Moment darauf, dann griff sie nach einer ihrer Federn, schraubte bedächtig das Tintenfass auf und tauchte die metallene Spitze hinein. Sie fühlte sich beinahe wie unter Wasser. Blut rauschte in ihren Ohren, und sie musste sich konzentrieren, um mit langsamen Strichen die Tatorte miteinander zu verbinden. Als sie fertig war, nahm sie die Zeitung, stand auf und starrte abwechselnd auf sie hinab und zur Stadtkarte mit den magischen Knotenpunkten hinauf.

Eine Schere.

Verband man die Tatorte miteinander, bildeten sie eine Schere, der nur noch ein Strich fehlte, um gleichmäßig zu sein.

Aurelia atmete aus. Dann setzte sie sich wieder, strich sich mit einer fahrigen Geste mehrmals durch die Haare und atmete erneut tief durch, ehe sie die Zeitung auf den Tisch legte und die Augen schloss. Sie wollte wissen, wo der letzte Mord stattfinden musste, um das Muster zu komplettieren. Sie wollte *nicht* wissen, wo der letzte Mord stattfinden musste, um das Muster zu komplettieren. Sie wollte am liebsten gar nichts wissen, denn zu wissen bedeutete, Verantwortung zu tragen. Zu wissen bedeutete, handeln zu müssen, und sie wusste nicht, ob sie bereit dazu war.

Sie griff nach der Feder.

Dann starrte sie nach getaner Arbeit noch lange auf die Zeitung vor sich, obwohl die Tinte schon längst getrocknet war. Gräuel stieg in ihr auf, sauer wie Magensäure, die sich einen Weg durch ihre Speiseröhre bahnte. Das Kerzenlicht im Raum begann zu flackern, als das Haus auf ihre Unruhe zu reagieren begann. Sie legte eine Hand über ihre Augen, bemühte sich, ihren Atem unter Kontrolle zu bekommen. Da war es, das Wissen. Da war sie, die Notwendigkeit zu handeln.

Aurelia faltete die Zeitung zusammen.

Dann erhob sie sich.

Erst waren ihre Schritte schleppend, als ob sie durch knöcheltiefen Schlamm waten müsste. Das Herz hämmerte in ihrer Brust. *Kehr um*, wisperte eine drängende Stimme in ihrem Kopf, die erschreckend wie ihre Mutter klang. *Kehr um, Aurelia, steck den Kopf in den Sand und lebe. Nichts hören, nichts sehen, nichts sagen. Nichts wissen. So kommt man durch.*

Scheiß auf durchkommen, sagte Aurelia der Stimme in ihrem Hinterkopf, ignorierte ihr angstvoll hämmerndes Herz und flog die Stiegen hinauf, an deren Ende eine einzige Tür war. Normalerweise war sie ihr immer verschlossen, aber diesmal presste sie aus tiefster Brust ein »Bitte« hervor, und das Haus hörte sie. Ein leises Klicken erklang, und die Tür öffnete sich einen winzigen Spalt.

Aurelia erlaubte sich noch eine Sekunde des Zögerns.

Dann stieß sie die Tür auf und trat ein.

Übergossen von buntem, gebrochenem Licht lag Meister Marius auf seinem Bett und schlief. Schleiermantel und Schuhe waren auf den Boden geworfen und der goldene Draht aus seinen Haaren auf den Nachttisch gelegt worden. Sein offenes, dunkles Haar rann wie dunkles Öl über sein Gesicht und das Kopfkissen. Er lag seltsam verdreht, bläuliche Schatten gruben sich in die Haut unter seinen Augen. Einen Moment war Aurelia nicht einmal sicher, ob er atmete. Meister Marius wirkte alt, viel älter als sonst. Er wirkte wie etwas, das für eine Weile vergessen hatte, wie es funktionierte, am Leben zu sein.

Neben dem Bett, im Schatten verborgen, stand der silbrige Geist eines kleinen Jungen mit eingeschlagenem Schädel. Es war das erste Mal, dass Aurelia Jakob vollständig sah, und sie musste sich beherrschen, um angesichts der grässlichen Wunde, an der er wohl gestorben war, nicht automatisch einen Schritt zurück zu machen. Nach dem Schreck kam das Mitleid, und sie wusste nicht, was davon ihr mehr zusetzte.

Er ist nur glücklich, wenn er träumt, sagte Jakob bekümmert. **Lass ihn schlafen. Nur für ein wenig länger lass ihn schlafen.**

Aurelia biss sich auf die Lippen. Was machten ein paar Stunden mehr oder weniger schon aus? Vielleicht nichts. Vielleicht aber auch alles. Sie wusste zu wenig, und Meister Marius wusste vielleicht zu viel. Es war an der Zeit, die Dinge wieder ins rechte Lot zu rücken, bevor die Welt am Ungleichgewicht zerbrach.

»Es tut mir leid«, sagte Aurelia leise und war nicht sicher, ob es Jakob galt oder Meister Marius. Sie behielt eine Faust fest um die Zeitung geschlossen, als sie die andere Hand ausstreckte und Meister Marius' Schulter berührte, wo der Kaftan vom Vortag herabgerutscht war, um seine bronzefarbene Haut zu entblößen. Ein unangenehmes, kribbelndes Gefühl jagte durch die Finger den Arm hinauf. Unwillkürlich zog sie die Hand zurück, und Meister Marius öffnete die grünen Augen, um sich rasch aufzusetzen und sie einen Moment lang desorientiert anzustarren.

Dann zog er die Augenbrauen zusammen und wies mit einer heftigen Bewegung zur Tür. Sein Akzent war stärker als sonst, das R grollend wie ein Donnersturm, als er sagte: »Raus.«

»Es ist wichtig«, sagte Aurelia rasch, »sonst wäre ich nicht raufgekommen, es ist –«

»Raus«, wiederholte Meister Marius mit blitzenden Augen und hob die Hand unwillkürlich zu seinen offenen Haaren, um nach dem Golddraht zu greifen. »Was auch immer es ist, es wird fünf Minuten warten können, und wenn dem nicht so ist, bin ich nicht dazu zu bewegen, mich darum zu scheren. Raus. Warte in der Küche auf mich. Und wenn du dir meine Gunst sichern möchtest, halte Kaffee bereit.«

»Schön«, stieß Aurelia hervor, plötzlich nicht weniger ungehalten, als es Meister Marius zu sein schien. »Dann mache ich Ihnen eben Ihren gottverdammten Kaffee. Aurelia weiß, wo der nächste Festtagsmord stattfinden wird, aber wen interessiert das schon? Hauptsache Kaffee!«

Das schien Meister Marius sehr schnell sehr munter zu machen. »Wie bitte?«

Aurelia warf ihm die Zeitung beinahe gegen den Kopf.

Dann machte sie auf dem Absatz kehrt, knallte die Tür zu und stapfte hinunter, was in gewisser Weise durchaus befriedigend war.

Als sie wenige Augenblicke später in der Küche stand, kam sie sich allerdings schon wieder recht albern vor. Immerhin schenkte sie tatsächlich gerade eine Tasse dampfenden Kaffee ein, als Meister Marius – in einem frischen Kaftan und mit ordentlich geflochtenen, wie immer golddurchwirkten Haaren – in die Küche kam und sie mit einem ernsten Blick maß, ehe er den Kopf schüttelte.

»Ich würde mich ja entschuldigen«, sagte er, »aber ich glaube durchaus, dass ich im Recht bin.«

»Gleichfalls«, sagte Aurelia und stellte ihm den Kaffee vor die Nase, ehe sie die Arme vor der Brust verschränkte.

Meister Marius zuckte trotz der ernsten Situation mit den Mundwinkeln in dem offensichtlichen Versuch, ein Lächeln zu unterdrücken, dann setzte er sich, nahm einen Schluck und legte die Zeitung auf den Tisch. Stumm wies er auf den Platz gegenüber von ihm, und Aurelia folgte der Aufforderung ebenso stumm.

»So«, sagte Meister Marius. Dann hob er auffordernd die Augenbrauen und wartete.

Aurelia, die unter Druck nicht immer besonders eloquent war, platzte heraus: »Ich bin darauf gekommen, weil Meisterin Funkenschmied mir die Karte gegeben hat. Die mit den magischen Knotenpunkten. Die Knotenpunkte stimmen mit den Tatorten überein. Und wenn man der Linie folgt, sehen Sie – ich habe es eingekreist –«

»Aurelia«, sagte Meister Marius.

»– wenn man der Linie folgt«, sagte Aurelia drängend, »dann ist der letzte Ort, der fehlt, unser Haus.«

»Ich weiß«, sagte Meister Marius.

Aurelia blinzelte. Meister Marius wich ihrem Blick nicht

aus und hob die Tasse an die Lippen, um einen Schluck zu trinken. Wie neben sich stehend registrierte Aurelia, dass seine Finger bebten – nur ein wenig, gerade so viel, dass es ihr nur auffiel, weil sie hyperfokussiert auf jede seiner Bewegungen war.

»Wenn Sie es wissen«, sagte Aurelia leise, »dann wissen Sie auch den Rest.«

Meister Marius sagte nichts.

»Dann wissen Sie schon länger davon, dann wissen Sie wohl auch, was dahintersteckt. Und wer diese Morde begangen hat.«

Meister Marius nickte.

Noch nie hatte sie mehr Angst in ihrem Leben gehabt als in diesem Moment. Nicht einmal damals, als sie in die Bibliothek ihres Elternhauses getreten und mit dem Tod konfrontiert worden war. Das hier, die Wahrheit hinter allem, war potenziell schlimmer als der Tod.

»Bitte seien Sie ehrlich zu mir«, sagte Aurelia und hasste sich für das Beben in ihrer Stimme. Sie wollte stark sein, aber sie wusste nicht, ob sie es war. »Sie wollten mehr Zeit, als ich das letzte Mal gefragt habe, aber die ist jetzt abgelaufen. Ich will alles wissen.«

Meister Marius musterte sie. »Du bist so jung, Aurelia ... «

»Das schützt mich weder, noch arbeitet es gegen mich«, erwiderte sie angespannt. »Das ist einfach nur ein Teil von mir. Hat es etwas damit zu tun, warum Sie in Vhindona sind? Decken Sie die Person hinter all dem nur oder haben Sie sie beauftragt? Warum?« Sie schüttelte ungläubig den Kopf und legte die Hände mit den Innenflächen nach oben auf den Tisch, in einer stummen Bitte, die sie gar nicht formulieren konnte.

Meister Marius sah auf ihre Hände. Dann in ihre Augen. Was auch immer er darin sah, schien ihn zu einer Entscheidung zu bewegen, denn er atmete tief durch und fixierte sie mit einem festen Blick.

»Wenn du alles wissen willst, dann erzähle ich dir alles«, sagte er ruhig. »Aber ich muss vor mehr als zwanzig Jahren beginnen, und du wirst mich danach mit anderen Augen sehen.« Er seufzte tief. »Ich hatte gehofft, das zu vermeiden. Aber alles hat seinen Preis.«

»Sie werden Ihren Teil des Preises zahlen und ich den meinen«, sagte Aurelia bestimmter, als sie sich fühlte. »Aber ich will es wissen. Es steht mir zu. Es steht mir zu, eine Entscheidung treffen zu können.«

»Tapferes Mädchen«, sagte Meister Marius leise.

Aurelia verschwieg, dass ihr die Angst beinahe die Kehle zuschnürte. Stattdessen wartete sie.

Nach etwas, das sich anfühlte wie eine halbe Ewigkeit, nahm Meister Marius einen tiefen Atemzug.

»Vor etwa dreißig Jahren nahm ich, wie ich dir bereits einmal erzählte, eine Schülerin auf. Sofja.« Ihr Name war wie ein Seufzer auf seinen Lippen. »Sie war jung und wütend. Man hatte ihr Schlimmes angetan, bevor sie zu uns kam. Ihr Herz war verwundet von den Tragödien, die sie hatte erleiden müssen, und sie war zu einer Falsa geworden. Etwas an ihr brachte Leon und mich zu dem Entschluss zu versuchen, sie zu retten, ihr ein Heim zu geben, richtigen Unterricht, eine angemessene Schulung ihrer Fähigkeiten. Wir hätten es besser wissen müssen. Sie war bereits zu gebrochen von der Welt. Von manchen Dingen kann man sich nicht mehr erholen. Aber wir liebten sie. In den Momenten, in denen sie vergessen konnte, war sie klug und feinfühlig, und sie lachte gern. Sie war nicht böse. Sie war nur eine Person, der Böses widerfahren war und der man zu spät geholfen hatte.«

Seine Stimme splitterte. Unwillkürlich wandte Aurelia den

Blick ab, auf seltsame Weise beschämt, und sah erst wieder zu ihm, als sein Tonfall erneut einen neutralen Klang annahm.

»Sofja wollte, dass das Leid aufhörte«, sagte er. »Ihr eigenes Leid und das aller anderen. Sie war nicht in Bycaea aufgewachsen, sondern hier, in Vhindona. Der Name, mit dem sie geboren worden war, war Sophie. In Vhindona hatte man ihr nicht beigebracht, mit dem Tod umzugehen. Man hatte ihr nicht beigebracht, den Verlust und das Sterben zu verkraften und ins Leben einzugliedern. Es hatte nicht geholfen, Radbod zu verlassen. Es hatte nicht geholfen, in eine Gemeinschaft voller Magie aufgenommen zu werden, genauso wenig wie es half, dass Leon und ich ihr Liebe gaben. In ihrem Kopf war das Bezwingen der Herrin, des Todes selbst, der einzige Weg dazu, den Schmerz aufhören zu lassen. In einer Welt, in der entweder nichts mehr lebte oder nichts mehr starb, konnte es jenen Schmerz, der ihr widerfahren war, nicht geben. Und so führte sie ein Ritual durch, zu dem ich ihr in meiner Dumm- und Unwissenheit den Schlüssel gegeben hatte.«

Meister Marius atmete tief ein. Dann trank er einen Schluck Kaffee, verzog das Gesicht und wärmte ihn magisch ein wenig auf, ehe er sich einen Ruck gab und fortfuhr: »Dieses Ritual war in der Praxis noch nie durchgeführt worden. Es war Teil meiner Forschung, ein großes Vielleicht, das ich zu ergründen suchte, wobei sie mir assistierte. Sofja nutzte es, um die Herrin auf diese Seite der Schwelle zu holen. Aber es schlug fehl. Sie war nicht stark genug. Was sie tat, war dennoch ausreichend, um einen Teil der Herrin auf diese Welt zu holen – eine Hälfte, jenen Aspekt der Herrin, der am stärksten in ihrem Herzen echote: Zorn und Zerstörung. Als Leon und ich sie fanden, war die Dunkle Königin bereits geboren worden, fern, fern von

Mistras in dem Krater vor Vhindona, der dir wohl nicht fremd ist. Wir wissen nicht, wieso sie hier entstiegen ist. Wir wissen nur, dass sie etwas ist, das nicht sein sollte – eine falsche Göttin, ein Schatten, ein Halbding ohne Existenzberechtigung.«

»Sie haben sie getötet«, sagte Aurelia leise. »Sofja. Oder etwa nicht?«

»Mir waren die Hände gebunden«, erwiderte Meister Marius nach langem Schweigen und schloss die Augen. »Ich konnte nichts tun. Ich war unfähig zu einer Reaktion, gehindert durch meine tiefe Zuneigung zu dem Mädchen und durch meinen Schwur als Diener der Herrin, nicht zu töten. Aber Leon konnte tun, was ich nicht vermochte, in der Tat. Und es gibt einen Teil von mir, der ihm dafür nicht vergeben kann.«

Einen Moment lang war es still. Aurelia ließ sich Meister Marius' Worte durch den Kopf gehen, dann fuhr sie sich über das Gesicht und atmete tief durch. »Ihr seid wegen der Dunklen Königin hier?«

Meister Marius nickte. »Sie ist in gewisser Weise meine Schuld. Und seit sie existiert, schläft die Herrin – zumindest hoffen wir, dass sie schläft und nicht längst vernichtet wurde. Etwas sagt mir, dass dem nicht so ist. Aber auch ich kann nur vermuten.«

Aurelia runzelte die Stirn. »Aber Leute sterben weiterhin.«

Das brachte ihren Meister flüchtig zum Lächeln. »Ich verrate dir eine meiner Theorien. Ich glaube, dass der Tod unabhängig von der Herrin existiert. Ihr eigentliches Reich ist die Schwellenwelt. Sie streckt ihre Hände ins Leben, um uns – ihre Dienenden – als Geschenk für alle zu formen. Und sie streckt ihre Hände manchmal auch in den Tod. Seit sie schläft, hat es keine neuen Dienenden mehr gegeben, und niemand wurde zurückgebracht. Ich muss sie wieder mit ihrer verlorenen Hälfte vereinen, die Dinge wieder ins rechte Lot rücken.«

Aurelia schüttelte den Kopf. »Und wie soll das funktionieren?«

Meister Marius zögerte einen Moment. Dann sagte er: »Es gibt da ein Ritual.«

Aurelia starrte ihn an, als einige Dinge plötzlich klarer wurden. »Nein.«

»Es involviert die magischen Knotenpunkte dieser Stadt, die an bestimmten Tagen mit Blut getränkt werden müssen«, fuhr Meister Marius unbeirrt fort. »Und nachdem die Leute hier aufgehört haben, Magie zu vertrauen, und noch dazu die Dunkle Königin in großer Zahl anbeten, hätten wir niemals genügend freiwillige Opfer zusammenbekommen.«

»Wer ist wir?«, wisperte Aurelia.

»Meriwa und ich«, antwortete Meister Marius fest. »Sie war es, die die Morde an meiner statt durchgeführt hat.«

Aurelia holte tief Luft. »Ich habe die ganze Zeit vermutet, dass Sie etwas vor mir verschweigen.«

Meister Marius lächelte matt. »Jetzt weißt du es.«

Einen Moment war es still, während Aurelia versuchte, das gerade Gehörte zu verarbeiten.

»Meinen Sie das wirklich ernst?«, erkundigte sie sich dann leise.

»Ich fürchte, so ist es.«

Aurelia schüttelte wie betäubt den Kopf. »Wollen Sie wirklich ein Ritual als Problemlösung einsetzen, obwohl ein Ritual dieses Problem überhaupt erst verursacht hat?«

»Ich habe jahrelang nach anderen Möglichkeiten gesucht«, sagte Meister Marius leise. »Dieses Ritual ist nicht perfekt, und es verlangt viele Opfer, aber es gibt keinen anderen Weg.«

»Wie funktioniert es?«, wollte Aurelia wissen.

Meister Marius zögerte erneut. »Nach dem letzten Blutvergießen hier in diesem Haus wird die Stadt zu einem Portal in die Schwelle. Darüber können wir dann hoffentlich die Dunkle Königin zurück dorthin bringen, wo sie hingehört.«

»Hoffentlich?«, wiederholte Aurelia. »All diese Tode – all diese Morde – nur für ein Hoffentlich? Nur um eine schlafende Göttin zu erwecken, die fürs Sterben ohnehin nicht gebraucht wird? Nur um einen Fehler auszubügeln, der Ihnen ein schlechtes Gewissen bereitet?«

Ihr Meister schloss die Augen und schien unter ihren Worten nahezu zu schwanken. Es dauerte einen Moment, ehe er sich genügend unter Kontrolle hatte, um matt zu lächeln.

»Nur dafür? Nein. Du hast gesehen, was die Dunkle Königin verursacht – wie viele hat sie in ihrer Spur der Verwüstung umgebracht? Wie viele sind gestorben, weil die Regierung dieses Landes sie mit ihr an eine Front geschickt hat, die es bei einer solchen Göttin gar nicht gibt? Wie viele sind gestorben, weil sie sich ihr in den Weg gestellt haben? Sie ist nicht wie andere Gottheiten, die wenn überhaupt nur einander bekämpfen. Sie hat keinen richtigen Verstand, sondern wird rein von Zerstörungswillen geleitet und sie wird nicht aufhören, bis sie die ganze Welt vernichtet hat, denn das ist alles, was sie kann. Ich trage alle Leben, die bisher durch sie verloren wurden, auf meinen Schultern – und ich will nicht jemand sein, der die Welt durch Fahrlässigkeit anzündet und sich dann aus der Affäre zieht, sie einfach weiterbrennen lässt und anderen die Löscharbeit übergibt. Diese Löscharbeit inkludiert aber eine Wiedervereinigung zwischen ihr und dem Rest der Herrin. Und das ist nicht einfach.«

»Die Stadt wird zerstört werden, wenn das Portal geöffnet wird, nicht wahr?«, sagte Aurelia leise.

Meister Marius hatte den Anstand, den Blick zu senken. »Man wird neu aufbauen können.«

»Auf der Asche von Altem, das gar nicht hätte zerstört werden müssen!«, rief Aurelia entsetzt. »Neu aufbauen ... als ob Tote wie Häuser wären, die man einfach beliebig austauschen kann!« Ihre Lippen fühlten sich taub an.

Meister Marius schwieg und schien keine Antwort für sie zu haben, auch wenn sie sich so sehnlich eine wünschte.

»Ich muss das alles erst einmal verarbeiten«, sagte sie schließlich. »Ich komme mir immer noch vor wie in einem sehr seltsamen Traum. Was soll ich nun tun?«

Meister Marius schüttelte den Kopf. »Du musst nichts tun.«

Sie sah ihn entgeistert an. »Jetzt weiß ich es doch, alles davon. Ich kann nicht nichts tun. Entweder ich helfe Ihnen, oder ich schlage mich gegen Sie.«

Ihr Meister sah alt aus, als er langsam nickte. »Du wirst mich nicht aufhalten können, Aurelia, selbst wenn du dich dafür entscheidest.«

Aurelia versuchte sich an einem Lächeln, das verrutschte und misslang. »Sollten heldenhafte Personen nicht dennoch versuchen, gegen das Unvermeidliche anzugehen?«

»Du willst eine Heldin sein?«, fragte Meister Marius mit undeutbarem Blick.

Aurelia schüttelte den Kopf. »Ich will mich weiter im Spiegel ansehen können, das ist alles. Immerhin werde ich mein ganzes Leben damit zurechtkommen müssen.«

Mit ihren Worten schien sie einen Nerv getroffen zu haben, denn Meister Marius erblasste.

»Wie kann es sein, dass du etwas so leicht erkennst, das ich ...« Er brach ab, schüttelte den Kopf, rang sichtlich um ein inneres Gleichgewicht. »Wir können morgen noch einmal darüber sprechen, und auch über die Details des letzten Ritualteils. Wir haben Zeit«, fügte er bei ihrem Blick hinzu. »Der letzte Schritt wird um die Jahrwendfeuer am Tag der Herrin geschehen. Das sind noch drei Tage. Wir haben Zeit zum Durchatmen.«

Aurelia hatte das Gefühl, dass sie diese Zeit auch dringend brauchen würde.

KAPITEL 20

In Anbetracht der Tatsache, dass der letzte Mord am Festtag der Herrin geschehen würde, war Aurelia klar, dass sie nicht unbegrenzt Zeit für ihre Entscheidung hatte, auch wenn Meister Marius vielleicht großzügig sein wollte. Anfangs wusste sie nicht, wie sie damit umgehen sollte. Die Bandbreite dessen, was Meister Marius getan und geduldet hatte, und vor allem die Tragweite dessen, was ihn überhaupt erst dazu bewogen hatte – es war zu viel. Sie wusste kaum, wo ihr der Kopf stand.

Und es machte ihre Angst vor der Außenwelt wieder schlimmer.

So gut es ihr schon gegangen war – nicht perfekt, aber immerhin so gut, dass sie in Begleitung auf den Markt und in andere Häuser gehen konnte –, jetzt schien der ganze Fortschritt wieder verloren zu sein. Sie konnte sich kaum überwinden, in den Garten zu gehen, geschweige denn, auf die Straße zu treten. Der Weg in die Schmiede oder auch nur ins Nachbarhaus schien auf einmal unüberwindbar. Sie sandte eine Nachricht an Meisterin Funkenschmied und Meister Kilian, um sich zu entschuldigen, dann verbarrikadierte sie sich in ihrem Zimmer und verließ es nur, um etwas zu essen zu holen oder ins Badezimmer zu gehen. Das Haus schien sein Bestes zu geben, sie zu trösten, indem es das Licht ein wenig weicher machte und das Knarzen des Holzbodens unter ihren Füßen dämpfte. Aber es konnte nicht viel tun gegen das Grauen, das sich in ihrem Herzen eingenistet hatte.

In ihrem Elternhaus hatte sich keiner darum gekümmert, was sie über welche Dinge dachte, nachdem jeder sicher gewesen war, dass sie sterben würde, bevor sie je wieder an die

Öffentlichkeit gelangte – das oder an der Front, was im Endeffekt auf das Gleiche hinauskam. Ihre Eltern hatten sie gebildet, aber nur in den abstrakten Dingen. Sie hatten ihr beigebracht, wie man Mauern konstruierte und Pläne zeichnete, aber nicht, wie man ein Heim schuf. Und sie hatten ihr auch nicht gesagt, wie man mit Macht umging, die mehr Formen annehmen konnte, als Aurelia je vermutet hatte. Sie hatte keine Ahnung, wie der Senat es fertigbrachte, tagtäglich über die Leben so vieler Leute zu entscheiden, ohne wahnsinnig zu werden. Und nun war sie es, die vielleicht all diese Leben in den Händen hielt. Inklusive jener Leben, die ihr Unrecht getan hatten – die sie fortgesperrt und sich von ihr abgewandt hatten. Jetzt konnte sie sie büßen lassen, indem sie einfach die Augen verschloss und nichts tat, genau wie die Vulgax nie etwas für sie getan hatten, seit ihre Natur bekannt geworden war.

Aber was für Stärke lag darin, Gleiches mit Gleichem zu vergelten? War das wirklich die Person, die sie sein wollte?

Am Morgen der Jahrwendfeuer war ihre Entscheidung gefallen.

Es war ihr nicht leichtgefallen, aber es hatte sein müssen. Sie hatte sich gequält, mit sich gerungen und diskutiert, hin und her überlegt, an Alternativen und andere Wege gedacht und an Leute, die ihr die Entscheidung vielleicht abnehmen konnte. Aber das hier war ihr Leben, und nur sie konnte ihre eigenen Entscheidungen treffen. Nun, wo sie sich festgelegt hatte, ging es ihr deutlich besser. Aurelia betrachtete sich selbst im Spiegel und dachte über die Tatsache nach, dass alle sich selbst auch immer nur bedingt kannten, dass alle unendlich viel Platz zum Wachsen hatten und sich so stetig fortentwickelten, dass sie schon am nächsten Tag andere Personen sein konnten. Wie seltsam das Leben doch war. Sie konnte nur hoffen, dass sie nicht die falsche Entscheidung getroffen hatte.

Es war frühmorgens, aber sie konnte Meister Marius weit entfernt im Erdgeschoss fluchen hören, als sie die Treppen hinabstieg. Sie folgte den Geräuschen und fand ihn im Gewächshaus, wo er über Bob gebeugt an dessen Sprechapparat herumfummelte. Einen Moment lang betrachtete sie die flinken Bewegungen seiner Finger. Umgeben von seinen trügerisch lebendig wirkenden Knochenblumen wirkte er wie jemand, der nicht grausam sein wollte, auch wenn er dazu fähig war. Sie betete still zu allen Gottheiten, die zuhörten, dass sie sich nicht in ihm täuschen möge, dann räusperte sie sich.

Meister Marius blickte auf, und Bob gab ein hohes Pfeifen von sich. »Willst du mir helfen? Ich muss ein paar Feinheiten an Bob korrigieren. Das verdammte Pfeifen raubt mir noch den letzten Nerv.« Er hielt inne, als er ihren Gesichtsausdruck bemerkte, dann lächelte er matt. »Ah. Ich sehe, dass du aus einem anderen Grund gekommen bist.«

Aurelia nickte. »Ich habe nachgedacht – über alles.«

»Will ich das Ergebnis dieser Gedanken wissen?«, fragte Meister Marius nach einer kurzen Pause und wischte sich die Hände an seiner Schürze ab.

Aurelia atmete tief durch. »Ich verstehe jetzt, warum Sie es mir nicht gesagt haben. Es ist fürchterlich, es zu wissen. Und das Schlimmste daran ist wohl, dass ich es wirklich nicht verhindern kann.«

Meister Marius neigte fragend den Kopf.

Aurelia zuckte mit den Achseln. »Sie haben natürlich recht gehabt. Was soll ich schon großartig gegen Sie ausrichten? Was, bei allen Gottheiten, könnte ich schon tun, um Sie oder Meisterin Lave'el aufzuhalten? Aber, noch viel schlimmer – ich verstehe es ja teilweise. Es wäre mir lieber, ich würde es nicht verstehen. Sie müssen etwas tun, um das es keinen Weg herum gibt, und ich verstehe es, aber ...« Sie holte tief Luft. »Ein Teil von mir wird Ihnen das niemals vergeben.«

Meister Marius schloss die Augen. »Ich weiß.«

»Und Sie selbst werden es sich auch nicht vergeben«, sagte Aurelia fest. »Zumindest nicht, wenn Sie eine ganze Stadt dafür opfern.«

»Du hast recht«, sagte Meister Marius leise und öffnete die Augen. »Es ist eine Sache mehr, die ich mir nie vergeben werde. Aber es gibt keinen –«

»Das glaube ich nicht«, schnitt Aurelia ihm unhöflich das Wort ab. »Ich bin mir sicher, dass es eine Möglichkeit gibt, Ihr Ziel zu erreichen, ohne die Stadt zu opfern. Ich spüre es in meinen Knochen, und Knochen lügen nicht. Das haben Sie mir beigebracht. Es gibt bestimmt auch einen anderen Weg, wir müssen nur nachdenken.« Sie schluckte schwer und zwang sich weiterzusprechen. »Ich habe das Gefühl, dass Ihnen lange niemand mehr gesagt hat, was es bedeutet, jung und sterblich zu sein, und dass ein Leben nicht wertvoller ist als das andere. Die Leute dieser Stadt verdienen es zu leben. Und bei den Gottheiten, alle bisherigen Opfer dürfen doch nicht umsonst gestorben sein. Das wäre das größte Verbrechen von allen. Ich kann Sie nicht aufhalten, aber ich kann Sie daran erinnern, dass Sie besser sind als das. Und deswegen werde ich bei Ihnen bleiben und auf Sie aufpassen. Wenn Sie das wollen.«

»Ich will es«, sagte Meister Marius leise, aber ohne zu zögern. »Nein – ich brauche es.« Er atmete tief durch. »Ich hasse das, was ich getan habe. Was ich tun muss. Und es ist niemand da, der diese Bürde mit mir trägt.«

Aurelia sah ihn an und merkte erst nach einem Moment, dass sie ihre Hände zu Fäusten geballt hatte. »Nun, mich werden Sie nicht mehr los, Meister. Ich bleibe bei Ihnen, und wenn es das Letzte ist, was ich tue – ich sorge dafür, dass ich weiter an Sie glauben kann.«

»An mich glauben«, wiederholte Meister Marius leise.

»Ich habe erst unlängst eine Person enttäuscht, die schon viel länger an mich glauben wollte. Wie soll es mir ausgerechnet bei dir gelingen? Es sei denn natürlich …« Sein Blick wanderte über sie hinweg, hinaus über die Knochenblumen, die sich in einer nicht vorhandenen Brise wiegten. Er schien sie nicht wirklich wahrzunehmen.

Aurelia hielt den Atem an, während sie wartete.

Es dauerte eine gefühlte Ewigkeit, bis ihr Meister weitersprach.

»Ich hänge am Leben«, sagte er langsam. »Vielleicht zu sehr für jemanden, der dieses Leben den Toten geweiht hat. Und ich will nicht in der Fremde sterben. Und selbst wenn mir die Gnade widerfahren sollte, wieder zurückzukommen … jedes Mal verliere ich ein Stück von mir selbst, und niemand ist je so oft zurückgekehrt. Ich will nicht den letzten Rest von dem verlieren, was mich ausmacht.« Er sah sie an. »Verstehst du, dass ich Angst davor habe?«

»Ich verstehe es«, sagte Aurelia, und es war die Wahrheit. Tränen sprangen ihr in die Augen, ohne dass sie sie aufhalten konnte. Sie rieb sich über das Gesicht und atmete tief ein, aber ihre Stimme hatte sie trotzdem nicht unter Kontrolle, und ihre Augen weinten weiter. »Aber alle anderen wollten auch nicht sterben. Und ich frage mich … ich frage mich … all diese Unterhaltungen über Pflicht und Verantwortung und Ehre … wäre es nicht das Richtige? Wenn man dadurch so viele andere Leben retten könnte, die noch gar keine Chance hatten, sich zu entfalten?«

»Anders als mein Leben, meinst du«, sagte Meister Marius. Er wirkte weit weg, entrückt und unantastbar. Dann, sehr plötzlich, kam ein Licht in seine Augen, auch wenn der Rest seines Gesichts traurig wurde, unfassbar traurig.

»Hassen Sie mich jetzt?«, fragte Aurelia leise.

»Nein.« Er schüttelte den Kopf. »Wie könnte ich? Du hast keine Ahnung, wie mutig du bist.« Er lächelte, aber dieses Lächeln war traurig und schwer. »Kannst du dir vorstellen, dass man nach fünfhundert Jahren Leben immer noch Dinge findet, die einen überraschen? Das ist das Leben, das verdammte Leben in all seiner unberechenbaren Schönheit …« Ein tiefer Seufzer verließ seine Kehle. »Du hast vollkommen recht mit dem, was du sagst. Und das weiß ich. Ich wusste es immer schon. Aber … auch ein altes Herz kann noch töricht sein.«

Aurelia konnte wenig sagen, um es besser zu machen. Sie wusste nicht einmal, ob sie es besser machen wollte. Das Leben war manchmal so wahnsinnig, wahnsinnig schwer und widersprüchlich.

Nun quollen die Tränen ungehemmt, tropften über ihre Wangen wie eine Kaskade, die sie nicht aufhalten konnte. Bob kam heran und legte die knochigen Arme um sie in einem eindeutigen Versuch, sie zu trösten. Sie strich mit den Fingerspitzen über die Blätter und Pflanzenstränge, die seine Knochen zusammenhielten. Was für großartige Dinge Magie schaffen konnte. Das war es, worauf sie sich konzentrieren wollte – auf die Energie und die Macht, Gutes zu tun, Neues hervorzubringen, das allen nützen konnte.

Meister Marius wandte ihr den Kopf zu. Da waren immer noch das gleiche Leuchten in seinen Augen und die gleiche Traurigkeit auf seinen Zügen, und plötzlich konnte Aurelia es kaum ertragen, ihn anzusehen.

»Ich habe die Nase voll davon, etwas zu verlieren«, schniefte sie.

»Oh, mein Kind, du hast noch gar nicht angefangen zu

verlieren«, sagte er und sah sie weiter mit seinen glimmenden grünen Augen an. »Du wirst immer verlieren, und es wird immer Schmerz geben. Aber das gehört dazu. Ohne Schmerz gibt es kein Leben. Ohne Verlust kann kein Platz für Neues geschaffen werden.« Er lächelte, und dieses Lächeln war traurig, so traurig. »Wenn es dich wütend macht, wenn es dir wehtut, dann hat es einen Wert. Es hört vielleicht nicht auf, aber es wird besser. Auch dein Verstand hat seine Grenzen. Was dich jetzt hilflos macht, wird in ein paar Jahrzehnten nur noch eine blasse Erinnerung sein. Du bist stark.«

Aurelia ließ ungläubig die Hände sinken.

Meister Marius nickte ihr zu, ohne zu lächeln. »Du bist stark«, wiederholte er. »Du bist jung und du hast die Welt noch nicht gesehen, aber du hast recht: Es ist keine Schande, jung und unwissend zu sein. Du wirst von selbst alt und wissend werden. Sei gut zu dir. Sei sanftmütig. Nimm deinen Schmerz, koste ihn aus. Das ist das Leben. Es wird schon noch eine Zeit kommen, in der du die Schwelle zu einem Ort übertrittst, wo all das keine Rolle mehr spielt.«

»Und wenn ich das nicht kann?«

»Du wirst.« Da war nichts als Überzeugung in Meister Marius' Stimme, und Aurelia fühlte, wie ihre Wangen heiß wurden. »Du hast Rückgrat. Verlust und Schmerz sind nur Teile dessen, was das Leben zu bieten hat, Aurelia. Bei der Herrin, du bist näher an dieser Erkenntnis dran als viele, die mehr Jahre zählen als du und mehr gesehen haben.« Er lächelte flüchtig. »Ich denke, du hast sogar besser als ich begriffen, dass manche Dinge sich verändern müssen, um zu wachsen.«

»Aber ich habe Angst vor so vielem, und obwohl ich eine Entscheidung getroffen habe«, sagte Aurelia und hörte die Brüchigkeit in ihrer Stimme. »Ich habe Angst vor der Welt da draußen und vor mir selbst. Und ich habe Angst vor …«

Sie musste es nicht laut aussprechen. Ihr Meister verstand sie. »Angst versucht einen am Leben zu erhalten.«

»Wovor haben Sie Angst?«, fragte Aurelia leise.

»Vor dem Sterben«, sagte Meister Marius. Er lächelte flüchtig über den Ausdruck auf ihrem Gesicht. »Es klingt dumm, ich weiß. Viermal bin ich jetzt schon gestorben und durch die Gnade der Herrin zurückgekehrt, und doch fürchte ich mich bei jedem Mal ein bisschen mehr.«

»Viermal«, wiederholte Aurelia fassungslos, aber es wurde dadurch nicht weniger surreal. »Wie können Sie leben mit dem Wissen, wie es ist, viermal zu sterben?«

Er lächelte freudlos. »Die Gottheiten haben einen Plan für jeden von uns. Anscheinend ist es mein Schicksal, wieder und wieder zu sterben und zu akzeptieren, dass meine Verbindung zu dieser Welt mit jedem Tod brüchiger und schmerzhafter wird.« Er schüttelte den Kopf. »Ich weiß nicht, warum ich dachte, dass es diesmal anders sein sollte. Dass ich eine andere Rolle spielen könnte als sonst.«

Aurelia dachte bei sich, dass jeder von ihnen sich die Rolle selbst aussuchte. Meister Marius musste ihrem Vorschlag nicht folgen. Er konnte einfach mit seinem ursprünglichen Plan fortfahren. Es wäre menschlich gewesen. Aber es schien, als ob er sich anders entscheiden wollte – als ob er nur auf eine Gelegenheit darauf gewartet hatte.

»Es gibt so viel, was ich nicht weiß«, sagte sie leise, »von mir selbst, von Magie, den Gottheiten und von Ihnen.«

»Du wirst Gelegenheit dazu bekommen, die Welt zu erkunden«, erwiderte Meister Marius ebenso leise. »Und du wirst dich selbst kennenlernen. Das ist das Einzige, worauf es ankommt, glaube mir.« Er seufzte. »Ich würde dich so gerne noch weiter begleiten. Wir werden sehen, ob es uns gegeben ist.«

Sie schwiegen. Aurelia glitt mit den Fingerspitzen am

Rand ihres Korsetts entlang und dachte darüber nach, wie seltsam es war, dass ihr immer ausgerechnet dann die Worte zu fehlen schienen, wenn es zu viel zu bereden gab.

Dann mit einem Mal durchbrach das magische Summen der Türklingel die Stille und ließ sie beide zusammenzucken, während Bob die Hände an die Seiten seines Schädels legte und sich pfeifend hin und her wand. Der Bann war gebrochen. Aurelia trat einen Schritt zurück, atmete tief durch und versuchte, wieder ihre Fassung zu gewinnen.

»Wer bitte ist das jetzt?«, brummte Meister Marius und band sich die Schürze ab, um sie auf die Werkbank zu pfeffern. »Warte einen Moment. Ich schicke weg, wer auch immer das ist. Das können wir jetzt wirklich nicht brauchen.«

Es war so seltsam, nach diesem Gespräch wieder von der gewöhnlichen Realität eingeholt zu werden. Aurelia seufzte und folgte ihm den Gang hinaus bis zur Haustüre, die Meister Marius aufriss, nur um zu grollen und mit raschen Schritten den Garten zu durchschreiten. Vor der Gartentür stand Sieur Parcis, dessen Gesicht so bleich war, dass Aurelia es selbst vom Hauseingang aus erkennen konnte.

»Was gibt es?«, blaffte Meister Marius ihn an.

»Es geht um den Oberspäher«, sagte Parcis. Sein Gesicht war sehr blass. »Es ist etwas passiert.«

KAPITEL 21

Meriwa wusste, dass Marius irgendetwas an seiner Entscheidung geändert hatte, als Vhindona in ihrer Vision der Zukunft nicht mehr brannte.

Wann immer sie in die Zukunft der Stadt gesehen hatte, hatten sich natürlich Kleinigkeiten verändert. Andere politische Entscheidungstragende. Andere Gebäude. Andere Straßen und andere Namen. Dinge, die sich schnell änderten, weil sie von so vielen Entscheidungen abhängig und alles andere als in Stein gemeißelt waren. Das war zu verschmerzen, sogar zu ignorieren, weil es ihrer Ansicht nach absolut keine Rolle im großen Gefüge der Zeit spielte.

Aber immer, immer hatte Vhindona nach den Jahrwendfeuern dieses Jahres gebrannt.

Immer, immer war es zerbrochen, von der Erde verschluckt und von Feuer zerrissen worden. Immer, immer hatte es massenhaft Tote gegeben, aber auch massenhaft Asche, aus der Neues entstehen konnte. Wenn die Gegenwart in den letzten Jahrzehnten sie besonders gedrückt hatte, hatte Meriwa sich oft und gerne an diesem Feuer der Zukunft gewärmt.

Aber seit gestern brannte die Stadt nicht mehr.

Meriwa hatte es mit den Teeblättern versucht. Dann mit der Kristallkugel, mit den Karten und schließlich mit Haaren als Fokus, Haare von vierzehn verschiedenen magischen und nichtmagischen Personen dieser Stadt. Das Ergebnis war bei allen das gleiche gewesen. Vhindona brannte in der Zukunft nicht mehr, und Meriwa hatte mit jeder vergehenden Minute mehr und mehr Lust, einfach jedes Haus der Stadt einzeln abzufackeln. Natürlich konnte sie sich mit ihren Vorhersagen irren. Aber gerade ein so großes Ereignis, das viele Leben und nicht nur ein einzelnes betraf, war schwer zu verfehlen. Den Weg einer einzelnen Person zu verfolgen war eine fragile Kunst. Den Weg einer Stadt? Eines Landes? Das war schon weniger schwer. Ereignisse wie die Vernichtung einer Stadt, der Sternenfall, der neue Gottheiten gebar, und natürliche Katastrophen konnten von guten Futurix mit einer fünfundneunzigprozentigen Sicherheit vorhergesagt werden. Wenn Vhindona in ihren Visionen nicht mehr brannte, dann gab es einen Grund dafür. Dann war ein wichtiger Schritt dorthin geändert worden, und Marius war der Einzige neben ihr selbst, der diesen Schritt gesetzt haben konnte. Aber warum?

Ihr erster Verdacht war Beilschmidt gewesen. Der Mann lebte nur noch, damit Marius nicht kippte. Er war nämlich ein Dorn in Meriwas Auge, ein Stachel in ihrem Fuß, den sie am liebsten herauspflücken und fortwerfen wollte. Aber Beilschmidt hatte sich in den letzten Tagen noch mehr außer Rand und Band benommen, und der Erfolg hatte sich in Grenzen gehalten. Dann wiederum war es kein Geheimnis, dass Marius eine Schwäche für ihn hatte. Natürlich, Marius hatte sie von dem Gespräch zwischen ihm und Beilschmidt in Kenntnis gesetzt, aber danach konnte noch einiges passiert sein.

Bei Janum, wie sie den Kerl hasste.

Aber vielleicht musste sie auch nicht mehr mit ihm leben. Wenn Marius seine Entscheidung getroffen hatte, konnte sie die ihre treffen. Vhindona würde brennen, auf die eine oder andere Weise – aber dafür brauchte es Leute wie Beilschmidt nicht. Dann wiederum brauchte es diese Leute nie, wenn man Meriwa fragte – auch wenn sie nicht diskriminierend sein wollte. In ihren Augen waren alle nichtmagischen Leute mehr als entbehrlich, egal, welcher Spezies sie angehörten.

Es half nichts. Sie musste die Zukunft, die sie erstrebte, wieder einmal selbst in die Hand nehmen.

Aywyn fand sie in ihrem Stuhl, während sie über den erkaltenden Resten ihres Tees brütete. Meriwa blickte auf und schenkte ihr ein mildes Lächeln, was ihre Schülerin dazu brachte, vor ihr in die Hocke zu gehen und nach ihren Händen zu greifen, um sie in den eigenen zu halten. Ihre Augen trafen sich, und Aywyn erwiderte ihr Lächeln sanft und traurig. Ihr Zögling war dazu bestimmt, die Stadt wachsen zu lassen. Aywyns Körper mochte filigran sein, aber ihr Verstand war zu unfassbarem Fokus fähig. Wenn Meriwa nicht mehr war, konnte sie Radbod in ein besseres Land verwandeln, wenn man sie nur ließ.

»Es ist so weit, nicht wahr?«, gebärdete Aywyn, und Meriwa nickte nur, woraufhin Aywyn tief seufzte. »Er wird nicht erfreut sein. Der Schmerz wird groß sein.«

»Ein weiterer Nichtmagischer für eine Welt, in der Magie wieder herrschen kann, wie es sich gehört«, erwiderte Meriwa. »Am Ende wird er es verstehen, weil er genauso denkt wie ich, wenn es darauf ankommt … nur brauchen Männer immer länger.«

Sie drückte Aywyns Finger so fest, dass die Ohren der jungen Frau irritiert zuckten, auch wenn sie keine Anstalten machte, sich aus Meriwas Griff zu befreien. »Du verstehst es auch, nicht wahr?«

Aywyn sah sie einen Moment lang an, dann senkte sie den Blick. Ihr Herz war immer schon weit offen für Meriwa gewesen, groß und blutend vom ersten Moment ihrer Begegnung an. Unglückliches Mädchen, dachte Meriwa nicht ohne Mitleid, denn Aywyn war immer noch zu jung, um zu verstehen, dass man im Leben immer Prioritäten setzen und für diese Prioritäten unwichtige Dinge opfern musste. Sie kannte Aywyns Antwort bereits, aber dennoch entwand Aywyn ihr nach einem Moment die Hände und kommunizierte: »Ich habe immer eher seine Beweggründe unterstützt und nicht Ihre.«

»Hasst du mich?«, fragte Meriwa sanft.

»Ich wünschte, ich könnte«, erwiderte Aywyn, schloss die Augen, legte erneut die Hände in Meriwas und beugte sich vor, bis ihre Stirn auf ihren ineinander verschlungenen Fingern ruhte. Das Mädchen war ihr in den letzten Jahren lieb und teuer geworden, war ihre ganze Familie und der Funken Liebe, den Meriwa einem anderen lebenden Wesen entgegenbringen konnte. Der Bund zwischen Ausbildenden und Lernenden war unter ihresgleichen ein tiefer und wichtiger. Man verbrachte oft Jahrzehnte, Jahrhunderte miteinander. Bei Frostelfen, deren Überleben im Lichterwald davon abhing, dass sie einander besser kannten als sich selbst, war diese Verbindung noch wesentlich wichtiger. Meriwa hatte nie gewollt, dass Aywyn litt. Aber ihre Schülerin bereitete sich das Leid durch ihren Idealismus selbst.

Eine Weile verharrten sie so miteinander, dann löste Meriwa ihre Finger aus dem Knäuel und strich ihrer Schülerin über den Kopf, ehe sie die junge Frau mit sich in die Höhe zog und einen Kuss auf ihren Scheitel drückte.

»Alles, was ich tue, tue ich, um dir und deinesgleichen eine bessere Welt zu ermöglichen«, beschied sie ihr. »Ich denke weiter als die meisten – ich muss weiter denken. Und es gibt keine Veränderung ohne Opfer, und die Opfer müssen von Leuten gebracht werden, die bereit sind, einen Preis zu zahlen, auch wenn er hoch ist.«

Aywyn lächelte matt und brachte ein wenig Abstand zwischen sie, damit Meriwa sie gebärden sehen konnte. »Sie müssen sich nicht rechtfertigen, das mussten Sie noch nie. Es war immer klar, dass ich Ihnen bis zum bitteren Ende folgen werde.«

»Geh schlafen«, sagte Meriwa und strich ihr noch einmal über die Haare. »Geh schlafen und denk an nichts. Es ist bald vorbei. Wenn du aufwachst, werde ich da sein. Ich bin immer da.«

»Irgendwann werden Sie es nicht mehr sein«, formten Aywyns Lippen und Finger.

Einen Moment lang schien es, als ob sie noch etwas sagen wollte – sie hatte bereits die Hände dazu gehoben –, dann schien sie es sich anders zu überlegen. Sie drückte noch einmal Meriwas Hände, dann wandte sie sich beinahe widerwillig um und stieg die Treppen zu ihrem Zimmer hinauf.

Meriwa lauschte ihren Schritten, ehe sie tief seufzte und nach ihrer Kugel griff. Die Tat stand schon fest, die Entscheidung dazu war keine schwere gewesen. Nun galt es nur noch, einen passenden Moment dafür zu finden. Sie knackte mit den Knöcheln und langte tief in die Abgründe ihrer Macht.

Eine Stunde später erklomm sie ebenfalls die Stiegen zu ihrem Schlafzimmer, erschöpft, aber zufrieden. Die Jahrwendfeuer nahten, und sie würden die erlösende Reinigung für Radbod bringen.

Manche Dinge waren alle Opfer wert.

Als Meriwa jung gewesen war, jung sogar für nichtmagische Verhältnisse, hatte es in ihrem Dorf einen Unfall gegeben. Einer der Lastenwölfe war so schwer verwundet worden, dass er sich im Todeskampf wand. Meriwa trat vor, während die anderen beratschlagten, was zu tun war. Sie kniete sich neben das Tier und sah es an. Nie würde sie den Anblick seiner bernsteinfarbenen Augen vergessen, nie das gepeinigte Hecheln und den eingedrückten, blutenden Brustkorb. Sie sah ihm in die Augen, und dann trieb sie ihr Messer in seine Brust. Während er noch zuckte, schnitt sie ihn bereits auf, leckte das dampfende Blut von ihren Fingern und griff dann mit ihren krallenhaft langen und starken Fingernägeln zwischen seine Knochen, um sein Herz herauszureißen und ihre Zähne darin zu vergraben. Es war kein Mitleid gewesen, das sie bewegt hatte; sie hatte immer getan, was nötig war, und die Lebenskraft der Schwächeren war das Recht der Stärkeren. Das pulsierende Fleisch unter ihren Lippen, die Kraft eines ganzen Lebens, die ihren Mund füllte und ihre Knochen wärmte, hatte zu einer profunden Selbsterkenntnis dessen geführt, wer sie eigentlich war und was sie vom Leben wollte. Dass es Spaß machte, dass es berauschend war, in ein Herz zu beißen und den letzten Herzschlag unter den Zähnen zu zerreißen, das hatte sich erst in den letzten Jahren eingestellt.

Vhindona breitete sich still und schlafend um sie aus. Ein paar Gaslaternen brannten, ihr Licht seltsam matt in der kalten Winternacht. Der Frost hatte um sich gegriffen und alles Eisen mit Raureif überzogen. In den Fenstern brannten wie für diese Jahreszeit üblich Lichter, die teilweise noch von Kerzen und teilweise schon von elektrischen Neuversionen stammten. Letztere fand Meriwa unfassbar geschmacklos, aber das passte zu einem Volk, das Magie ablehnte, um es mit so etwas Ordinärem wie Strom und Dampf zu ersetzen. Und es passte auch zu einem Volk, das behauptete, fortschrittlich zu sein, und dennoch uralten Bräuchen folgte, deren ursprüngliche Bedeutung es vermutlich schon vergessen hatte.

Meriwa hielt sich in den Schatten und nutzte ihre Kräfte, um allen möglichen Begegnungen auszuweichen. So kreuzte niemand ihren Pfad, als sie in der Nacht vor den Jahrwendfeuern zielstrebig durch die Stadt schritt. Bald schon hatte sie das magische Viertel und den Grauen Gürtel hinter sich gelassen, um immer tiefer in die nichtmagischen Areale vorzudringen. Lächerlich, dachte sie, eine Stadt derart zu unterteilen und ihr den Glanz zu verwehren, den sie zu früheren Zeiten besessen hatte. Lächerlich, sie stattdessen verfallen zu lassen und nicht die Magie zu nutzen, die man ihr bei ihrer Errichtung so sorgfältig eingewebt hatte. Vhindona war ein Meisterstück, und ihre magische Spur immer noch stark genug, um Quellenkinder anzuziehen, die sich dann hilflos in einem politischen Wirrwarr gefangen sahen, das ihnen nicht gerade entgegenkam. Die Leute hatten vergessen, wie es gewesen war, als Magie sie geschützt hatte, und irgendwie hatte man Bycaea zu etwas Bösem erklärt, zu einem Mahnmal dafür, dass Magie nur verführte und verdrehte, bis niemand mehr sicher in seinem Kopf sein konnte. Stattdessen hechelte man hierzulande einer Göttin der Zerstörung hinterher und verstand nicht, dass richtige Zerstörung nicht zwischen freundlich und feindlich unterscheiden konnte, und schon gar nicht konnte es die Dunkle Königin. Dass man diese Gottheit, die es gar nicht geben sollte, überhaupt eine Königin genannt hatte, war ein Beispiel für die verblendete Anmaßung, mit der in Radbod Propaganda betrieben wurde, um das Volk zu verwirren und den Senat so darzustellen, als ob er das Unmögliche vollbracht hatte und eine Göttin lenken konnte. Gottheiten konnten nicht gelenkt werden. Gottheiten konnte man nur folgen, oder man konnte von ihnen ignoriert werden. Im schlimmsten Fall war man Kollateralschaden, wenn man ihnen bei der Erfüllung ihrer eigenen Ziele in die Quere kam. Aber Radbod schien diese einfachen Weisheiten vergessen zu haben und sonnte sich in einem Glanz, der ihm weder zustand noch echt war. Irgendwann würde das Land zusammenbrechen wie ein Kartenhaus, wenn es nicht von Leuten geführt wurde, die es besser wussten. Es war Meriwas Pflicht, Vhindonas vergessenes Potenzial in seiner vollen Bandbreite zu nutzen und das Land zu dem zu machen, was es wirklich sein sollte. Ungeziefer hatte kein Recht, über die Krone der

Schöpfung zu herrschen, und manchmal war es besser, ein heillos verseuchtes Haus niederzubrennen, um auf der Asche etwas Neues zu bauen.

Hinter den Fenstern des Hauses, das sie angesteuert hatte, war es dunkel, denn es waren anders als in den meisten anderen Häusern der Stadt keine Jahrwendlichter angezündet worden. Nur hinter einem davon im Erdgeschoss konnte sie vage das Licht einer einzelnen Öllampe annehmen, doch sie ließ sich nicht davon beirren. Stattdessen umrundete sie auf leisen Sohlen das Haus, wo sie die Küchentür unverschlossen fand, wie die Kugel es ihr vorhergesagt hatte. Ein einziger unbedachter Moment einer sonst sehr sorgfältigen Haushälterin, aber das war schon genug. Die Geschichte war voll mit Taten, die durch unbedachte Momente ermöglicht worden waren.

Sie ließ sich selbst hinein und sah sich um. Das einzige Licht kam von dem blassen Wintermond und fiel in einem dünnen Streifen über den Steinboden, aber Meriwa stammte aus einem Volk, das hervorragend in der Dunkelheit sehen konnte, wenn es darauf ankam. Sie überwand die Küche in mehreren schnellen Schritten, dann glitt sie über einen Gang, in dem sie durch Anwendung ihrer Magie alle knarrenden Dielenbretter ausließ, um schließlich die angelehnte Tür zu öffnen, die in das einzige beleuchtete Zimmer führte.

Das Erste, was ihr auffiel, war die Wand, die mit zahlreichen Ausschnitten, Notizen und Fotografien bedeckt war, zwischen denen sich mehrere dünne, rote Fäden spannten wie Blutbahnen. Die Festtagsmorde in all ihrer Glorie. Der restliche Raum war spartanisch eingerichtet, das Bett zerwühlt und verlassen. Der Mann lebte hier schon seit mehreren Jahren, und sein Zimmer sah aus wie die Unterkunft eines Reisenden, der nicht mehr als einige Monate zu bleiben beabsichtigte. Es wäre traurig gewesen, wenn Meriwa irgendeinen Funken von Mitleid für ihn gehabt hätte. So aber trat sie lediglich ein und schloss mit einem hörbaren Klicken die Tür hinter sich.

Oberspäher Johann Beilschmidt hatte mit dem breiten Rücken zu ihr an seinem Schreibtisch gesessen und fuhr nun zusammen. Seine Hand fand die Pistole neben sich schneller als der Blitz, und er hatte sie bereits auf sie gerichtet, als er sich zu ihr umdrehte und auf die Beine kam. Das Konstrukt aus poliertem Holz, Zahnrädern und Metall, das eines seiner Beine ab dem Knie ersetzte, glänzte im Licht der Öllampe fast genauso abstoßend wie die Narbenwulst direkt darüber. Er war lediglich in einen dünnen Morgenmantel, ein weißes Unterhemd und Unterhosen gekleidet, aber seine Haltung war so aufrecht und stolz, als ob er in voller Uniform vor ihr stehen würde. Meriwa hatte seinen Stolz immer schon geschätzt. Er war einer seiner wenigen Qualitäten, die sie respektieren konnte.

»Guten Abend«, sagte sie milde und knöpfte sich den Mantel auf, um ihn auf eine Kommode neben sich zu legen. »Ich sehe, dass Sie immer noch bei der Arbeit sind, aber ich versichere Ihnen, dass Sie sich gar nicht mehr bemühen müssen.«

Beilschmidt starrte sie an, dann senkte er nur ein Stück weit die Pistole. »Was tun Sie hier? Wie sind Sie überhaupt hereingekommen?«

»Ihre Haushälterin hat wohl ein bisschen zu tief ins Glas geschaut«, erwiderte Meriwa milde. »Die Tür war offen.«

»Das erklärt noch immer nicht, wieso Sie mitten in der Nacht in meinem Zimmer stehen.«

»Oh, das ist einfach«, sagte Meriwa lächelnd. »Ich bin gekommen, um ein Geständnis abzulegen.«

Einen Moment lang war es vollkommen still. Dann senkte

Beilschmidt mit undeutbarem Gesichtsausdruck die Pistole, ohne sie loszulassen, und wies mit einem Kopfnicken auf einen Stuhl. »Setzen Sie sich.«

»Ich bevorzuge es, zu stehen, aber Sie können gern von Ihrem eigenen Angebot Gebrauch machen.« Ihr Lächeln wurde breiter, als Beilschmidt keine Anstalten machte, ihren Worten Folge zu leisten. Er war nie dumm gewesen, und er hatte es sich noch nie gern einfach gemacht. Das war sein Problem. »Schön. Nun, sehen Sie, ich denke, es ist an der Zeit, diese Farce zu beenden.«

Ein Muskel zuckte in Beilschmidts Unterkiefer, ansonsten blieb er bemerkenswert ruhig. »Farce?«

Meriwa schenkte ihm ein mildes Lächeln. »Sie versuchen sich seit Jahren erfolglos größer zu machen, als Sie sind, mein Lieber. Aber keine Sorge, diese Angewohnheit teilen Sie mit so ziemlich jeder Person Ihresgleichen. Dabei muss ich Ihnen leider sagen, dass Sie weniger Einfluss haben, als Sie denken. Wissen Sie, warum Sie diese Nachforschungen seit Jahren betreiben können? Weil zwei magische Personen es Ihnen erlaubt haben.«

Beilschmidts Kiefermuskel zuckte erneut. »Ich verstehe nicht, was Sie mir sagen wollen.«

Sie neigte den Kopf und musterte ihn ruhig. »Nicht? Dabei hat Marius Ihnen doch gesagt, dass er es war, der die Morde durchgeführt hat.« Sie lächelte. »Nur dass das nicht ganz die Wahrheit ist. Marius hat, soweit wir alle das wissen, noch nie in seinem langen Leben gegen das oberste Gesetz der Herrin verstoßen, jemanden durch seine eigenen Kräfte zu töten. Aber Sie und ich, wir wissen, dass man jemanden auch töten kann, indem man einfach nichts tut, wenn jemand anderes die Arbeit erledigt. So führen die Dienenden der Herrin seit Jahrtausenden ihre Arbeit als Gericht in Bycaea aus, und so war es auch dieses Mal. Er hat diese Morde vielleicht abgesegnet und mag sich deswegen – zu Recht? – die Schuld daran geben. Aber ausgeführt habe ich sie.«

Beilschmidt zuckte in die Höhe und hob die Pistole erneut. »Sie –!«

»Oh bitte«, erwiderte Meriwa milde, »Sie möchten mir doch nicht ernsthaft erzählen, dass es nie einen Moment gab, in dem Sie einen Verdacht hatten? Sie konnten mich noch nie leiden.«

»Ein Arschloch ist nicht immer gleich fähig zu Mord«, sagte Beilschmidt.

Meriwa lachte geradezu amüsiert. »In diesem Fall wohl leider schon. Meine Güte. Wenn Sie wüssten, wie sehr ich es genossen habe –«

»Sie sind ein Vieh«, stieß Beilschmidt hervor. »All diese unschuldigen Leute –«

»Mit ihren warmen Herzen«, gurrte Meriwa und leckte sich über die Lippen, um eine Sekunde lang genießerisch die Augen zu schließen. »Blut, Oberspäher, es gibt nichts Besseres und Kräftigenderes als Blut, selbst schwaches und nichtmagisches Blut. Das weiß Marius, und das weiß auch meine Art – wenn wir es wohl auch unterschiedlich auslegen.«

»Warum?«, fragte Beilschmidt unvermittelt. Da war etwas Heftiges, geradezu Animalisches in seinem Gesicht und seiner ganzen Körperhaltung, als ob Meriwa zu einem verwundeten Tier sprach. »Was war für Sie der Sinn dahinter, so etwas Abscheuliches zu tun?«

»Das«, sagte Meriwa fast schon beschwichtigend, »muss Sie nun wirklich nicht mehr interessieren. Marius hat seinen Zug gemacht, und nun mache ich den meinen. Ich habe keine Verwendung mehr für Sie, und mit Verlaub – es wird mir eine Befriedigung sein, Sie zu töten. Es fühlt sich an, als würde ich endlich, endlich meine Ketten abstreifen.«

»Ich werde Sie zur Strecke bringen«, sagte Beilschmidt leise und entsicherte die Pistole. »Was auch immer es kostet. Leute wie Sie müssen aufgehalten werden.«

Ein Feuer loderte in seinen Augen, das sie für einen Moment beinahe stutzen ließ, ehe sie sich wieder fing. Ja, er hatte einmal einen Drachen geritten, eine der größten Ehren, die einem ein magisches Wesen wie ein Drache erweisen konnte. Und Drachen ließen nicht jeden auf sich reiten, nicht einmal, wenn sie in Gefangenschaft waren und dazu gezwungen waren. Manchmal sah man ihm den Mann, der er einmal gewesen war, noch an. Aber was hieß das jetzt schon, wo er vor ihr stand – versehrt, allein, sterblich?

Sie lächelte. »So ritterlich. Ja, ich schätze, es ist wahr, was man hierzulande in schweren Zeiten so gern sagt: Die Hoffnung stirbt zuletzt.«

»Nein«, sagte Beilschmidt rau. »Es ist der Wille.«

Er richtete die Pistole auf sie und drückte in dem Moment ab, in dem sie auf ihn zuschoss.

KAPITEL 22

Marius fühlte sich wie betäubt, als er aus der Kutsche stolperte und vor Johanns Haustür stehen blieb.

Das Grundstück war übersät mit Leuten des Ritterordens, die an den Türen postiert waren, und Mitgliedern der Garde, die versuchten, eine magische Signatur aufzunehmen. Es war alles wie in einem schlechten Theaterstück, wie etwas Unwirkliches, etwas, das nicht passieren konnte.

Der Tod war, wo sein Dienst überhaupt erst begann.

Aber das machte es nie einfacher, wenn der Tod jemanden ereilte, der ihm nahestand. Besonders weil es schon lange nicht mehr vorgekommen war.

Marius nahm das Mädchen neben sich kaum wahr und die ganzen Beamten schon gar nicht. Sie waren wie Schauspielvolk, das die groteske Bühne seines Lebens einen Moment lang ausgestaltete. Er hörte kaum auf das, was man ihm von irgendeiner Seite aus sagte, etwas über Sicherheitsvorschriften und die Notwendigkeit, keine Spuren zu verwischen. Es gab nichts, was er auf diese Dinge erwidern konnte oder wollte – sie schienen so lächerlich in diesem Moment. Also sagte er nichts, nickte nur und fand mit der Sicherheit der Gewohnheit seinen Weg hinein in Johanns Wohnung, in der nun alle Türen offen standen. Irgendwo schlug ein Fenster, das man zu schließen vergessen hatte. Ein kalter Zug wehte durch die Räume, als ob die Natur versuchte, den Ort des Mordes durchzulüften. Tausend Mal war er schon hier gewesen, tausend Mal war er durch diese Zimmer gegangen. Es hatte sich nie so angefühlt wie jetzt. Die Gänge schienen plötzlich unendlich lang zu sein, bis er es endlich zu Johanns Schlafzimmer geschafft hatte.

Da lag er.

Er lag in einer Ecke des Raumes wie eine weggeworfene Puppe. Verkrustetes, getrocknetes Blut verlief in breiten Bahnen und Spritzern über seine Brust und an seinem Arm entlang. Man hatte ihm das Herz herausgerissen, und die Rippen waren aus seiner Haut gebrochen wie schneebedeckte Gletscherspitzen, die sich um einen See aus bodenlosem, schwarzem Nichts gruppierten. Die blauen Augen starrten trübe auf den Parkettboden. Selbst im Tod war es ihm verwehrt, Frieden zu kennen. Sein Gesicht war zu einer angespannten, fast zornigen Grimasse erstarrt, bei deren Anblick sich etwas in Marius' Brust schmerzhaft vor Mitleid zusammenzog. Anscheinend, so hatte man es ihm während der Kutschenfahrt gesagt, war er schon eine ganze Weile tot gewesen, als die Haushälterin ihm das Frühstück bringen wollte und ihn entdeckt hatte.

»Oh, Liebster«, murmelte er und sank neben ihm nieder, um eine Hand in seine zu nehmen. Er vergaß Aurelia und Sieur Parcis, die ihn begleitet hatten und nun als undeutliche Schemen in seinen Augenwinkeln am Eingang des Zimmers verweilten. Da war sie, die Berührung, die ihnen im Leben aus so vielen Gründen verwehrt geblieben war. Ihre Errungenschaft schmeckte wie Asche. Seine Finger glitten über Johanns Stirn und glätteten mit sanften, zarten Bewegungen die Falten auf seinem Gesicht, dann schlossen sie seine Augen. Einen Moment lang betrachtete er stumm das wächserne Gesicht vor sich, das ihm trotz aller Schwierigkeiten so teuer gewesen war.

Dann blickte er auf und sah zu dem Lehnstuhl, in dem Johanns silbrige, kaum sichtbare Gestalt saß und ihn mit einem nicht zu deutenden Blick bedachte.

So lange habe ich davon geträumt, dass du mich berühren kannst, und es hat mich nur so wenig gekostet, sagte er mit einer Stimme, die beim nächsten Luftzug verwehte.

»Es hat dich alles gekostet, und es war die Sache nie wert. Hast du es dir so vorgestellt?«, fragte Marius leise und schüttelte den Kopf. Die Anwesenden mochten ihn für verrückt halten – oder vielleicht wusste Aurelia sogar, was vor sich ging, ahnte es zumindest. Es war einerlei. Die Worte verließen seinen Mund, bevor er es sich anders überlegen konnte. »Du dummer Junge ... Warum hast du nicht auf mich gehört? Warum konntest du es nicht einfach gut sein lassen?«

Johanns Züge, so wenig mehr als silbrige Spinnenfäden im Licht, schienen sich zu etwas wie einem zärtlichen Lächeln zu verziehen.

Mein Fehler war immer schon, dass ich die Sonne in meinen Händen halten wollte.

Diesmal sagte Marius nichts. Er führte Johanns leblose Hand an seine Lippen, dann presste er die Wange dagegen und gab einen tiefen, abgehackten Laut von sich, als der Druck in seiner Brust zu groß wurde und ihn zu zermalmen drohte. So viele Jahrhunderte an Leben mit allem, was es mit sich brachte, und sein dummes Herz war noch immer nicht gegen Kummer gefeit. Vermutlich würde es das nicht sein, bis er endlich, endlich seinen letzten Atemzug getan hatte und in die Arme der Herrin sinken konnte.

Aber das Leben wartete nicht auf ihn, die Situation löste sich nicht in Wohlgefallen auf, nur weil er es sich wünschte. Angelegenheiten mussten besprochen und Entscheidungen getroffen werden. Und langsam wurde er sich der Tatsache bewusst, dass er nicht allein war.

Schließlich blickte er auf und fixierte erst Sieur Parcis, dann Aurelia. Etwas musste in seinem Gesicht liegen, das klarmachte, wie ernst er es meinte, denn Aurelia presste die Lippen zusammen und erwiderte seinen Blick mit brennenden Augen. Er hatte das Gefühl, dass sie sich dafür stählte, ihm zu widersprechen, was auch immer er als Nächstes von ihr fordern würde. Es war erstaunlich, wirklich erstaunlich, wie weit sie seit ihrer ersten Begegnung im Magiestrat gekommen war. Er schrieb sich nicht sehr viel Verdienst daran zu. Die meisten ihrer Fortschritte hatte sie nur sich selbst zu verdanken.

»Ich möchte mit ihm allein sein«, sagte er rau und formulierte es nicht gerade als Bitte.

Offensichtlich schien das auch Sieur Parcis zu spüren, denn er zögerte nur einen kurzen Moment, ehe er nickte. »Nur ein paar Minuten, Meister Cinna. Wenn ich Sie länger an einem Tatort allein lasse, bringe ich mich in Schwierigkeiten.«

Meister Marius stieß ein trockenes, kurzes Lachen aus. »Ich weiß, wie diese Dinge ablaufen, danke. Ein paar Minuten werden reichen.«

Sieur Parcis nickte und verließ den Raum. Aurelia zögerte noch einen Moment, bis Meister Marius ihr einen weiteren unmissverständlichen Blick zuwarf. Daraufhin löste sich etwas in ihrer Haltung, und sie strich sich durch die dunklen Haare, die in den letzten Wochen deutlich länger geworden waren. Sie betrachtete ihn noch einmal mit Augen, die schwer waren vor Mitleid, das er nicht verdient hatte, schon gar nicht von ihr. Dann gab sie sich sichtlich einen Ruck, ging hinaus und schloss die Tür hinter sich, und wieder einmal war Marius allein mit einem seiner Geister.

Nichtmagische Leute blieben äußerst selten zurück. Nur ein wirklich, wirklich dringender Grund konnte sie stark genug machen, um noch eine Weile im Diesseits zu verharren. Aber Marius wusste, dass selbst die stärksten Vulgax nicht in der Lage waren, diesen Zustand ohne Hilfe von außen lange aufrechtzuerhalten.

Er löste das Ritenmesser von seinem Gürtel und schnitt

sich in die Handfläche, um sie Johanns silbrigem Abbild hinzuhalten. »Nimm.«

Erst rührte Johann sich nicht. Dann glitt er aus dem Lehnstuhl, kam näher und sog mit offenem Mund das Blut ein, das ihn fester werden ließ – nur eine Spur, aber es war genug, um seine Gesichtszüge scharf genug zu machen, dass sie Marius ins Herz schnitten.

»Warum bist du noch hier?«, fragte Marius leise und wusste, dass er nicht die Antwort sein konnte, denn dafür flackerten Johanns Augen viel zu sehr.

Johann begegnete seinem Blick. **Vergeltung.**

»Wofür?«

Begangenes Unrecht.

Marius schloss einen Moment lang die Augen und rieb sich mit der unverletzten Hand über das Gesicht, um tief durchzuatmen. Dann sagte er: »An dieser Stelle sage ich normalerweise immer Nein.«

Johann schwieg. Er sagte ihm nicht, dass Marius ihm etwas schuldete. Er sagte ihm nicht, dass Marius es tun musste, dass er die einzige Verbindung war, die Johann noch zu dieser Welt hatte. Er sagte ihm nicht, dass er Marius liebte, obwohl er jetzt nichts mehr zu verlieren hatte, und dafür war Marius ihm vielleicht am dankbarsten.

Er atmete tief ein. »Wer war es?«

Johann schüttelte langsam den Kopf. **Stell keine Fragen, deren Antwort du bereits kennst. Du weißt, wer es war.**

Nun war Marius derjenige, der schwieg, denn Johann hatte natürlich vollkommen recht. Wie heuchlerisch es war, dass er erst in dem Moment erkannte, dass er vielleicht zu weit gegangen war, als seine Taten ein persönliches Opfer gefordert hatten. Wie viele Dinge es gab, für die er Verantwortung trug und die er vermutlich nie wiedergutmachen konnte. Aber musste er es nicht wenigstens versuchen? War das nicht immer schon seine eigentliche Motivation gewesen?

Was für eine Kraft es haben konnte, zu glauben. Was für eine Kraft es haben konnte, wenn jemand an einen glaubte – nein, wenn jemand an einen glauben wollte. Marius war überzeugt davon, dass die Herrin ihm dieses Mädchen mit ihrem tapferen, geradlinigen Herzen geschickt hatte.

Nun war nur die Frage, was er mit Johann machte. Er konnte ihn natürlich weiter in die nächste Welt schicken – sollte es vielleicht sogar tun. Und doch: Seine Entscheidung stand bereits fest. Er hob den Kopf und sah Johann an, der still vor ihm stand.

»Hör mir gut zu, denn das hier ist das einzige Angebot, das ich dir machen werde«, sagte er leise. »Nimm es an oder lass es, aber es ist alles, was ich dir geben kann, auch wenn ich dir Unrecht getan habe.«

Ich höre, sagte Johann.

Als Marius aus dem Haus trat, hatte er eine Hand fest um eine blutige Münze geschlossen, die als Anker für einen Geist diente, zumindest für eine Weile. Es war nicht einfach, einen Geist zu binden, von dem nur noch so wenig Substanz vorhanden war, aber Marius konnte Dinge, die anderen – jüngeren – schlichtweg nicht möglich waren. Manchmal fragte er sich, ob diese Fähigkeiten es wert gewesen waren, den Preis dafür zu bezahlen. Aber dann wiederum war es nie seine Entscheidung, sondern immer die der Herrin gewesen. Seine Entscheidung war es nur, was er mit diesem Leben machte, das sie ihm wieder und wieder schenkte.

Die kalte Winterluft empfing ihn, und er atmete sie so tief ein, bis das Stechen in seinen Lungen ihn daran erinnerte, dass er am Leben war. So viele Winter hatte er in dieser Stadt bereits überstanden, aber nach diesem hier würde nichts mehr so sein, wie es bisher gewesen war. Vhindona hatte ohnehin nie eine Chance gehabt, sein Heim zu werden. Marius hob die geschlossene Faust an seine Lippen und hauchte einen Kuss darauf, wobei er das deutliche Gefühl eines geisterhaften Lächelns in seinem Nacken spüren konnte.

Er fand Sieur Parcis mit Aurelia dicht gedrängt an einer Wand unter dem kleinen Dachvorsprung, der ein wenig Schutz vor dem aufkommenden Winterwind bot. Sie waren in ein Gespräch vertieft gewesen, aber sie blickten auf, als sie seine Schritte hörten, und es war interessant zu sehen, dass beide sogleich eine etwas geradere Position einnahmen. Es rang Marius ein müdes Lächeln ab, bevor er vor ihnen stehen blieb und die Arme vor der Brust verschränkte. Die Münze hielt er weiterhin sorgsam verborgen.

»Ich danke Ihnen«, sagte er an Sieur Parcis gewandt. »Sie waren immer eine große Hilfe. Ich habe nicht vergessen, dass Sie sich bei Hausdurchsuchungen immer vorbildlich verhalten haben. Und ich weiß, dass Johann stolz auf Sie war.«

Die nebelhafte Gestalt zu Marius' Linken nickte leicht, ohne dass es irgendjemand außer Marius sehen konnte.

Etwas zuckte in Sieur Parcis' sonst so unbewegtem Gesicht, ein deutlicher Anflug von wildem Schmerz. Aber er salutierte und ließ dann die Hand sinken. »Er wird uns fehlen. Ich wünschte – ich wünschte, ich hätte mehr für ihn tun können als das.«

»Nun, Sie wissen vielleicht, dass es keine Familie mehr gibt«, sagte Meister Marius ruhig und sah dabei Sieur Parcis fest an. »Ich nehme an, dass die Stadt sein Begräbnis übernehmen wird, aber ich würde gern dabei sein. Wenn es Ihnen keine Umstände bereitet, wäre ich dankbar, wenn Sie mich über den konkreten Zeitpunkt informieren würden.«

»Natürlich, Meister Cinna«, erwiderte Sieur Parcis nach

einer kurzen Pause und deutete eine Verbeugung an. »Ich bin mir sicher, dass er sich das gewünscht hätte.«

Marius zuckte mit den Mundwinkeln, aber er sagte nichts, sondern wandte sich Aurelia zu. »Lass uns zu Fuß heimgehen. Ich brauche einen klaren Kopf.«

Aurelia zögerte einen Moment, und er erinnerte sich wieder, dass ein Spaziergang durch die Stadt nicht einfach für sie war. Eigentlich war es erstaunlich, dass sie hier draußen herumstand, zwar bleich, aber einigermaßen gefasst. Dann wiederum war es einfacher für sie, wenn sie jemanden bei sich hatte, der ihr Gesellschaft leistete und ihre Anwesenheit gewissermaßen legitimierte. Gedankenlos wollte Marius eine Hand auf ihre Schulter legen, hielt sich aber gerade noch davon ab und rieb sich stattdessen mit einem tiefen Seufzer über das Gesicht. Wer wusste schon, ob er in einem nächsten Leben die Gelegenheit dazu bekommen würde, seine Versäumnisse an ihr gutzumachen und ihr alles beizubringen, was sie verdiente? Bei der Herrin, er wollte sie noch lange auf ihrem Weg begleiten.

»Entschuldige«, sagte er stattdessen nur und winkte die Kutsche herbei, die sie hergebracht hatte. »Das war gedankenlos von mir. Steig ein.«

»Wir können gehen«, protestierte Aurelia, aber die Erleichterung war ihr anzusehen, und sie diskutierte nicht besonders lange mit ihm, sondern kam einfach nur seiner Aufforderung nach. Er folgte ihr, und Johanns Geist kam mit ihm, ein Nebelhauch auf schwarzem Leder, den nur er sehen konnte. Er würde wieder stärker werden, wenn Marius ihn in etwas verankert hatte, das ihm eine gewisse Selbstständigkeit verlieh. Aber dafür mussten sie nach Hause.

»Wenn es etwas gibt, das ich für Sie tun kann …« Aurelia wusste sichtlich nicht, wie sie den Satz beenden sollte, aber der Wille zählte.

Marius streckte nun doch eine Hand aus und tätschelte sachte ihr bedecktes Knie. »Du hast bereits genug für mich getan, auch wenn es dir nicht so erscheinen mag.«

Aurelia wirkte, als ob sie ihm nicht so recht glaubte, aber sie nickte nur, stützte einen Arm an der Lehne auf und sah mit einem tiefen Seufzer zum Fenster hinaus.

Einen Moment lang schwiegen sie, während die Kutsche dampfend und keuchend durch die kopfsteingepflasterten Straßen Vhindonas ratterte. Im hellen Winterlicht war die Stadt fast schön, auch wenn die Alleen blattlos und die Gassen abseits der Prunkstraßen schmutzig waren. Der Frost der vergangenen Nacht hatte sich überwiegend gehalten und ließ die metallischen Teile der Stadt im Sonnenlicht fast schon festlich glänzen. Viele waren in heiterer Hektik unterwegs, um die letzten Besorgungen für den heutigen Abend zu treffen. Beinahe jedes Haus war mit Kränzen und Girlanden aus Tannenzweigen geschmückt, die man mit Strohsternen und gläsernen Kugeln dekoriert hatte. Es hatte sich unter der nichtmagischen Bevölkerung eingebürgert, die Jahrwendfeuer in kleinen Runden daheim zu verbringen, und die ursprünglichen Feuer waren zu gezähmten Kerzenkränzen geworden, die man entzündete, um während des Herunterbrennens Wünsche und Träume für das kommende Jahr auszutauschen. Die magische Bevölkerung bereitete sich auf ihre Weise vor. Hier waren die Feuer immer noch lebendig, wie sie es auch in den alten Zeiten gewesen waren, mannshohe Scheiterhaufen am Stadtrand, zwischen denen man tanzte und dem neuen Jahr alte Magie schenkte.

Leute lebten hier in Vhindona – lebten hier, zogen hier ihre Kinder auf und begruben hier ihre Eltern, feierten Feste und bejubelten Kriege, ließen sich täuschen und jagten der Wahrheit hinterher. Vhindona lebte und atmete und erfand sich mit jedem Tag, der verstrich, neu. Die Stadt war das Komplementärstück zu Bycaea, das sich für Marius wie ein stilles Juwel anfühlte, welches der Fluss der Zeit kaum zu berühren vermochte. Wo Bycaea Kraft aus Gewohnheit und Stabilität schöpfte, schäumte Vhindona über vor rasch wechselnden Möglichkeiten. Nicht alle davon waren positiv, viele davon waren blutig. Aber das lag in der Natur der Sterblichen – und Vhindona war so furchtbar, so wunderbar sterblich. Sie war die Stadt, die seine Schülerin geboren und geformt hatte – beide seiner Schülerinnen, auf so unterschiedliche Weise. Wo sie die eine gebrochen hatte, hatte sie die andere zu einer starken Weide gemacht, die gelernt hatte, sich unter Belastung zu biegen, um nicht zu brechen. Und Vhindona war die Stadt, die Johann hatte beschützen wollen – die er hatte besser machen wollen, mit mehr Gleichgewicht für alle. Ja, es war einfach gewesen, sich einzureden, dass die Stadt vergiftet war und seinesgleichen loswerden wollte. Aber so einfach war es nie. Wo Schatten war, war immer auch Licht. Es war so eine simple, jahrtausendealte Weisheit, in der aber so viel Kraft lag, dass er nicht wusste, wie er es geschafft hatte, sie so einfach beiseitezuschieben, um sein Gewissen zu beruhigen.

Nein, Vhindona war nicht seine Stadt und würde es auch nie werden. Aber das war egal. Es reichte, wenn sie die Stadt von anderen war. Es gab viel zu tun, viel geradezurücken, und Marius würde nicht dabei helfen. Aber er konnte ihr immerhin die Chance lassen, sich selbst geradezurücken und ihre gesellschaftlichen Probleme zu lösen.

Marius richtete die Augen auf Aurelia, die seinen Blick zu spüren schien, denn sie wandte sich vom Fenster ab und sah ihn aufmerksam an. »Wir müssen uns über heute Abend unterhalten.«

Aurelia nickte. »Das wäre gut. Ich glaube, es ist besser, wenn wir alle Szenarien durchspielen, die sich vor dem Ritual ergeben könnten.«

»Das war auch mein Gedanke«, gab Marius zu. »Ich will dich nicht ins offene Messer laufen lassen, und es kann einiges schiefgehen.«

Aurelia setzte sich etwas mehr auf, die Augen dunkel und ernst. Aurelia hatte sich verändert, aber der eiserne Kern, den er schon zu Beginn hatte aufblitzen sehen, war immer noch der gleiche.

»Ich bin bereit«, sagte sie, und Marius lächelte, weil er ihr so gerne glauben wollte.

Unter Johanns toten, nebelhaften Augen begann er zu sprechen.

KAPITEL 23

Marius hatte eine gewisse Bandbreite von Toden durchgemacht. Er war gestorben, um jemanden zu schützen. Er war gestorben, weil er einen Unfall gehabt hatte. Und er war zweimal gestorben, weil er dazu auserwählt worden war. Die letzte Art war die schlimmste gewesen.

Die meisten Leute konnten nicht begreifen, was es mit einem machte, zu wissen, dass man in den Tod ging. Selbst wenn man wieder zurückkam, ließ man unweigerlich jedes Mal ein Stück mehr von sich in der Schwellenwelt zurück. Zweifellos war es ein Trost, auf die Gnade der Herrin hoffen zu können, die ihren Dienenden vorbehalten war. Aber selbst dieser Trost änderte nichts an der tiefen, uralten Angst vor dem Tod, die jedes lebende Wesen kannte, auch – oder vielleicht ganz besonders – Marius.

Dieses Mal war es sogar noch schwieriger für ihn, weil er eben nicht wusste, was ihn auf der anderen Seite erwarten würde. Er konnte nicht einschätzen, was passieren und ob sein Opfer groß genug sein würde, um sein Ziel zu erreichen und die Herrin von dem Schaden zu heilen, den man ihr zugefügt hatte. Aber eine andere Möglichkeit gab es nicht, wenn er nicht doch die ganze Stadt opfern wollte. Und mehr denn je war er entschlossen, es nicht so weit kommen zu lassen. Entweder es funktionierte durch den neuen Plan, den er ersonnen hatte, oder die Welt war dem Untergang geweiht. Wichtig war nur, dass zuvor Meriwa so unauffällig wie möglich aus dem Verkehr gezogen wurde.

Nachdem sie von Johanns Wohnung zurückgekehrt waren, blieben ihnen nur noch wenige Stunden. Marius hatte die Kutschenfahrt damit verbracht, mögliche Szenarien mit

Aurelia durchzugehen, und sie setzten die Diskussion noch eine Weile lang fort, als sie daheim angekommen waren. Nur stockend versiegte ihr Gespräch, doch irgendwann saßen sie dennoch schweigend am Küchentisch. Marius fragte sich, ob es nach dieser Nacht irgendwann noch einmal eine Möglichkeit geben würde, mit Aurelia an einem Tisch zu sitzen, oder ob das hier das letzte Mal war.

Schließlich machte Aurelia einen tiefen Atemzug und schüttelte dann mit einem kleinen Lächeln den Kopf.

»Es ist so surreal«, erklärte sie ihre Aktion auf seinen fragenden Blick hin. »Es fühlt sich fast nicht echt an, das, was wir vorhaben. Und überhaupt alles, was passiert ist – vor einem halben Jahr bin ich noch im Haus meiner Eltern gewesen und habe mich vor mir selbst gefürchtet, wenn ich es überhaupt durch den Nebel der Medikamente geschafft habe. Und heute ... heute weiß ich so viel, aber manchmal werde ich noch immer nicht das Gefühl los, dass ich in dieser Welt der Quellenkinder nur zu Besuch bin und jederzeit wieder hinauskomplimentiert werden kann.« Sie zog die Mundwinkel in die Höhe. »Dabei glaube ich, dass ich gar nicht mehr ohne Magie leben könnte. Es ist komisch, früher wollte ich immer ›normal‹ sein. Aber das, was man hier als ›normal‹ definiert, das bin nicht ich.«

»Normalität ist immer nur eine Sache der Perspektive«, sagte Marius sachte. »In Mistras ist Magie der Standard. Es würde dir gefallen, denke ich. Allen, die Magie haben, gefällt es. Und ich glaube, dass allein das Meer dich begeistern wird. Falls ich zurückkomme, werde ich es dir zeigen.«

Aurelia sagte einen Moment lang nichts. Dann sah sie ihn aufmerksam an. »Wollen Sie überhaupt zurückkommen?«

Marius blinzelte. »Was meinst du?«

Seine Schülerin zögerte einen Moment, dann strich sie sich eine Haarsträhne aus dem Gesicht. »Sie wirken manchmal sehr müde, Meister. Auf eine Art, die man mit Schlaf nicht mehr ausgleichen kann. Das ist alles.«

Wie gerne wollte Marius ihre Worte einfach abtun, aber er konnte nicht. Mit einem tiefen Seufzer strich er sich über das Gesicht und schloss die Augen.

»Ich würde dein Wachsen gerne noch eine Weile begleiten und die Heimat wiedersehen«, sagte er nach einer Weile. »Aber es war ein langes Leben. Ein langes, langes Leben. Ich tue das, was ich immer getan habe, und lege mein Schicksal in die Hände der Herrin.«

»Einfach so?«, wisperte Aurelia.

»Ich habe es nie bereut, ihr zu dienen. Sie hat mich nie enttäuscht.« Er seufzte tief. »Wir werden sehen, was kommt. Zuerst sollten wir uns aber auf das konzentrieren, was unmittelbar vor uns liegt. Ruhe dich noch ein wenig aus, iss etwas und halte dich dann bereit. Dann komm zu mir, wie wir es besprochen haben.«

Das Mädchen nickte und erhob sich. Immer noch hatten sich Falten in ihre Stirn gegraben, aber sie schenkte ihm ein warmes, entschlossenes Lächeln und verschwand aus der Küche. Er blieb noch eine Weile sitzen und lauschte ihren Schritten auf der Treppe, dann den Türen, die sich öffneten und wieder schlossen. Erst als eine Weile nichts mehr zu hören war, erhob er sich und ging ins Gewächshaus, um seinen Teil des Plans vorzubereiten. Erst, als er damit fertig war, stieg er mit schweren Schritten hinauf in sein Schlafzimmer.

Gustav sprang irgendwo auf der Treppe aus dem Dunkel auf seine Schulter und ließ sich in der Folge partout nicht abschütteln. Es war zu viel gesagt, dass er wie ein lebendes Tier spürte, dass etwas in der Luft lag und dementsprechend handelte, aber er war immerhin eine Verlängerung von Marius und besaß zwar eingeschränktes, aber doch eigenständiges Handlungsvermögen. Irgendwann gab Marius es auf, ihn loswerden zu wollen, und strich ihm über die moosbedeckten Knochen, bevor er ihn immerhin dazu bekam, sich auf dem Bett einzurollen.

»Reg dich nicht auf«, murmelte Marius ihm auf Altlimisch zu. »Aurelia wird, solange es dich gibt, sicher gut auf dich aufpassen, wenn ich nicht mehr sein sollte.«

Das schien den Affen zu beruhigen, und so versank Marius in Gebeten und Meditation, um sich zu stählen. Es half nicht, dass er dabei von toten Augen beobachtet wurde, ohne dass jemals ein Wort gesprochen wurde. Für den Moment ignorierte er diese Tatsache jedoch. Es gab nichts zu sagen, noch nicht, und die Gesellschaft von Geistern war nichts, was ihm fremd war. Mit jeder Minute, die verging und sie dem Ende des Jahres näher brachte, konnte er fühlen, wie er auch auf dieser Seite der Schwelle stärker wurde, bis schließlich die Nacht der Herrin über sie hereinbrach.

Bleiches Mondlicht filterte bereits in tausend Stücke gebrochen durch die Rosette hindurch, als er sich erhob. Er konnte das Sterben des alten Jahres in seinen Knochen spüren, ein uraltes, kraftvolles Lied, das an seiner Magie zog wie Ebbe und Flut und ihn wachsen ließ. Einen Moment stand er da und schloss die Augen, tief ein- und ausatmend, um zu spüren, wie Kraft ihn erfüllte. Ja, es würde gelingen. In diesem Augenblick hatte er keinen Zweifel daran. Mit einem tiefen Seufzer wandte er sich ab und ging ins Badezimmer, um sich vorzubereiten.

Als er in den Spiegel blickte, sah ihm sein Gesicht frischer und jünger entgegen, während seine Augen im Halbdunkel glühten. Marius lächelte sich einen Moment lang zu, bekümmert an die Heimat denkend, dann verließ er das Badezimmer und kleidete sich in eine Robe, die er so lange nicht mehr getragen hatte, dass sie in den Falten schon Staub angesetzt hatte. Der schwarz-silberne Stoff bedeckte ihn von Kinn bis Zehenspitze. Er schob seine Arme in ellbogenlange schwarze Handschuhe mit silbernen Fingerspitzen, band sein Haar in einem geflochtenen Zopf nach hinten und griff nach einem silbrigen Tuch, das so zart war, dass es unter seiner Berührung zu zerfließen schien, als er es über seine Stirn und Haare breitete und mit silbernen Spangen befestigte. Während er sich vorbereitete, konnte er hören, wie Aurelia ein Stockwerk unter ihm dasselbe tat.

Und immer, immer lagen dabei tote Augen auf ihm und beobachteten ihn schweigend.

»Sieh her«, richtete Marius schließlich das Wort an sie und wandte sich um, ehe er die Arme ausbreitete. »Das ist, was ich wirklich bin.«

Johanns blaue Augen in einem Gesicht, das so jung war wie an dem Tag, an dem sie sich zum ersten Mal gesehen hatten, begegneten den seinen. Er lächelte nicht, aber der Ausdruck tiefster Melancholie auf seinem jungen Gesicht erweichte sich. Als er sprach, war seine Stimme sanft und frei von Schmerz. Ich erkenne dich.

Marius lächelte matt. »Du weißt, du wirst gehen müssen, wenn es getan ist.«

Johann nickte und schwieg.

»Es wird nicht wehtun«, sagte Marius sanft und ehrlich, denn die Toten spürten keinen Schmerz mehr, nie wieder, und sie litten auch nicht mehr unter dem Lärm der Welt. »Es ist nur ein Abenteuer von vielen, ein langer Flug auf dem Rücken eines lachenden Drachen.«

Johann lächelte, wie er es im Leben schon lange nicht mehr getan hatte, und schwieg.

Marius warf einen letzten Blick auf sein Spiegelbild, dann verließ er das Badezimmer, durchwanderte das Schlafzimmer und stieg die Treppen hinunter. Aurelia kam ihm entgegen, gekleidet in schwarze Hosen und ein Korsett über der

schwarzen Bluse mit zugeknöpftem, aufgestelltem Spitzen-
kragen, der auch ihren Hals vollkommen verdeckte. Unter
dem Blusenkragen setzte eine Kette an, die Marius ihr geschenkt hatte: Ein filigranes Silbercollier, das aus Tausenden
ineinandergreifenden, viereckigen kleinen Plättchen bestand, die sich über ihre Kehle erstreckten und in einer langen Linie zwischen ihren Schlüsselbeinen auf ihrem Brust-
bein endeten. Er erinnerte sich noch genau an den Tag, an
dem sie ihm von Leon geschenkt worden war – der Tag des
Sternenfests, an dem Leon sich für die ersten hundert Jahre
ihrer Verbindung bedankt hatte, die katastrophal hätte sein
können, wenn sie einander nicht so geliebt hätten. Die Kette
war ihm lieb und teuer. Was auch immer heute passierte, er
wollte, dass sie bei Aurelia war, denn diese wusste den emotionalen Wert von gewissen Dingen zu schätzen.

Obwohl Aurelias Gesicht Züge von Nervosität erkennen
ließ, lag ein entschlossener Ausdruck in ihren Augen, und sie
nickte Marius zu, ehe sie am Ende ihres Zopfes nestelte. Als
es ihr auffiel, ließ sie die Hände sinken und räusperte sich ein
wenig peinlich berührt.

Marius lächelte ihr beschwichtigend zu. »Du weißt noch,
was zu tun ist – was wir besprochen haben?« Als die junge
Frau nickte, zupfte er sich den Schleier zurecht, der sein Haar
bedeckte. »Du bist immer noch bereit dazu?«

Aurelia nickte erneut. »Ich werde Sie nicht enttäuschen.«

Er legte eine Hand auf ihre Schulter. »Das weiß ich.«

Sie blickten auf, als das Haus um sie herum zu vibrieren
begann, so zart, dass es wie der Herzschlag eines sterbenden
Rehs wirkte.

»Da ist jemand an der Tür«, sagte Aurelia schließlich, die
eine bemerkenswerte Beziehung zu dem Haus aufgebaut
hatte, das Marius nie ein Heim geworden war.

Einen Moment lang sahen sie sich an, dann berührte Marius sachte ihre bedeckte Schulter und nickte ihr zu. »Geh voraus, wie wir es besprochen haben. Ich kümmere mich darum.«

Sie nickte nur und wirkte einen Moment lang so, als ob sie noch etwas sagen wollte. Dann jedoch klemmte sie sich nur eine lose Strähne ihres dunklen Haars hinter das Ohr, nahm Johanns Ankermünze entgegen und wandte sich ab, um mit entschiedenen Schritten zum Gewächshaus zu marschieren.

Marius sagte nichts, als Johanns verblichener Geist Aurelia folgte, ohne sich noch einmal zu ihm umzudrehen, sondern wandte sich selbst der Haustür zu, um sie zu öffnen.

Meriwa, mit ihrer vollkommen weißen Kleidung ein leuchtender Stern in der Dunkelheit, kam bereits lautlos über das Gras und schenkte ihm ein Lächeln. Aywyn folgte ihr wie ein stiller, ebenso leuchtend weiß gekleideter Schatten, die Augen voller ungeweinter Tränen. Meriwa trug eine Fackel in der Hand, deren flackernde Flammen zerrissenes Licht über den dunklen Garten gossen. Marius hätte ihr am liebsten die Fackel aus den Fingern und das Lächeln von den Lippen geschlagen. Er war selbst erstaunt über den Zorn, der sich in ihm aufgestaut hatte. Dass sie Vergnügen an dem hatte, was sie taten, war unerträglich.

»So kommen wir noch ein letztes Mal zusammen«, sagte Meriwa sanft und anscheinend, ohne etwas von diesem Zorn wahrzunehmen. »In der Nacht aller Nächte, in der etwas Altes endet und etwas Neues beginnt.«

Marius neigte nur schweigend den Kopf als Zeichen der Zustimmung, um nicht stattdessen etwas Voreiliges zu tun oder zu sagen, was er später bereuen würde. »Bitte, tretet ein.«

Die beiden Frauen folgten ihm ins Gewächshaus, wo er mit einem Blick erkennen konnte, dass Aurelia wie gebeten die Zähne ausgestreut hatte. Bob kauerte auf dem Boden und hatte den Kopf in die Hände gelegt wie ein schutzbedürftiges Kind, während Aurelia mit angespanntem Gesichtsausdruck neben dem Keilschriftkreis stand, den Marius mit seinem eigenen Blut nur wenige Stunden zuvor in den Boden gemalt hatte. Es brannte kein Licht, und Marius hatte aus gutem Grund auf alle Feuerquellen verzichtet, aber die glühenden, leuchtenden Knochenblumen, die er vor dem Ritual noch einmal mit Blut gefüttert hatte, waren zusammen mit der mitgebrachten Fackel genug, um das Gewächshaus in ein dämmriges Schattenspiel zu verwandeln.

Er konnte sehen, wie Meriwa sich mit interessiert zuckenden Ohren umblickte und dann den Kreis betrachtete. Wie gedankenlos er gewesen war, nicht zu überlegen, dass sie ihr eigenes Feuer mitbringen konnte. Aurelia nutzte den Moment, um sich zu ihm zu stehlen und ihm die Münze zurückzugeben, ehe sie sich an den Rand des Geschehens zurückzog.

»Ich erinnere mich, wie du mir nach dem ersten Versuch gesagt hast, dass es Keilschrift statt Runen braucht, um das Ritual funktionieren zu lassen«, durchbrach sie die Stille, während Aywyn sich schweigend zu Aurelia begab und einen Moment lang den Arm ihrer Freundin berührte.

Meriwa legte ihren eleganten, fellbesetzten weißen Mantel ab. »Was meinst du, wird es lange dauern, eine ganze Stadt zu opfern?« Sie sah auf. »Wird es lange dauern, zu sterben? Ich habe lange darüber nachgedacht ... es ist seltsam, diesen Teil meines Weges nicht vorherzusehen.«

Er blickte über sie hinweg zu Johanns verblichenem Abbild, das seinen Blick stumm erwiderte. Dann lächelte er matt und winkte Bob heran.

»Du wirst es nicht herausfinden. Wir werden die Stadt nicht opfern«, sagte er.

Meriwa erstarrte, dann zog sie die Augenbrauen zusammen. »Wie bitte? In meiner Vision brennt die Stadt –« Sie stockte. Lauschte auf etwas in ihrem Inneren. Dann, langsam, verzog sich das Gesicht zu einem Ausdruck der reinen Wut. »Ich kann es nicht fassen. Nicht einmal das hat gereicht? Nicht einmal das – du verdammter Weichling –«

»Blutig bist du geworden, Meriwa, und das Morden hat begonnen, dir Spaß zu machen«, sagte Marius leise. »Das verändert alles. Du willst Vhindona in Blut tauchen, noch mehr, als wir es ohnehin schon verschuldet haben. Aurelia hat recht, das kann ich nicht zulassen. Ich werde mich selbst zur Verbindung machen und versuchen, die Dunkle Königin durch mich allein hinüberzuziehen.«

Meriwa lachte ungläubig. »Ist das dein Ernst? Du –« Sie ballte die Hände zu Fäusten und senkte tief die Ohrenspitzen. »Ich will zurück zum Ursprung, genau wie du – zurück zu einer Zeit, wo wir die Geschicke gelenkt haben. Ich will dieses Land reinwaschen, ehe ich es neu aufbaue. Jetzt hast du plötzlich dein Gewissen gefunden?«

»Du hast recht, ich bin viel zu spät aufgewacht«, sagte Marius ruhig. »Ich hasse es, dass ich mich von dir habe überreden lassen, das hier zu machen – nein. Ich kann dir nicht die Schuld für meinen eigenen Fehler geben. Ich hätte es schon viel früher besser wissen müssen. Aber mein Entschluss steht fest: Ich werde keine ganze Stadt opfern. Ich hätte es niemals auch nur in Erwägung ziehen dürfen.«

Meriwa starrte ihn an, dann legte sie den Kopf in den Nacken und lachte. Sie lachte wie jemand, der einem dunklen Pfad so weit gefolgt war, dass eine Umkehr nicht mehr möglich war.

»Bei Janum, ich bin so froh, dass ich deinen kleinen Schoßhund umgebracht habe.« Sie strich sich über die Schulter, auf der kaum sichtbar noch die Spuren einer halb verheilten Schusswunde auszumachen waren. »Er ist nicht kampflos untergegangen, das muss ich ihm lassen. Das hat die Sache so viel netter gemacht. Und du verdienst alles daran, alles.«

Johanns heftig auflodernde Wut brannte durch die Verbindung des Ankers, den er für ihn geschaffen hatte, in seinen Adern.

»Du bist ein Scheusal«, sagte Marius leise.

»Es braucht ein Scheusal, um ein anderes zu erkennen.« Meriwas Augen glitzerten. »Ich bin stärker als du. Ich brauche eine neue Weltordnung, und ich habe schon zu viel geleistet, um jetzt aufzugeben und heimzugehen, nur weil du zurück zum Säugling mutiert bist. Du magst denken, dass es ein freiwilliges Opfer braucht, um das Portal zu öffnen, aber das ist von Moral verblendete Dummheit. Es braucht nur magisches Blut – und davon gibt es hier mehr als genug zu vergießen.«

Marius realisierte einen Augenblick zu spät, was sie vorhatte.

Meriwa hatte das Feuer der Fackel in ihre Hände gesaugt und stürzte auf die beiden Mädchen zu. Aywyn öffnete die Lippen zu einem stummen Schrei, als die Flammenfinger sie genau wie Aurelia an der Schulter packten, durch ihre Haut fraßen und sie zu Boden in den Keilschriftkreis warfen. Die Halbelfe schien in vollkommene Schockstarre verfallen zu sein. Meriwa riss einen Dolch aus ihrem Gürtel, stellte sich über Aywyn und hob die Klinge über ihren Kopf, sichtlich in dem Vorhaben, sie als Erstes zu töten.

»Nein!«, schrie Aurelia und sprang mit erstaunlicher Schnelligkeit auf die Füße.

Was dann geschah, fühlte sich wie eine umgekehrte Explosion an. Plötzlich wurden das Licht und alle Geräusche von Aurelias hoch aufgerichteter Gestalt eingesaugt.

Dann, nach einem Herzschlag der reinen Dunkelheit und Stille, explodierte das Gewächshaus.

Es riss Marius und Meriwa von den Füßen. Die Elfe krachte gegen eine der Wände und blieb erst einmal schmerzvoll stöhnend sitzen.

Marius duckte sich unter den Glas- und Holzsplittern und schaffte es gerade noch, Knochenblumenranken vor sich zu einer Mauer werden zu lassen, um das Gröbste abzufangen. Er schickte ein stummes Dankgebet an die Herrin, als er sah, dass Bob sich über Aywyn gebeugt hatte, um sie vor dem Schlimmsten zu schützen.

Aurelia, geistesgegenwärtiger als alle anderen, riss Aywyn bei der nächsten Gelegenheit in die Höhe und drängte sie rasch mit sich in Richtung Ausgang. Marius hatte die Kraft ihrer Magie unterschätzt. Er hatte nicht damit gerechnet, dass sie jetzt schon zu solcher Absorption und Freigabe einer magischen Ladung fähig war – zweifellos eine Fähigkeit, geboren aus der Verzweiflung des Moments.

Meriwa war durch die unvorhergesehene Explosion in Mitleidenschaft gezogen worden, aber noch lange nicht am Ende. Sie kämpfte sich auf die Beine, breitete die Arme aus und deutete auf das Feuer, das durch Aurelias Explosion als unglücklicher Nebeneffekt im ganzen Gewächshaus ausgebrochen war und augenblicklich zu meterhohen Flammensäulen wurde.

Fauchend fraßen sie sich durch die Knochenblumen, die unter ihrer Last zu schreien begannen, ein hohes, dünnes Geräusch, das Marius die Zähne zusammenbeißen ließ. Mit einer raschen Geste riss er das Ritenmesser aus seinem Gürtel und brachte es an seinen Arm.

Unter Meriwas Kommando wälzte sich das Feuer wie eine große Schlange durch den Raum und steckte alles in Brand, womit es in Berührung kam. Unter der Kraft des Feuers verdorrten die Knochenblumen, färbten sich die Seiten von Marius' Büchern schwarz, brannte sein Tisch und explodierten seine Ingredienzen. Er wehrte die fliegenden Glassplitter mit einer Sichel aus Blut ab und schoss sie zurück in Meriwas Richtung, die ein Zischen von sich gab, als mehrere der kleinen Geschosse ihre Haut aufschlitzten. Ein wütender Schrei entrang sich ihrer Kehle, und sie schickte das Feuer mit einer ausladenden Handbewegung in Aurelias und Aywyns Richtung.

Marius musste schnell handeln. Er schnitt sich die Handfläche auf, warf sich über die Knochenblumen zum Keilschriftkreis und presste die Hand zusammen mit der Ankermünze gegen Bobs Sternum in dem exakten Moment, in dem Stacheln sich aus der Erde formten und sich in sein Fleisch hakten. Mit einem Ächzen brachte er die Worte hervor, die Johanns Geist in Bobs Knochen fahren ließen.

Die Knochen, die Johann hielten, fingen das Feuer ab. Brennend griffen Knochenhände nach Meriwa und hieben mit einem von Marius' Gartenmessern auf sie ein, bis sie ihn mit einer gewaltigen Energiewelle an die Wand schleuderte. Doch einem toten Körper machte physischer Schaden nicht viel aus. Marius konnte sehen, wie Johann sich wieder auf die Beine rollte und erneut auf sie zusprang.

»Geh!«, brüllte er Aurelia zu, während Johann mit Meriwa rang, die wilde Luftstrudel auf ihn einpeitschen ließ. »Nimm Aywyn und geh!«

Einen Moment lang zögerte Aurelia, dann nickte sie entschlossen. Ihre Augen trafen sich noch ein letztes Mal, und Marius spürte den Abschied darin. So wenig Zeit, dachte er, so wenig Zeit für das, was wirklich wichtig war. Es gab noch so vieles, das er ihr sagen wollte. Nun würde er vielleicht nie wieder eine Gelegenheit dazu bekommen.

Dann packte seine Schülerin Aywyn und schleifte sie mit schierer Willenskraft an der Feuersbrunst vorbei aus dem Gewächshaus. Marius versuchte, nicht daran zu denken, dass sie sich vielleicht das letzte Mal in diesem Leben gesehen hatten. Blut rann über seine Haut und verlief sich in der Schwärze seiner Robe. Er atmete Schmerz ein und Wut aus, ein heißes, heißes Gefühl der Wut, das ihn mit bebenden, nass glänzenden Fingern über seine Stirn streichen ließ.

»Erhebt euch«, wisperte er, und die Zähne, ausgesät und schlummernd in brennenden Beeten, schlugen ihre Triebe aus.

Die nur annähernd menschenähnlichen Gestalten aus Dornenranken und Dunkelheit schwankten, als sie sich aus den Flammen erhoben. Ein Dutzend von ihnen richtete sich eine nach der anderen auf und begann sich schleppend in Meriwas Richtung zu bewegen. Marius blutete auf den Boden, der die Tropfen gierig aufsaugte. Egal, wie sehr sie mit Feuer um sich schlug, Knochenblumen waren stärker als das, und Blut war seine Kraft. Sie hatte ihre Chance gehabt.

»Erhebt euch«, wisperte er, und mehr Dornenmänner erwachten, um sich dem unheimlichen Zug anzuschließen.

Meriwa dachte, dass sie etwas von Schmerz und Opfer wusste? Meriwa hatte keine Ahnung, was Schmerz bedeutete, was Opfer bedeutete, was es bedeutete, zu sterben.

Und Meriwa hatte ihn noch nie ernsthaft wütend erlebt.

»Erhebt euch.«

Die Stacheln hatten sich durch seine Rippen und Organe gebohrt. Er hustete Blut, während Meriwa damit begann, die stetig vorwärtsdrängenden, blutdurchtränkten Dornenmänner abzuwehren. Aber es lenkte sie lange genug ab, dass Johann sie von hinten packen und festhalten konnte, während die Flammen sich weiter durch die Knochen und Pflanzenfasern fraßen, die ihn zusammenhielten.

Marius atmete tief ein. Dann riss er sich von den Stacheln los und packte Meriwa an den Schultern. Schmerz schoss durch seinen ganzen Körper, und er konnte einen gequälten

Laut nicht unterdrücken, während Meriwa sich unter seinem Griff wand. Ein letztes Mal versuchte er, sie zur Vernunft zu bringen, und fauchte: »Hör auf!«

Und wie durch ein Wunder hörte sie auf, sich zu wehren.

Sie hob den Kopf und sah ihn an. In ihren Glutaugen stand ein Friede, den Marius nie gefunden hatte, weder in dieser Welt noch in der nächsten. Sie lächelte und strich sich die Haare aus der Stirn. Zu spät bemerkte er, dass ihr wildes Gerangel sie mitten in den Keilschriftkreis getrieben hatte und die Flammen sich in erreichbarer Distanz befanden.

»Er hat recht gehabt, dein Sterblicher«, wisperte sie. »Als Letztes stirbt der Wille.«

Marius ließ sie los, als Meriwa in einem letzten Befehl das Feuer heranzog und sich selbst in Flammen setzte. Sie schrie, wie nur jemand schreien konnte, dem das Fleisch in unfassbarer Hitze von den Knochen brannte. Aber sie wälzte sich nicht und lief nicht fort, sondern sank nur auf die Knie, krümmte sich in sich zusammen und schrie, bis das Feuer ihre Stimme mit sich fortriss. Im Tod war Meriwa ebenso unbeugsam wie im Leben.

Der Boden begann zu beben, als der Kreis durch ihr Opfer aktiviert wurde. Das Portal war geöffnet.

Es würde die Stadt doch noch verschlucken, wenn Marius nicht auf die andere Seite gelangte und von dort aus versuchte, das Schlimmste zu verhindern. Und er konnte nur hoffen, dass es genug war – dass am anderen Ende die Herrin erwacht auf ihn warten und ihm helfen würde, das Portal zu schließen, bevor es zu spät war.

Marius hob den Kopf und begegnete den toten Augenhöhlen der Knochen, die Johann hielten, während das Gewächshaus um sie herum den Flammen erlag. Und auch Johann verfiel zusehends. Bald würde er nicht mehr genug Kraft haben, um Marius' letzte Bitte ausführen zu können.

Es war schmerzhaft mit anzusehen. Es war, was Marius verdiente.

»Bring sie hinaus und denk auf deiner Reise an mich«, sagte er ihm leise. »Wir werden uns wiedersehen. Ich verspreche es dir.«

Johann antwortete nicht. Der Sprechapparat war verbrannt, verbrannt waren auch die Knochenfinger, mit denen er Meriwas Reste hochhob und mit wankenden Schritten aus den Flammen den Weg hinausfand. Es reichte nicht mehr für ein Wort, und es reichte nicht mehr für einen Kuss. Marius hatte ihn bereits verloren.

Er war müde. So müde. Aber es war noch nicht getan.

Marius. Er hob den Kopf und sah Jakob, der verloren im Hauseingang stand, ein weiteres Kind, das er enttäuscht hatte. **Die Standuhr –**

»Ja«, wisperte Marius und blinzelte, als Tränen über seine Wange rannen, die in der Hitze verdampften. »Ja. Verzeih mir, dass ich dich nicht länger halten kann. Verzeih mir, dass ich keine Geschichten mehr habe.«

Jakob lächelte, während seine Züge zu verwischen begannen, als seine Außenlinien langsam, geradezu behutsam von knisterndem Feuer aufgefressen wurden. **Danke für all die Geschichten, die du mir gegeben hast. Ich bin jetzt bereit.**

»Geh.«

Marius schloss einen Moment lang die Augen und atmete tief durch, als er allein mit den Flammen war. Dann hob er das Ritenmesser auf, das er fallen gelassen hatte, und stemmte sich in die Höhe, um auf die Falltür zuzuwanken, von der mittlerweile kaum noch etwas übrig war. Mit einer Handbewegung ließ er die Flammen auseinanderbrechen wie Wellen, dann stieg er mit schweren Schritten die steinernen Stufen hinunter in die Dunkelheit. Es kostete ihn seine letzte Kraft, die Stiegen auseinanderzubrechen und mit ihrem

Stein den Eingang zu versiegeln, dann sank er erschöpft auf den Boden.

Das Toben des Feuers schien nur noch eine ferne Erinnerung zu sein. Als er aufblickte, begannen blaue Pilze sanft um ihn herum zu leuchten, zu glühen. Marius dachte an Johann, an Aurelia und Jakob, an Vhindona und Bycaea. Und an Leon, immer wieder Leon mit seinen sanften Augen und seiner warmen Stimme und dem Blut an seinen Händen. Leon lebte, trotz allem lebte er, und trotz allem war Marius froh darüber. Für einen Moment war er einfach nur von heißen, sehnsüchtigen Wünschen erfüllt: Ein letztes Mal Leon wiedersehen, ein letztes Mal durch Bycaeas Straßen gehen, ein letztes Mal sterben und dann endlich Ruhe finden.

»Ein letztes Mal«, wisperte er mit einem schweren, erschauernden Seufzer und hob die Klinge, um sie in den Eingeweiden des Hauses, das ihm nie ein Heim gewesen war, auf sein eigenes Herz zu richten. »Ein letzter Versuch, dein Werk zu tun, Herrin.«

Er atmete ein, bis die Dunkelheit seine Lunge erfüllte.

Dann stieß er das Messer tief in seine Brust.

An dem Ort, an dem alles begann und alles endete, an dem jede Schwelle zusammenlief und unweigerlich überschritten werden musste, erwachte die Herrin aus ihrem Schlaf.

Lange hatte sie geschlafen, verwundet und geschwächt.

Und die Herrin nahm ihn in ihre Hand – das eine, das liebste ihrer Kinder. Und sie hob ihn empor, und die Herrin lächelte, und sie sprach:

Blut meines Blutes. Durch dich bin ich erwacht.

Das eine, das liebste ihrer Kinder, hatte immer Demut gekannt. Auch jetzt, so zerfasert und in Scherben geschlagen durch die vier Leben, die sie ihm bereits geschenkt hatte, neigte er die Stirn zu ihr, zu ihrer sternerfüllten Hand.

Und die Herrin hieß ihn aufblicken in ihr Antlitz, und sie sprach:

Blut meines Blutes. Finde, was mir geraubt wurde, und heile mich.

Wie?, wisperte das eine, das liebste ihrer Kinder, und blickte auf mit seinen unendlich jungen Augen. **Wie werde ich nicht darunter zerbrechen?**

Und die Herrin hielt ihre zweite Hand schützend über ihn, und sie sprach:

Blut meines Blutes. Du bist der Schlüssel. Finde, was aus mir geschlagen wurde, und bring es zum Anfang zurück. Ich werde dich stark machen, wie nie jemand vor dir stark war, und

du wirst vollbringen, was nie jemand vor dir vollbrachte. Du wirst leiden, wie nie jemand vor dir litt, und dein Tod wird heilen, was nie hätte verletzt werden dürfen. Und wenn deine Zeit gekommen ist, Blut meines Blutes, wirst du mit den Sternen tanzen.

Ich bin müde, wisperte das eine, das liebste ihrer Kinder, das nie um diese Aufgabe gebeten hatte und genau deshalb perfekt dafür war. Dieser Körper ist müde, und diese Seele ist müde. Aber ich werde dienen. Ich folge Euch, Herrin, denn Rettung verheißt die Nacht.

Und die Herrin berührte ihn, bis er schrie, denn das Leben ist Schmerz, und der Tod sehnt sich danach, und sie sprach:

Blut meines Blutes. Du bist der Schlüssel. Ein letztes Leben schenke ich dir, und ein schwereres wird niemals gelebt worden sein. Wenn deine Hoffnung schwindet, erinnere dich, dass mein Geheimnis im Blut liegt, und du wirst sein wie ich.

Ich werde tun, was nötig ist, um zusammenzufügen, was nie hätte getrennt werden dürfen, wisperte das eine, das liebste ihrer Kinder. Aber danach lasst mich ruhen. Lasst mich gehen.

Und die Herrin hieß ihn aufblicken in ihr Antlitz, und sie sprach:

So sei es.

Und sie öffnete die Hand und stieß ihn hinab, zurück in ein Leben, um das er nie gebeten hatte, weil er das eine war, das liebste ihrer Kinder, und die Sterne in ihren Augen, ihren unendlichen Augen, weinten um ihn.

EPILOG

Es schneite an jenem Tag, an dem man Oberspäher Beilschmidt zu Grabe trug.

Aurelia ging mit knirschenden Schritten über den Schnee zu der Menge, die sich vor dem Loch in der Erde versammelt hatte, hob den Kopf und blickte in den Himmel, während sie dem Klopfen ihres Herzens lauschte. Sie waren ein wenig zu spät, aber das war in Ordnung. Zeit hatte jetzt eine andere Bedeutung angenommen.

Die Stadt hatte das kleine Erdbeben, das sich in der Nacht der Jahrwendfeuer zugetragen hatte, gut verkraftet. Niemand war gestorben, und die wenigen Häuser, die es erwischt hatte, würden wieder aufgebaut werden können. Ihr Vater freute sich vermutlich über die Aussicht auf einige lukrative Einkommensmöglichkeiten durch die neuen Gebäude, die in ein paar Jahren dort stehen würden.

Weniger erfreut war er vermutlich über die Berichte, die von der Front kamen und besagten, dass die Dunkle Königin aus heiterem Himmel einfach stehen geblieben war und sich nun nicht mehr vom Fleck rührte. Der Senat war ratlos und noch dazu beschäftigt mit den Unruhen, die sich in der Stadt breitgemacht hatten.

Die Stimmung war gekippt.

Quellenkinder und Nichtmagische suchten offen den Konflikt, und Vhindona quälte sich unter etwas, das große Chance hatte, zu einem Bürgerkrieg zu werden. Aurelia hoffte immer noch auf Reformen, die das Land retteten. Wahrscheinlicher jedoch erschien ihr eine Revolution oder ein Niederschlagen des Aufstandes. Letzteres würde nicht von Dauer sein: Die Veränderung fand über kurz oder lang immer einen Weg.

Das Land um das Haus, das einmal Meister Marius gehört hatte, war in einem Umkreis von einem Kilometer völlig verbrannt. Es war ein Glück, dass Meister Marius am Rand der Stadt in einem Teil, der kaum noch bewohnt war, angesiedelt gewesen war, denn so hielt sich zumindest der Schaden an lebenden Personen deutlich in Grenzen.

Meister Grünwald, der einzige unmittelbare Nachbar, hatte das Feuer unbeschadet überstanden, aber sein Heim war verloren. Das Haus war in sich zusammengestürzt, und der Garten war durch Feuer und Erdbeben ebenfalls vollkommen zerstört worden. Er schien jedoch nicht so unglücklich darüber zu sein, wie man hätte annehmen können.

»Vielleicht wollen mir die Gottheiten damit sagen, dass ich weiterziehen soll, also werde ich das ins Auge fassen, falls ich an die nötigen Papiere komme«, hatte er Aurelia bei ihrem letzten Gespräch erklärt. »Es gibt ja immer Mittel und Wege. Und wer weiß ...« Er hatte ihr zugezwinkert und sich dabei vergnügt über den Bart gestrichen. »Ich habe gehört, dass Bycaea um diese Jahreszeit besonders schön sein soll. Vielleicht können sie dort einen Inaristen gebrauchen. Soweit ich gehört habe, ist Gale schon auf der Fähre dorthin, und ich vermisse das Kind sehr.«

Aurelia hatte volles Vertrauen, dass Meister Grünwald seinen Weg finden würde, wie auch immer dieser aussehen mochte. Und das verbrannte Gras, das er zurückließ, würde wieder nachwachsen. Alles wuchs wieder nach, wenn man geduldig genug war. Dennoch fiel ihr der Abschied von ihm schwer. Niemand wusste, ob sie sich wirklich jemals wiedersehen würden.

Immerhin war die Möglichkeit dazu immer noch größer als jene, erneut auf Meisterin Funkenschmied zu treffen, die fest in der Stadt verwurzelt blieb und nicht daran dachte, irgendwo anders hinzugehen.

»Diese Stadt will wachsen, und wachsende Städte können Leute wie mich immer gut gebrauchen«, hatte sie Aurelia erklärt. »Die Unruhen werden sich schon wieder legen. Und selbst wenn nicht: Na ja, ich will nicht so sein, aber auch in konfliktreichen Zeiten wird Schmiedekunst gebraucht. Mir wird nichts passieren. Aber du musst fort an andere Ufer, und das verstehe ich. Ich werde dich trotzdem sehr vermissen.«

Das beruhte auf Gegenseitigkeit. Es war Aurelia schwergefallen, den Abschied bei Meisterin Funkenschmied nicht ins Unendliche zu ziehen, aber man wartete mit dem Begräbnis nicht auf sie, und so hatte sie sich schließlich doch noch losgerissen.

Es war lange her, seit Aurelia auf einer Beerdigung gewesen war. Damals mochte sie vielleicht sechs Jahre alt gewesen sein, und man hatte ihre Großmutter väterlicherseits zu Grabe getragen, mit der sie nie besonders viel zu tun gehabt hatte. Es hatte sie wenig berührt, weil sie gar nicht richtig gewusst hatte, was passierte, und es war definitiv anders gewesen als jetzt.

Auf der einen Seite des Grabes saß eine Menge wichtiger, nichtmagischer Leute in schwarzer Kleidung und mit ernsten Gesichtern. Niemand verzog eine Miene oder sprach lauter als im Flüsterton. Aurelia blieb einen Moment lang das Herz stehen, als sie ihre Eltern zwischen den Trauernden entdeckte. Täuschte sie sich oder wurden sie bei ihrem Anblick blass? Einen Augenblick zögerte sie und überlegte, zu ihnen zu gehen.

Dann überwand sie stattdessen mit raschen Schritten die letzten Meter Schnee, um auf die andere Seite des Grabes zu treten, auf der sich nur eine einzige Person befand.

Man hatte Aywyn am Tag zuvor zur neuen Kybela von Radbod ernannt, nachdem von Meisterin Meriwa Lave'el nicht mehr als Knochenreste gefunden worden waren, die bei der leisesten Berührung zu Staub zerfallen waren. Wenn sie das von sorgfältig eingesalbten Brandwunden übersäte Gesicht ihrer Freundin ansah, die nicht einmal Magie vollständig hatte heilen können, dann hielt sich Aurelias Mitleid über Meisterin Lave'els Schicksal erstaunlich in Grenzen. Sie lächelte Aywyn an, und diese lächelte zurück, wenn auch mit der gleichen unendlichen Traurigkeit, die ihr schon immer innegewohnt hatte. Aurelia war froh, unsäglich froh, dass sie nicht sehen konnte, was kommen würde. Es schien ihr eine zu große Bürde zu sein.

Der Priester, der zwischen den beiden Lagern stand, begann zu sprechen. Aurelia hielt die Augen auf das Grab gerichtet, konnte jedoch die Blicke der nichtmagischen Anwesenden auf sich spüren. Sie trug ihr weißes Kleid, an dem silberne Flammen emporzulecken schienen, und das Silbercollier, das Meister Marius ihr geschenkt hatte. Unwillkürlich richtete sie sich ein wenig mehr auf, reckte stolz das Kinn. Dieser Auftritt war eine letzte Respektsbekundung für jemanden, der ihrem Meister wichtig gewesen war, aber er war auch ein letzter Abschied in einer Reihe von Abschieden. Sie hatte für Vhindona getan, was sie konnte. Nun hatte sie das Gefühl, dass keine Ketten sie mehr hielten und die Welt sich ein kleines Stück mehr für sie geöffnet hatte. Sie gehörte nicht mehr hierher. Ein Teil von ihr würde immer hier in dieser Stadt zurückbleiben, in ihren Steinen und Mauern, ihren Flüssen und Straßen, ihrem Blut und ihren Erinnerungen. Und sie wünschte Vhindona nur das Beste. Vielleicht würde sie eines Tages wieder hierherkommen und sich anschauen, was aus ihrer Heimat geworden war. Für den Moment jedoch war sie neugierig auf das, was die Welt außerhalb dieser Stadt zu bieten hatte.

Der Priester hörte auf zu sprechen. Man warf auf nichtma-

gischer Seite Hände voll Asche auf den Sarg und zuckte zusammen, als Aywyn und Aurelia Samen auf den hölzernen
Deckel warfen und mit einer Prise Magie wachsen ließen, bis
Blumenranken den Sarg bedeckten. Vielleicht war ihr und
Aywyns Beisein bei dieser Beerdigung angesichts der momentanen politischen Lage eine Geste der Provokation. Aber
Aurelia hatte keinen Nerv mehr dafür, sich darüber Sorgen
zu machen und sich ständig für ihre reine Existenz zu entschuldigen.

Als sie sich wieder aufrichtete, konnte sie aus den Augenwinkeln sehen, wie ihre Eltern die Köpfe zusammensteckten
und miteinander tuschelten. Dann wandte sie den Kopf, als
sie sie tatsächlich herankommen sah.

Ihre Eltern waren ihr fremd geworden. So viel war passiert, dass Aurelia ihre Vergangenheit vorkam wie ein sehr
seltsamer Traum. Sie lächelte die beiden an, und es tat nicht
mehr weh, oder nur noch ein bisschen. Niemand konnte aus
seiner Haut.

»Aurelia«, murmelte ihr Vater und wirkte dabei so verlegen, wie sie ihn noch nie gesehen hatte. »Ich erkenne dich
kaum wieder – du siehst gut aus.«

Aurelia lächelte, was nicht so schwer war wie angenommen, und strich sich über den weißen Fellmantel, der sie
warm hielt. »Geht es euch gut?«

»Das Erdbeben hat uns nicht erwischt«, sagte ihre Mutter
und bemühte sich um ein Lächeln, aber im Gegensatz zu ihrem Vater war die Angst in ihren Augen sichtbar.

Aurelia nickte. Dann streckte sie eine Hand aus, um erst
die ihres Vaters, dann mit einiger Verzögerung die ihrer
Mutter zu drücken.

»Es war schön, euch noch einmal zu sehen, auch wenn es
unter diesen Umständen war«, sagte sie. »Lebt wohl.«

Es gab nicht mehr zu sagen. Das schienen auch ihre Eltern

zu spüren, denn es folgten nur noch ein paar leise, kampflose Worte des Abschieds, dann wandten sie sich zum Gehen und sahen nicht noch einmal zurück. Während der nichtmagische Teil der Trauergemeinschaft sich zusammen mit dem Priester in den Tempel der Garia begab, um dort das traditionelle Gedenkessen einzunehmen, umarmte Aurelia noch einmal ihre Freundin.

»Wirst du in Ordnung sein?«, fragte sie.

Aywyn nickte und berührte ihre Wange, dann deutete sie ihr: »Du wirst es auch sein. Aurelia –« Sie hielt einen Moment inne, dann hob sie erneut die Hände. »Die Augen der Waage sind blind, denn nur in der Dunkelheit sieht man wirklich. Denk daran, wenn die Sterne dich zu überwältigen drohen.«

Aurelia war sich nicht sicher, ob sie die Gebärden richtig verstanden hatte, denn diese Aussage ergab für sie keinen Sinn. Doch sie nickte, und Aywyn lächelte nun ein wenig, dann wandte sie sich um und ging allein über den Friedhof, eine schmale, weiße Gestalt, die zwischen den tiefschwarzen Winterskeletten der blattlosen Bäume fast verloren wirkte.

Aurelia sah ihr nach, dann spürte sie, dass Meister Marius endlich, endlich ebenfalls herangetreten war, und drehte sich um.

Meister Marius, mit einem unnatürlich still sitzenden Gustav auf der Schulter und eingehüllt in schwarze Hosen und einen langärmeligen, schwarzen Kaftan unter einem knielangen schwarzen Wintermantel, sah auf den Sarg hinab, während seine behandschuhten Hände sich schwer um den Knauf eines Gehstocks schlossen, der ihr sehr bekannt vorkam. Auf seiner Brust wurde der Mantel von einer Spange in Form eines Schlüssels zusammengehalten – das Symbol der Herrin, das unergründlich im Schein der Straßenlampe glitzerte. Er lächelte nicht, und als er den Kopf hob, um sie anzusehen, wich Aurelia dem Blick seiner Augen aus – seiner Augen, die nicht mehr grün waren, sondern gefüllt zu sein schienen mit einem Teil des Sternenhimmels, schwarz und sternglitzernd und unendlich.

Meister Marius war nicht mehr wie sie.

Was auch immer er war, es gab keinen Namen dafür, und es war genug, um Horror hervorzurufen in jedem, der ihn ansah, Horror vor dem, was nicht verstanden werden konnte. Aber es ließ sich nicht mehr ändern, und Aurelia würde ihn nicht verlassen, nun weniger denn je. Er hatte gesagt, dass der Weg sie nach Bycaea führen musste. Aurelia war nicht überrascht – aber sie war neugierig, neugierig auf die Stadt, die ihren Meister hervorgebracht hatte, und auf das, was noch kommen würde.

Ich fühle sie, sagte er mit einer Stimme, die nicht hier zu sein schien und auch noch nicht ganz auf der anderen Seite. Ihr Weg singt in meinem Blut.

»Wir werden sie erreichen«, erwiderte Aurelia beschwichtigend und kam zu ihm. Was dann kommen würde, war ungewiss. Für den Moment ließ sie alles hinter sich: Ihre Eltern, die Stadt, in der sie aufgewachsen war, das Haus, in dem sie unterrichtet worden und das bis auf die Grundfesten herabgebrannt war. Stattdessen pflückte sie Gustav herunter und nahm ihn in den Arm, um ihn sicher an ihre Brust zu drücken. Dann legte sie ihre Finger in die Hand ihres Meisters. Sein letzter Tod hatte die Möglichkeit mit sich gerissen, dass andere Leute Meister Marius schmerzfrei berühren konnten, wenn es schon umgekehrt länger nicht mehr der Fall gewesen war. Sie hatten festgestellt, dass Aurelia die Einzige in der Stadt war, die ihn weiterhin berühren konnte, ohne vor Schmerz zu erstarren. Meister Marius vermutete, dass es deshalb möglich war, weil sie durch den Blutschwur miteinander verbunden waren. Für den Moment war der Grund dafür unerheblich. Wichtig war nur, dass es funktionierte. Aurelia musste ihn festhalten, durfte nicht loslassen, denn solange sie nicht losließ, solange konnte Meister Marius hier auf dieser Erde existieren.

Sie musste daran glauben. Sie wollte daran glauben.

Lass mich nicht los, sagte ihr Meister leise, als ob er ihre Gedanken erraten hätte. Sie war nicht sicher, ob es eine Bitte oder ein Befehl war.

»Niemals«, wisperte sie und meinte es auch so.

Ein letztes Mal sahen sie auf den Sarg hinab, der von leuchtenden Ranken umschlungen war. Dann drückte Meister Marius ihre Hand, und Aurelia holte tief Luft. Es war Zeit zu gehen. Sie war bereit.

Aurelia hielt den Atem an und ließ sich von Meister Marius in die Schwellenwelt ziehen.

DANKSAGUNG

Eigentlich hätte dieses Buch die heiter-unkomplizierte Geschichte eines griesgrämigen Nekromanten mit seinem Blumenladen erzählen sollen. Wenn man ganz genau hinsieht, erkennt man noch die knochigen Überreste dieser ersten Idee, die 2017 im Wahn um halb zwei Uhr morgens geboren wurde. Aber seitdem hat sich viel getan. Ohne die Unterstützung einer Reihe von Menschen wäre es niemals möglich gewesen, heute dieses Buch in den Händen zu halten, deswegen ist es nur angemessen, ihnen ein paar kurze, offene Liebesbriefe zukommen zu lassen.

Liebe Mama: Danke, dass du dein Träumerchen immer im Schreiben bestärkt und wo möglich gefördert hast. Ohne dich, ohne deinen bedingungslosen Glauben an mich wäre ich sicher nicht so weit gekommen.

Nici: Danke, dass du geduldig erträgst, wenn deine Schwester über ihre seltsamen Fantasiegebilde rantet, und diese Rants unterbrichst, indem du stattdessen nach Projekten fragst, die ich vor Jahren begonnen und dann abgebrochen habe. Irgendwann kehre ich dazu zurück, versprochen.

Mia: Danke für deine Geduld, für deine Unterstützung, für all die Verpflegung, während ich nur dagesessen und getippt oder korrigiert habe, für das immerwährende Interesse und Mitlesen von sämtlichen Versionen dieser Geschichte, für deine klugen Anmerkungen, deine Begeisterung, deine Liebe. Du machst mich stark.

Silvana: Danke für deine wertvolle, gedankenvolle Arbeit an diesem Buch mit mir. Es war wirklich eine Freude!

Carmen: Meine Seeleneintreiberin, meine Stütze in schweren Zeiten – danke dir für den endlosen Nachschub an Jägermeister und Enthusiasmus. Sollte ich jemals die Weltherrschaft übernehmen, wirst du meine PR-Managerin.

Nora: Ohne dich würde es dieses Buch in dieser Form gar nicht geben. Danke dir tausendmal für deine Förderung, deine Geduld, deine Unterstützung.

Meine Support-Gruppe: Ihr verrückten Nudeln, danke für eure Beruhigungen à la »Dein Gehirn lügt, Elli«, wenn ich schon wieder am Rad drehen wollte, und eure konstante Begeisterung für mein Buchbaby!

Chris, Vally, Isi: Danke für unsere Runden im Schreibsalon und unsere Challenges, die mich jedes Mal wieder für die Knochenblumen-Welt entzündet haben. Chris, für dich ein Extradanke für all die Stunden, die du investiert hast, um dieses Buch in irgendeine angemessene Form zu bringen.

Axel: Dein scharfes Auge auf diesen Text hat mich zerstört, aber diesen Roman so, so viel besser gemacht. Danke für deine wundervolle Arbeit und deine Freundschaft!

Sandra und Peter: Danke für eure unermüdliche Kraft in den schweren Zeiten, die ich neben der Arbeit an diesem Roman erlebt habe. Es war nicht immer leicht, aber durch euch war es so viel leichter.

Anna: Sorry, das mit dem Blumenladen ist irgendwie eskaliert. Aber der Dank für den ersten Keim dieses Romans gebührt trotzdem ganz allein dir.

Und zu guter Letzt: Danke an alle, die dieses Buch in die Hand nehmen und sich auch nur ein kleines bisschen darin verlieren. Euer Vertrauen ehrt mich!

CONTENT NOTES

Kapitel 10:
Sexuelle Belästigung (verbal)

Kapitel 17:
Gore (Sezieren von menschlichen Schädeln)

Kapitel 21:
Töten eines Tiers und Verspeisen seines Herzens (Flashback)

Kapitel 22:
Gore, Charaktertod

Kapitel 23:
Blut, Gewalt, Charaktertod